Katrin Streich

Das Geheimnis um Anas Tod

Der erste Fall für Elsa Dreißig

Kriminalroman

Mainspitz Verlag

Copyright © 2022 Mainspitz Verlag
Covergestaltung: Elke Jutzi
Autorenfoto: Torsten Silz

Mainspitz Verlag
Frauke Nussbeutel
Ginsheimer Straße 1
65462 Ginsheim-Gustavsburg
www.mainspitz-verlag.de
Druck: Volkhardt Caruna Medien GmbH & Co. KG, Amorbach

ISBN: 978-3-9824041-2-7

Das Werk, einschließlich seiner Teile, ist urheberrechtlich geschützt. Jede Verwertung ist ohne Zustimmung des Verlages und des Autors unzulässig. Dies gilt insbesondere für die elektronische oder sonstige Vervielfältigung, Übersetzung, Verbreitung und öffentliche Zugänglichmachung.

Die Handlung und alle handelnden Personen sind frei erfunden. Ähnlichkeiten mit lebenden oder realen Personen sind zufällig und nicht beabsichtigt.

Für meinen Freund Peter, der immer an dieses Buch geglaubt hat und nun die Veröffentlichung nicht mehr miterleben kann. Du fehlst! Im Jahr 2022 liegen Freude und Trauer eng beieinander.

René

Sie würde nicht mehr wiederkommen. Er wusste es genau. Über einen Monat war sie nun schon verschwunden. Er vermisste sie. Nicht, dass sie hier Freunde geworden waren, aber es war jemand da, mit dem er sich ab und zu unterhalten konnte. Sie hatte ihm immer Mut gemacht. Wenn er zweifelte, ob das alles richtig war, was er tat, hatte sie ihn bestärkt. Immer wieder gesagt, dass er ein mutiger junger Mann sei – er musste dann stets lachen, weil sich das so merkwürdig in seinen Ohren anhörte.
Er vermisste seine Mutter und fragte sich, ob sie wohl nach ihm suchen oder zur Polizei gehen würde, wenn sie denn jetzt frei wäre. Über den Umgang der Polizei mit Vermisstenfällen hatte er mal etwas im Fernsehen gesehen, damals, als sie noch eine ganz normale Familie waren und in einem Haus lebten und er auch zur Schule ging. Wie lange war das jetzt her? Er hatte aufgehört, die Zeit zu verfolgen. Überhaupt hatte er aufgehört, über etwas bewusst nachzudenken. Die letzten Jahre waren geprägt von Ritualen, Strafarbeiten und einer immer vorhandenen Unruhe und Besorgnis.
Er schaute sich im Raum um. Alles war wie immer, nur sie fehlte. Als sie beide hier heruntergebracht wurden, hatte sie gesagt, wie

sie heißt. Da sie nicht ganz bei sich war, konnte sie nur nuscheln, so wie er es immer getan hatte als er noch klein war. Er verstand Anna, also hieß sie für ihn so.

Viele Wachphasen lang sah er Anna dabei zu, wie sie mit einem Stuhl Muskeltraining machte. Sie war, wie er selbst, mit dem rechten Arm an einer Kette festgebunden. Diese war fest in der Wand verankert. Tagsüber saß sie auf einem Stuhl am Tisch und nachts lag sie auf einer Pritsche. Bei ihm war es genauso, nur spiegelverkehrt auf der anderen Seite des Raumes. Jeden Morgen und jeden Abend kam jemand, um sie umzuketten, wie er es nannte. Essen und Trinken gab es dann ebenfalls. Anna trainierte jeden Tag mit dem Stuhl. Sie stellte sich aufrecht, so gut es eben ging mit der Kette, und hob den Stuhl mit dem freien Arm hoch. Mal angewinkelt, mal gestreckt. Sie übte so lange, bis sie anfing zu schwitzen. Dann machte sie Pausen und begann später wieder von vorne. Er schaute ihr zu und zählte oft mit. Wenn er bei hundert war, sagte er das laut und sie wechselte die Armposition. Manchmal schenkte sie ihm ein Lächeln dafür.

Wenn Anna lächelte, dachte er an seine Mutter. Das machte ihn traurig. In solchen Augenblicken tröstete ihn Anna und sagte, dass seine Mama bestimmt zeitgleich an ihn denken würde und sie sich dadurch ganz nah seien. Nun war Anna weg und er wieder allein.

Ich ließ meinen Blick über den Teil meines Grundstückes schweifen, den ich von hier aus einsehen konnte. Über den gemähten Rasen, das Wildblumen- und Kräuterbeet, den reparierten Hundezaun. Ich saß mit einem Glas Sauvignon Blanc in der Hand auf der alten Holzbank auf der Terrasse. Ab und zu sah ich die Ohren und die Nase meines Mischlingshundes Sam, der auf Mäusejagd unter der Holzkonstruktion war.
„Wirklich Mama, es geht mir sehr gut. Ich genieße die freie Zeit und die Suche nach Ruhe!"
Meine Mutter war nicht in der Lage, Ironie zu verstehen. Deswegen entging ihr sicher meine Anspielung und mein etwas spitzer Unterton. Eigentlich sollte ich doch zufrieden und müde auf mein Tagewerk auf dem Grundstück schauen. Stattdessen konnte ich den Erfolgsdruck, endlich Ruhe zu finden, fast körperlich spüren. Doch diesmal gab es keine Ausrede, keine Ausflucht und kein Wegschieben. Kein zurück ins pralle Leben der Arbeit, Dauerbeschäftigung und des Adrenalins. Ich hatte mir eine Zwangspause verordnet. Nein, keinen Urlaub und kein Sabbatical, keine medizinisch-verordnete Herausnahme. Denn ich mache gewöhnlich Nägel mit Köpfen. Ich hatte kurzerhand gekündigt. Das Jahr 2022 sollte eine Zäsur in meinem Berufsleben bringen.
„Was hast du denn heute gemacht und was hast du gegessen?", hörte ich die Stimme meiner Mutter durch die Leitung knarzen. Ich stellte mir vor, wie sie in ihrem Haus auf dem Sessel im Wintergarten sitzt und beim Telefonieren ihre Bonsais begutachtet. Sie und ihr Lebensgefährte Karl haben sich der Bonsaizucht verschrieben.
„Och, so dies und das", antwortete ich. „Ein bisschen Gartenarbeit, dann geruht, dann eine Suppe gegessen". Ich hegte die Hoffnung, meine Mutter mit dieser Antwort zufrieden zu stellen. Um nicht ins Kreuzverhör genommen zu werden, fragte ich schnell: „Sehen wir uns am Sonntag bei Sebastian?" Mein Bruder hatte Geburtstag und eingeladen zu einem Brunch.

Wie jedes Jahr Ende September kam die Familie bei ihm zusammen. Nach einigen Detailabsprachen hinsichtlich des Geschenks – nichts war einfach so zu besprechen mit meiner Mutter – beendete ich das Gespräch.

Obwohl es Spätsommer war, wurde es abends schnell frisch. Ich rief Sam zu mir und nahm ihn mit ins Haus. Schwanzwedelnd rannte er um mich herum und legte seine Ohren nach hinten. Ein Trick, wie er glaubte. Die männlichen Hormone in ihm wollten mich bezirzen. Für ein Häppchen getrockneten Hirsch versuchte er alles in seiner Hundemacht stehende zu tun. Mit Erfolg! Er bekam, was er wollte, und schaute danach genauso verhungert wie vorher. „Nee, nee. Das funktioniert nur einmal, meine liebe Kaltnase!" Lachend kraulte ich ihm seinen Nacken und er drückte seinen Körper gegen meine Beine. Ein Andocker-Hund. Seit ich ihn vor vier Jahren aus dem Tierheim geholt hatte, suchte er die Nähe zu mir. Er wird mir wahrscheinlich dankbar sein bis an sein Lebensende, dass ich ihn aus diesem Auffangbecken befreit hatte.

Ich verbannte Sam auf die Couch und mich ins Arbeitszimmer. Ich hatte zu tun. Nachdem ich vor vier Monaten gekündigt hatte, orientierte ich mich langsam neu in meinem Leben. Nichts zu tun war einfach nicht meine Sache. Auch wenn der eindringliche Rat des Arztes so lautete. Zwangspause hin, Ruhe finden her. Ich hatte 15 Jahre lang als Polizeipsychologin gearbeitet. Noch während meiner Polizeizeit absolvierte ich eine Ausbildung zur Heilpraktikerin. An den Wochenenden und in freien Nächten begab ich mich in die Welt der Heilkräuter, des Schröpfens und der Bachblüten. Inhaltlich hatte dies nicht das Geringste mit meiner Arbeit zu tun, aber es interessierte mich. Vor etwa zwei Monaten hatte ich angefangen, Menschen zu beraten, die Opfer einer Straftat geworden sind. Stalkingopfer, Menschen, die körperlich verletzt oder missbraucht wurden oder andere schwere Schicksale hinter sich hatten. Als ehemalige Polizeipsychologin bringe ich offenbar die Erfahrung mit, die die Opfer suchen und als Heilpraktikerin komplettiere ich meinen ganzheitlichen Beratungsansatz. Ich hatte mir ein Limit von zehn parallel aktiven Klienten gesetzt, da die Ruhe ja nicht zu kurz kommen sollte.

Lange überlegte ich mir, von wo aus ich arbeiten wollte. Nach meiner Scheidung vor fünf Jahren bin ich in eine kleine Gemeinde in der Pampa gezogen. Ich kaufte das Häuschen und war glücklich inmitten des Waldes, der Felder und der Weinberge. Es war zwar genug Platz, um Praxisräume einzurichten, aber ich hatte in meinem Job in den letzten Jahren einige Menschen getroffen, von denen ich nicht wollte, dass sie eines Tages bei mir vor der Haustür stehen. Sie kämen garantiert nicht auf einen Freundschaftsbesuch mit Blumen vorbei. Kurzum, ich hütete meine Privatadresse wie meinen Augapfel, da ging es natürlich nicht, dass ich meine Praxis dort einrichtete. Zwar bewerbe ich meine neue Tätigkeit nicht offen, sondern die Klienten finden nur über Empfehlungen zu mir, trotzdem ist eine gewisse Öffentlichkeit nicht zu vermeiden. Von den Menschen in den zum Teil sehr komplexen Biografien meiner Klienten ganz zu schweigen. Auch bei diesen würde ich nicht laut „Willkommen und trete ein" rufen, stünden sie am Sonntagmorgen vor meiner Haustür. Ein sehr guter Freund von mir ist Psychiater in Bingen am Rhein. Bingen ist das nächst größere Städtchen in der Nähe meiner frei auserwählten Einöde. Wie der Zufall es so wollte, hatte er zwei Praxisräume in seinem großen Stadthaus frei. Diese mietete ich kurzerhand an und schon war die Frage nach dem Ort geklärt. Es war perfekt.

Ich saß also nun an meinem Schreibtisch und bereitete den Termin am nächsten Morgen um zehn Uhr vor. Eine Frau hatte sich von ihrem Mann getrennt. Der Verlassene fand die Idee gar nicht gut und hatte umgehend versucht, sie umzubringen. Nur durch einen glücklichen Umstand in Gestalt eines bekifften Nachbarn hatte sie die ganze Sache überlebt. Die Geschichte war gute drei Monate her und nun stand demnächst die Verhandlung an. Letzte Woche Montag schrieb sie mir eine E-Mail und wir vereinbarten den Termin. Sie schickte mir alle Unterlagen, die sie hatte: Anzeige, Berichte aus der Akte, medizinische Befunde und so weiter. Mein Ansatz ist, so viele Informationen wie möglich zu sammeln und erst danach den subjektiven Bericht zu hören. Oftmals geht es bei der Beratung von Opfern auch darum, eine mögliche, nach wie vor bestehende Gefahr einzuschätzen. Dafür sind Objektivität und die Bewertung belegbaren Verhaltens die wesentlichen Voraussetzungen. Ansonsten könnte man gleich den Trester vom Frühstückscappuccino nehmen und darin die Zukunft deuten.

Ich las, was mir zur Verfügung stand, googelte noch die Namen aller Beteiligten, ohne etwas Nennenswertes zu finden und checkte, welche Polizisten für diese Frau zuständig waren. Die Namen sagten mir nichts.
Die Geschichte, die die Frau erlebt hatte, könnte auch exemplarisch für die Geschichten sehr vieler anderer XX-Chromosom-Trägerinnen stehen. Same old Story. Ulrike lernte Phillip vor fünf Jahren kennen. Schnelles Verlieben, Verloben und Verheiraten. Ulrike arbeitete in einem Verlag, Phillip in der Autobranche. Er baute Autos am Fließband zusammen. Nach dem klassischen Dreiteiler zu Anfang, fing Phillip an, sich immer mehr zu verändern. Er trank, er stritt und war bald nicht mehr der sympathische Typ, den Ulrike ursprünglich geheiratet hatte. Er wollte, dass sie ihre Arbeit aufgab und nur noch für ihn sorgte. Ein ganz fortschrittliches Exemplar der modernen Welt also. Ulrike wollte nicht mehr mitspielen und

stellte sich quer. Daraufhin wurde Phillip immer ungemütlicher und schlug auch schon mal zu, um seinen Willen durchzusetzen. Ulrike, eine Frau der Tat, packte ihre Siebensachen als Phillip auf Schicht war und wollte eben zur Haustür raus, als er auch schon vor ihr stand. Er drängte sie zurück ins Haus und schrie wie ein Verrückter auf sie ein. Dies wiederum war am Ende gut für die arme Frau. Denn der nette Nachbar von nebenan, Klaus, hatte sich gerade zu seinem Nachmittagsjoint niedergelassen und fühlte sich in seiner Ruhe und in seinem Freiraum gestört. Er suchte also den Ursprung der kapitalistisch-egoistischen Ruhestörung und traf auf Phillip, der gerade im Begriff war, seiner Frau Ulrike das Lebenslicht auszulöschen. Er saß hinter ihr auf dem Boden, hatte sie im Schwitzkasten und drückte ohne Gnade fest zu. Klaus hatte zum Glück noch nicht den ganzen Joint inhaliert und so warf er sich todesmutig auf den Würgenden. Dieser fiel zur Seite und schlug sich dabei den Kopf an der steinernen Deko-Katze ein. Das kurzzeitige Benommensein nutzten Klaus und Ulrike zur Flucht aus der Wohnung. End of Story. Ulrike kam mit einem Jochbeinbruch, einer Gehirnerschütterung und schweren Halsquetschungen in die Klinik, Phillip erst mal in U-Haft. Dort blieb er aber nicht sehr lange, sondern wurde bis zur Verhandlung auf freien Fuß gesetzt. „Gibt es nicht!", sagen Sie? „Und ob!", sage ich.

Mittlerweile war es zwei Uhr geworden. Da ich an massiven Schlafstörungen litt, verspürte ich keinerlei Müdigkeit. Nur der gesunde Menschenverstand ließ mich vom Schreibtisch aufstehen. Ich bereitete mir noch einen Lavendel-Verbene-Tee, damit es vielleicht doch noch klappen würde mit dem Schlafen. Während der Tee zog und seine Wirkung im Wasser entfaltete, rief ich Sam zu mir und ließ ihn noch einmal in den Garten. Er schaute mich verschlafen aus seinen braunen Augen an. Das Wort Schlafstörungen hatte er noch nie gehört.

Am nächsten Morgen stand ich wie immer gegen sechs Uhr auf. Ich warf die Kaffeemaschine an, ein italienisches Siebträgermodell, die den besten Kaffee auf diesem Planeten braute. Bevor ich mich mit Sam auf die lange Morgenrunde begab, schlürfte ich also meinen Café Crema, erfreute mich am guten Geschmack und an einem neuen Tag. Dieses entspannte Beginnen eines jeden neuen Tages und die Sache mit dem Erfreuen war Teil meines mir selbst auferlegten und ärztlich unterstützten Reha-Konzeptes. Um halb zehn machte ich mich dann auf den Weg in die Praxis. An einem Dienstagmorgen um diese Zeit war ich fast alleine unterwegs auf der Straße.

Ich fuhr einen Geländewagen der Marke mit dem dezenten Stern. Ein Geländewagen war in meiner Wohngegend durchaus sinnvoll, der Stern war eher eine Art genetisch bedingter Snobismus. Um Punkt zehn Uhr klingelte wie vereinbart mein Telefon. Ich habe keinen Namen an der Tür und auch keine Klingel. Menschen, die zu mir wollen, müssen mich vorher anrufen, damit ich sie reinlasse. Ich ging also nach unten und öffnete die Tür. Eine Frau Anfang 30 stand vor mir. Sie sah schwer mitgenommen aus. Dunkle Augenringe, blasse Gesichtsfarbe und stumpfe rotbraune Haare. Sie war mittelgroß und schlank. Ich schaute kurz die Gasse hoch und runter und ließ sie eintreten. Wir gingen schweigend die Stufen in den ersten Stock hinauf. Ich schloss meine Praxis auf und bat Ulrike Lehmann herein.

Der Termin dauerte fast den ganzen Vormittag. Mittlerweile war es kurz nach ein Uhr. Ulrike war mit meinem Vorschlag, sich zu melden, wenn sie mit mir weiterarbeiten möchte, einverstanden und hoffentlich mittlerweile wieder gut zu Hause angekommen. Sam musste dringend mal an die frische Luft bzw. auf den Rasen und mein Magen knurrte. Ich machte

mich auf zu einem kurzen Spaziergang am Rhein und kehrte danach beim Italiener um die Ecke ein. Einen Insalata Mista und Penne Gamberetti später ging ich zurück in die Praxis. Im Hausflur traf ich meinen Freund, den Psychiater.
„Hey Elsa! Wie geht's denn?", fragte er lachend und gab mir ein Küsschen rechts und links auf die Wangen. Ich lächelte zurück. Wie immer war Alfons braun gebrannt. Entweder hatte er eine eingebaute Höhensonne als Deckenlampe in seiner Praxis oder er verbrachte jede freie Minute draußen. Wettertechnisch sind wir in unserer Gegend wirklich verwöhnt. Die Sonne scheint viele Stunden im Jahr, es ist angenehm warm und Regen zieht oft vorbei. Deswegen wächst der Wein hier auch so gut. Alfons ist passionierter Ruderer und eine imposante Erscheinung. Mindestens 190 cm lang und durch das Rudern sehr muskulös. Die grauen Haare standen zottelig in alle Richtungen und seine blauen Augen blitzten mich fröhlich an. Ich mag Alfons sehr gerne. Er ist durch und durch Optimist, charmant und zu hundert Prozent verlässlich. Wenn er nicht vor kurzem aus einer glücklichen Ehe heraus Silberhochzeit gefeiert hätte, dann würde ich gerne öfter mit ihm ausgehen. So bleibt es allerdings beim freundschaftlichen Flirten.

Ich umarmte ihn herzlich und gab ihm Küsschen zurück.
„Mein lieber Alfons! Da arbeiten wir in einem Haus und sehen uns so gut wie nie! Bist du auch ab und zu mal hier oder nur auf dem Rhein unterwegs?" Lachend sah ich in sein Gesicht und knuffte ihm in den Bizeps.
„Ich trainiere rund um die Uhr, nur um dir zu gefallen, liebe Elsa!", parierte er schlagfertig. Wir alberten noch ein wenig herum und verabschiedeten uns, nicht ohne uns für den nächsten Abend auf einen Wein zu verabreden.

Der Nachmittag zog schnell vorüber. Ich hatte noch eine

Klientin und musste eine Analyse fertigstellen. Gegen achtzehn Uhr packte ich alles zusammen, schnappte mir Sam und fuhr nach Hause. Ich stieg in meine Sportklamotten und Laufschuhe und machte mich auf den Weg zu einer ausgiebigen Laufrunde durch die Weinberge. Die wunderschöne rheinhessische Hügellandschaft zog mich immer wieder in ihren Bann. Mit Blick auf den Rheingau und den vorgelagerten Niederwald mit dem gut sichtbaren Denkmal auf der anderen Flussseite, trabte ich durch die noch grünen Weinberge. Bald schon würden die Blätter sich verfärben und die Landschaft in ein rot-buntes Meer verwandeln. Sam freute sich und sprang vor mir her. Nach einer Dreiviertelstunde kehrte ich verschwitzt und ausgepowert zurück und gönnte mir, nach einer Dusche, ein Glas von eben jenem Wein, durch dessen Reben ich gerade noch gejoggt war.

Stayin' Alive, Stayin' Alive, ha ha ha ha Stayin' Aliiiive, Bum, bum, bum, bum – Robin, Barry und Maurice brüllten mir ins Ohr, während ich im Rhythmus versuchte den Brustkorb des Mannes, der vor mir leblos auf dem Boden lag, herunterzudrücken. Mir brach der Schweiß aus, entweder er trug eine Ritterrüstung oder die Leichenstarre hatte schon eingesetzt. Die Brust ließ sich nicht auch nur einen Zentimeter bewegen. Stayin' Alive, Stayin' Alive, ha ha ha ha – jetzt spuckte der Typ mich auch noch an, mein Gesicht war schon ganz angesabbert. Ruckartig fuhr ich hoch und versuchte mich zu orientieren. Ich saß in meinem Bett, Sam schwanzwedelnd und mein Gesicht ableckend neben mir und die Gebrüder Gibb legten sich noch einmal richtig ins Zeug. Mein Handy tanzte dazu kreisend auf dem Nachttisch. Ich schielte auf die Uhr, konnte aber nichts erkennen, da ich normalerweise ohne Lesebrille schlafe. Ich griff nach den Sängerknaben, wischte auf gut Glück über das Display und fragte in absoluter Wachheit „Hallo, wer ist da?" Dies ist eine angeborene Begabung. Ich kann noch so tief und fest schlafen, wenn das Telefon klingelt, bin ich – spätestens wenn ich den Hörer in der Hand halte – hellwach und auf den Punkt konzentriert. Diese Eigenschaft kam mir während der Polizeiarbeit sehr zugute, denn damals klingelte das Telefon meistens nicht zwischen neun und fünf Uhr am Tage, sondern gerne um 2:30 Uhr morgens.

„Kriminaldirektor Weinreich, LKA! Entschuldigen Sie bitte die Störung! Spreche ich mit Frau Elsa Dreißig?", jedes Wort gebellt. Der Name war ja schon mal vielversprechend.

„Wie spät ist es?", bellte ich zurück.

„Drei Uhr zweiundzwanzig", kam es zackig durch den Hörer.

„Frau Dreißig?"

„Ja. Was wollen Sie?", ich war zwar schnell wach, aber nicht schnell nett.

„Ich bin der PF der BAO Sitzkissen".

„Aha", es ging also eher nicht ums Falschparken oder zu

schnelles Fahren. PF heißt Polizeiführer und BAO Besondere Aufbauorganisation. Der Hang zu Akronymen ist nirgendwo so verbreitet wie bei der Polizei. Wenn eine BAO gebildet wird, handelt es sich um eine außergewöhnliche Einsatzlage. Für den normalen Alltagswahnsinn gibt es die AAO, die Allgemeine Aufbauorganisation. PF hieß, er war der Chef dieses Einsatzes.

„Und, was wollen Sie da von mir? Ich arbeite nicht mehr bei der Polizei." Ich saß immer noch im Bett und war der festen Überzeugung, dieser Mann hatte sich vertan oder war nicht informiert über mein Ausscheiden. BAO Sitzkissen. Pfffff. Sehr originell.

„Das ist mir bekannt. Es geht um Savo Kostal, alias Boris Melnik!", wieder gebellt. Der Mann machte nicht viele Worte. Ich sprang aus dem Bett und das Adrenalin schoss mir durch die Adern. Mich bringt wenig aus der Ruhe. Bis meine Pulsfrequenz steigt, muss schon viel passieren. Aber einige Themen wirken wie wahre Beschleuniger auf mein vegetatives Nervensystem.

„Was ist mit ihm und was zum Teufel habe ich damit zu tun?", hörte ich mich in einer leicht erhöhten Tonlage fragen.

Nun machte Kriminaldirektor Weinreich für seine Verhältnisse viele Worte. „Er ist geflohen. Aus der JVA. Vorher hat er seinen Zellennachbarn getötet. Auf der Flucht dann noch einen JVA Mitarbeiter. Und einen Autofahrer, der sich weigerte, sein Fahrzeug herzugeben." Lange Sätze waren offenbar einfach nicht sein Ding. Bevor ich ein weiteres Mal fragen konnte, was diese ungeheuerliche Geschichte mit mir zu tun hatte, fuhr er ungerührt und sachlich fort. „Wir denken, er ist hinter Ihnen her!"

Mir rutschte das Herz in die Hose. „Was? Wieso das denn?", keifte ich nun rhetorisch auch nicht viel besser in den Hörer.

„Hören Sie mir zu", knarzte es aus dem Telefon. Ja, was dachte der Mann denn, was ich tat? Nebenbei CSI gucken? „Kostals Schwester Ana ist tot. Vor drei Wochen ist das passiert.

Seitdem dreht er auf. Er hat laut Aussage der JVA von nichts anderem mehr geredet. Und davon, dass er zu Ihnen muss. Er war geradezu besessen von dieser Idee."
Ich atmete tief durch und setzte mich auf die Bettkante. Eigentlich konnte ich ganz entspannt sein. Ich habe eine Geheimadresse, bin in keinem Auskunftssystem zu finden und lebe in der Pampa. Er konnte mich also gar nicht finden. Außerdem kannte mich Kostal nur unter dem Namen Elsa Decker.
„Was ist passiert? Ich meine, wie konnte er aus der JVA fliehen?", fragte ich den Kriminaldirektor. Da er Kostals Klarnamen nutzte – und vor allem kannte – und nicht nur seinen Alias Melnik, war klar, dass hier eine große Sache lief. Savo Kostal ist gebürtiger Slowake und er war ein hohes Tier in den mafiösen Strukturen einer mittelgroßen Stadt im Süden Deutschlands. Er war der Mann fürs Grobe und wurde 2012 auf frischer Tat ertappt, als er gerade versuchte, einen Drogenkurier ins Jenseits zu befördern. Der Kurier war ein verdeckter Ermittler der Polizei und konnte gerade noch rechtzeitig den Zugriff auslösen. Als man Kostal dann auf den Stuhl setzte, machte er einen vollkommen unerwarteten Vorschlag. Er war bereit, umfassend auszusagen und versprach, Detailinformationen bis in die höchsten Ebenen der kriminellen Strukturen zu liefern. Ihm selbst war zu diesem Zeitpunkt glasklar, dass seine Aussage ihn mindestens zehn Jahre hinter Gitter bringen würde, wahrscheinlich sogar länger. Seine Straftaten umfassten von Drogenhandel, schwerer Körperverletzung mit Todesfolge über sexuelle Nötigung, Vergewaltigung bis hin zu Betrug, Unterschlagung und Erpressung so ziemlich das gesamte Strafgesetzbuch. Savo versprach also nun Informationen, die ausreichen würden, die gesamte mafiöse Struktur auffliegen zu lassen. Im Gegenzug verlangte er Schutz für sich und seine Schwester Ana. Er wollte für sie beide eine neue Identität und für Ana die Möglichkeit, ein neues Leben zu beginnen. Ihm war damals schon klar, dass ein sicheres Leben

ab sofort nicht mehr möglich sein würde. Der singende Vogel wird vom Baum geschossen. Und seine Liebsten neben ihm gleich mit.

So fanden 2012 viele Karrieren innerhalb der Polizei, der Justiz und der Politik ein jähes Ende. Kostal lieferte wie versprochen Namen, Details und Beweise, die einen ungeheuerlichen Sumpf aus Korruption, Drogengeschäften, Erpressung und Menschenhandel trockenlegten. Der Staatssekretär im Landesjustizministerium, ein Staatsanwalt und ein Kriminaldirektor bildeten den Kopf der kriminellen Truppe. Sie kannten sich alle aus dem Studium und bauten nach und nach ein wahrhaftes Imperium auf. Nach Kostals Aussage gab es zahlreiche Festnahmen und Verurteilungen. Bis zum Schluss blieben Zweifel, ob man wirklich alle Drahtzieher und Hintermänner aufgedeckt hatte. Savos Aussagen sicherten ihm und seiner Schwester im Gegenzug einen Platz im Zeugenschutzprogramm. Das war der Zeitpunkt, an dem ich die Kostal-Geschwister kennengelernt habe.

KD Weinreich schilderte im schon bekannten Stakkatostil, wie dem Slowaken die Flucht aus der JVA gelang. „Gestern Abend, um 18:30 Uhr schlug Kostal in seiner Zelle Alarm. Die Schließer schauten nach. Kostal meinte, seinem Zellennachbarn würde es nicht gut gehen. Er habe geröchelt und liege nun reglos da. Man müsse dringend nach ihm schauen. Einer der beiden JVA-Beamten schloss die Zelle auf und ging hinein. Der andere wollte dem Sani Bescheid sagen. In dem Moment, in dem der eine in die Zelle trat, hatte er auch schon eine Schlinge um den Hals. Kostal stand hinter ihm und drohte, dass jede Bewegung seine letzte sei. Totmannschaltung. Eng umschlungen arbeiteten die beiden sich durch die Gänge bis zum Ausgang vor. An der letzten Tür verlor der Beamte die Nerven. Er schlug um sich, dachte wohl Kostal wolle ihn als Geisel mitnehmen. Die Schlinge zog sich sofort zu und durchtrennte seine Halsschlagader. Nichts mehr zu

machen gewesen. Draußen riss Kostal die Tür eines PKW auf, der auf dem Seitenstreifen stand. Er forderte den Mann auf, das Fahrzeug zu verlassen. Der wollte aber nicht. Daraufhin zog Kostal ihn aus dem Wagen und verpasste ihm einen Handkantenschlag ins Genick. Er war sofort tot. Kostal setzte sich ins Fahrzeug und fuhr davon. Ringfahndung negativ. Das alles hat nicht länger als zehn Minuten gedauert. Seitdem fehlt jede Spur. Ach ja. Seinen Zellennachbarn hat Kostal mit einem Sitzkissen erstickt, während dieser auf seinem Bett lag und döste." Weinreich waren keinerlei Emotionen anzuhören. Ich dachte über Weinreichs Worte nach. Kostal hatte damals eine neue Identität als Boris Melnik bekommen. Sein eigenes Strafverfahren brachte ihm zehn Jahre hinter Gittern ein. Das war im Jahr 2013. Er wäre also in gut einem Jahr als Melnik in ein neues Leben aus der JVA entlassen worden. Savo Kostal ist der berechnendste Mensch, dem ich jemals begegnet bin. Was hatte ihn jetzt also dazu gebracht, eine solche Tat zu begehen? Ich behielt meine Gedanken für mich und bedankte mich für die erhellenden Nachrichten.
„Wollen Sie Polizeischutz?", fragte Weinreich.
„Nein danke! Aber wenn Sie neue Informationen haben, wäre ich dankbar, wenn Sie mich unterrichten würden." Ich beendete das Gespräch und ging in die Küche, um mir einen Tee zuzubereiten. An Schlaf war jetzt natürlich nicht mehr zu denken. Polizeischutz! Dann könnte ich gleich ein Plakat aufhängen mit meiner Adresse. Streifenwagen vor der Haustür und an der Praxis. So etwas spricht sich schnell rum auf dem Land. Viel zu auffällig. Außerdem war ich der Meinung, dass meine Abschottung auch von einem Savo Kostal nicht zu durchdringen ist. Da lag ich leider falsch.

In meinem Wohnzimmersessel sitzend schlürfte ich meinen Tee. Eigentlich war mir mehr nach einem Glas Weißwein, aber den verkniff ich mir. Savo war also geflohen und wollte zu mir. Damals war er sehr zufrieden mit seiner neuen Identität als Boris Melnik. Er hatte seine neue Biografie in zwei Tagen auswendig gelernt und verinnerlicht. Auch in der JVA ist der Aufbau einer neuen Vita ungemein wichtig. Dort sitzen genau die Leute, die ihm liebend gern den Garaus gemacht hätten. Natürlich wurde er fernab seiner alten kriminellen Wirkstätte untergebracht, aber die JVA-übergreifende Kommunikation funktioniert besser als das nachbarschaftliche Nachrichtennetz eines Mietshauses. Kostal integrierte sich gut in seiner neuen hochstrukturierten Umgebung. Sein ihm wichtigstes Anliegen war das Wohlergehen seiner Schwester Ana. Sie hatte mit den kriminellen Machenschaften ihres Bruders nichts zu tun, war aber natürlich immer mit im Blickpunkt. Er sorgte für sie, seit die beiden 1995 gemeinsam nach Deutschland gekommen waren, Ana war damals 15 Jahre alt, Savo 21. Die beiden sind in der Nähe von Bratislava noch zu Ostblockzeiten zur Welt gekommen. Sie lebten bei der Mutter, der Vater hatte sich kurz nach Anas Geburt in den Knast verabschiedet.

Als Mama Kostal Mitte der achtziger Jahre am Suff und dessen Folgen das Zeitliche segnete, waren die beiden auf sich alleine gestellt. Savo war zwischendurch für einige Zeit im damals noch tschechischen Jugendgefängnis. Sicherlich auch kein Vergnügen. Ana kam für diese Zeit ins Kinderheim. Sicherlich noch viel weniger Spaß. 1995 dann schlugen die beiden sich nach Deutschland durch und sind im Süden der Republik hängen geblieben. Da Ana noch minderjährig war, wäre eigentlich das Jugendamt zuständig gewesen. Nach den schlechten Erfahrungen, die sie in der Tschechoslowakei gemacht hatte, wehrte sie sich mit Händen und Füßen dagegen und flehte ihren Bruder an, sie nicht an die Behörden auszuliefern. Savo Kostal ist ein Mann, der sich selbst am Nächsten steht. Ich denke, seine Schwester ist der einzige Mensch, der ihm etwas bedeutet. Für sie hat er eine Art Verantwortung und Patenschaft übernommen. Er ging also mit Ana in den Untergrund und die kriminelle Entwicklung nahm ihren Lauf.

Ana machte Bekanntschaft mit Metamphetamin, besser bekannt als Crystal Meth. Eine psychotrope, das vegetative Nervensystem anregende Droge, die Ana geschnupft und geraucht hat. Durch noch gut funktionierende Verbindungen nach Osteuropa kam sie relativ leicht an die zerstörerischen Kristalle. Savo hatte immer halbherzig versucht, sie von der Droge abzubringen, aber er hing zu tief in seinen illegalen, sehr komplexen Machenschaften, als dass er sich wirklich mit vollem Einsatz darum hätte kümmern können. Crystal macht so schnell abhängig wie kaum eine andere Droge und hat eine unglaublich vernichtende Wirkung. Nach einer gewissen Zeit intensiven Konsums bekommt das Hirn so langsam die Struktur eines löchrigen Schweizer Käses, die Abhängigen haben Schwierigkeiten, sich Dinge länger als fünf Sekunden zu merken. Die Haut leidet, die Zähne fallen aus und der Phänotyp liegt gute 25 Jahre über dem realen Alter. Das Abhängigkeitspotential ist ungemein hoch. Als ich Ana 2012 kennenlernte, war ich erstaunt, wie gut sie sich für eine Langzeitkonsumentin gehalten hatte. Sie sah noch gut aus und auch Gespräche, die über den normalen Smalltalk hinausgingen, waren möglich. Das war auch gut so. Denn Smalltalk ist mir zuwider.

Savo fuhr also als Boris in den Knast ein und Ana ging als Ana Melnik erst in den Entzug, dann in die Therapie und danach zog sie in eine kleine Wohnung und versuchte sich ein neues Leben aufzubauen. Dies fiel ihr unglaublich schwer. Sie brauchte einen anderen Menschen an ihrer Seite, der ihr sagte, was sie tun und nicht tun sollte und der die grobe Richtung anzeigte. Sie hatte ihr Leben lang Savo als Orientierungspunkt gehabt und gab sehr gerne die Verantwortung für ihr Leben und Handeln in seine Hände. Plötzlich auf sich gestellt kam sie nur schwer zurecht. Als ich vor vier Monaten die Polizei verließ, war Ana zwar noch im Zeugenschutzprogramm, wurde aber nur noch lose betreut und alle paar Monate besucht. Ich hatte im Laufe der Zeit eine gute Beziehung zu ihr aufgebaut und sie durch diverse Tiefen gebracht. Das damalige Gerichtsverfahren gegen ihren Bruder hatte sie sehr mitgenommen, vor allem ihre richterlichen Vernehmungen. Gegen Savo hatte sie zwar die Aussage verweigern können, aber sie hatte auch von vielen anderen Zusammenhängen gewusst und kam nicht gänzlich um einen Auftritt vor Gericht herum. Nun war sie also tot. Was war passiert? Ein Unfall, Suizid, plötzlicher Herztod, ein Rückfall inklusive Überdosis oder etwas ganz anderes? Ich befragte intensiv mein Hirn, aber es gab mir keine konstruktive Antwort.

Wie auch? Es war mittlerweile fünf Uhr morgens und ohne zusätzliche Informationen konnten die grauen Zellen auch nichts Originelles hervorbringen. Es war an der Zeit, das World Wide Web zu befragen. Also klappte ich meinen Laptop auf und öffnete eine Suchmaschine. Als Stichworte gab ich Frau, tot, Wohnung, ihren Wohnort und das Datum 25.08.2022 ein. Wenn KD Weinreich immer so korrekt war wie er am Telefon gewirkt hatte, dann war seine Zeitangabe „Vor drei Wochen" wahrscheinlich wörtlich zu nehmen. Die Maschine spuckte eine Menge Ergebnisse aus. Zu Frauen, zu Bestattungsinstituten, zu einem Potenzmittel, welches angeblich Tote wieder zu sexueller Aktivität überreden konnte und zu Herbstevents am Rhein. Das war also nicht sehr erfolgreich. Ich probierte noch das eine und andere aus, fand aber letztendlich nichts zum Tod der bedauernswerten Ana.

Gegen sechs Uhr gab ich auf und brühte mir einen doppelten Espresso. Sam hatte die ganze Zeit zusammengerollt auf dem Sofa gelegen und tief und fest geschlafen. Nachdem er mich nun in der Küche hantieren hörte, kam er neugierig um die

Ecke. Er hoffte auf ein frühes Leckerchen und saß verhungert zu mir hochblickend zu meinen Füßen. Herzensbrecher! Ich griff in die Schale mit seinen Hundeleckereien und erntete einen dankbaren Blick. Auch wenn es vielleicht dämlich klingt, aber manchmal spreche ich mit Sam, so auch jetzt.
„Tja, Sam. Was soll ich dir sagen? Savo ist getürmt und Ana ist tot. Was soll ich denn davon halten?" Ich sah ihn an, als erwartete ich eine Antwort. Nichts. Keine Reaktion. „Sollte ich mir Sorgen machen und mich mit dieser alten Geschichte herumplagen?" Nun legte er die Ohren an und wedelte wild mit der Rute. Pragmatisch wie er war, hatte er wohl „Hasen jagen" verstanden und wollte nun zur Tat schreiten. Also zog ich die „Hundeklamotten" an. Ein Blick auf das Thermometer sagte mir, dass eine Fleecejacke angebracht war. Ich machte mich auf den Weg in die Weinberge und genoss die frische Luft und den Anblick der mittlerweile dick gewordenen Trauben an ihren Stöcken. Die frühen Rebsorten wie Bacchus und Solaris sind schon Ende August geerntet worden und konnten bereits als Federweißer genossen werden. Der heiße sonnenverwöhnte Sommer hat den Trauben gut getan. Es würde ein Spitzenjahrgang werden. Manche Winzer nannten 2022 in einem Atemzug mit den Weinwunderjahrgängen 1976 und 2003.

Ich konnte beim Laufen kein Ende finden und hatte das dringende Bedürfnis, mich bis zur Erschöpfung zu bewegen. Sam fand die Idee nicht schlecht und lief begeistert mit. Die Luft war sehr klar und frisch und ich lief kreuz und quer durch die Weinberge, bergauf und bergab und zog immer größere Kreise. Das Ganze konnte ich als gute Trainingseinheit für meine sportliche Leidenschaft verbuchen. Mit Sam zusammen starte ich bei Orientierungsläufen: „Human And Dog Orientation Games", kurz HADOG. Im Wettkampf dauert ein solcher Run gute fünf bis sechs Stunden und führt durch

Feld, Wiese und vor allem Wald. Jedes Starterpaar, also Hund und Hundeführer, bekommt zu Beginn die zu passierenden Koordinaten, verschiedene Aufgaben, die zu bewältigen sind und aus den gefundenen Örtlichkeiten und gelösten Aufgaben ergeben sich die Koordinaten für den Zielort. Der kann auch gerne mal auf einem scheinbar unpassierbaren Berg liegen oder in der Mitte eines Sees. Für den Hund werden spezielle Spuren gelegt, die er finden muss, zwischendurch gibt es Rätsel zu lösen und die Tour ist nur gemeinsam als Mensch-Hund-Gespann zu lösen. Es ist ein unglaublich spannender und herausfordernder Spaß, den man nur bestehen kann mit einer ausreichenden Kondition und einer hohen Bereitschaft, den tatsächlichen Schritt ins Ungewisse zu wagen. Manchmal sind auf diesen Trails Wege zu gehen, bei denen sich die Frage stellt, ob man eigentlich noch zurechnungsfähig ist. Dieser morgendliche Lauf war also nicht wirklich ein Run im Sinne des HADOG, aber sicherlich gut für die Kondition und die Muskulatur. Übrigens auch für Sam. Ein Leben im Wechsel von Leckerchen und Schlafen ist nicht im Sinne der Orientation Games. Aber Sam ist zum Glück topfit und neigt nicht zu Übergewicht oder Lethargie. Er findet nahezu jede Spur und freut sich über jedes gefundene Ziel.

Nach gut zwei Stunden war ich zurück von meinem Lauf, völlig ausgepowert, aber glücklich. Ich hatte mir Gedanken gemacht, wie ich mit der Geschichte von Savo und Ana umgehen sollte und beschloss, dass es mich nichts mehr angeht. Ich fühlte mich nicht verantwortlich, irgendetwas zu unternehmen und war überzeugt davon, dass der Anruf von KD Weinreich das Einzige bleiben sollte, was ich über diese Geschichte hören würde. Der restliche Tag verlief ereignislos. Ich hatte zwei Klienten, hörte nichts von Ulrike Lehmann und schrieb an einer Risikoanalyse eines massiv stalkenden Familienvaters. Er stellte seit nunmehr drei Monaten der

Familienrichterin nach, die über das weitere Vorgehen im Sorgerechtsstreit hinsichtlich seiner Kinder entschieden hatte. Der Vater war der Meinung, in der Richterin seine neue Ehefrau gefunden zu haben und ließ sie seitdem nicht mehr in Ruhe.

Am Abend war ich mit Alfons verabredet und vorher wollte ich noch nach Hause fahren, um mich ein wenig frisch zu machen. Silberhochzeit hin, Silberhochzeit her. Mir war es wichtig gut auszusehen, wenn ich ihn auf ein Glas Sauvignon traf. Nach der Dusche zog ich etwas Nettes an und legte Make Up auf. Sam dachte wohl, ich machte mich für ihn schön. Er sprang freudig mit dem Schwanz wedelnd um mich herum und zwinkerte mich an. „Nee, nee, mach dir mal keine Hoffnungen. Du hütest heute Haus und Hof und ich amüsiere mich!" Beleidigt zog er sich auf seine Decke zurück. Ich ließ ein kleines Licht für ihn an, schnappte die Autoschlüssel und verließ das Haus.
Auf dem Weg die Auffahrt hinunter zu meinem Auto bemerkte ich einen Schatten neben mir, der sonst nicht dort war. Ich drehte mich zur Seite und schaute in einen Pistolenlauf. Beschienen vom Außenlicht meines Hauses sah ich in ein Gesicht, das ein schwer gelebtes Leben widerspiegelte. Vernarbt und sehr markant. Es war nichts Gütiges darin zu erkennen, die Augen eine Mischung aus grau, blau und grün. Eiskalt und emotionslos. Eine markante Nase und ein schmaler, zynischer Mund. Sämtliche Muskeln meines Körpers wurden starr und meine Atmung legte erheblich an Geschwindigkeit zu. „Hallo Savo! Was willst du von mir?". Direkt wie immer ging ich in die Begegnung. Mein Körper bewegte sich keinen Zentimeter. „Elsa!" Er nickte leicht mit dem Kopf. „Ich sage das jetzt genau einmal. Ana ist getötet worden und du wirst mir helfen, ihre Mörder zu finden. Ich werde das nicht mit dir diskutieren und wenn du nicht machst, was ich sage, bist du genauso tot wie

sie. Hast du das verstanden?" Savo schaute mich an und wartete auf eine Antwort.
Da konnte er lange warten. Auch wenn ich genau wusste, was in so einer Situation theoretisch richtig und falsch war, konnte ich nicht aus meiner Haut. Es gibt nichts, was mich schneller in die Reaktanz gehen lässt, als autoritäres Gehabe, Kommandos und Zwang.
„Wie hast du mich gefunden?" Es interessierte mich wirklich, dachte ich doch, komplett abgeschottet und sicher zu leben. Er hatte meine Adresse herausbekommen und wohl auch meinen echten Namen.
„Wenn ich etwas will, dann bekomme ich es auch. Dies gilt auch für Informationen. Du kennst mich doch!", beantwortete er nicht wirklich meine Frage.
„Hör zu Savo, ich arbeite nicht mehr bei der Polizei ..."
„Schluss jetzt, Elsa!", er erhob die Stimme. „Du hilfst mir! Und wenn nicht, dann tust du gar nichts mehr auf dieser Erde!" Er setzte sich in Bewegung in Richtung meines Autos und wedelte mit der Pistole in meine Richtung. Ich schloss daraus, dass ich das Gleiche wie er tun sollte. In Gedanken wägte ich meine Möglichkeiten ab. Der nächste Nachbar war gut drei Kilometer entfernt. Wenn ich die hohen Hacken auszog, konnte ich es in einer guten Zeit dorthin schaffen. Savo dagegen hatte bis gestern acht Jahre im Knast verbracht, mit seiner Fitness war es also hoffentlich nicht so weit her. Er sah zwar nicht schlaff aus, auch im Gefängnis kann man ja Fitness und Wellness betreiben, aber ich hielt mich für fitter. Der Entschluss war gefasst und ich setzte ihn sogleich in die Tat um. Möchte man seinen Gegner besiegen und hatte er die stärkeren Argumente, musste man die Überraschung für sich arbeiten lassen. Wenn ich einmal mit Kostal im Auto sitzen würde, gäbe es so schnell keine Gelegenheit zur Flucht mehr. Ich machte mir keine Illusionen. Kostal würde mich töten, wenn es ihm notwendig erschien. Die Vorstellung, mit diesem

Mann unter diesen Voraussetzungen die nächsten Stunden oder gar Tage zu verbringen, gab mir den nötigen Mut und die Energie, in die Bewegung zu kommen.

Ich tat so, als würde ich Richtung Auto gehen, schlüpfte aus den Schuhen, schlug einen Haken nach links und lief los so schnell ich konnte. Gerne hätte ich Savo vorher noch eins über den Schädel gezogen, hatte aber außer der Handtasche nichts Wirksames zur Verfügung. Ich bildete mir etwas auf meine Antrittsgeschwindigkeit ein, doch Savo war davon leider unbeeindruckt. Keine zehn Meter schaffte ich. Dann war Savo auch schon da. Er packte mich von hinten, umschlang mich mit beiden Armen und zog mich rückwärts an sich. Sein Mund war direkt an meinem rechten Ohr. „Noch ein solcher Versuch, Elsa, und du hast es hinter dir!", hörte ich ihn leise in mein Ohr zischen. Zur Bekräftigung seiner Worte fasste er mir an die Kehle und drückte leicht zu. Ich war zu geschockt und bekam außerdem nicht genug Luft, um ihm eine passende Antwort zu geben. Erst als er wieder locker lies, realisierte ich, was da gerade passiert war. Savo hatte mich nicht umgehauen und ist auch nicht ausgeflippt. Ein weiterer Beleg dafür, dass er ein Psychopath war. Keine Emotionen und durch und durch berechnend. Er brauchte mich! Das war der einzige Grund, warum ich noch lebte. Angesichts der Gesamtsituation zwar kein Grund in Jubel auszubrechen, aber doch ein Vorteil für mich. Erst wenn er hatte, was er wollte, würde es wirklich eng werden. Ohne Zweifel würde auch vorher jedes weitere Fluchtverhalten zu einem unschönen Ende führen. Auf der Nase rumtanzen ließ er sich mit Sicherheit nicht und wenn das Risiko für ihn zu groß werden würde oder ich ihm zu anstrengend, dann würde er handeln. Ich fasste den Entschluss, seine gefährliche Persönlichkeit für mich zu nutzen.

„Wenn du mich loslässt, können wir gerne darüber reden, wie es weitergehen soll. Vorher werde ich kein Wort sagen und mich auch nirgendwohin bewegen. Mit Gewalt und Druck

geht bei mir gar nichts! Das ist der Deal, den ich dir anbieten kann!", ich versuchte so ruhig wie möglich zu sprechen und mir meine Angst nicht anmerken zu lassen.
Wieder hörte ich ihn leise in mein Ohr zischen: „Ganz schön kühn, Elsa. Berechnend und kalt. Du bist genau wie ich!"
Sollte er doch denken was er wollte. Er lockerte seinen Griff und drehte mich zu ihm herum. Keine Sekunde ließ er mich aus den Augen. Die Farbe seiner Iris erinnerte an den Himmel über dem Meer kurz vor einem Gewitter. Eine Mischung aus bleiernen Farben, gefährlich und abweisend. „Ins Auto!"
Wir setzten uns in Bewegung und ich öffnete mit der Fernbedienung das Auto. „Du ans Steuer!" Er öffnete die Fahrertür und versetzte mir einen kleinen Stoß. Seine Art mir zu zeigen, dass er hier das Sagen hatte.
„Schlüssel und Telefon!", schnauzte er mich an und hielt die Hand auf. Ich gab ihm beides und setzte mich in den Wagen. Savo gab der Tür einen schwungvollen Tritt, so dass sie zufiel. Er selbst ging langsam vorne um das Auto herum, griff meine Schuhe und behielt mich im Auge. Unverwandt hielt ich den Blick nach vorne gerichtet und tat so, als wäre er gar nicht da. Ich war schon öfter in meinem Leben in unangenehme oder brenzlige Situationen geraten, aber diese hier war speziell. Ich hatte Angst! Nach außen strahlte ich die stoische Ruhe des Meeres bei Flaute aus, innerlich rasten meine Gedanken und lieferten sich einen Wettstreit mit den Gefühlen. Schon immer waren dynamische, druckvolle Situationen für mich die besten Voraussetzungen für klares, analytisches Denken. Nur hing ich diesmal persönlich mit drin. Das änderte natürlich einiges.
Savo öffnete die Beifahrertür, warf mir die Schuhe in den Schoß und ließ sich auf den Sitz fallen. Er schaute mich an, die Pistole locker in der Hand in meine Richtung zeigend. „Schuhe anziehen. Losfahren!"
Das konnte ich auch: „Schlüssel!"

Er verzog seinen Mund zu einem zynischen Grinsen. Das tat er wahrscheinlich öfter, denn sein Mund hatte durch die ständige Aktivierung der immer gleichen Muskeln schon den Ausdruck der zynischen Überheblichkeit als Grundstellung übernommen. Es war unglaublich, wie ein Mensch so unemotional sein konnte. Er hatte vor kurzem seine Schwester verloren, drei Menschen getötet, seine neu aufgebaute Existenz zerstört und die halbe Nation suchte nach ihm. Savo Kostal war im Moment sicherlich nach oben geschnellt auf der „best of most wanted" Liste der Strafverfolgungsbehörden. Und nicht nur die suchten nach ihm. Da waren ja auch noch seine alten Weggefährten, die er damals verpfiffen hatte. Durch seine spektakuläre Flucht hatte er selbst dafür gesorgt, dass seine wahre Identität nun wieder ans Tageslicht gebracht wurde. Der Schutz, den er als besonderer Zeuge genossen hatte, war nun passé. Ich war mir sicher, dass in Kürze auch in meiner Straße die Polizei auftauchen würde, da Savo ja angekündigt hatte, nach mir zu suchen. Das musste auch ihm klar sein. Trotzdem war er die Ruhe in Person.

Auch Alfons würde langsam unruhig werden, waren wir doch vor gut einer halben Stunde verabredet gewesen. Ich hatte noch nie eine Verabredung platzen lassen und er kannte mich als absolut zuverlässig. Am ehesten würde er an einen Unfall denken oder an die sich in frühkindlicher Regression befindlichen Partner meiner Klientinnen. Wie auch immer, er würde versuchen, mich zu erreichen und sich dann wahrscheinlich auf den Weg zu mir machen. Ich könnte nun also versuchen, Zeit zu schinden und warten, bis ein potenzieller Helfer auftauchte. Dies würde aber auch bedeuten, das Leben dieses Menschen in erhebliche Gefahr zu bringen. Savo würde nicht zögern und ganz sicher Gebrauch von seiner Schusswaffe machen. Die Alternative war, mir aus den Umständen einen Vorteil zu verschaffen, sowohl im Hinblick auf die Beziehung

zu Savo als auch – und dies war mir besonders wichtig – im Hinblick auf eine potenzielle Rettung aus der Situation.
Ich drehte mich leicht zu Savo und holte tief Luft. „Savo, ich möchte nicht mit dir diskutieren und dich auch nicht provozieren. Ich habe verstanden, um was es dir geht. Weil ich an meinem Leben hänge, werde ich versuchen, dir zu helfen. Nicht weil ich dich leiden kann." Selbstbewusstsein und Stärke waren im Moment die geeignetsten Mittel, um weiterzukommen. „Ich war heute Abend verabredet und wenn ich dort nicht erscheine ohne abzusagen, wird mein Bekannter sich auf den Weg machen, um nach mir zu suchen." Ich schaute ihm direkt in die Augen.
„So, so, dein Bekannter. Um wen handelt es sich denn?", fragte Savo.
Ich hatte nicht die Absicht ihm zu sagen, wer da auf mich wartete. Je weniger Savo über mein Leben wusste, desto besser. „Ja, mehr ein Kollege. Wir arbeiten zusammen an einem Fall. Ich sollte ihn besser anrufen und sagen, dass mir etwas dazwischengekommen ist. Wenn nicht, wird er herkommen oder die Polizei verständigen." Ich versuchte so überzeugend wie möglich zu sein.
„Elsa, das glaubst du doch wohl selber nicht. Warum sollte ein Kollege die Bullen anrufen, nur weil du nicht zu einem Date kommst? Die würden sich ja schlapp lachen." Zynisches Grinsen.
„Er weiß, mit welchem Klientel ich zuweilen arbeite und da gehört es zum Berufsverständnis, sich um den anderen zu sorgen. Auch wenn dir so etwas fremd ist, so funktioniert die Zivilgesellschaft", konterte ich bewusst angefressen. Ich wollte, dass er mir glaubt.
Savo schaute nach vorne aus dem Fenster. „Und warum erzählst du mir das? Sei doch froh, wenn jemand herkommt, um nach dir zu schauen. Das könnte deine Rettung sein." Sein Tonfall war voller Zweifel an meiner Geschichte.

Ich versuchte so geschäftsmäßig wie möglich zu klingen. „Ja, das stimmt. Ich wäre um jede Minute froh, die ich hier eher rauskommen könnte. Aber erstens möchte ich nicht weitere Menschen in Gefahr bringen und zweitens möchte ich auch wissen, was mit Ana passiert ist. Ich spiele mit offenen Karten." Der erste Grundstein meiner Taktik war, so hoffte ich, gelegt. Wenn ich überzeugend genug war, so würde Savo meine Information als eine Art Vertrauensvorschuss verbuchen. Eine gute Basis für die weitere Zusammenarbeit in dieser speziellen Situation und für mein Überleben. In diesem Moment meldeten sich die Gebrüder Gibb aus der Jackentasche. Er zog langsam mein Smartphone heraus und schaute aufs Display. Dr. Marx ruft an – dieses förmliche Abspeichern von Daten stammt noch aus der Zeit, als wir uns gerade kennenlernten und noch nicht beim vertrauensvollen Du waren. Ich nutzte diesen Umstand für die Untermauerung meiner Geschichte.
„Ja, wie ich schon sagte, das ist der Kollege, mit dem ich heute verabredet war. Dr. Marx." Ich stellte mir vor, wie Alfons im Schneiders am Tisch saß und sorgenvoll in der Gegend herumschaute mit dem Telefon am Ohr.
„Ich sollte dran gehen und ihm sagen, dass ich unsere Verabredung vor lauter Stress vollkommen vergessen habe".
Niemals würde Alfons mir diese Geschichte abnehmen. Er würde sofort wissen, dass etwas nicht stimmen konnte. Sensibilität und Empathie waren die beiden Eigenschaften, die in meinem Gehirn die Synapsen gleichzeitig mit Alfons Namen feuern ließen. Es war klar, dass Savo die Verbindung auf Lautsprecher stellen würde. Das hieß, ich musste reden, bevor Alfons das Wort ergreifen konnte. Savo berührte den grünen Hörer auf dem Display, aktivierte das Lautsprechersymbol und hielt mir das Telefon vors Gesicht. In der Hoffnung auf noch nicht allzu viele Schlucke vom Sauvignon, ergriff ich schnell das Wort. „Dreißig hier. Guten Abend Dr. Marx. Es tut mir so furchtbar leid. Jetzt als ich Ihren Namen auf dem Telefon

sah, fiel es mir wieder schlagartig ein. Mein Gott, wir waren ja verabredet, um über Helene Jakobi zu sprechen. Ich habe es schlicht und einfach vergessen. Der Stress, sie wissen ja selbst am besten, wie das ist!" Erst jetzt traute ich mich eine Sprechpause einzulegen und hielt die Luft an. Es würde alles davon abhängen, ob Alfons diese etwas dramatisch wirkende Geschichte merkwürdig fand. Niemals spreche ich so mit Alfons. Im Übrigen auch mit niemand anderem. Helene Jakobi war vor einiger Zeit eine psychotische Patientin von Alfons, die sich auf einer Mission wähnte, die Menschheit von allen Männern mit grauen Haaren zu befreien. Sie war der Ansicht, in den farblosen Haaren befänden sich Mikroorganismen, die zur Ausrottung des Menschen führen würden. Nun hatte Alfons auch graue Haare. Als Helene Jakobi dies realisierte, zückte sie während einer Therapiesitzung ein Messer und versuchte ihm an den Kragen zu gehen. Alfons war stärker und schneller. Manchmal gewinnen auch die Guten. Es kam zu einem Gerangel. Am Ende bekam Helene einen festen Wohnsitz in der Psychiatrie und Alfons eine Schiene für die gebrochene Nase.
„Frau Dreißig", kam es zögerlich durchs Telefon. Er hatte offenbar die außergewöhnliche Situation wahrgenommen, auch wenn er sicherlich noch nicht viel damit anfangen konnte. Egal, Hauptsache er spielte mit. Seine Stimme klang angespannt. „Ich finde das nicht Ordnung, habe ich mir doch extra Zeit für Sie genommen. So geht das nicht. Kommen Sie jetzt noch her oder gar nicht mehr? Wenn nicht, muss ich meine Zeit hier ja nicht weiter vertrödeln", knurrte es schlagfertig aus dem Lautsprecher. Ich verdrehte innerlich die Augen und jubelte still in mich hinein.
„Nein, ich werde es jetzt nicht mehr schaffen. Wir müssen es wohl auf ein anderes Mal verschieben", gab ich in einer etwas erhöhten Tonlage zurück.
„Und was ist mit Frau Jakobi?", fragte er.
„Nun, meiner Einschätzung nach ist sie wirklich extrem

gefährlich. Ich denke, sie hat sich auf Sie fixiert. Es besteht dringender Handlungsbedarf!" Ich hoffte inständig einen für Alfons zu verstehenden Subtext formuliert zu haben.

„Umso enttäuschender, dass Sie heute unseren Termin verpasst haben. Ich schlage vor, dass wir morgen noch einmal telefonieren. Ich habe gerade meinen Terminkalender nicht bei mir", tönte es durch das Innere meines Autos. Ich schaute zu Savo, ob er zu dem vorgeschlagenen Termin am nächsten Tag eine Meinung hatte. Er zuckte mit den Schultern. Also erwiderte ich, dass dies okay sei. Alfons ließ sich nicht nehmen, zum Abschluss noch einmal den beleidigten Kollegen zu geben. „Ich hoffe, Sie erinnern sich dann morgen an unseren Telefontermin und vergessen nicht wieder vor lauter Stress Ihr Telefon mitzunehmen!" Damit beendete er das Gespräch. Ein Preis bei der nächsten großen Verleihung in Hollywood war ihm sicher.

„Mein Gott, was für ein überhebliches Arschloch!", prustete Savo los. „Mit was für Kollegen musst du dich denn herumschlagen? Den hätte ich schon längst der verrückten Helene überlassen." Das sagte ja der Richtige. Auch wenn die Situation alles andere als komisch war, musste ich grinsen.

„Ja, er ist bisweilen etwas schwierig", kommentierte ich seinen Vorschlag. Überglücklich, dass Savo die Story offensichtlich geschluckt hatte, machte sich ein Gefühl der Erleichterung in mir breit. Es gibt für alles eine Lösung. Es geht immer weiter, egal wie aussichtslos etwas scheint. Plane den nächsten kleinen Schritt, und dann den nächsten, und am Ende hast du einen schwierigen Weg step by step überwunden. Es gibt kein Problem, was nicht lösbar ist. Diese Sätze meines Vaters kamen wie ein Mantra in mein denkendes Hirn. Sie gaben mir Sicherheit und Zuversicht, denn ich glaubte fest daran. Auch wenn sie meinem Vater am Ende nicht geholfen haben, so haben sie ihm doch Zeit seines Lebens den Weg gewiesen und zu dem notwendigen Mut verholfen, auch Risiken einzugehen, die es

manchmal braucht, um im Leben weiterzukommen. Er war Unternehmer und hat sein Geld mit nachhaltigem Vollwerttierfutter verdient. Anfang der siebziger Jahre haben ihm alle einen Vogel gezeigt, als er mit dieser Idee an den Markt ging. Erst an den kleinen lokalen Markt und mit der Zeit ist er dann in den großen Welthandel eingestiegen. Er wurde zum Global Player und fand es herrlich, allen Zweiflern den Wind aus den Segeln genommen zu haben. Allerdings hätte er sich niemals hingestellt und so was gesagt wie: „Seht her! Ich habe es doch immer gesagt!", oder „Habe ich doch gleich gewusst ..."
Er erfreute sich an seinem Erfolg, übernahm Verantwortung für andere und gab sich leider dem Alkohol hin. Er trank nicht jeden Tag und zu jeder Stunde, aber eben doch immer häufiger und dann leider auch exzessiv. Seine Arbeit war wundersamer Weise davon unbeeinflusst, aber seine Freizeit eben nicht. Wenn mein Vater betrunken war, dann hielt ihn nichts. Er wurde dann unerträglich euphorisch, fast manisch. Das Fliegen war sein Hobby. Er hatte den Pilotenschein für einmotorige kleine Maschinen. Bis zum Schluss behielt er seine Lizenz, seine Alkoholsucht fiel bei den Überprüfungen nicht auf. Eines Tages hatte er geschäftlich in München zu tun und wie so oft flog er selbst zu seinem Termin. Er startete in Mainz-Finthen und steuerte Oberpfaffenhofen an. Die Vorhersage meldete für den späten Vormittag eine Schlechtwetterfront mit tief hängenden Wolken und schlechter Sicht. Für Piloten von einmotorigen Maschinen der Worst Case, da sie darauf angewiesen sind, etwas zu sehen. Mein Vater wäre nicht mein Vater gewesen, hätte er sich davon beeindrucken lassen. In grenzenloser Selbstüberschätzung dachte er wohl, schneller zu sein oder aus welchen Gründen auch immer auch ohne Sicht fliegen zu können. Auf Höhe des Katzenbuckels, ein verloschener Vulkan und der höchste Berg des Odenwaldes, verlor er die Orientierung und damit die Kontrolle über seine Cessna. Die rechtsmedizinische Untersuchung ergab einen

Alkoholblutgehalt von 1,89 Promille. Leider dachte er in diesen Minuten nicht an sein Lebensmotto, jedes Problem lösen zu können. Stattdessen verdrängte er es und setzte damit seinem Leben ein Ende. Er hatte mir mit seinen Genen das bisweilen Manische und manchmal auch Depressive auf direktem Weg weitergegeben. Die Affinität zu gutem Wein auch. „Fahr los!" Savos Stimme riss mich aus meinen Gedanken. Ich war innerlich hin- und hergerissen. Sollte ich versuchen, Sam aus dem Haus zu holen? Er würde total verstört sein, wenn er bis zum nächsten Morgen alleine bleiben würde. Donnerstagvormittags kam immer meine Putzfrau Karla. Spätestens um zehn Uhr würde sie Sam antreffen, der sich dann wahrscheinlich überschlagen würde vor Freude. Vielleicht aber kam auch vorher schon im Laufe der Nacht meine Freundin Mila, um nach mir zu sehen. Alfons kannte Mila. Da ich Mila bedingungslos vertraue, hat sie einen Schlüssel für mein Haus. Ich ging davon aus, dass Alfons Mila informieren würde, dass etwas nicht stimmen konnte. Ich stellte mir die beiden vor, wie sie sich in einer Nacht-und-Nebel-Aktion an mein Haus anschlichen, um schließlich von Sam abgeschlabbert zu werden. Die Alternative war, Savo davon zu überzeugen, Sam mitzunehmen. Am Ende war es die Befürchtung, dass Savo nicht zögern würde, meinem Hund das Lebenslicht auszupusten, wenn er ihm auf die Nerven ging oder er einfach Lust verspürte, jemanden zu töten. Also sagte ich nichts und fuhr los.

Wir fuhren schweigend durch den Abend. Es dämmerte bereits, als wir auf der A60 Richtung Frankfurt unterwegs waren. Mir war klar, dass Savo irgendwann müde werden würde. Er war seit mindestens 36 Stunden auf den Beinen und ich wollte nicht, dass er vor lauter Übermüdung Fehler machte. Kurz vorm Frankfurter Kreuz sollte ich abfahren und wir fuhren in eine düstere Gegend. In einer kleinen Seitenstraße tauschten wir das Auto. Mein Wagen würde sicherlich bald zur Fahndung

ausgeschrieben und Savo hatte irgendwann in der Zeit bis er zu mir kam für ein Ersatzfahrzeug gesorgt. Wir fuhren also mit einem alten blauen Skoda-Kombi weiter, ein Auto so unauffällig wie ein schwarzer Schirm bei Regen. Nachdem wir eine ganze Weile Richtung Süden unterwegs waren, fuhren wir kurz vor Karlsruhe von der Autobahn ab und dann eine ganze Zeit über eine Landstraße durch ein Waldgebiet. Auf einem versteckt liegenden Parkplatz sollte ich anhalten und das Auto so weit wie möglich in den Wald fahren. Dort blieben wir stehen. Ich ahnte, dass uns eine Nacht im Auto bevorstand und freute mich nicht gerade über diese Aussicht.
„So, Elsa, hier bleiben wir über Nacht. Ich muss dringend ein paar Stunden schlafen", kam es matt von der Beifahrerseite. Savo kramte dabei in seiner Tasche und zog schließlich etwas daraus hervor. Ich versuchte zu erkennen, was er da in der Hand hatte und dann wurde mir bewusst, dass es sich um ein paar Handschellen handelte. Mein Atem wurde schlagartig flach und mein Puls raste. Schon der Gedanke an Fesseln führte bei mir zu einem dramatischen Anstieg von Magensäure in der Speiseröhre.
„Was hast du vor?", – was für eine dämliche Frage.
„Schlafen. Das sagte ich ja. Und da ich nicht möchte, dass du abhaust oder mir eins über den Schädel gibst, werde ich dich festbinden. Dann kann nichts passieren und wir können morgen ausgeruht und frisch in den Tag starten." Wieder das zynische Lächeln. „Hände aufs Lenkrad, Position halbsechs!" Ich schaute ihn verständnislos an.
„Die Hände. Unten ans Lenkrad. Stell dich nicht dumm!"
Alles in mir weigerte sich, mich von diesem Mann ans Steuer festbinden zu lassen. Meine Arme bewegten sich keinen Zentimeter. Savo drehte sich ruckartig zu mir, seine rechte Hand schnellte nach oben und umfasste meine untere Gesichtshälfte. Ich spürte jeden seiner Finger auf meinem Kiefer. Sie bohrten sich in mein Gesicht und seine Nase war nur wenige

Zentimeter von meiner entfernt.

„Hände – auf – das – Lenkrad! Sofort!", zischte er leise, jedes einzelne Wort betonend.

„Lass los, Savo", gab ich so beherrscht ich konnte zurück. Er lockerte seinen Griff und ich legte resigniert die Hände ans Steuer. Nachdem er mich festgemacht hatte, stieg er aus und ging in den Wald. Ich versuchte die Kontrolle über meine Atmung zurückzugewinnen und eine Panik zu vermeiden. Gedanken an Sam, Alfons und andere liebe Menschen, die sich möglicherweise gerade furchtbar Sorgen um mich machten, schob ich mit aller Macht zurück. Die Fesselung war rein pragmatisch. Savo wollte mir nichts tun, sondern einfach nur in Ruhe schlafen. Er kehrte zurück, verschloss das Auto, steckte den Schlüssel in seine rechte Hosentasche und kurbelte seinen Sitz nach hinten. „Versuch zu schlafen, morgen wird es sicherlich sehr anstrengend. Und du wirst dein Bestes geben müssen", sprachs und schloss die Augen. Ungläubig schaute ich zu ihm hinüber. Er muss meinen Blick wohl gespürt haben, denn nun öffnete er wieder die Augen und richtete sich auf. Ich zucke zurück in Erwartung der nächsten Attacke. „Was ist los?" Was willst du denn noch?", brummte er.

„Was los ist? Du fragst mich verdammt noch mal was los ist?", erwiderte ich schrill. „Du hast mich entführt, mich ans Lenkrad gefesselt und nun brauchst du deinen Schönheitsschlaf?" Ich konnte es nicht fassen und die Hysterie war nur zum Teil gespielt. Savo sollte denken, dass ich kein gutes Nervenkostüm hatte, dann würde er es vielleicht nicht übertreiben mit seinen Angriffen gegen mich, denn er wollte ja noch etwas Wichtiges von mir.

„Gib mir Informationen, Savo. Was ist mit Ana passiert und wie soll ich dir auf deinem Weg helfen?", fragte ich nun wieder etwas ruhiger.

Savo atmete resigniert aus und legte sich zurück in seinen Sitz. Ich dachte schon, er würde wieder schlafen wollen, als er anfing zu sprechen. „Als ich damals 2012 in den Bau ging, hatte Ana es schwer. Es war niemand mehr da, der sich um sie kümmerte. Die kleine Ana brauchte aber immer jemanden an ihrer Seite. Jemand, der ihr sagt, was richtig und was falsch ist. Ich war ihr Leben lang da für sie. Mehr oder weniger. Sie versuchte also, ihr Leben alleine auf die Reihe zu bekommen. Du weißt ja, sie war viele Jahre auf Ice, diesem Scheißzeug. Es hatte sie verändert und ich glaube, sie ist nie wirklich davon weggekommen. Ab und zu haben wir uns im Rahmen der Verwandtenbesuche gesehen." Das alles kannte ich schon. Ich wartete ungeduldig auf den neuen Teil der Geschichte, sagte aber nichts.

„Im Herbst 2021 haben wir uns das letzte Mal gesehen, sie war anders als sonst. Irgendwie abwesend. Sie sah auch schlecht aus, sehr blass und dürr. Ich fragte, was mit ihr los sei, aber sie meinte, dass nichts ist und sie mich einfach nur vermissen würde. Mit diesem ganzen Gefühlsscheiß konnte und wollte ich nichts anfangen. Das letzte, was ich zu ihr sagte war, dass sie sich zusammenreißen oder verpissen solle." Ich suchte nach einer Gefühlsregung in Savos Gesicht, konnte aber nichts dergleichen erkennen.

Er schaute nun aus dem Fenster. „Dann Ende August bekam ich die Nachricht, dass Ana tot sei. Sie lag tot in ihrer Wohnung. Eine Bekannte hatte sie gefunden und die Polizei angerufen. Mir wurde gesagt, dass sie wahrscheinlich an einer Überdosis gestorben sei. Ich habe meine alten Kontakte von früher angezapft und weiß, dass sie umgebracht wurde. Sie hatte Einstichstellen am rechten Arm und überall blaue Flecken an den Armen, Händen und am Rücken. Wie von Tritten. Ana hat alles, was sie tat, mit rechts getan, geschrieben, gegessen und alles andere auch. Sie hätte sich niemals selber mit links in den rechten Arm spritzen können. Außerdem hatte Ana panische Angst vor Spritzen. Wenn sie eine sah, fiel sie um." Savo sah mich nun entschlossen an. „Ich will wissen, was passiert ist!

Entweder, es hat mit damals zu tun oder sie war in andere Schwierigkeiten verwickelt. Ich werde ihren Mörder finden und sie rächen. Niemand hat das Recht meine Schwester umzubringen!" Das sagte ja der Richtige. Ob er sich jemals darüber Gedanken gemacht hatte, wessen Bruder, Vater oder Sohn er umbrachte? Oder wessen Schwester er vergewaltigte? Ich behielt meine Gedanken für mich und wartete, dass er weiter redete.

„Ich habe Informationen gesammelt", dabei tippte er auf die Tasche zwischen seinen Beinen, „und du wirst sie dir anschauen und mir sagen wer das getan hat. Ich weiß, dass du so etwas kannst. Du sagst, wer es war und ich erledige den Rest." Sein Gesichtsausdruck zeigte mir, dass er das wirklich ernst meinte.

„Sehe ich aus wie eine schwarzhaarige Frau, die in einem Zelt sitzt und Frau Esmeralda heißt? Für eine Profilerstellung oder die Rekonstruktion der Tat brauche ich viele Informationen und Zeit. Das geht nicht mal eben hier im Auto." Viel Hoffnung, dass meine Worte ihn von seinem Plan abbringen würden, hatte ich nicht.

„Du wirst das schon schaffen. Du sagst mir, was du brauchst, und ich besorge es dir." Er klang wenig beeindruckt von meinem Einwand. Ich wollte lieber nicht wissen, wie er an die Informationen herangekommen war oder wie er dies in Zukunft tun wollte.

Ich fasste einen Entschluss. „Ich brauche den Tatortbefundbericht, das rechtsmedizinische Gutachten, auch das vorläufige reicht mir vorerst und alle Informationen, die du über Ana bekommen kannst. Was hat sie den ganzen Tag getan, wen hat sie getroffen, was gegessen, wo gearbeitet, ihr Verhalten in den sozialen Medien und vor allem, wie sahen ihre letzten Tage vor ihrem Tod aus. So detailliert wie möglich." Ich suchte nach Anzeichen von Resignation in Savos Gesicht, wurde aber nicht fündig.

„Okay", erwiderte er. „Und jetzt wird geschlafen. Kein Ton mehr!"
Ich sparte mir die „Gute Nacht Wünsche" und lehnte mich in meinem Sitz zurück.

Vergeblich versuchte ich Schlaf zu finden. Draußen war es finster und es wurde kalt. Meine Haltung war unbequem. Ich konnte mich weder auf die Seite drehen noch die Arme als Kopfkissen nutzen. So langsam wurden meine Muskeln und Gelenke steif und Savo ging mir mit seinem Geatme entsetzlich auf die Nerven. Ich suchte nach einem Thema, welches mich in den Schlaf bringen sollte. Dies ist meine lang praktizierte und oft bewährte Methode bei Schlaflosigkeit. Ich denke mir Geschichten aus. Sie dürfen nicht zu kompliziert sein. Ich stelle mir alles genau vor in der Geschichte. Wie die Menschen aussehen, was sie anhaben – auch das hat mich schon um den Schlaf gebracht, weil ich mich nicht entscheiden konnte, ob jemand nun einen schwarzen oder roten Pullover anhaben sollte – und was sie tun. Über das seichte Nachdenken kommt mein Gehirn in eine Art Neutralmodus und dann dauert es oft nicht lange, bis ich gar nichts mehr denke. Manchmal geht das so schnell, dass ich mich am nächsten Morgen ärgere, die Geschichte so früh unterbrochen zu haben, war ich doch daran interessiert, wie sie weiter gehen würde. Das alles probierte ich nun, aber es war vergeblich. Kein Hauch von Schläfrigkeit streckte seine Fühler aus. Ich war hellwach und im Alarmzustand. Diesen Zustand kenne ich aus früheren Einsätzen. Wir hatten mal ein entführtes Mädchen und ich habe während dieser Zeit die Nachtschicht übernommen. 18 Uhr anfangen, alles geben und um 6 Uhr an die Tagschicht übergeben. Mir war es nicht möglich, in dieser Zeit tagsüber zu schlafen. Ich fuhr also jeden Tag nach Hause und versuchte, nach einem kleinen Imbiss in den Schlaf zu kommen. Nix, nada, niente. Ich lag im Bett und drehte mich von einer Seite auf die andere.

Mein vegetatives System lief auf Hochtouren. Also hatte ich es mit Bewegung probiert. Nach der Nachtschicht auf die Laufstrecke. Das tat zwar gut, brachte aber für die ersehnte und erholsame Ruhe nicht das Geringste. Ich hielt fünf Nächte durch, dann wurde ich zwangsversetzt in den Tagdienst. Meine Kollegen machten sich zunehmend Sorgen, da mein Gesicht immer weißer und die Augenringe immer dunkler wurden. Mit dem Tagdienst wurde es dann besser.

In meinem Kopf pfiffen die Fragen hin und her: Wie würde es wohl weiter gehen? Hatte Savo mein Handy ausgeschaltet und den Akku herausgenommen? Wenn nicht, würden wir in kürzester Zeit geortet sein. Gut für mich, schlecht für Savo. Allerdings hielt ich ihn für so schlau, daran gedacht zu haben. Ich fragte mich, ob wir die nächsten Tage im Auto verbringen würden. Eigentlich wäre dies zu gefährlich für Savo, denn damit würde das Risiko steigen, entdeckt zu werden. Und was war tatsächlich mit Ana passiert? Stimmte es, was Savo sagte? Dann hätte sie sich den Schuss nicht selbst setzen können. Und wo kamen die Hämatome her? Hatte es etwas mit Savos Vergangenheit zu tun, wusste Ana vielleicht etwas und hat sie angefangen, Leute zu erpressen? Oder ist sie auf andere Art und Weise jemandem gefährlich geworden? Vielleicht war es aber auch einfach der ganz normale Wahnsinn im Drogenmilieu. Oder ein Unfall. Wie sollte ich unter diesen Voraussetzungen eine Analyse machen? Ich musste mir dringend einen Plan überlegen.

Irgendwann in den Morgenstunden, es wurde schon grau draußen, übermannte mich dann doch noch der Schlaf.

Ein lautes Krachen weckte mich. Ich schreckte hoch und wusste einen Moment nicht, wo ich war. Meine Arme waren wie aus Blei und ich verstand erst nicht, warum ich sie nicht bewegen konnte. Dann wurde mir die Situation wieder schlagartig bewusst. In meinem Kopf hämmerte es im Takt meines Herzschlages und es gab keine Stelle in meinem Körper, die nicht weh tat. Savo war wohl mal wieder in den Wald gegangen. Das Zuschlagen der Autotür hatte mich aus dem Schlaf gerissen. Ich musste auch mal dringend hinter den Baum und fragte mich, wie Savo das gestalten wollte. Das zweitdringendste Bedürfnis war die unendliche Sehnsucht nach einem starken, schwarzen Kaffee. Am besten intravenös.
Ich sah ihn aus dem Wald zurückkehren. Er war stämmig und nicht sehr groß für einen Mann. Das machte ja leider sein Ego wieder wett. Seine Schritte waren schleppend und er sah sich aufmerksam nach allen Seiten um. Die Sonne schien durch den Blätterwald und erst jetzt konnte ich sehen, an welchem Platz wir genächtigt hatten. Wäre die Situation nicht so gewesen wie sie war, dann hätte man es fast idyllisch nennen können. Ein dichter Wald aus Buchen und Ahorn, ein kleiner Waldweg und in einigen Metern Entfernung eine Lichtung. Savo kam auf meine Seite und öffnete die Tür.
„Musst du auch mal?", knurrte er mich an. Okay, der Guten-Morgen-Gruß fiel also auch aus.
„Ja." Knapp konnte ich auch.
Er beugte sich über mich und schloss die Handschellen auf. Auf beiden Handgelenken hatten sich tiefe Kerben gebildet, die in einem hässlichen Rot hervorstachen. Die Arme ließen sich nicht bewegen. Langsam bewegte ich die Finger, um den Blutfluss anzukurbeln.
„Na dann los!" Er stand dicht an der Tür und ich versuchte meinen Körper auseinanderzufalten. Nachdem ich die Beine draußen hatte, stemmte ich mich aus dem Sitz. Savo wich keinen Zentimeter zur Seite, so dass unsere Körper sich

zwangsläufig berühren mussten.

Ich sah ihn an. „Würdest du bitte zur Seite gehen? Und hinter den Baum möchte ich auch alleine, wenn es geht. Ich werde auch nicht wegrennen. Kann ich im Übrigen auch noch gar nicht. Ich brauche erst Koffein, um meine Lebensgeister zu wecken." Meine Hoffnung war, ihn mit ein wenig Rumgeplänkel besänftigen zu können. Offenbar war er wirklich übel gelaunt. Wie schon erwähnt bin ich nicht besonders gut im Small Talk. Savo aber sicherlich auch nicht. Es wirkte offensichtlich, denn er trat übertrieben zwei Meter nach hinten und schwang seinen Arm, um mir einen freien Weg zu signalisieren. Ich ging los und hörte seine Schritte hinter mir. Als ich mich umsah, grinste er mich an und meinte: „Du glaubst doch nicht im Ernst, dass ich auf deine Geschichten reinfalle. Geh ruhig, ich werde aber in ein paar Meter Entfernung stehen. Das solltest du wissen. Ich guck dir schon nichts weg." Wieder zynisches Grinsen. Ich verdrehte die Augen und ging weiter. Der dickste Baum sollte es sein. Da standen die Chancen gut, dass ich mich halbwegs verbergen konnte. So war es dann auch.

Der Morgen fing also genauso herzerfrischend an wie der Tag zuvor geendet hatte. Nachdem alles erledigt war, fuhren wir los. Der erste Stopp war dankenswerter Weise der Drive In eines Schnellrestaurants. Das war praktisch für Savo, denn wir mussten nicht aussteigen und bekamen trotzdem was zu essen und Kaffee. Ich bestellte zwei große schwarze Kaffee und nur der Vernunft wegen ein Croissant. Dann ging es wieder auf die Autobahn. Savo musste zuerst nach Karlsruhe, wahrscheinlich, um den Fluss der von mir geforderten Informationen in Gang zu bringen. Er hat es mir nicht verraten, sondern verschwand in einem grauen Mehrfamilienhaus und kam nach gut 20 Minuten wieder. Ich wartete derweilen an meinem altbekannten Platz hinter dem Steuer, mit eingeschränkter Bewegungsfreiheit. Nachdem Savo zurück war, dirigierte er mich wieder auf die Autobahn und wir schlugen den Weg Richtung Norden ein. Ich schloss daraus, dass unser neues Ziel Anas Wohnort in der Nähe von Hannover war.

Am frühen Donnerstagabend erreichten wir einen kleinen, unscheinbaren Ort gut 30 Kilometer von Hannover entfernt. Die Fahrt verlief ereignislos. Zwischendurch schaute Savo immer mal wieder auf mein Handy und fragte mich bei jedem Anrufer, um wen es sich handelte. „Dr. Marx". „Meine Mutter". „Weiß ich nicht". „Weiß ich nicht". „Dr. Marx". „Meine Freundin Mila". „Mein Bruder". „Weiß ich nicht". Er hatte das Handy kurz nachdem wir losgefahren waren wieder eingeschaltet und nach dem Check wieder aus. So ging das den ganzen Tag. Ihm war offenbar nicht klar, dass er damit sein Bewegungsprofil sichtbar machte. Den Pin-Code hatte er schon am Abend vorher verlangt.

Das war also die wesentliche Konversation des Tages. An einer Tankstelle kaufte Savo noch alle Tageszeitungen auf. Er suchte nach seinem Gesicht und wurde gleich dreimal fündig. Auch im Radio wurde nach dem entflohenen Strafgefangenen Savo Kostal, auch bekannt unter dem Namen Boris Melnik gefahndet. Die Bevölkerung wurde vor ihm gewarnt, er gelte als gefährlich und trage vermutlich eine Waffe. Wer ihn sah, sollte ihn auf keinen Fall ansprechen, sondern sofort die nächste Polizeidienststelle informieren. Außerdem wurde erwähnt, dass er vermutlich in Begleitung einer 41-jährigen, mittelblonden Frau sei. In Begleitung, so so! Ich hoffte, die Menschen würden sich an die Ratschläge halten und nicht unnötig eine zusätzliche Gefahrensituation provozieren. Klar war, dass es eng werden würde für Savo. Er würde sich nicht mehr in der Öffentlichkeit zeigen können und es war nur eine Frage der Zeit, bis irgendjemand einen Hinweis auf ihn geben würde.

Wir gingen in das Haus, Savo hatte einen Schlüssel, und stiegen in die zweite Etage hoch. Er schloss die Tür auf und zeigte mir an, voran zu gehen. Ich ging in die Wohnung, es war heiß und stickig. Ein langer düsterer Flur von dem drei Räume abgingen. Geradeaus befand sich die Küche. Sie bestand aus einer einfachen Kochzeile aus billigem Material und einem Holztisch mit vier Stühlen. Es stand und lag nichts herum, was auf einen potenziellen Bewohner hätte schließen lassen. Ich ging zum Fenster und schaute hinaus. Savo war mit einem Satz bei mir und riss mich zur Seite.

„Weg vom Fenster!", schrie er mich an. Der Schwung war so heftig, dass ich das Gleichgewicht verlor und zu Boden stürzte. Es gab einen stechenden Schmerz in der Hüfte und ich spürte förmlich, wie mein Blutdruck in die Höhe schnellte. Mir reichte es! Sollte er doch tun was er wollte, ich wollte mich nicht länger von diesem miesen Typen schikanieren lassen. Übermüdet, hungrig, von Kopfschmerzen gemartert verlor ich die Nerven.

„Jetzt reicht es mir aber wirklich!", schrie ich zurück, während ich versuchte mich vom Boden hochzurappeln. So unwürdig auf dem Boden liegend wollte ich nun auch nicht meine Fassung verlieren. „Du kannst dir dein dämliches Profil selber schreiben. Meinetwegen befrag den Mond, die Sterne oder die Oberfläche deines Mohnbrötchens dazu. Auf mich brauchst du nicht mehr zählen. Ich habe dir gesagt, dass ich mich nicht anfassen lasse von dir. Wir hatten einen Deal, falls du dich erinnerst!" Ich musste mich zwingen aufzuhören. Savo ließ in aller Ruhe das Rollo herunter, kam dann langsam zu mir, nahm mich am Arm und führte mich zu einem Stuhl, den er neben die Heizung gestellt hatte.

„Setzen und Arme her!", bellte er mich an. Nachdem ich Platz genommen hatte, nahm er meine Hände und befestigte sie mit der nun schon fast vertrauten Acht am Heizungsrohr. „Es wäre besser für dich, wenn du keinen Ton von dir gibst. Ich muss

noch mal weg!" Mit diesen Worten verließ er die Wohnung.
Da saß ich nun, zutiefst frustriert und sehr verunsichert. Ich dachte an Sam und hoffte, Mila hätte ihn gefunden und würde sich kümmern. Auswege aus der nicht zu verleugnenden schwierigen Situation konnte ich keine erkennen. Im Verleugnen und Verdrängen war ich Champion, aber aktuell konnte selbst ich nun nichts mehr tun. Die ersten Tränen liefen mir aus den Augen und meine innere Haltung kippte in Richtung Hysterie. Ich kann hysterische Menschen nicht besonders gut leiden, sie sind mir meistens zu laut, zu egozentrisch und zu anstrengend. Genau diese Attribute schrieb ich nun innerlich in großen Buchstaben auf Plakate, strich sie mit roter Farbe durch und hielt sie kämpferisch meinen Emotionen entgegen. Ich lief mental im Kreis wie bei einer Demo und rief „Keine Hysterie! So was hilft doch nie!" oder „Nein zur Hysterie! Denk nach, atme durch und flieh!" Meine Atmung wurde wieder langsamer und ich konzentrierte mich auf das Hier und Jetzt. So saß ich auch noch da – was sollte ich auch anderes tun? – als Savo gute drei Stunden später wiederkam. Er hatte einen Karton unter dem Arm und eine Tüte in der anderen Hand. Offenbar hatte er was zu Essen mitgebracht.
„Es gibt Essen", brummte er.
„Oh fein. Ich nehme die Nummer 83b, statt Hühnchen bitte Tofu und eine Extraportion von der sauscharfen roten Soße", zwitscherte ich zurück.
„Sehr witzig!" Er knallte eine Plastikschale auf den Tisch. „Es gibt Gyros mit Salat!"
Angewidert sah ich auf das fettige Festmahl. „Ich esse kein Fleisch, sorry." Schon seit über zehn Jahren lebte ich vegetarisch. Nicht weil Fleisch mir nicht schmecken würde, sondern aus rein ethisch-moralischen Gründen. Ich weiß, ich bin manchmal wirklich kompliziert.
„Wie, kein Fleisch?" Er schaute mich mit großen Augen an.

„Warum nicht?"
Da ich keine Lust hatte, mit Savo über Ethik und Moral zu sprechen, und ich ehrlich gesagt keine Hoffnung hatte, auf irgendeine diesbezüglich vorhandene Struktur zu treffen, antwortete ich rein pragmatisch: „Ich vertrage es nicht. Ausschlag, Übelkeit und, wenn es schlimm kommt, Fieberschübe."

Ich bekam den Salat und Savo eine Extraportion fettiges Fleisch. Na ja, wenn er meinte. Sollte er sich doch die Arterien verstopfen. Meiner Meinung nach hatte er sowieso keine besonders hohe Lebenserwartung mehr.
„Und wie geht`s jetzt weiter? Wie stellst du dir die nächsten Tage vor?", fragte ich betont cool.
Er schaute mich an: „Nun, zunächst muss ich tun, was ein Mann eben tun muss!"
Ich starrte ihn an und alles in mir wurde starr. Nein! Das würde er doch nicht wirklich tun! In diesem Augenblick fasste ich den Entschluss ihn zu töten. Schon oft in meinem Leben habe ich mich gefragt, ob ich in der Lage wäre, einen anderen Menschen zu töten. Und immer stand am Ende der Überlegungen ein Ja. Ich bin da ehrlich gesagt sehr pragmatisch. Wenn es um mein Leben geht oder um das eines unschuldigen anderen Menschen, würde ich nicht lange zögern und einen Angreifer töten.
In meiner Familie war es traditionell so, dass solche Themen auf Familienfesten wie Weihnachten, Geburtstagen oder anderen Festen diskutiert wurden. Andere sangen gemeinsam Lieder, bei uns wurde debattiert und politisiert. Ethik und Moral waren immer dabei. Manche mögen das merkwürdig finden, für mich ist das die Normalität und ehrlich gesagt finde ich einen solchen Einsatz der Gehirnzellen auch wichtig. Kurzum, die meisten Menschen, die ich kenne, zögern bei der Antwort nach der Fähigkeit einen anderen zu töten. „Also, ich weiß nicht, ich glaube das ist nicht so einfach" – ja, das

glaube ich allerdings auch, trotzdem würde ich es tun, wenn es darauf ankäme und ich die Chance dazu hätte. Dawkins egoistischen Gene in mir würden sich erhalten wollen, da bin ich ganz sicher.

Zu meiner Erleichterung musste ich meine Einstellung doch noch nicht unter Beweis stellen. Savo grinste mich frech an, stand auf und meinte sehr überheblich: „Elsa, Elsa. Was du wieder denkst. Da brauchst du dir keine Sorgen zu machen. Ich stehe nicht auf reife Frauen. Ich mag eher die knackigen zarten Jungs in Leder. Die machen, was ich will und schreien wenigstens ehrlich laut vor lauter Lust und Schmerz."
Mit blieb der Mund offenstehen. Nun war ich tatsächlich baff. Wollte er mich auf den Arm nehmen? Savo Kostal schwul? Nie und nimmer. Ich konnte das nicht glauben. Am Ende sollte es mir recht sein. Von mir aus hätte er auch auf Amöben stehen können, Hauptsache nicht auf mich!

Nachdem Savo wieder zurück war von der Toilette, räumte er den Tisch ab, entkorkte eine Flasche Cabernet, goss mir ein Glas ein und nahm sich selbst ein Bier. Er wuchtete den Karton, den er zuvor von seinem Ausflug mitgebracht hatte, auf den Tisch und kramte diverse Schriftstücke, Ausdrucke, Fotos und Berichte hervor. Es war fast ein wenig bizarr. Obwohl die Situation alles andere als gut war, freute ich mich auf ein Glas Wein und auch darauf, mehr über Anas Leben und leider auch Sterben zu erfahren. Ich war neugierig darauf herauszufinden, was mit ihr passiert war. Das Jagdgen war aktiviert und ich stellte um in den analytischen Modus. Wenn das passiert, bin ich ohne weiteres in der Lage, alles, aber auch wirklich alles um mich herum zu vergessen und mich voll und ganz zu fokussieren. Ein Glas Wein hilft mir dabei, meinen Gedanken freien Lauf zu lassen und mein ansonsten stark arbeitendes Über-Ich in Gestalt des dominant erhobenen

Zeigefingers meiner schemenhaft über mir kreisenden aufmerksamen Mutter zu ignorieren. Erwähnte ich schon, dass mein Vater gerne trank? Ich drehte mich zu Savo und blickte ihm in die Gewitteraugen. „Also, okay! Was hast du bis jetzt auftreiben können was uns weiter hilft?"

Savo wechselte anscheinend auch in den professionellen Modus. Verschwunden die Überheblichkeit und Gereiztheit. Er ordnete die Unterlagen und erklärte bei jedem Stapel, um was es sich handelte: „Alles über Ana: Tatortbefundbericht! Protokoll diverser Chats in den Social Media! Kalenderausdruck ihres Smartphones! Vorläufiges rechtsmedizinisches Gutachten aus Hannover! Mach was draus, Elsa! Ich will wissen, was passiert ist."

Ich war beeindruckt und hätte zu gerne gewusst, wie er an all die Informationen gekommen war. Da mir klar war, dass er mir darauf sowieso keine Antwort geben würde, fragte ich lieber etwas, was mich mindestens genauso interessierte.

„Ich weiß ja, dass Ana dir etwas bedeutet hat. Sie war wahrscheinlich der einzige Mensch auf der Welt, demgegenüber du so etwas wie Zuneigung empfunden hast. Wir können ganz offen reden hier, Savo. Du liebst dich selbst am meisten und dein Arsch, entschuldige bitte, ist dir näher als alles andere. Warum also gibst du alles auf und riskierst hierbei dein Leben? Und auch da können wir sehr offen sein. Die Wahrscheinlichkeit, dass du lebend aus dieser Situation hier rauskommst, ist nicht sonderlich hoch." Ich schaute ihn gespannt an.

Normalerweise war Savo nicht zimperlich und er nahm selbst auch kein Blatt vor den Mund, wenn es um seine Meinung ging. Seine Augen blickten im Raum umher. Er stand auf und ging zum Fenster, schaute raus und kam wieder zum Tisch zurück. Nach einem langen Schluck aus seiner Bierflasche sah er mir in die Augen.

„Ja, ich weiß, dass ich mir um meine Altersversorgung nun keine Sorgen mehr machen muss. Trotzdem will ich wissen

wer Ana das angetan hat. Ich glaube, es hat mit mir und meiner Geschichte zu tun. Und mich linkt niemand so einfach. Und wenn doch, wird er dafür büßen. Savo Kostal lässt sich nichts gefallen!"
Also daher wehte der Wind. Savo fühlte sich herausgefordert! Nun wurde mir so einiges klar. Er konnte es nicht ertragen, dass jemand die Frechheit besaß, keine Angst oder Respekt vor ihm zu haben. Und die Tötung seiner Schwester nahm Savo als Respektlosigkeit ihm gegenüber wahr. Ganz sicher!
„Hast du schon einmal darüber nachgedacht, falls Ana tatsächlich umgebracht wurde, dass es nichts mit dir zu tun gehabt haben könnte? Dass ein potenzieller Killer gar nichts von deiner Existenz wusste? Wäre das nicht auch möglich?", fragte ich.
So, wie Savo mich anschaute, war diese Idee noch nie in seinen Sinn gekommen. Offenbar hatte alles mit ihm zu tun.
„Nein! Das halte ich für unmöglich! Meine Schwester war eng verwoben mit mir."
Ich trank mein Glas leer und hielt es ihm vor die Nase. „Weißt du was? Wenn ich jetzt die Flasche von diesem ganz fantastischen Cabernet leer trinken würde und es mir danach ganz furchtbar ginge, würde jeder Mensch sagen, okay, das lag am Wein und an dir, Elsa. Was kippst du den Wein auch so weg, mit drei Salatblättern im Magen? Du Savo, würdest sagen, oh, das ist mein Verdienst. Ich habe den Wein gekauft, also hat es mit mir zu tun, dass es Elsa schlecht geht!"
Statt einer Antwort bekam ich nachgeschenkt. „Cabernet Sauvignon, Figaretto, 2016, 18,95€. Elsa, davon wird es dir nicht schlecht gehen. Ganz sicher!" Da war es wieder, das zynische Grinsen. „So, jetzt aber mal einen Plan. Du sichtest das Material und sagst mir was du noch brauchst. Dann sehen wir weiter."
Da es mittlerweile weit nach Mitternacht war, vertagten wir die erste Sichtung auf den nächsten Tag und gingen schlafen.

In einem der Räume befand sich ein großes Doppelbett. Savo schloss die Zimmertür ab, steckte sich den Schlüssel in die Hosentasche und warf sich auf eine Seite des Bettes.

„Komm schlafen!", sagte er lächelnd und klopfte dabei auf die Seite neben ihm. Ohne jeden weiteren Kommentar legte ich mich hin, drehte mich weg und schloss die Augen.

Tatsächlich schlief ich bis zum nächsten Morgen durch und fragte mich beim Aufwachen, ob ich die beste Fluchtchance schlicht und einfach verpennt hatte. Savo war schon aufgestanden und hatte Kaffee gemacht. Im Bad fand ich das nötigste für einen guten Start in den Tag. Zahnpasta und Zahnbürste, Shampoo, Duschgel und einen Kamm. Ich duschte – leider hatte das Bad kein Fenster – und ging danach in die Küche zu Savo.
„Sag mal, hast du auch Creme, Q-Tipps und Deo mitgebracht?", fragte ich statt eines Guten Morgen Grußes.
Savo schaute mich entrüstet an und ich war froh, Savo mal sprachlos gemacht zu haben. Der Morgen fing also okay an. Mit einem großen Kaffee neben mir fing ich an, das Material zu sichten und zu sortieren. Alle objektiven Daten nach links, alles andere nach rechts. Die wichtigste Grundlage bei der Profilerstellung sind objektive belastbare Daten. Alles andere ist Spekulation. Ich fing mit Anas Ende an.

Das vorläufige gerichtsmedizinische Gutachten beschrieb eine Frau in einem schlechten Allgemeinzustand. Mit 49 kg bei einer Körpergröße von 172 cm war Ana eindeutig untergewichtig. Sie hatte abgekaute Fingernägel und mittelbraune 23 cm lange Haare, also halblang. Der graue Haaransatz war der Beweis für gefärbtes Haar. Ana hatte sich unter den Armen rasiert und auch die Beine und die Scham waren von Haaren befreit, allerdings überall ordentlich nachgewachsen. Augenscheinlich gab es keine größeren Verletzungen. Am rechten und linken Unterarm hatte sie an den Außenseiten Hämatome und auch am rechten Oberschenkel gab es zwei blutunterlaufene Stellen an der Außenseite. Der Rechtsmediziner hatte sie allerdings auf mindestens 48 Stunden ante mortem datiert. Also keine im direkten Todeszusammenhang stehenden Kampfspuren, sondern schon älter, auch wenn sie wie Abwehrverletzungen anmuteten. Aber Ana könnte sich ja auch schon ein paar Tage vor ihrem Tod verteidigt haben müssen. Dieser Gedanke war reine Spekulation und kam auf den rechten Stapel. Sie hatte talgige, sehr weiße Haut. Für eine Tote nun nicht ganz ungewöhnlich, allerdings sprach einiges dafür, dass Ana sehr lange nicht mehr in der Sonne war. Ihre Muskulatur dagegen war gut ausgeprägt. Der Zahnstatus war löchrig wie ein Schweizer Käse, es fehlten ein paar von den Molaren und auch im Frontalbereich fehlten zwei Zähne des Unterkiefers komplett und die anderen erinnerten eher an Ruinen. Die beiden Schneidezähne waren frisch restauriert. Das war allerdings interessant.

So wie Savo schon erzählt hatte, hatte der Rechtsmediziner am rechten Arm in der Beuge drei Einstichstellen gefunden. Alle ziemlich eng beieinander und zeitnah um den Todeszeitpunkt zugefügt. Das molekularanalytische Gutachten des Blutes wies korrespondierend zu den Einstichen eine deutliche, am Ende letale Menge an Chrystal Meth in ihrem Organismus aus. Das Gutachten ergab weiterhin, dass Ana mindestens drei Monate vor ihrem Tod wieder angefangen hatte, Chrystal zu konsumieren und auch Spuren von Flunitrazepam, ein Benzodiazepin, wurden festgestellt. Andere Einstichstellen gab es dagegen nicht. Sie hatte also nicht gespritzt, sondern es wie früher wahrscheinlich geraucht und den Nasenschleimhäuten nach zu urteilen geschnupft. Warum hatte sie dann kurz vor ihrem Tod angefangen, das Zeug intravenös zu nehmen?

Ansonsten waren keine anderen Verletzungen, schon gar keine tödlichen zu finden gewesen. Auch die innere Leichenschau hatte keine besonderen Erkenntnisse ergeben. Die Lunge war in erhebliche Mitleidenschaft gezogen worden durch den jahrelangen Konsum von Tabak und Chrystal. Dem Gehirn war nichts anzusehen, obwohl es sicherlich auch geschädigt war.

Da besonders Anas linke Armmuskulatur stark ausgeprägt war, viel stärker als die rechte, schloss der Gutachter, dass es sich bei der Toten um eine Linkshänderin gehandelt haben musste. So lag der Schluss nahe, dass Ana sich auch mit links in den rechten Arm gespritzt hatte. Und da sie eine Novizin in Sachen intravenöse Zufuhr von Crystal war, früher aber jahrelang ausgiebig konsumiert hatte, vermutete der Rechtsmediziner eine unbeabsichtigte letale Überdosierung. Ihr Tod war also die Folge eines Unfalls eines rückfällig gewordenen Junkies. Auch aus der Spurenlage in der Wohnung ließen sich keinerlei Schlüsse auf Fremdeinwirkung ableiten.

Ich nahm einen großen Schluck aus meiner Kaffeetasse. Der Inhalt war mittlerweile kalt geworden. Ich hatte gar nicht bemerkt, dass ich seit gut zwei Stunden in den gerichtsmedizinischen Unterlagen las und mir Notizen machte. Mein Blick schweifte durch den Raum, sehr trostlos alles. Savo war offenbar in der Küche. Er telefonierte und lief dabei hin und her. Ich stand auf und streckte mich. Wann würde die Polizei auf uns stoßen? Es war nur eine Frage der Zeit. Und dann? Dann würde es richtig spannend werden. Langsam ging ich in die Küche, um mir frischen Kaffee zu holen. Und natürlich auch aus Neugierde. Ich fragte mich, mit wem Savo da telefonierte. Er sprach schnell und war offenbar aufgebracht.
„Was glaubst du, was ich hier tue? Beschaff mir die Karre und die Kohle. Und zwar subito!", schnauzte er ins Telefon.
Ich goss mir vom Kaffee ein und verließ schnell die Küche und die aufgeheizte Stimmung.
Zurück am Tisch nahm ich mir Anas Social Media Daten und ihren Kalender vor. Darauf war ich sehr gespannt, um nicht zu sagen war ich ziemlich heiß auf diese Informationen. Der ganze Fall hatte mich gepackt, auch wenn meine Lage nicht optimal war. Alles andere, auch Savos Herumgekeife, trat in den Hintergrund. Ana hatte ein Facebook-Profil. Sie nannte sich dort Jenny und war für niemanden außer für ihre Freunde sichtbar. Zeugenschutz und Facebook passen einfach nicht zueinander. Man kann nicht alle Hebel der Welt in Bewegung

setzen, um jemanden unsichtbar und unauffindbar zu machen und dieser Jemand setzt dann sein Foto ins Internet und postet, wann er warum wo hingeht. Deswegen hat also auch Ana alias Jenny absolute Vorsicht walten lassen. Sie hat sich nicht am narzisstischen Selfie-Darbietungs-Wahn beteiligt.

Ich wundere mich immer wieder darüber, was Menschen alles so über sich posten. Wie groß muss die Gier nach Selbstdarstellung und Vermarktung der Marke „Ich" sein? Der weitverbreitete Egozentrismus stößt mich regelrecht ab.
Meine Freundin Mila, die, die einen Schlüssel für mein Haus hat, übertrieb es vor rund zwei Jahren mit ihren Internetaktivitäten. Sie ist ein durch und durch gutgläubiger Mensch. Und so war es für sie außerhalb ihrer Vorstellungskraft, dass ihr jemand dort mal nicht die Wahrheit über sich selbst erzählte. Sie nutzte das Internet und vor allem die sozialen Medien für berufliche Zwecke. Mila ist Maklerin für exklusive Feriendomizile. Da gehört ein aktives Internetleben nun mal dazu. Nur, dass Mila eben Beruf und Privates nicht trennt. Für sie sind diese Themen zusammengehörig und machen am Ende ihr eines Leben aus. Diese Haltung ist es wahrscheinlich, die uns so zusammenschweißt. Wir haben am Ende die gleiche Lebensphilosophie. Ich liebe Mila als Freundin wie keinen anderen Menschen.
Nun hatte Mila also damals eine Anfrage über ihre Homepage von einem angeblich interessierten Kunden. Er sei interessiert an einem Ferienhaus im Taunus, für sich und seine Familie und den obligatorischen Retriever. Er wünschte sich Luxus, aber nicht übertrieben, Nachhaltigkeit auch bei der Architektur des Hauses, Möglichkeiten für Fitness und Meditation und in der direkten Nachbarschaft einen Biobauern. Wohlgemerkt wollte er dort nur zwei Wochen Ferien machen und es nicht kaufen! Würden Sie den Internetauftritt meiner Freundin Mila kennen, wären Sie überrascht über die Blindheit dieser

Frau. Laut ihrer damaligen Homepage mochte sie körperliche Fitness, Meditation und war Mitglied im DRC, im deutschen Retrieverclub. Auch über ihre Affinität zum nachhaltigen Lebensstil berichtete sie damals in der Rubrik „Über mich".
Aber Mila wäre nicht Mila, wenn sie diese Anfrage irgendwie merkwürdig gefunden hätte. Im Gegenteil. Sie freute sich, dass es auch noch andere Menschen mit viel Geld gab, die sich ihrer sozialen Verantwortung bewusst waren. Und so nahm das Drama, das fast in einer Tragödie endete, seinen Lauf. Mila chattete fleißig mit ihrem neuen „Kunden" und sie tauschten sich auch rege zu anderen Themen aus. Nach rund drei Wochen trafen sich die beiden auf einen Kaffee bei einem Biokaffeeröster. Mila hatte kein Interesse an dem Mann als Mann, sondern an dem Mann als Mensch, da sie scheinbar so viele Ansichten teilten. Nach der Entwicklung eines ersten zarten Freundschaftsbandes, wollte Mila dann auch Frau, Kinder und erwähnten Hund kennenlernen. Da rückte der Herr raus mit der Info, dass er das alles nicht habe, aber sich so sehr wünschen würde. Dabei schaute er Mila tief in die Augen. Dieser rutschte das Herz in die Hose. Sie hatte keine Sekunde an so etwas gedacht und war entsetzt, dass er sie so sehr getäuscht hatte. Nicht dass Mila prinzipiell nicht an Männern interessiert ist. Nur damals hatte sie gerade die Nase voll vom anderen Geschlecht. Mila ist eine äußerst attraktive Frau. Ihr fast immer sonnengebräuntes Gesicht wird umrahmt von dunkelbraunen Haaren. Das zentrale an Mila aber sind eindeutig ihre Augen. Kastanienbraun und groß ziehen sie einen sofort in ihren Bann. Mila schaute ihr Gegenüber immer so an, als gäbe es keinen anderen Menschen auf der Welt.

Ana hat außerhalb des privaten Freundesbereichs nichts über sich geschrieben und auch nichts veröffentlicht. Offenbar hat sie Facebook für den Austausch und die Kommunikation mit einigen wenigen Menschen genutzt. Ihre Freundesliste umfasste 17 andere Facebook-Nutzer. Ein gutes Jahr vor ihrem Tod hatte sich ihre Freundesliste von zwölf auf eben diese abschließenden 17 erhöht. Alle fünf neuen Freunde kamen im Zeitraum September/Oktober 2021 hinzu. Da waren also Katja Eb und Timm Thaler, die auf der Freundesliste standen. Und außerdem noch Lina, Lars Oldschool und Doc Shiva. Doc Shiva? Im Ernst? Die drei hatten Ana wiederum eine Freundschaftsanfrage gesendet, die sie auch umgehend alle angenommen hatte. Also neue Menschen im Leben, aber auch real oder nur in Social Media? Das war doch mal ein Ansatzpunkt. Ich machte mir eine entsprechende Notiz. Savos organisierte Unterlagen enthielten aber zum Glück nicht nur Informationen über Namen und Daten, sondern auch die dazugehörigen Chatprotokolle.

Katja Eb: „Hey Jenny, schön dich hier zu treffen – Smiley mit Küsschen – Bist du auch schon mit Eddy verlinkt? – Smiley mit zwei Herzchenaugen –
Jenny: „Hi Katja, noch nicht. Ich glaube er muss mich fragen, ich traue mich nicht – Smiley mit zwei zusammengekniffenen Augen –
Katja Eb: „Macht er bestimmt noch. Ich weiß, dass er total von dir begeistert ist. Deine Aura schwingt synchron zu seinen Chakren, sagt er!"

Aura? Chakren? What? Diese Art des gebatikten Alternativgeplankels zog sich über das ganze Jahr weiter hin. Die beiden tauschten sich aus über neue Teesorten, Eddies letzte Session (was auch immer dies bedeutete), vegane Küche und neue Yogamatten vom Discounter. Auch mit Timm Thaler (ob er wohl auch sein Lachen verkaufte?) und Lina gab es sporadische Likes und Dislikes.
Über und von Doc Shiva und Lars Oldschool gab es bedauerlicherweise nicht viel zu lesen. Sie stellten beide ihre

Freundschaftsanfrage am 03.10.2021 und bekamen noch am selben Tag von Ana die Bestätigung. So, als ob sie darauf gewartet hätte, ein paar Minuten nach Eingang der Anfrage. Danach gab es einen Austausch über Daten, Zahlen und Zeichen den ich nicht verstand oder interpretieren konnte. Zum Beispiel am 29.10.2107, Doc Shiva: „49 ab jetzt, 53 – 10 – 7; 9 – 56, 22,9, siebtes und drittes, Namaste!" Ana likte und Mr. Oldschool Lars schrieb: „Kanns kaum erwarten!"
Namaste heißt Danke, mehr konnte ich nicht daraus lesen im Moment. In diesem Stil ging die Konversation im Großen und Ganzen bis Juli 2022 weiter. Dann hörte es abrupt auf. Wie allerdings Anas gesamte Social Media Aktivität. Was geschah also gut einen Monat vor ihrem Tod?
Ich wollte das Internet nach den markanten Namen befragen und griff wie selbstverständlich neben mich, um meinen Laptop zu greifen. Meine Hand griff ins Leere und erst da realisierte ich wieder ‚wo ich war. So in der Arbeit versunken, hatte ich mal wieder alles um mich herum vergessen. Ob Savo mir Internet genehmigte? Wohl kaum, außer er schaute mit auf den Bildschirm. Das wollte ich wiederum nicht. Savo brachte es in seiner unnachahmlichen Art fertig und machte Doc Shiva ausfindig, fuhr zu ihm und hielt ihm eine 38er an die Schläfe, im Glauben, der Mensch gewordene Hindugott habe seine Schwester auf dem Gewissen.

Ich stand auf. Mittlerweile war es Mittag geworden und ich brauchte eine kurze Pause. Was Savo wohl machte? Auf dem Weg in die Küche ging ich durch den kurzen Flur und an der Haustür vorbei. Mein Blick fiel auf etwas kleines schwarzes Rundes direkt auf dem Boden an der Tür. Nicht größer als ein Streichholzkopf. Mit zusammengekniffenen Augen fixierte ich das Ding und versuchte herauszufinden, ob es sich wirklich um das handelte, wofür ich es hielt. Als ich meine Annahme bestätigt fand, setzte mein Herzschlag einmal kurz aus. Sie hatten uns also gefunden. Endlich! Vor mir auf dem Boden lag eine Kamera der Polizei. Die Spezialeinheiten waren angerückt und hatten sich offenbar positioniert. Nun würde es eng werden für Savo. Außer ich würde geschickt den richtigen Moment nach draußen anzeigen können. Dann kämen wir vielleicht beide relativ unbeschadet aus dieser Situation heraus. Das SEK war nicht zimperlich. Wenn sie in eine Wohnung gehen, ist erst einmal jeder dort der Feind. Also auch Opfer so wie ich – wurden zunächst angebrüllt, auf den Boden geschmissen und festgehalten. Erst wenn das „who is who" klar ist, kann man auf Lockerung hoffen.

Ich war unzählige Male bei solchen Zugriffen dabei gewesen und wusste also, was passieren würde. Entweder sie würden warten, bis Savo mal alleine das Haus verlässt. Die wohl sicherste Variante – auch für mich. Blöd ist hierbei, dass sich die Zeit und damit auch die Lichtverhältnisse nicht kalkulieren lassen. Oder sie würden auf Verhandlungen setzen. Dann müssten sie aber eine Kommunikationsmöglichkeit schaffen. Ich kehrte um und schnappte mir einen Stift. Mit zittrigen Händen schrieb ich meine Mobilnummer auf einen Zettel und ging wieder zurück in den Flur. Nicht dass es am Ende hieß, sie hätten meine Nummer nicht gehabt und somit gar nicht das Gespräch suchen können, auch wenn sie gewollt hätten. Auf Kamerahöhe hielt ich den Zettel so nah wie möglich daran und schaute noch mal selbst hinein. So wussten sie wenigstens, wie ich aktuell aussah und mussten nicht ganz so hart gegen mich vorgehen. Einen Versuch war es auf jeden Fall wert. Dann machte ich mich auf den Weg in die Küche. Mein Plan war es, Savo zu überreden mein Handy anzustellen.

Ich betrat die Küche, in der Savo am Tisch saß. Er las in einem kleinen Notizbüchlein und zog dabei die Augenbrauen zusammen.

„Das gibt hässliche Falten! Wusstest du, dass sich Gesichtszüge irgendwann in die Haut einbrennen?", fragte ich betont locker. Insgeheim stellte ich mir die Frage ob das für Savo überhaupt noch eine Relevanz hatte. Angesichts des SEKs vor der Haustür brauchte er sich höchstwahrscheinlich um Anti-Aging keine großen Gedanken mehr machen. Grimmig schaute er hoch.
„Was willst du? Bist du schon fertig mit deiner Arbeit?", raunzte er mich an. Okay, seine Laune war also nicht die Beste.
„Nein, ich bin noch nicht fertig. Ich muss ins Internet, um etwas zu recherchieren."
„Was?" „Ich muss ins Internet und etwas ..."
„Verdammt noch mal, Elsa! Willst du mich verarschen, oder was?" Er schrie so laut, dass sogar die Behelmten draußen zuhören konnten. Erstaunt schaute ich Savo an, zog eine Augenbraue hoch, raunte ein leises „Pfft" und machte auf dem Absatz kehrt. Scheiß auf Verhandlungen, sollten sie ihm doch ins Bein schießen oder sonst wohin! Ich stapfte durch den Flur zurück in mein Zimmer. Savo sprang auf, der Stuhl kippte um und fiel mit lautem Gescheppere auf den Boden. Auf Höhe der Kamera war er bei mir und hielt mich von hinten am Arm fest, drehte mich mit Schwung um und drückte mich gegen die Tür. „WAS WILLST DU?" Jedes Wort einzeln betont. Nun kam es auf mich an. Wollte ich einen Zugriff erzwingen, dann musste ich die Situation nur eskalieren. Eine meiner leichtesten Übungen. Allerdings brachte ich mich auch selbst damit in Gefahr. Das schied definitiv aus. Also Deeskalation. Ich ignorierte den harten Griff seiner Hände an meinen Schultern und das Herumgeschreie und schaute ihn direkt an.
„Savo, du bist müde und gereizt. Lass uns in die Küche gehen. Ich habe in Anas Facebook-Account einige Namen gefunden, die ich im Netz checken möchte." Ich gab meiner Stimme eine Extraportion beruhigendes Timbre und hoffte damit zu Savo durchzudringen. Er sah so aus, als wollte er noch etwas sagen,

ließ dann aber locker und dreht sich um Richtung Küche. Ich schaute ihm nach und wusste, dass es nun passieren würde. Langsam ging ich ein paar Schritte rückwärts zum Zimmer und weg von der Tür. Da krachte es auch schon. Die Tür flog auf und innerhalb weniger Sekunden war die Wohnung voller schwarz gekleideter Männer, die Pistolen im Anschlag und voller Adrenalin und Testosteron. Es wurde sehr hell und laut und bevor ich auch nur einen Ton sagen konnte, lag ich bäuchlings auf dem Boden und der Kopf wurde mir nach unten gedrückt. Ich versuchte langsam und tief zu atmen. Immer wieder sagte ich mir, dass dies das normale Prozedere war und gleich alles vorbei sein würde.

Im Flur war es immer noch laut. „Waffe weg! Ganz ruhig stehen bleiben! Waffe weg, sofort! Bleib stehen! Hey!" Dann ein Schuss. Und noch einer.

Ich versuchte den Kopf anzuheben, um einen Blick in den Flur zu werfen. Schwarze Hosenbeine versperrten mir die Sicht. Es roch nach Schwarzpulver und es war unnatürlich still. Einen kurzen Moment lang sagte niemand ein Wort, die Zeit hatte eine Pause eingelegt. Dann ging plötzlich – wie auf ein Stichwort – das Leben weiter. Der Beamte, der mich am Boden hielt, lockerte seinen Griff und half mir hoch.
„Alles in Ordnung bei Ihnen? Sind Sie verletzt?" Da ich es nicht wusste, schaute ich ihn etwas verwirrt an.
„Ich bin Oliver und ich werde Sie jetzt zum Doc bringen, okay?" Er sprach sehr langsam und dachte wohl, ich hätte nach dem Schreck nicht mehr alle Nerven in Reih und Glied. Vielleicht hatte er ja Recht. Im Flur standen ein paar Polizisten um Savo herum. Die Augen weit aufgerissen lag er auf dem Rücken und starrte ins Nirgendwo. Die Farbe seiner Augen hatte gewechselt von Gewitter auf grauen Fels. Auf seiner Stirn klaffte ein winziges Loch, welches wohl nur von

außen harmlos aussah. Unter seinem Kopf breitete sich eine Blutlache aus. Ein Beamter sprach in seinen Helm. „X1 neutralisiert. Lebenszeichen negativ. Der Doc muss dringend kommen. Ende 2918!" Es knackte und knarzte leise aus dem Helm zurück.

Oliver führte mich nach draußen. Es nieselte, alles war grau und unfreundlich. Das blaue Aufscheinen des Sondersignals auf den Polizeiwagen gab dem tristen Tag ein wenig Abwechslung. Wie betäubt schwebte ich Oliver hinterher in Richtung des Krankenwagens. Savo tot, ich frei. Ana immer noch tot. Meine Neugierde geweckt. Mist! Ich musste noch einmal nach oben in die Wohnung. Die ganzen Unterlagen zu den Umständen von Anas Tod waren dort, meine Notizen dazu auch. Selbst mein Handy war noch dort.
Ich zupfte Oliver am Arm. „Ich muss noch mal nach oben."
„Wieso? Was ist los?", fragend schaute er mich an.
„Ich habe etwas vergessen, das ich dringend brauche", versuchte ich mein Glück.
„Ach, darum kümmern wir uns später, okay. Sie können ganz beruhigt sein, hier kommt nichts weg. Wir sind ja die Polizei", schmunzelte er dämlich grinsend in meine Richtung. Sehr witzig, der Oliver! Er schob mich weiter.
„Okay, da wären wir. Ich übergebe Sie jetzt an Doc Schuster. Da bekommen Sie Hilfe. Tschau, Tschau!"
Tschau, Tschau? Na dann. Ich stieg in den Wagen zu Doc Schuster.
„Hallo! Na, Sie können ja noch alleine laufen. Dann ist ja alles halb so schlimm, oder?" Ein sehr tiefes Timbre. Das war aber auch das einzig maskuline an Doc Schuster. Ich war dem Irrglauben verfallen, der Doc müsse ein Mann sein. Kein Wunder! Wo doch die ganzen Spezialkräfte nur so strotzten vor Testosteron.
„Ich bin Veronika, Polizeiärztin aus Mainz. Sie müssen Elsa

sein!", prüfend schauten mich zwei warme braune Augen an. Ich fand sie vom Moment weg sympathisch. Braun-graue Haare umspielten ihren Kopf, dezent geschminkt wirkte sie unglaublich beruhigend und patent auf mich. Ich hatte bisher noch kein Wort gesagt und bemerkte, wie langsam meine Kräfte schwanden. Mir brach der Schweiß aus und ein feuchter Film bildete sich auf meiner Stirn. Die Füße fingen an zu kribbeln und ich wurde kurzatmig. Veronika – der Doc! – war sehr geistesgegenwärtig und wuchtete mich im letzten Moment auf die Liege. Ich hatte immer noch nichts gesagt und kam mir reichlich unhöflich vor. So war ich nun mal. Immer schön freundlich bleiben, wenn es andere auch sind. Diese Regel gilt allerdings nur für Menschen, die ich nett finde. Also nicht die allermeisten. Sobald ich lag, stabilisierte sich mein Kreislauf wieder und nun fand ich auch endlich wieder Worte.
„Entschuldigen Sie bitte mein Auftreten. Ja, ich bin Elsa. Elsa Dreißig und normalerweise haut mich so schnell nichts von den Füßen. Geht auch schon wieder. Ich glaube, ich kann wieder aufstehen. Danke für den Liegeplatz", versuchte ich mich an einem Scherz, um die Situation irgendwie weniger ernst zu machen.
Veronika schaute skeptisch auf mich herab und zweifelte wohl an meinen Worten. „Ich finde es besser, wenn Sie erst einmal noch liegen bleiben", während sie sprach legte sie das Blutdruckmessgerät an und guckte sehr ernst dabei. Ich widersprach also nicht und hielt ihr meinen Arm hin. Okay, sollte sie mal machen. Mein Blutdruck ist eigentlich immer ein wenig zu hoch. Nur nach außen bin ich oft ruhig. Das muss dann eben mein Kreislauf kompensieren und Überstunden machen.
Die Manschette quetschte meinen Oberarm zusammen und mit einem stetigen Zischen ließ der Druck wieder nach. Der Doc – heißt es dann eigentlich die Doc? – machte ein zufriedenes Gesicht.

„Puls ist noch ein wenig hoch, aber der beruhigt sich schon wieder. Geben wir ihm ein wenig Zeit. Haben Sie irgendwo offenkundige Verletzungen? Tut Ihnen was weh?", fragte sie nun gezielter nach.
Ich horchte in mich hinein. Nein, mir tat soweit nichts weh. Irgendwie alles so ein wenig, wie bei einer Grippe. Aber nichts Spezielles. Verletzt war ich auch nicht. Zumindest nicht, dass ich wüsste. Genauso sagte ich dies auch.
„Ich möchte Sie trotzdem ausführlich untersuchen. Sie haben ja einiges hinter sich. Wann haben Sie denn das letzte Mal gegessen und getrunken?"
Spontan hatte ich keine Idee dazu. Das war wohl der Stress. Der bewirkt, dass ich unwichtige Dinge sofort vom Eingang zum Ausgang durchreiche. Keine Chance etwas zu Behalten.
„Ich weiß es nicht. Aber ein Glas Wasser wäre nicht schlecht. Gegen einen Weißwein haben Sie sicherlich Einwände?", fragte ich nicht gänzlich ohne Hoffnung. Irgendwie sah Veronika aus nach entspannten Stunden mit Wein, Gesprächen und Vertrauen. Ich sollte am Ende hiermit Recht behalten. Auf den ersten Eindruck kann man sich eben verlassen.
„Fürs erste bleiben Sie mal bei Wasser." Sie reichte mir ein Glas. „Dann sehen wir weiter. Ich möchte jetzt mit Ihnen nach Mainz in die Praxis fahren, dort werde ich Sie untersuchen und dann haben, glaube ich, eine Menge Leute eine noch größere Menge an Fragen an Sie. Hier sind zwei Bundesländer beteiligt, aber aus medizinischer Fürsorgepflicht heraus plädiere ich dafür Sie erst einmal mitzunehmen. Die Zuständigkeiten und Formalitäten können später auf anderem Wege geklärt werden."
„Fu**, das habe ich ja gar nicht mehr auf dem Schirm gehabt. Ja, lassen Sie uns weg fahren von hier. Ich glaube, das schaffe ich jetzt nicht sofort!", gab ich leicht panisch zurück.

Veronika verließ den Wagen und klärte draußen die Beamten

über die nächsten Schritte auf. Ich hörte sie energisch etwas von „medizinischer Notwendigkeit" und „nicht vernehmungsfähig" sagen. Danke, Doc! Sie strahlte eine absolute Autorität aus. Bestimmt war sie auch in der Lage herauszufinden, wie es meinen Freunden und meinem Hund ging. Zumindest könnte sie die Hebel in Bewegung setzen, dass sich jemand kümmerte und meine Leute informierte. Als sie wieder den Wagen betrat, teilte ich meine Überlegungen mit ihr. Zustimmend nickend machte sie auf dem Absatz kehrt und sprach hoffentlich die richtigen Leute an. Wieder hörte ich Gesprächsfetzen, so was wie „Infos umgehend an mich weitergeben bitte!"

Die folgenden Stunden verliefen so wie befürchtet. Nachdem ich beim Doc fertig war, ging die Frage-Antwort-Tortur los. Medizinisch war mit mir alles in Ordnung, so dass nichts gegen die Vernehmung einzuwenden war. Veronika bot an, mich trotzdem vorerst raus zu nehmen, aber ich wollte es am Ende nicht aufschieben. So kam es, dass ich gut fünf Stunden lang minutiös rekonstruierte, was ich alles in den letzten Tagen erlebt hatte und noch mehr. Irgendwann konnte ich nicht mehr. Ich wedelte mit der weißen Fahne, verlangte mein Handy und meine Tasche, also die Utensilien, die in der Wohnung geblieben waren und die ich so dringend wiederhaben wollte. Natürlich war es nicht so einfach: Die Kollegen von der Spurensicherung brauchen noch etwas ... laufende Ermittlung, danach natürlich ... warum wollen Sie denn die Unterlagen wieder haben, Savo ist doch tot ...

Entgegen meiner Gewohnheiten gab ich vorerst auf. Ich war müde und zunehmend gereizt. Die nächsten Tage würden Klarheit bringen. In meiner Familie wurde oft auf „Preußen" oder „Westfalen" zurückgegriffen, um die Welt erklärbar und händelbar zu machen. Neben den klassischen „westfälischen Runden", mit denen gerne geschlechterstereotypes Verhalten auf Familienfeiern als eine im christlichen Glauben festverankerte Tradition verteidigt wurde (erwähnte ich, dass ich aus einer durch und durch atheistischen Familie komme?), kam auch immer wieder die „preußische Regel" zum Tragen. Immer – aber auch wirklich immer! – erst eine Nacht drüber schlafen und dann eine Entscheidung treffen oder eine Reaktion zeigen und niemals sofort und spontan! Im weitesten Sinne dachte ich an genau diese Regel, um aus der Situation zu entkommen. Der Part mit dem Schlafen war nicht ganz unerheblich für meine Motivation.

Als ich aus dem Vernehmungszimmer kam, begrüßten mich sehr gerührt, stürmisch und feucht Alfons, Mila und Sam. Ich nahm alle drei in den Arm und versuchte erst gar nicht cool zu sein. Selten war ich so erleichtert in meinem Leben gewesen. Ich wollte nur noch mit meinen Leuten nach Hause und mir alles von der Seele reden. Das war etwas erstaunlich, war ich doch eher introvertiert und eine große Schweigerin, zumindest wenn es um meine Belange und Innenwelten ging. Wir gingen zu Alfons Auto, Sam drückte sich eng an meine Beine und Mila murmelte russisches Zeug vor sich hin. Ich hoffte, sie hatte einen Telefonknopf im Ohr und bestellte Wodka in rauen Mengen. Plötzlich durchfuhr mich ein Gedanke.
„Meine Familie! Was ist mit meiner Mutter und meinem Bruder? Wissen sie Bescheid, dass es mir gut geht?", rief ich etwas panisch aus. Nicht auszudenken, was ich mir den Rest meines Lebens anhören müsste, wenn niemand an sie gedacht hätte und ich mich derweil dem wodkainduzierten Vollrausch hingeben würde. Mila und Alfons gaben unisono ein „Alles okay, mach dir keine Sorgen" von sich. Sie hatten gut reden, kannten sie den Zorn meiner Familie nicht aus persönlichem Erleben.
„Ich habe selbst mit deiner Mamuschka gesprochen. Und ich habe ihr gesagt, sie soll sich jetzt erst mal ausruhen. Morgen

könnt ihr sprechen!" Niemand wagt es, Mila zu widersprechen. Selbst meine Mutter nicht. Selbst als Mamuschka nicht.

Wir fuhren zu mir nach Hause. Ich machte es mir mit Sam auf der Rückbank bequem. Wir kuschelten und ich sagte ihm, wie sehr ich ihn vermisst hatte. Er antwortete mit einem Schmatzen und angelegten Ohren.

Ich wachte auf und musste mich einen Moment orientieren. Meine Augen wanderten durch den Raum und meine grauen Zellen erkannten nach und nach mein Schlafzimmer wieder. Weiß getünchte Wände, ein großes Bild und sonst nur noch ein Fenster mit einem Vorhang davor. Ich drehte mich auf die Seite und fuhr zusammen. So musste sich Henry Maske nach seinem WM Kampf 1993 gefühlt haben. Langsam rollte ich mich aus dem Bett und stand auf. Irgendetwas war anders als sonst. Sam war nicht da. Es roch nach Kaffee. Die Sonne stand hoch am Himmel, es war mindestens 11 Uhr. Langsam krochen die Erinnerungen vom Vorabend in mein Bewusstsein. Alfons, Mila und ich sind zu mir gefahren und haben mit Weißwein und russischem Wodka ein ausführliches Debriefing gemacht. Irgendwann bin ich dann auf der Couch eingeschlafen und offenbar hat mich dann noch jemand in mein Bett gebracht. Alfons vielleicht? Da hatte sicherlich Mila ein gepfeffertes Veto eingelegt.

Ich streckte mich ausgiebig, öffnete das Fenster und ging ins Nebenzimmer, um mir etwas anzuziehen. Falls ich noch Besuch hatte, wollte ich nicht im Schlafanzug dastehen. Den musste mir allerdings auch jemand angezogen haben.

Schon auf der Treppe kam mir schwanzwedelnd Sam entgegen und am großen Küchentresen stand Mila und lachte mich an.

„Kaffee oder Bloody Mary, meine Liebe?", säuselte sie.

Ich ging auf sie zu und nahm sie fest in die Arme. „Du glaubst nicht wie froh ich bin, dass du da bist. Kaffee bitte, die Maria nehme ich später."

Wir frühstückten ausführlich und nach einer langen, heißen Dusche beglückten wir Sam mit einem Spaziergang durch die Weinberge. Mila berichtete, wie Alfons sie nach dem ominösen Telefonat mit mir angerufen hatte und sie sich beide an meinem Haus getroffen haben. Sie fanden Sam, der sich über Besuch freute, aber ansonsten keine Hinweise, dass etwas passiert war. Nach einigem Hin und Her entschieden sie sich zur

Polizei zu gehen. Mila wusste, dass ich einen sehr guten Freund habe, der bei der Polizei was zu sagen hat. Steffen ist Kriminaldirektor und Abteilungsleiter beim LKA. Ich lernte ihn vor vielen Jahren auf einer gemeinsamen Fortbildung beim BKA kennen und seitdem verbindet uns eine enge Freundschaft. Ihn also rief Mila an und berichtete von dem ungewöhnlichen Telefonat zwischen Alfons und mir. Steffen wusste natürlich von Savos Flucht und reimte sich den Rest zusammen. Alles Weitere war dann Sache der Polizei und Alfons und Mila warteten gespannt wie beim Sonntagskrimi auf die Dinge, die als nächstes passieren sollten.

Wir gingen langsam einen steilen Anstieg zum Wingertshäuschen hoch. Mein Kreislauf war noch nicht so weit und mein Herz schlug in doppelter Frequenz. Sam war schon oben und schaute uns erwartungsvoll und voller Ungeduld entgegen. Ich erzählte Mila die ganze Geschichte von Savo, von der Entführung und von Anas Tod. Mila ist meine engste Vertraute und bei keinem Menschen fühle ich mich so sicher und gut aufgehoben wie bei ihr. Aus diesem Grund war es für mich selbstverständlich, ihr offen mein Herz auszuschütten und ihr von meinen Ängsten und Schreckensmomenten zu berichten. Sie hörte zu, nickte empathisch, übertrieb es aber auch nicht. Genau das, was ich brauchte und besser als jeder bezahlte Therapeut für mich. Einem fremden Menschen könnte ich niemals von mir erzählen. Die ganze Zeit würde sich mein Gehirn in einer Parallelgeschichte fragen, was das wohl für ein Mensch ist, dem ich da gerade von meinem Innersten berichte, was er denken würde, was er gefrühstückt hatte, ob er in der Lage wäre zu analysieren und wieso er sich genau das Hemd am Morgen ausgesucht hatte, was er an hatte. Manchmal denke ich, mein Gehirn hat die Anatomie eines Delfinhirns. Der Delfin kann mit einer Hirnhälfte schlafen und mit der anderen wach sein. Deswegen erstickt er nicht, wenn er schläft. Die wache

Seite sorgt dafür, dass er regelmäßig auftaucht und atmet, also auch wenn er schläft. Genial! Mein Hirn macht auch oft zwei Parallelwelten auf, eine Seite schläft zwar nicht, aber sie denkt und analysiert munter drauf los, während die andere gerade einen Vortrag hält oder eben einem Therapeuten etwas erzählt. In manchen Meetings allerdings habe ich mir sehnsüchtig gewünscht, einfach mit einer Hirnhälfte einschlafen zu können, während die andere interessiert tut.

Oben angekommen setzten wir uns auf die Bank und genossen die Aussicht. Die rheinhessische Hügellandschaft zog sich sanft vor unseren Augen dahin. Weinberge über Weinberge, ab und zu ein Baum und Hecken. Die Lese war im vollen Gange, überall waren Erntemaschinen zu sehen, die langsam durch die Reihen fuhren und die Trauben abrüttelten. In den Steillagen arbeiteten zahlreiche Winzer und Helfer, um die reifen Trauben per Hand zu lesen. Es war warm, die Sonne schien auf uns herab, ich schloss die Augen und atmete tief ein.
„Elsa, wie geht es nun weiter? Was wirst du tun?", fragte Mila in die Stille hinein. Sie kannte mich zu gut und wusste, dass ich jetzt nicht einfach einen Haken an die Sache machen konnte. Savo tot, Ana tot und weiter gehts. Nein. Meine Neugierde war geweckt und die ersten Stunden, die ich in Anas Leben eingetaucht war, gaben eindeutig Hinweise auf merkwürdige Entwicklungen in ihrem Leben. Savos Auffassung, ihr Tod habe etwas mit ihm und seiner Vergangenheit zu tun, teilte ich nicht so ohne weiteres. Durchaus konnte ich mir Ana in einem eigenen Leben vorstellen und daneben traute ich ihr zu, sich in eine von Savo völlig unabhängige schwierige Situation manövriert zu haben.
„Ich werde die Analyse machen, da weitermachen, wo ich gestern Mittag aufgehört habe. Anas Leben wird nicht mit einem Fragezeichen enden!" Ich schaute Mila entschlossen in die Augen.

„Ja, das ist meine Elsa!", lachte sie. Sofort wurde sie wieder ernst. „Nie wieder, und das meine ich sehr ehrlich, nie wieder möchte ich mir solche Sorgen um dich machen wie gestern! Du musst auf dich aufpassen", sagte sie energisch.
„Ich kann dir versprechen, dass ich auf mich aufpasse, Mila. Aber nicht immer hat man alles selbst in der Hand. Meine Vergangenheit und auch mein jetziger Beruf bringen eben das eine oder andere Risiko mit sich. Ich werde nicht leichtsinnig sein. Großes Elsa-Indianer-Ehrenwort", versuchte ich es mit einem Scherz. Ich mag es nicht, wenn andere sich um mich sorgen oder mir die Realität vor Augen führen.
„Ich werde mir etwas für dich einfallen lassen", raunzte Mila. „Wie kommst du an die Unterlagen aus der Wohnung, die Savo noch besorgt hatte? Die brauchst du ja, um weiterzumachen." Sie war auch aufgestanden und schaute voller Tatendrang nach vorne.
„Komm, wir gehen zurück und trinken was. Ich habe da schon eine Idee!", schmunzelte ich und freute mich fast schon ein wenig auf die Analyse.

Mila und ich ließen den Nachmittag noch ein wenig ausklingen, dann machte sie sich auf den Weg nach Hause. Natürlich nicht bevor ich ihr versprochen hatte, mich an meinen Termin bei Doc Schuster am Montagmorgen zu erinnern und vor allem auch daran zu halten. Sie kannte mich eben gut, meine Mila. Nachdem sie gegangen war, hatte ich noch einige Telefonate zu erledigen. Meine Mutter wollte die ganze Geschichte hören und stellte extra das Telefon auf laut, damit Karl auch alles mitbekam. Ich konzentrierte mich auf ein paar wenige Schlagworte und versicherte, dass es mir gut ginge. Wir würden uns am nächsten Tag bei Sebastian sehen und da könne sie sich selbst davon überzeugen. Mit Sebastian sprach ich auch noch kurz. Mein jüngerer Bruder machte sich um wenige Dinge in seinem Leben sorgen und zum Glück auch nicht um mich. Er freute sich von mir zu hören und darauf, mich am nächsten Tag zu sehen. Dann wandte er seine Aufmerksamkeit wieder seiner neuesten weiblichen Bekanntschaft zu, die offenbar neben ihm auf der Couch saß und ihn wieder für sich alleine wollte. Sollte sie ihn haben. Ich hatte noch ein paar Namen auf meiner Liste.

Ich rief bei Alfons auf dem Mobiltelefon an und wurde direkt an Dienstag erinnert, als ich ihn aus dem Auto heraus mit meiner Fintenstory konfrontiert hatte. Es machte mir mehr aus daran zu denken, als ich zugeben wollte. Alfons war nicht erreichbar und ich quatschte ihm ein wenig auf die Box. Wir würden uns sicher in der kommenden Woche sehen. Danach überlegte ich mir einen Schlachtplan. Kriminaldirektor Steffen Holzmann nahm darin eine tragende Rolle ein.

Steffen lebte ganz in meiner Nähe ein eher zurückgezogenes Leben. Im Job sehr erfolgreich, war er vor zwei Jahren mit 34 Jahren zum jüngsten Abteilungsleiter, den das LKA je gesehen hatte, aufgestiegen. Er hatte in seiner polizeilichen Laufbahn einen exzellenten Aufstieg hingelegt. Bei der Bereitschaftspolizei klein angefangen, dann die gehobene Laufbahn eingeschlagen, ein paar Jahre bei Mord, Tod und Sexual gearbeitet, ging er schließlich nach Münster-Hiltrup, um im höheren Dienst Karriere zu machen. Nach dem Studium in Münster hatte er viele verschiedene Stellen mit Führungsverantwortung übernommen und alle mit Bravour gemeistert. Vor allem in der Leitung großer Sonderkommissionen war er stark. So kam er schließlich ins LKA und leitete die Abteilung Spezialkräfte. Dort arbeiteten wir dann auch gute zwei Jahre zusammen, also er als Chef und ich als Psycho.
Kennengelernt hatten wir uns aber schon einige Zeit davor. Wir waren beide auf dem Lehrgang „Analytisches Denken in hochdynamischen Risikolagen". Ich fand damals diesen

Lehrgang schon vom Titel her viel ansprechender als die üblichen sonstigen Fortbildungen – zum Beispiel „Wie schafft der Polizeiführer es frei von Arbeit zu sein, um führen zu können" oder „Ruhestand und dann?"

Steffen fiel mir damals sofort auf. Er sah ungemein gut aus und bildete sich nichts darauf ein. Als ich ihn kennenlernte, war er gerade 30 Jahre alt geworden. Er war zurückhaltend und leise. Das gefiel mir. Außerdem hat er einen messerscharfen Verstand. Das gefiel mir noch besser.

Ich weiß nicht mehr, wie viele Fälle wir seitdem bis ins letzte Detail diskutiert haben. Es ging durchaus nicht immer harmonisch zu zwischen uns. Steffen ist einer, mit dem man sich ganz wunderbar inhaltlich auseinandersetzen kann. Unterschiedliche Meinungen befruchten den eigenen Intellekt. Das mögen wir beide. Damals im Lehrgang saßen wir nebeneinander und Steffen war einer der wenigen Kollegen während meiner gesamten 15-jährigen Polizeizeit, der keinen dummen Spruch hinsichtlich meines Berufes machte. So entwickelte sich im Laufe der Zeit eine Freundschaft, die mir sehr viel bedeutet. Den letzten Streit hatten wir, als ich ihm von meinen Plänen erzählte, bei der Polizei aufzuhören. Wir diskutierten die halbe Nacht. Irgendwann akzeptierte Steffen meinen Wunsch, nicht ohne anzumerken, schon noch einen Weg für eine weitere Zusammenarbeit zu finden. Er meinte damals, es würde sich bestimmt mal etwas ergeben. Nun, dies war ja jetzt eingetreten. Meiner Meinung nach.

Da es Samstagabend war, wählte ich seine Privatnummer. Im Büro war selbst Steffen jetzt bestimmt nicht mehr anzutreffen. Nach dem dritten Klingeln wurde mein Anruf angenommen.

„Holzmann, hallo?", fragte eine sonore Männerstimme.

„Hey Tobias, hier ist Elsa."

„Elsa, schön dich zu hören. Steffen hat mir erzählt, was passiert ist. Also keine Details natürlich", beeilte er sich zu sagen.

„Wie gehts dir denn heute? Kommst du zur Ruhe?"

Tobias ist Steffens Ehemann. Ein Grund für das zurückgezogene Leben der beiden war sicherlich ihre Homosexualität. Die Polizei kann da in bestimmten Teilen noch mit etwas altertümlichen Einstellungen aufwarten. Gerade manche Mitarbeiter der Spezialeinheiten konnten durchaus vorpubertäres Verhalten an den Tag legen. Steffen ging als ihr Vorgesetzter zwar offen mit seinem Schwulsein um, das heißt, er machte nie ein Geheimnis aus seiner sexuellen Orientierung. Er redet allerdings auch nicht ständig darüber oder läuft mit einem entsprechenden Schild um den Hals herum. Machen Heteros ja im Übrigen auch nicht. Also zumindest die normalen.
„Mir geht es schon wieder gut, danke der Nachfrage. Dank Steffen hat ja gestern dann beim Zugriff alles geklappt. Also außer, dass Savo nun nicht mehr atmet, aber das Risiko war sein ureigenes und er kannte es!", gab ich zurück. „Wie läuft es bei dir?" Tobias war gerade dabei, sich als KFZ-Sachverständiger selbstständig zu machen.
„Gut läuft es! Die Leute bauen Unfälle sage ich dir, da geht mein Herz auf", lachte er. „Steffen kommt gerade rein, du wolltest sicherlich mit ihm sprechen, oder?"
Obwohl ich mittlerweile auch zu Tobias eine gute Freundschaft aufgebaut hatte, ist das Verhältnis zu Steffen doch enger als zu ihm. Daher hatte er natürlich Recht mit seiner Annahme.
„Ja, du kannst ihn mir gerne mal geben. Ich wünsche dir einen netten Abend, Tobias. Bis bald." Ich hörte ein wenig Geraschel im Hintergrund und dann Steffens tiefe Bassstimme.
„Hallo, du bist ja schon wieder voll aktiv. Ist alles in Ordnung bei dir?", fragte er etwas sorgenvoll. Er hatte mich ja gestern gesehen und ich hatte wohl nicht den stabilsten Eindruck hinterlassen.
„Alles in Ordnung. Es geht mir gut. Montag gehe ich noch einmal zu eurer ganz wundervollen Doc Schuster. Nur sicherheitshalber und weil alle es so wollen", konnte ich mir nicht verkneifen noch hinterher zu schieben. „Steffen, ich habe ein

konkretes Anliegen und möchte etwas mit dir besprechen. Es geht immer noch um Savo und Ana. Hast du morgen Abend Zeit für mich? Ich koche uns eine Kleinigkeit und erzähle dir, was ich auf dem Herzen habe", fasste ich alles zusammen, was ich zu sagen hatte.
„Höre ich da die berühmte Nachtigall trapsen? Prima, morgen Abend klappt bei mir. Ich bin gegen 19 Uhr bei dir. Bitte keinen Fisch, ich habe seit neuestem eine Allergie." Diese Effizienz liebte ich. Mit wenigen Worten alles sagen, was wichtig ist.

Gegen zehn Uhr am Sonntagmorgen klingelte es an meiner Haustür. Ich sah durch das Fenster einen Streifenwagen auf der Straße stehen und direkt dahinter mein geliebtes Protzauto. Die Spurensicherung war fertig und man benötigte den Wagen nicht mehr. Auch wenn Savo am Ende gefasst und getötet worden war und die Lage eindeutig schien, so mussten doch alle Spuren und Beweise lückenlos und sauber gesammelt, ausgewertet und dokumentiert werden.
Froh, wieder einen fahrbaren Untersatz zu haben, schwang ich mich ins Auto und fuhr zum Frühstücksbrunch meines Bruders. Sebastian wohnte in Frankfurt, also gute 70 km weit weg. Ich mochte Frankfurt sehr und es ist viel schöner als die Leute oftmals so denken. Kultur, Kulinarisches, Kneipen und Stil. Alles dort zu finden. Klar ist der Straßenverkehr nervig, aber ist das wirklich erwähnenswert? Ich mag auch Pizza, aber nicht die Kalorien.
Nach erfolgreicher Parkplatzsuche – am Sonntagvormittag war selbst das nicht so schwierig in der Großstadt – freute ich mich auf meine Familie und leckeres Essen. Sebastian wohnte in einer Altbauwohnung in der Nähe der Friedrich-Ebert-Anlage, einem Grünstreifen inmitten der Stadt. Um Geld brauchte er sich, genauso wie ich, keine Sorgen zu machen. Unser Vater hatte eine Menge davon hinterlassen. Für Sebastian bestand der Sinn des Lebens zurzeit darin, dieses Geld anzulegen und

gut davon zu leben. Er konzentrierte sich auf seinen Sport und war auch als Fitnesscoach häufig gebucht. Ich war gespannt auf den Vormittag. Mit meiner Familie wird es selten langweilig am Tisch. Neben meiner Mutter und Karl waren noch meine hochbetagte Großmutter Gunhild, der Bruder meiner Mutter Theodor und seine beiden Kinder Markus und Heike eingeladen. Daneben natürlich auch noch ein paar Freunde von Sebastian und die am Abend vorher schon telefonisch erahnte neue Freundin.
„Hi, ich bin Jacky", flötete sie mir zu. Sebastian stand daneben und grinste dümmlich. Sie sah aus wie fünfzehn.
„Jacky ist in der Sportgruppe, die ich an der Goethe-Uni leite", beeilte er sich zu erklären. Wahrscheinlich hatte er Angst, dass ich sie fragen könnte, ob sie denn schon ohne Erziehungsberechtigten alleine nach draußen darf.
„Hi, ich bin Elsa", säuselte ich zurück. „An der Goethe-Uni? Ist deine Mutter für „Studieren mit Kind" eingeschrieben?" Ich konnte mir diese Spitze einfach nicht verkneifen. Manchmal war ich wirklich unmöglich und unsozial. Jacky schaute mich an, als würde sie noch über diese Frage nachdenken, doch dann erhellte sich ihr makelloses, glattes Gesicht.
„HaHa, nein. Meine Mutter studiert nicht. Kennst du sie etwa?" Mit großen Augen schaute sie mich erwartungsvoll an. Sebastian verrollte die Augen und sprang seiner Holden zur Seite.
„Jacky studiert auf Lehramt. Grundschule. Sport und Religion." Er legte seinen Arm um mich. „Holst du meiner Schwester und mir ein Glas Sekt? Das wäre superlieb, mein kleiner Muskelhase?"
„Muskelha...?!" Mir blieb der Mund offenstehen. Der Muskelhase guckte, als würde er nichts lieber tun im Leben und hoppelte in die Küche.
Nach gut zwei Stunden war ich pappsatt und familiär wieder voll auf dem Laufenden. Zwischen Häppchen und Süppchen

von Feinkost Meyer in der Fressgasse in Frankfurt deklinierten wir alle Neuigkeiten der Anwesenden und vor allem nicht Anwesenden durch. Heike war schwanger und versprach beim nächsten Zusammentreffen den glücklichen werdenden Vater mitzubringen, Oma Gunhild ging jetzt zu den alten Leuten – sie sagte dies, als würde sie altersmäßig Jacky Konkurrenz machen – bei der AWO, um mit ihnen gemeinsam das Bauchreden zu erlernen und auch meine Erlebnisse wurden kurz angeschnitten und von allen kompetent kommentiert. Wir diskutierten das Erstarken der Rechten in Europa und auch bei uns, stritten über Populismus in der Politik und landeten schließlich beim deutschen Ost-West-Konflikt. Zufrieden und kognitiv gesättigt machte ich mich auf den Heimweg. Sam wartete schon auf seinen Spaziergang, der auch meinem vollen Bauch mehr als guttat.

Bevor ich am Morgen losgefahren war, hatte ich ein Stück Biotofu aus dem Froster geholt. Nun schnitt ich kleine Stücke daraus und briet sie scharf in Butter an. Dazu gab ich zwei klein geschnittene Gemüsezwiebeln und löschte das Ganze mit einem guten Schuss Cognac ab. Es zischte und brodelte und ich wunderte mich, wie ich schon wieder Hunger haben konnte. Noch Sahne dazu, ordentlich Telly Cherry Pfeffer, Himalayasalz, etwas Chili und zum Schluss frisch gehackte Kräuter. Für die Kräuter ging ich in den Garten und schnitt ab, was das Beet so hergab: Petersilie, Rosmarin, Thymian, ein Blatt Minze, ein wenig Koriander und – was niemals fehlen darf – Liebstöckel. Ich stellte den Herd ab und ließ das Ganze noch ein wenig mit der Resthitze köcheln. Dazu würde es dann später Tagliatelle und frisch gehobelten Parmesan geben.

Ich stellte den Fernseher an, um die Nachrichten nicht zu verpassen und ließ mich auf die Couch fallen. Sam gesellte sich zu mir und wir schauten gemeinsam, was in der Welt so passiert war. Neben dem Migrations- und Asylthema beherrschten die Kriege der Welt die Nachrichten und natürlich die bevorstehenden Landtagswahlen in Bayern und in Hessen das politische Geschehen. Die Rechten waren schon in fast allen Landesparlamenten vertreten und machten nun auch die Wutbürger in den verbliebenden Ländern mobil. Offen wurde hier gehetzt gegen Ausländer, Andersdenkende, die seriöse Presse und das System.

Neben der politischen Rechten, die ganz legal von all den vermeintlich Benachteiligten, Unterbezahlten und schlecht Behandelten gewählt wurde, hatte sich auch ein militanter Mob gebildet, der offen mit Drohungen, Hetze und Gewalt die nationale Kultur retten wollte. Dieser Mob setzte sich aus sehr unübersichtlichen Strömungen zusammen. Da waren zum einen die Dumpfbacken, die aus ihrer pathologischen Xenophobie heraus fast schon zu Fanatikern mutiert sind und ohne jegliche moralische Instanz alles Fremde und Andersartige hasserfüllt verdammten. Ausländer, agierende Politiker, Journalisten – egal – alle wurden offen aggressiv angegangen. In den Social Media brachen alle Dämme, aber auch im real Life, offen auf der Straße. Wer nicht für uns ist, ist der Feind! Das schien das antreibende Motto dieser Leute zu sein.

Daneben gab es aber auch noch die vermeintlich Intellektuellen, die sich einen konservativen und humanistischen Touch geben wollten. Es handelte sich größtenteils um Fake-Gutmenschen, die sich distanzierten von der grölenden Masse und eher mit soziologisch anmutenden Diskursen über Ethnien, Reinheit und völkisches Denken schwadronierten. Dieselben Inhalte wie Gruppe eins, nur anders verpackt. Schicke und scheinbar gut erzogene Menschen zögerten nicht, von der Herrenrasse der Deutschen im Allgemeinen zu sprechen, von der Vermischung des Genpools im Besonderen und zur Mobilmachung gegen die Unterdrückung aufzurufen.

Früher hatte ich als Polizeipsychologin das eine oder andere

Mal mit dem Thema zu tun. In diesen Gruppierungen sind Waffen sehr beliebt. Es gibt dort unzählige ganz legale Waffenbesitzer, mit einer eingetragenen amtlich abgestempelten offiziellen Erlaubnis, Waffen zu besitzen oder auch zu tragen. Wenn die Person es allerdings übertreibt mit den Gesetzesübertritten – und dazu gehören eben auch die Verunglimpfung des deutschen Staates, das Leugnen des Holocausts und natürlich die Bedrohung von bestimmten Personen – dann wird ihr auch schon mal das begehrte Kärtchen entzogen und die Waffen seitens der gehassten Staatsmacht eingesammelt. Und an dieser Stelle hatte ich dann einen Part in der ganzen Geschichte. Entweder wenn die Person sich das mit dem Einziehen der Waffen nicht gefallen lassen wollte und sich kurzerhand in den eigenen vier Wänden verschanzte und drohte, jeden umzubringen, der über die Türschwelle kam. Oder es war von Anfang an klar, dass Dumpfbacke die Polizei nicht fröhlich empfangen wird und die Kollektion aus Lang- und Kurzwaffen fertig gepackt übergeben würde. Dann hieß es gemeinsam eine Strategie zu erarbeiten, die es ermöglichte, ohne Gefahr an die Waffen zu kommen. Eine dieser Gestalten erkannte ich nun wieder auf dem Fernsehbildschirm.

Linus Kohler schaute grimmig in die Kamera, aufgenommen auf einer „Pro-Todesstrafe in Deutschland" – Kundgebung letzten Freitag in Berlin. Neben seinem zweifelhaften politischen Engagement war Peanuts-Linus – wie ich ihn heimlich nannte – hoch verschuldet und pleite. Wie sein Namensvetter im Comic war auch Linus Kohler sehr religiös – was ihn allerdings nicht davon abhielt, andere zu bedrohen und einzuschüchtern – und leider nicht der Dümmste.

Ob er auch in eine Schmusedecke weinte, weiß ich nicht, nun wäre er sie jedenfalls los. Er hatte sich in Verteidigung seines Eigentums eine Schießerei mit der Polizei geliefert, die ihm zur Unterstützung des Gerichtsvollziehers einen Besuch abstattete. In Wahrheit war das Haus nämlich gar nicht mehr

Linus' Eigentum, sondern gehörte schon lange der Bank. Diese wollte nun endlich Nägel mit Köpfen machen und dann nahm das Drama seinen Lauf. Ein Polizist wurde von Linus antikem Vorderlader ins Bein geschossen und etliche Fahrzeuge sahen nun aus wie ein Schweizer Käse. Sonst war niemandem etwas passiert, Linus saß in U-Haft und seine Geschichte schaffte es in die Abendnachrichten. Ich schaltete den Fernseher aus und raunte Sam zu, dass die Welt doch verrückt sei. Damals wusste ich noch nicht, dass ich in den nächsten Wochen tiefer in dieses Thema rutschen würde als mir lieb war.

Nach dem Essen saßen Steffen und ich bei einem Espresso und einem weiteren Glas vom roten Italiener auf der Terrasse. Es war ein sehr milder Abend und fast noch ein wenig hell. Ich atmete tief durch und genoss den Moment. „Steffen, ich möchte mit dir über Ana reden", begann ich mit dem eigentlichen Thema.
„Ja, das dachte ich mir schon. Du hattest am Telefon erwähnt, dass es da noch etwas gibt. Bin schon sehr gespannt." Er schaute mich erwartungsvoll an. „Soviel ich weiß, starb Ana an einer Überdosis kombiniert mit einem sehr schlechtem Gesundheitszustand im August, also letzten Monat."
„Anas Tod war der Grund, warum Savo seine tödliche Ausbruchstour durchgezogen hat. Er war der Meinung, dass sie nicht durch die Drogen starb, sondern dass sie jemand umgebracht hat. Ich hatte es ja nach meiner Befreiung schon in der Vernehmung gesagt. Er sah die Motivation in seiner Biografie, ohne eine Ahnung zu äußern, wer als Täter seiner Meinung nach in Frage kam." Steffen nickte langsam. Das mochte ich so an ihm. Immer bedacht und abwartend.
Nun richtete er sich auf, als würde er sich wappnen müssen. „Und du glaubst ihm?" Es war nicht der Hauch von Zweifel oder sein eigener Standpunkt dazu heraus zu hören. Eine reine Informationsfrage.

„So weit würde ich nicht gehen", gab ich zurück. „Allerdings haben bestimmte Ungereimtheiten meine Neugierde geweckt."

Ich berichtete Steffen von den Unterlagen, die Savo noch besorgt hatte, von den Einstichstellen am rechten Arm, obwohl Ana Rechtshänderin war und von ihren etwas merkwürdigen Kontakten auf Social Media. „Doc Shiva und Lars Oldschool. Über sie ist nichts weiter im Netz zu finden. Außerdem verwendeten sie eine Art Geheimsprache aus Zahlen und Worten." Ich sah Steffen an. „Um mir ein abschließendes Bild zu machen, würde ich gerne die Unterlagen zu Ende durcharbeiten. Ich war mitten drin, als deine Mannen Savo das Hirn weggepustet haben. Ich würde gerne Anas Tod aus meiner Perspektive analysieren und dafür brauche ich die Dokumente zurück. Möglicherweise brauche ich auch noch mehr Informationen. Kannst du mir dabei helfen?", fragte ich Steffen geradeheraus. Wir müssen voreinander nicht um den Kern herumreden. Offen raus. Entweder es klappt oder auch nicht. Wenn nicht, würde ich sicherlich noch andere Wege finden, der legale wäre mir allerdings der Liebste.

Steffen schaute eine Weile in die Ferne, trank einen Schluck und stand schließlich auf. Ich ertappte mich dabei, wie ich vor lauter Anspannung die Luft anhielt.

„Als Freund ein klares Ja! Als Polizist erlaube mir die Frage, was wir davon haben? Der Fall ist abgeschlossen. Wenn wir das offiziell machen, steigen wir den damals ermittelnden Kollegen auf die Zehen und der Rechtsmedizin auch. Du kennst mich, Elsa. Wenn ein Fehler gemacht wurde, wäre mir das alles ziemlich egal, aber erst einmal stelle ich mich schützend vor die Kollegen. Gib mir etwas mehr als ein ungutes Gefühl deinerseits." Er fühlte sich nicht wohl in seiner Rolle, das war deutlich zu sehen.

„Ich würde dir ja gerne mehr geben als ein Gefühl, dafür brauche ich allerdings erst mal die Unterlagen zurück." Nun

unterbreitete ich ihm meinen Vorschlag, den ich mir den ganzen Tag schon zurechtgelegt hatte. Natürlich war mir klar, dass Steffen nicht gleich losfahren würde, um mir das ganze Zeug zu bringen. Schließlich war ich ja auch nicht mehr bei der Polizei.
„Du organisierst die Dokumente und ich mache da weiter, wo ich vorgestern aufgehört habe. Wenn sich mein Eindruck durch Fakten bestätigen lässt, machen wir offiziell den Fall wieder auf", sagte ich so überzeugend wie es mir möglich war.
„Wir machen den Fall wieder auf? Was meinst du mit wir? Höre ich da meine Chance, dich wieder zu bekommen?" Hoffnungsvoll sah er mich an.
„Na, eher so, du machst den Fall wieder auf und engagierst mich als externe Beraterin. Oder so. Lass dir was einfallen. Das bekommen wir schon hin. Ein Schritt nach dem anderen. Wir werden es sehen, wenn es soweit ist", gab ich zurück.
„Aber wieder anfangen bei der Polizei? Nein, das werde ich nicht tun!" Mir war es wichtig, hier ehrlich zu sein und mit offenen Karten zu spielen. Steffen war mein Freund und sollte es auch bleiben. Unehrlichkeit löst bei mir Bluthochdruck aus.
„Das hätte mich auch gewundert", gab Steffen lachend zurück. „Okay, du hast mich!" Er zeigte grinsend mit ausgestrecktem Zeigefinger auf mich. „Morgen organisiere ich dir die Unterlagen. Wenn ich nicht irre, hast du ja um zehn einen Termin beim Doc, danach kannst du dir die Sachen abholen. Ich bin bis gegen Mittag im Büro."
Erleichtert, dass Steffen meinen Plan unterstützen wollte, erhob ich mein Glas und stieß mit ihm an.
„Auf eine ganz neue Form der Zusammenarbeit! Ich freue mich darauf!" Als ich diesen Satz sagte, spürte ich wieder die Neugierde und Spannung wie früher bei einem neuen Fall.
„Ich mich erst." Steffen sah nun sehr zufrieden aus. Fragt sich, wer hier welchen Plan umgesetzt hatte.
Am nächsten Morgen lud ich nach einem schnellen Kaffee Sam

ins Auto ein und fuhr in die Stadt. Um zehn Uhr hatte ich den Nachuntersuchungstermin bei Doc Schuster und ich war spät dran. Der Abend vorher mit Steffen war noch lang geworden. Erst nachdem wir aber auch wirklich alle alten Geschichten herausgekramt hatten, machte er sich auf den Heimweg.
Ich war pünktlich um zehn Uhr in Veronika Schusters Praxis. Sie ist zur Hälfte ihrer Arbeitszeit Polizeiärztin und die andere Hälfte der Zeit verbringt sie in eigener freier Praxis. Da ich ja nun nicht mehr bei der Polizei bin, kann ich auch nicht durch den polizeiärztlichen Dienst nachversorgt werden. So hat es sich ergeben, dass ich zu ihr in die Praxis ging. Auch jetzt, beim zweiten Aufeinandertreffen, fand ich sie immer noch sehr sympathisch. Sie nahm alle Vitalwerte, tastete mich ab und befragte mich nach Schlaf, Hunger und emotionalem Befinden. Nachdem ich ihr versichert hatte, nicht unter Flashbacks zu leiden und sie auch sonst keine Anzeichen einer posttraumatischen Belastungsreaktion an mir feststellen konnte, war sie zufrieden.
Wir plauderten ein wenig und Veronika erzählte, dass sie schon seit 25 Jahren Ärztin sei. Die Arbeit bei der Polizei machte sie, um die Spannung im Job zu erhalten. Konnte ich sehr gut verstehen.
Als sie mir Blut abnahm, kam mir eine Idee. Savo hatte mir erzählt, seine Schwester Ana habe an einer stark ausgeprägten Blut- und Spritzenangst gelitten. Ich nutzte die Gelegenheit und fragte Veronika nach der Blutphobie. Nun war zwar ich die Psychologin und damit zuständig für Phobien und Neurosen. Allerdings hatte ich irgendwo in den Tiefen meines Hirns abgespeichert, dass gerade die Blutphobie eine Besonderheit darstellte, da sie den Kreislauf zusammenbrechen lässt und nicht – wie bei vielen anderen Phobien – diesen erst so richtig in Schwung bringt. Normalerweise löst Angst in uns den Fluchtgedanken aus. Alles in unserem Körper fährt hoch, damit wir optimal flüchten oder auch kämpfen können. Das

heißt Blutdruck und Herzfrequenz steigen an. Nun meinte ich mich zu erinnern, dass dies bei der Blutangst nicht so war.
„Was können Sie mir zu einer stark ausgeprägten Angst vor Blut und Spritzen sagen? Ich meine aus medizinischer Sicht?" Direkt wie immer stellte ich meine Frage, während ich mir das Pflaster in die Armbeuge presste.
Veronika schaute mich erstaunt an. „Na, daran leiden Sie ja schon mal nicht. Denn dann würden Sie mir jetzt wahrscheinlich ohnmächtig vom Tisch rutschen." Sie rollte ein wenig mit ihrem Stuhl zurück und sah mich an. „Die Angst vor Spritzen – Trypanophobie – und Blut – Hämatophobie – gehört in die Gruppe der sogenannten Blut-, Spritzen- und Verletzungsphobien. Es handelt sich also um eine spezifische Phobie. Diese Angst ist weit verbreitet. Sie bekommt erst dann ihren Störungscharakter, wenn der Betroffene Situationen meidet, also zum Beispiel nicht mehr zum Arzt geht, und wenn die Angst ohnmächtig zu werden beim Anblick von Blut oder Spritzen zu einem zentralen Thema wird." Veronika dozierte als würde sie das jeden Tag machen. „Warum fragen Sie? Sie sind doch die Psychologin. Lernt man das nicht im Studium?", fragte sie augenzwinkernd.
„Ich erinnere mich, dass es aus medizinischer Sicht hier doch noch etwas Besonderes gab. Ich dachte, Sie könnten mir da weiterhelfen." Ich setzte mich nun aufrecht auf die Liege und ließ die Beine nach unten baumeln.
„Hm, ja. Bei diesen Phobien kommt es bei Konfrontation mit dem Reiz, also Blut oder Spritzen, zu einem atypischen Abfall der Herzfrequenz und des Blutdruckes. Eigentlich handelt es sich um eine biphasische autonome Reaktion. Erst rauf, dann runter könnte man auch sagen. Der Anstieg von Blutdruck und Herzfrequenz ist kurz und dann gehts in rasanter Geschwindigkeit runter. Hervorgerufen wird das Ganze wahrscheinlich durch eine sogenannte vasovagale Synkope." Sie schaute mich an, um zu prüfen, ob ich ihr noch folgte.

Das tat ich mit großem Interesse. „Eine solche vasovagale Synkope wird verursacht durch eine Überaktivierung des Parasympathikus", schloss sie ihre Erklärung ab.

Ich dachte laut. „Der Parasympathikus als Teil unseres vegetativen Nervensystems wird auch Erholungsnerv genannt. Der Anblick von Blut führt dann also beispielsweise zu einem fast reflexhaften Herunterfahren der Systeme, was oftmals eine Ohnmacht zur Folge hat. Diese wiederum beendet die angstauslösende Situation, zumindest kurzfristig."

Veronika nickte. „Ja, genau. Das Vermeidungsverhalten führt schließlich zu einer Verstärkung der Angst, wie bei anderen Phobien auch. Die Leute gehen nicht mehr zum Arzt und lassen wichtige Untersuchungen oder Zahnbehandlungen nicht mehr durchführen. Die Vermeidung vermittelt Sicherheit durch ein Ausbleiben der Angstreaktion."

Ana litt an dieser Form der Phobie, wenn Savo denn Recht hatte. Wie war das vereinbar mit dem Spritzen von Crystal Meth? Nach Veronikas Ausführungen hätte Ana schon allein beim Anblick der Spritze ohnmächtig werden müssen, geschweige denn dass sie fähig gewesen wäre, sich diese selbst in die Armbeuge zu setzen. Noch dazu in die rechte als Rechtshänderin. Das alles erschien mir sehr dubios.

„Was können Betroffene tun?", fragte ich als nächstes. „Klassische Entspannungsverfahren wie in der Verhaltenstherapie üblich wirken hier dann ja nicht. Im Gegenteil, der Kreislauf würde noch weiter runterfahren", gespannt schaute ich Veronika an.

„Genau! Man macht das Gegenteil. Der Betroffene lernt ein besonderes Verfahren zum Anspannen der gesamten Skelettmuskulatur. Dies wiederum hat einen Anstieg des Blutdruckes zur Folge. Der gewünschte Effekt also, um einer Ohnmacht in diesem Fall entgegen zu wirken. Danach kann mit der eigentlichen Therapie begonnen werden." Sie schaute kurz auf die Wanduhr hinter mir. Ich verstand den Hinweis und stand auf.

„Vielen Dank! Sie haben mir sehr geholfen. Wieso wissen Sie soviel über diese Krankheit?", fragte ich neugierig.
Sie lachte. „Na ja, als Arzt hat man tatsächlich sehr häufig damit zu tun. Und ich wollte nicht, dass meine Patienten regelmäßig bei mir umkippen. Das bringt schlechte Publicity." Sie lehnte sich zurück auf ihrem Stuhl. „Warum interessieren Sie sich für Blut- und Spritzenphobie, Elsa? Mögen Sie mir davon erzählen?"
„Das ist eine längere Geschichte. Ihr Wartezimmer ist voll und ich habe Sie ohnehin schon viel zu lange in Anspruch genommen. Sie haben mir aber wirklich sehr geholfen", gab ich zurück. Gerne hätte ich ihr von Ana erzählt, wollte aber nicht die anderen Patienten in der Wartezone verärgern oder schlimmer noch, Veronika so lange in Beschlag nehmen, dass da draußen nachher jemand gar keinen Arzt mehr brauchen würde, weil er zwischenzeitlich das Leben eingestellt hatte.
Zu meiner Freude schien sich Veronika allerdings wirklich zu interessieren, denn sie fragte, ob wir später bei einem Kaffee weiterreden wollten. Ich fand die Idee hervorragend und wir verabredeten uns für 15 Uhr in einem Café in der Mainzer Altstadt.

Ich fuhr mit meinem Wagen in das nicht weit entfernte LKA und stattete Steffen den versprochenen Besuch ab. Er sah heute auch nicht viel fitter aus als ich, hatte aber tatsächlich die Unterlagen organisiert. Es war alles da, selbst meine Notizen. Ich nahm den Karton an mich, bedankte mich mit einem Küsschen und versprach mich zu melden, sobald ich etwas Interessantes und vor allem Belastbares gefunden hatte.
Danach setzte ich von Mainz in den Taunus um und schnappte mir Sam, der die ganze Zeit über im großen Kofferraum geschlummert hatte. Am Wanderparkplatz an der „Passhöhe Rotes Kreuz" stellte ich das Auto ab und wir brachen zu einem wunderbaren Spaziergang auf. Es waren angenehme

27 Grad und die Sonne schien ungehindert auf uns herab. Da tat es gut, durch den Wald zu laufen. Die Luft war hier noch frisch und etwas kühl. Sam freute sich und rannte voller ungebremster Lebensfreude drauf los. Bis 15 Uhr hatte ich noch gute zwei Stunden Zeit, die ich hier also sinnvoll nutzen wollte. Als ich schon auf dem Rückweg war, meldeten sich die Gebrüder Gibb aus meiner Hosentasche. Ich zog es heraus und sah auf das Display. Ulrike Lehmann. Ich nahm das Gespräch an und begrüßte sie freundlich. Sie hatte von der ganzen Aufregung der letzten Tage natürlich nichts mitbekommen und legte gleich los. Sie habe sich entschieden, den Weg mit mir zu gehen und sie wolle standhaft gegenüber dem jetzt reuigen Schläger und Noch-Ehemann Phillip bleiben. Erleichtert, diese Worte von ihr zu hören, vereinbarten wir einen Termin in meiner Praxis für den kommenden Mittwoch. Ich sagte ihr noch, wie sehr ich ihre Entschlossenheit begrüßte und verabschiedete mich dann.

Sam nahm ich mit in das Café und er rollte sich dankbar unter dem Tisch zusammen. Während ich auf Veronika wartete, wanderten meine Gedanken zu dem Karton, der nun statt Sam den Kofferraum hütete. Ich konnte es kaum erwarten wieder in Anas Leben einzutauchen und der Frage nachzugehen, was mit ihr passiert war. Wenn die Neugierde erst geweckt war, konnte ich mich in einen echten Wadenbeißer verwandeln. Wie ein Terrier, der sich in ein Hosenbein verbissen hatte, ließ ich einfach nicht mehr los. Bis ich das hatte was ich wollte. Gewissheit.
Veronika verspatete sich ein wenig. Wahrscheinlich ein Patient, der ihr Löcher in den Bauch fragte und der ansonsten kerngesund war. Als mein Café Crema serviert wurde, ließ sie sich auf den Korbstuhl neben mir fallen. „Entschuldigung! Ich habe Ihre Mobilnummer gar nicht, sonst hätte ich angerufen, dass es später wird." Sie schaute etwas zerknirscht.

„Die paar Minuten, kein Problem. Lassen Sie uns die Nummern tauschen. Fürs nächste Mal", erwiderte ich gelassen.
Bei Kaffee und Kuchen tauchten wir die nächsten zwei Stunden in Anas und auch Savos Leben ein. Ich sah in Veronika eine Art Sparringspartner. Außenstehend, intelligent und durchaus kritisch hinterfragend. Wir waren uns einig, dass Ana sich die Spritze nicht selbst gesetzt haben konnte, falls sie wirklich an einer Spritzen- und Blutphobie gelitten hatte. Es gab drei Möglichkeiten: a) jemand anderes hatte die Spritze gesetzt oder b) sie litt gar nicht an einer solchen Phobie oder c) sie hatte eine Therapie gemacht. Nur allein ihre ärztlichen Unterlagen konnten hier Aufschluss bringen. Ich setzte sie auf meine Liste der Informationen, die ich noch dringend benötigte.

Veronika bat mich, ihr etwas über Ana zu erzählen. Wir waren mittlerweile bei Weißwein und dem Du angekommen. Sie hatte heute keine Patienten mehr, sondern musste sich später um ihre Tochter kümmern, die mit ihrer Studienplatzwahl sehr unglücklich war und nun nicht weiter wusste. Ich begann zu erzählen. Da sowohl Ana als auch Savo tot waren, gab es keinen Grund nicht über ihre Historie zu erzählen. „Ich lernte Ana 2012 kennen. Da kam sie mit ihrem Bruder zusammen in das Zeugenschutzprogramm." Ich erzählte Veronika von der Drogensucht, ihrem Entzug und der anschließenden Therapie. „Sie hat sich wirklich gut gehalten damals. Trotz jahrelangen Crystalkonsums war sie intellektuell noch ganz gut dabei. Nach der Therapie – vier Monate oben an der Küste – zog sie in die Nähe von Hannover in eine kleine Wohnung. Sie fand Arbeit bei einem Reifenhersteller in der Lagerlogistik und lebte sehr zurückgezogen. Sicherlich eine Folge des Zeugenschutzprogramms. Die Angst entdeckt zu werden, aber auch die Schwierigkeit, neue Freunde immer wieder belügen zu müssen, macht es schwierig. Da wählen viele lieber den Rückzug. Wenn niemand da ist, muss auch niemand

belogen werden." Ich machte eine kleine Pause und trank einen Schluck.
Veronika hatte die ganze Zeit aufmerksam zugehört. „Das kann ich mir gar nicht so richtig vorstellen, alles aufgeben und ein ganz neues Leben anfangen", meinte sie nun.
„Wenn die Angst um das eigene Leben groß genug ist, werden plötzlich viele Dinge möglich. Ich finde es paradox, sich jahrelang mit Drogen das Hirn wegzuballern und sich dann Sorgen ums Überleben zu machen!" Ich war sehr schonungslos in meiner Haltung. „Ich denke, Ana hätte alles getan, was Savo vorgeschlagen hat. Sie war emotional von ihm abhängig. Auch wenn die beiden sich dann wenig gesehen haben, Savo saß ja ein, war die Bindung zu ihm ungebrochen. Zumindest die ersten Jahre. Die letzten beiden Jahre hatte ich keinen engen Kontakt mehr zu ihr. Sie hatte sich etabliert und brauchte keine Betreuung mehr. Eigentlich war es ja auch ihr Bruder, der primär im Programm war."
Veronika sah mich fragend an. „Was meinst du genau mit emotional abhängig?"
Ich versuchte in Worte zu fassen, was den Kern von Anas Persönlichkeit ausmachte. „Weißt du, Ana war eine klassische abhängige Persönlichkeit. Die Bindung zu ihrem Bruder hat ihr immer die Kraft und das nötige Selbstwertgefühl gegeben, die zum Überleben notwendig waren. Sie fühlte sich leer und schwach und er gab ihr die Rückendeckung, die sie brauchte. Entscheidungen des Alltags, wie zum Beispiel wo gehe ich einkaufen und vor allem, was kaufe ich ein. Aber auch wirklich wichtige Entscheidungen konnte sie niemals alleine treffen. Sie hatte kein Gefühl dafür, was für sie selbst wichtig war oder was sie mochte oder auch nicht. Im Vordergrund stand immer der Wunsch es recht zu machen, um dafür im Gegenzug emotionale Stabilität zu erhalten."
Ich erinnerte mich an Ana, die allein in ihrer neuen Wohnung saß und völlig verzweifelt war. Ihr Leben lang war jemand um

sie herum gewesen. Seit sie denken konnte war Savo da, der Mutter, Vater und Bruder in einem für sie war. Pech natürlich, dass ihre einzige Bezugsperson ein Psychopath war. Ihre stark ausgeprägte Angst verlassen zu werden nutzte Savo aus. Er wusste, dass sie alles tun würde für ihn und an Tagen, an denen er mal wieder seine Macht demonstrieren musste, stellte er sie bloß oder machte sie lächerlich. Sie blieb trotzdem bei ihm und das war ihm sehr bewusst. Die einzige Zeit in Anas Leben, in der Savo nicht da gewesen ist, war, als er selber ins Jugendgefängnis musste und sie ins Kinderheim. Das war Anfang 1988. Sie lebten damals in der noch unter kommunistischer Herrschaft geführten Tschechoslowakei, Ana war gerade acht Jahre alt und Savo 14. Bis zum Zusammenbruch des Landes 1989 waren sie getrennt voneinander und Ana muss im Kinderheim Schreckliches erlebt haben. Sie hat immer nur Andeutungen gemacht, aber diese haben ausgereicht, um sich ein Bild des Grauens machen zu können."
„Ihr Leben lang war jemand da der sich kümmerte und dem sie gefallen wollte. Zwar leider nicht ihre Eltern, Papa im Knast, Mama dem Suff erlegen. Hier liegt sicherlich auch der Grund für ihre Verlassensängste. Nicht unbegründet und über die Zeit eben mit zerstörerischem Ergebnis. Viele Jahre war es Savo, den sie durch Selbstaufgabe unbedingt halten wollte, dann waren da die Betreuer aus dem Zeugenschutz. Auch ihnen gegenüber hat sie ein ähnliches Verhalten gezeigt. Man wusste bei ihr nie, was sie wirklich wollte oder wie es ihr tatsächlich ging. Zwischendurch war sie ja auch noch im Entzug und in der Therapie. Auch da gab es immer Menschen, die um sie herum waren", schloss ich meine Ausführungen.
„Was bringt uns jetzt dieser tiefe Blick in Anas Psyche? Ich meine, wie hilft uns das bei der Aufklärung ihrer potenziellen Ermordung?", fragte Veronika pragmatisch. Ja! Ich mochte meine neue Sparringspartnerin. Fordernd, kritisch und vorwärtsdenkend! Ich schaute ihr in die braunen Augen.

Sie zog leicht die Augenbrauen zusammen und war voll konzentriert.

„Das ist ein Anfang. Es geht darum, ein Gefühl für Ana zu bekommen. Nur so werde ich einen Zugang zu ihrem Leben finden. Und den brauche ich. Wenn wir ihren Tod verstehen wollen, müssen wir uns ihm über ihr Leben nähern. Wie sonst soll ich an das Verhalten des Täters, an seine Entscheidungen und Motivation herankommen." Ich zog eine Augenbraue hoch. „Vorausgesetzt es gibt überhaupt einen Täter und eine Tat."

Die Bedienung kam an unseren Tisch. Eine junge Frau, sehr lang und hager, so dass man Angst haben musste, sie bricht zusammen beim Tragen eines Tabletts voller Kaffee und Tee. Mit sorgenvollem Gesicht fragte sie uns, ob wir noch etwas bestellen wollten. Ich glaube, sie hatte Befürchtungen, wir könnten am Ende noch unser Nachtlager bei ihr aufschlagen. Veronika und ich schüttelten zeitgleich den Kopf. „Nein, danke! Wir zahlen dann gleich. Eine Gesamtrechnung bitte", beeilte ich mich zu sagen. „Ein kleines Dankeschön für deine Zeit, dein Wissen und für das verbale Sparring." Veronika schaute etwas verwirrt. „Verbales Sparring?

„Ja, so habe ich dich für mich genannt. Meine Sparringspartnerin. Ich hoffe, du bist nicht sauer. Es ist ganz großartig für mich. Weißt du, ich bin normalerweise nicht die große Rednerin. Aber mit dir macht der verbale Gedankenaustausch wirklich Freude." Ich legte meine EC-Karte auf das kleine Tablett mit dem Trinkgeld in bar. „Kennst du Arthur Abraham?", fragte ich Veronika, nicht ohne ein Schmunzeln auf den Lippen.

„Nein. Wer ist das? Ein Serienmörder, Nobelpreisträger oder so was?" Angestrengt schien sie ihre grauen Zellen zu durchforsten.

„Nee, nix Serienmörder. Also zumindest nicht dass ich wüsste. Arthur Abraham, auch bekannt als King Arthur, ist ein ehe-

maliger Profiboxer der als Sparringspartner von Sven Ottke begann. Er war so gut, dass die Trainer auf ihn aufmerksam wurden. Er startete dann selbst die Profilaufbahn und wurde Weltmeister im Mittelgewicht und Supermittelgewicht. Vielleicht sattelst du ja noch mal um und wirst Profiler!" Die Bedienung holte das Tablett mit der Karte. Sie schien erleichtert zu sein, dass wir nun tatsächlich endlich gehen wollten.
„Okay, Profiboxer. So, so. Magst du Boxen? Na, ich bleibe erst einmal im Zwiegespräch mit dir. Aber danke!" Wir packten unseren Kram zusammen, Sam freute sich, endlich aufstehen zu können, obwohl er die Hälfte der Zeit von Veronika an den Ohren gekrault wurde. Ich hatte es genau gesehen.
Veronika fuhr nach Hause, um dort weiter die Beraterin zu geben. Diesmal für die ratlose Tochter. Auch ich fuhr nach Hause und freute mich auf den Karton in meinem Kofferraum.

Auf dem Weg nach Hause war ich mit den Gedanken immer noch bei Ana. Sie hatte eine abhängige Persönlichkeit, gar keine Frage. Aber was hatte sie noch ausgemacht? Irgendwann musste sie es geschafft haben, sich von Savo zu lösen – zwangsläufig, denn er war ja nicht da. Und von den Drogen konnte sie sich auch befreien. Zumindest so lange ich sie kannte war sie clean. Was in den letzten Monaten diesbezüglich passiert war, wusste ich natürlich nicht. Neben der Suche nach Sicherheit bis zur Selbstaufgabe habe ich Ana auch immer als sehr wachsam wahrgenommen. Sie war fremden Menschen gegenüber extrem vorsichtig und wenn andere sie angegriffen haben, zögerte sie nicht, sich mit allen Mitteln zu verteidigen. Nur Savo als engste Bezugsperson konnte machen, was er wollte. Irgendwie war sie immer auf der Hut. Nur scheinbar widersprachen sich diese beiden elementaren Persönlichkeitszüge. Es war durchaus vereinbar, dass Ana sowohl dependente als auch wachsame Züge gehabt hatte. Beides in ihrer extremen Ausprägung hatte sie sicherlich ihrer Kindheit und der schwe-

ren Zeit im tschechoslowakischen Kinderheim zu verdanken. Die Verlassensängste hatten sich in ihrer Realität leider als begründet erwiesen und die nicht vorhandene Geborgenheit hatte Ana ihr kurzes Leben lang begleitet. Und wer in dem Kinderheim, in dem sie über ein Jahr lebte, nicht wachsam und misstrauisch war, der kam dort nicht mehr lebend raus.
Mittlerweile war ich zu Hause angekommen. Sam sprang aus dem Wagen und ging sofort auf Schnüffeltour. Er wollte wissen, wer tagsüber denn so am Haus war. Seine Nase pflügte über den Boden und ich hätte zu gern gewusst, was ihm die Gerüche alles so sagten. Ich packte den Karton auf die Hüfte und ging ins Haus. Da es erst früher Abend war und ich keine anderen Verpflichtungen mehr hatte, ging ich direkt in mein Arbeitszimmer und packte den Karton aus. Den Rest des Tages verbrachte ich mit Lesen.

Am nächsten Morgen schaute ich mir mit meinem Morgenkaffee in der Hand an, was ich am Abend vorher zusammengeschrieben hatte. Nachdem ich alle Unterlagen gelesen hatte, machte ich meine Notizen in altbekannter Manier. Auf die rechte Seite des Bogens kamen die Gedanken und Schlussfolgerungen, die einen Hypothesencharakter hatten. Die galt es also noch zu überprüfen, zu beweisen, zu diskutieren oder auch am Ende wieder zu verwerfen. Auf die linke Seite schrieb ich die Fakten, wie Ergebnisse der Rechtsmedizin, Auffindesituation, Personen aus den Chats, Social-Media-Kontakte und ähnliches. Fragen kamen auf ein Zusatzblatt, genauso wie die To-do-Liste.
Auf der Faktenseite sammelte sich einiges an.
Ana starb als 39-jährige Frau in einem schlechten Allgemeinzustand vermutlich in den frühen Morgenstunden des 25. August. Todesursächlich war eine letale Dosis Crystal Meth, welches intravenös zugeführt wurde. Drei Einstiche am rechten Arm.
Mindestens drei Monate vor ihrem Tod hatte sie wieder angefangen Drogen zu nehmen: Neben Crystal Meth wurde der Wirkstoff Flunitrazepam über die Haaranalyse nachgewiesen. Je cm gewachsenem Haar, in dem die chemischen Abfallprodukte des Medikaments zu finden sind, entsprechen einem Monat Konsum. Flunitrazepam gehört zu den Benzodiazepinen und stellt damit ein Sedativum, also Beruhigungsmittel oder ein Hypnotikum, also Schlafmittel dar. Runter kommen oder schlafen hängt davon ab, wie viel vom Wirkstoff konsumiert wird. Auf jeden Fall wirken sie entspannend, antidepressiv, einschläfernd und angstlösend. In Deutschland gibt es den Wirkstoff in dem Präparat Rohypnol, welches nur mit entsprechendem Rezept erhältlich ist, da Flunitrazepam seit 2011 dem Betäubungsmittelgesetz unterliegt. Benzodiazepine machen schnell abhängig und können in ihrer Wirkung, besonders wenn sie mit anderen Präparaten

oder Alkohol gemischt eingenommen werden, fatal sein. Sie können kranken Menschen sicherlich helfen, sie können aber auch eine zerstörerische Kraft entwickeln, das wusste ich aus eigener, schmerzvoller Erfahrung.

Zurück zur Faktenliste.
Ana hatte Hämatome an den Außenseiten ihrer Unterarme und am rechten Oberschenkel.
Das schlechte Gebiss wurde durch zwei neue Schneidezähne im Oberkiefer wieder ausgeglichen. Dafür fehlten allerdings im Unterkiefer zwei Frontzähne. Ausgefallen, nicht ausgeschlagen. Eine der vielen Folgen des jahrelangen Drogenkonsums. Ana war schlecht genährt, dafür war ihre Muskulatur in einigen Bereichen bemerkenswert ausgebildet.
Es gab keine Einbruchspuren und Ana wurde auf der Couch in ihrem Wohnzimmer gefunden. Handy, Computer, Laptop? Fehlanzeige. Nichts davon gab es in der Wohnung. Lebensmittel hatte sie auch keine im Haus. Das fand ich sehr merkwürdig. Es deutete alles darauf hin, dass Ana länger nicht in ihrer Wohnung gewesen war. Dies war natürlich eine Hypothese von mir und stand nicht auf dem Faktenzettel. Aber ein To do ergab sich daraus. Ich musste unbedingt die damals ermittelnden Beamten fragen, wie sie sich das fehlende Mobiltelefon und den verschwundenen Laptop erklärten. Ich weiß, sie hatte beides. Den Laptop haben wir damals sogar zusammen in einem großen Elektronikmarkt gekauft. Manchmal hatte sie damit via Skype mit ihrem Bruder gesprochen.
Ana war als Jenny in den sozialen Medien unterwegs. Seit 2019 hatte sie ein Facebook-Profil. Insgesamt war sie mit 17 anderen Profilen freundschaftlich verbunden. Besonders auffällig waren die fünf Freunde, die seit 2021 dazugekommen waren. Auffällig weniger wegen der merkwürdigen Namen, da bot das Netz ganz andere Kaliber, sondern mehr wegen der Art „Geheimkommunikation" untereinander. Als hätten

sie etwas zu verheimlichen. Nun war der Zeugenschutz ja geheim genug, aber davon sollte die „Fünf-Freunde-Bande" ganz sicher nichts wissen.

Soviel zu den ersten Fakten. Eine ganze Menge, wie ich fand. Nun zu den Hypothesen und Annahmen. Die waren noch sehr dürftig zu diesem frühen Zeitpunkt, aber vor meinem geistigen Auge zeichnete ich ein erstes, zwar fragiles, aber dennoch plausibles Szenario.

Ana war viele Jahre lang clean und hatte sich für ihre Verhältnisse ganz gut integriert. Sie war dabei, sich auch ohne Savo ein eigenes Leben zu gestalten. Irgendetwas war passiert, was sie wieder in den Konsum getrieben hat. Rückfälle sind nicht selten in Abhängigkeitsbiografien. Was war der Auslöser bei Ana? Gute drei Monate vor ihrem Tod hatte sie wieder angefangen. Nicht nur das, neben Crystal auch noch die Benzos. Wie wirkten diese beiden Komponenten denn eigentlich zusammen? Und vor allem, wo bekam sie das Zeug her?

Möglicherweise hatte sie jemanden kennengelernt, der Zugang dazu hatte. Vielleicht ja einer der Neuauflage der Fünf Freunde. Die Geheimkommunikation spiegelte vielleicht Übergabeorte oder Kurierfahrten wider. Und dann war mit den Drogen was schief gegangen. Ana wusste zu viel und wurde aus dem Weg geräumt. Sehr vage, aber vorstellbar. So ging es durchaus zu in der Szene, denn es stand neben der Gefahr aufzufliegen auch eine Menge Geld auf dem Spiel.

Neben Ana auf der Couch wurden eine Spritze, ein Abbindeband, ein Feuerzeug und ein kleines metallenes Gefäß gefunden. Auch ein leeres zusammengeknülltes Zigarettenpapier lag auf dem Boden. Wenn Crystal intravenös genommen wird, muss es vorher in Wasser aufgelöst und dann mit ausreichender Hitze sterilisiert werden. Üblicherweise wird Crystal in sogenannten „Bomben" – also kleinen Säckchen aus Zigarettenpapier – aufbewahrt. Soweit passte also alles. Nur dass sie es selber und freiwillig gespritzt hatte, daran wollte ich nicht glauben. Aus welchem Grund sollte sie das tun, wo sie Monate vorher auf die althergebrachte Methode konsumiert hatte. Von den phobischen Störungen mal ganz zu schweigen. Ich nahm noch einmal den TUB – den Tatortuntersuchungsbericht – zur Hand. Die Beschreibung der Wohnung störte mich. Ich wusste nur noch nicht warum. Keine Lebensmittel, keine Milch, keine schmutzige Wäsche, nicht mal eine Tasse oder ein Glas standen herum. Die Bekannte – eine junge Frau aus der Wohnung unter Anas – hatte einen Schlüssel für die Wohnung. Nachdem sie lange nichts von Ana gehört hatte und sie auch nicht mehr auf Nachrichten antwortete, machte die Bekannte sich Sorgen. Am Morgen des 25. August hörte sie aber unspezifische Geräusche über sich. Sie schrieb Ana mindestens fünf Nachrichten, dass sie sich melden solle, sie sich Sorgen mache und falls sie sich nicht melden würde, sie selbst dann gleich in die Wohnung komme, um nachzuschauen. Als auch das keine Reaktion seitens Ana erbrachte, entschloss sich die Bekannte nach oben zu gehen. Sie fand also die arme Ana tot auf der Couch und rief die Polizei.

Ich sah mir noch einmal die Fotos an, die von der Tatortgruppe für den TUB angefertigt worden waren. Von der großen weiten Perspektive immer detaillierter werdend. Wohnhaus von außen, Treppenhaus, Treppenaufgang, Eingangstür ohne Namensschild. So ging es weiter. Der Flur und die einzelnen Räume. Schließlich der Blick ins Wohnzimmer, die Couch, Ana darauf und die aufgefundenen Utensilien für den Drogengebrauch.

Was störte mich? Wieder und wieder sah ich die Bilder durch, die Wohnungstür, den Schlüssel der Bekannten, der von außen noch in der Tür steckte, die Tür von innen, der Flur. Stopp! Ich hatte es. Von innen steckte kein Schlüssel. Ich durchsuchte alle vorhandenen Bilder nach Anas Schlüssel. In der Küche wurde ich fündig. Dort lag ein Leinenbeutel, in dem sich Anas Portemonnaie, ein Päckchen Taschentücher und ihr Schlüsselbund befanden. Die Ana, die ich kannte, passte hier überhaupt nicht ins Bild. Erstens wäre Ana niemals, und ich meine wirklich niemals mit einem Leinenbeutel nach draußen gegangen. Noch nicht einmal zum Einkaufen, wo es ja durchaus praktisch wäre, so etwas zu tun. Ana war nicht praktisch und zudem in ihre Handtaschen geradezu verliebt. Hässliche, glitzernde Plastikhandtaschen, nach Möglichkeit in den grellsten Farben. Zweitens entsprach das Abschließen der Wohnungstür von innen nach Betreten der Wohnung geradezu einem Handlungsautomatismus. Sie konnte gar nicht anders. Reingehen, Tür zu machen, abschließen und Schlüssel stecken lassen. Ana hing dem Glauben an, dass es Einbrecher ungleich schwerer haben, wenn von innen der Schlüssel steckte. Diesem Handlungsmuster folgte sie mehr als die Hälfte ihrer Lebenszeit, also seit sie einen eigenen Schlüssel besaß. Sie begegnete damit der immer vorhandenen Angst, unerwünschten Besuch aus ihrer Vergangenheit zu bekommen. Ich erinnerte mich daran, oft vor der verschlossenen Tür gestanden zu haben. Selbst wenn wir nur kurz in der Wohnung waren, um etwas zu holen oder sie öffnete, um uns herein zu lassen, folgte sie akribisch diesem Abschließ-Prozedere.

Natürlich können Menschen Gewohnheiten verändern und ein Rückfall in die Drogensucht bringt sicherlich auch so manchen Wechsel im Verhalten mit sich. Das waren mir allerdings zu viele Abweichungen. Je mehr Zusatzannahmen du machen musst, desto unwahrscheinlicher wird die Hypothese, hörte ich das Mantra meines Fallanalyse-Ausbilders. Gehe vom Normalen aus. Erst dann kannst du Abweichungen erkennen und danach möglicherweise erklären. Ich war mir nun sicher, Ana hatte dem Leben mit der allergrößten Wahrscheinlichkeit mit fremder Hilfe Adieu gesagt. Und in ihrer Wohnung hatte sie auch eine längere Zeit nicht gelebt.

Der Tag verging, ohne dass ich es so recht mitbekam. Zwischendurch machte ich mir einen Kaffee, holte mir etwas zu essen aus der Küche, versorgte Sam und war ansonsten völlig vertieft in die Unterlagen und in meine Gedanken. Ich kannte das von mir. An solchen Tagen war ich in der Lage, alles um mich herum zu vergessen. Ich ging nicht ans Telefon, las keine Nachrichten und stand immer kurz vor der Nikotinrückfälligkeit. Schon vor Jahren hatte ich dieses furchtbare Laster aufgegeben und kam damit sehr gut klar. An Tagen maximaler Konzentration fehlte mir allerdings der würzige Geschmack einer starken Zigarette ungemein. Jedes Mal blieb ich standhaft, was meine Kondition mir beim nächsten HADOG-Training sehr dankte.

Am Nachmittag begab ich mich dann in die Tiefen des Internet. Die Fünf-Freunde-Kombo konnte ja nicht gänzlich unsichtbar sein.
Katja Eb
Timm Thaler
Lina
Doc Shiva
Lars Oldschool
Was sagten die Namen ganz assoziativ? Katja Eb lies mich gleich an Katja Ebstein denken, die Grande Dame des Schlagers. Ich zweifelte, dass sie es selbst war. Timm Thaler war der Junge, der sein Lachen verkaufte. Na ja. Möglich wäre es – aber nicht wahrscheinlich. Lina – sagte mir nichts. Keine filmische oder chansonette Assoziation. Also fragte ich eine populäre Suchmaschine. Und siehe da. Auch Lina ist eine semibekannte Größe. Sie ist eine Sängerin und Schauspielerin. Tatsächlich hatte eine Lina die Bibi Bloxberg im gleichnamigen Film gespielt. Was sagte mir das nun? Schlager, alte Fernsehserie und Hexe. Da klingelte leider nichts in meinen grauen Zellen.
Dann zu dem Halb-Inder Doc Shiva. Zu diesem Namen gab es unzählige Einträge im Netz. So kam ich nicht weiter. Ich ließ den Doc mal weg und kramte in meinem Hirn, was mir

zu Shiva einfiel. Shiva ist ein Gott im Hinduismus. Was sage ich – der Gott schlechthin. Shiva ist der Gott der Yogis. Sein Name bedeutet Liebe und Glück. Wenn seine Götterkollegen Brahma und Vishnu dabei waren allerdings auch Zerstörung. Die anderen beiden waren für die Schöpfung und das Bewahren zuständig. Zudem symbolisiert Shiva auch das höchste Bewusstsein und die Ewigkeit. Unbescheiden war Doc Shiva also schon mal nicht.

Bei Lars Oldschool dachte ich direkt an einen Menschen, der Wert legt auf Althergebrachtes, Manieren und Regeln. An Krawatte und Türaufhalten. Das Einzige, was den assoziativen Fluss immer wieder störte, war der Vorname Lars. Ich konnte ihn gedanklich irgendwie nicht mit Oldschool verbinden.

Meine Assoziationsausbeute waren also eine Schlagersängerin, eine Fernsehfigur, die ihr Lachen an einen Baron verkaufte, noch eine Sängerin, die auch schauspielerte und eine Hexe war, ein hinduistischer Gott, der liebte und zerstörte und schließlich ein altmodischer Mensch mit unpassendem Vornamen. Das war doch schon mal was. Steffen würde begeistert sein und seine gesamten Kräfte wieder neu auf den Fall ansetzen. Ich klatschte innerlich mit mir ab und lachte laut auf. Sam fuhr erschrocken hoch und stieß sich den Kopf an dem Regal, unter dem er lag.

„Oh nein. Entschuldigung, meine kleine Er-Schreckschraube", Sam hatte eine Millionen Namen, je nach Situation. Er kam wedelnd zu mir und freute sich über die Ansprache. Egal mit welchem Namen. „Was soll ich sagen, Sam? Ich komme hier so nicht weiter. Lass uns an den See fahren und eine Abkühlung nehmen." Es war schon wieder unerträglich heiß geworden. Das Thermometer in der Küche zeigte 32 Grad Celsius Außentemperatur an. Und das Ende September, nachmittags um 17 Uhr.

Ich packte ein paar Badesachen ein – für mich – und Wasserspielzeug – für Sam. Wir fuhren zum nicht weit entfernten

Riedsee. Nicht groß, aber eine der wenigen Möglichkeiten, sich im kühlen Nass eine Erfrischung zu holen. Es gab natürlich auch noch den Rhein. Da ging ich allerdings nicht so gerne rein und außerdem ist es nicht ungefährlich. Jedes Jahr erneut ertrinken eine Menge Menschen im Rhein. Die Stromschnellen sind tückisch und früher war es uns Kindern bei Strafe verboten, auch nur in die Nähe des Rheinwassers zu gehen, geschweige denn irgendein Körperteil dort rein zu halten. Ich muss nicht sagen, dass das Verbot den Reiz ungemein erhöhte, oder?

Nach einer ausgiebigen Schwimm- und Spielzeit im Wasser fuhren wir wieder nach Hause. Sam war müde und mein Kopf frei. Daheim nahm ich mir einen Blanc de Noir aus der Kühlung und setzte mich mit dem Laptop auf den Knien auf die Terrasse. Ich wollte unbedingt wissen, was es mit den Zahlen und Daten im Chatverlauf zwischen Ana und den anderen auf sich hatte. Und unklar war immer noch, wer Eddy war. Am 28. September fragte Katja Eb Ana, ob sie schon mit einem gewissen Eddy verbunden war, was diese verneinte. Der Chat darüber war ein wenig kindisch, wie von pubertierenden Mädchen, die sich über einen Jungen austauschten. Nur war Ana keineswegs mehr pubertierend, sondern eine Frau, die die Mitte Dreißig sogar schon hinter sich hatte. Offenbar hatten Eddy und auch Katja etwas mit Esoterik oder Yoga zu tun, denn die Begriffe Chakren, Namaste und ähnliches verband ich stark damit. Handelte es sich bei Eddy um Doc Shiva? Konnte sein. Oder auch nicht.

Doc Shiva schrieb am 29. Oktober 2021 folgenden kryptischen Eintrag: „49 ab jetzt, 53 – 10 – 7; 9 – 56, 22,9, siebtes und drittes, Namaste!" Oder der letzte Eintrag diesbezüglich, der sich in Anas Chatprotokoll fand vom 26. Juli diesen Jahres: 77 ab jetzt, 52 – 16 ; 9 – 13, zweiundzwanzigstes und

zweites. Daten, Passwörter, Telefonnummern? Mir fiel nichts Konstruktives dazu ein. Ich drehte die Zahlen vorwärts und rückwärts, gab sie meiner neuen Freundin, der Suchmaschine und tippte sie ins Telefon mit und ohne Datum. Nachdem ich eine Frau am Apparat hatte, deren Sprache mich stark an griechisch erinnerte, gab ich zunächst auf.
Ich legte den Rechner zur Seite und machte mich an die Gartenarbeit. Gießen was das Zeug hielt. Danach zupfte ich noch ein wenig die Pflanzen weg, die da nicht hingehörten, erntete Tomaten, Gurken und Kräuter. Den Rest des Abends verbrachte ich mit einem Salat vor dem Fernseher. Mein Kopf brauchte ein Time-out.

René

Wo war sie nur? Er konnte sie einfach nicht finden. Den ganzen Tag hatte er gesucht und war durch den Wald gerannt. Er stolperte über eine Wurzel und schlug lang hin. Als er wieder aufstehen wollte, sah er sie. Sie standen im Kreis um ihn herum und starrten auf ihn herab. „Du hast uns verraten – Du musst sterben" riefen sie alle zusammen. Immer wieder, wie im Chor. Er wollte aufstehen und wegrennen. Und dann entdeckte er sie. Seine Mutter stand etwas außerhalb des Kreises und flüsterte ihm etwas zu. Er konnte es nicht verstehen. „Lauter Mama, du musst lauter sprechen. Ich verstehe dich doch nicht", schrie er. Sie flüsterte und ging langsam rückwärts. Er wollte hinterher, aber sie hielten ihn fest am Arm. Er zog so fest er konnte, aber sie hatten einen eisernen Griff. „Nein, nein, nein, lasst mich los." Er warf sich hin und her. Jemand schüttelte ihn nun kräftig durch und er riss die Augen auf.

„Jetzt ist es aber gut, du Bastard", sagte der Graue. „Dein Gejammer ist ja nicht auszuhalten. Du hast schlecht geträumt. Jetzt reicht es. Hör auf damit!", schnauzte er ihn an. Offenbar kam der Graue direkt aus dem Bett. Seine Haare, die ihm den Namen „Grauer" eingebracht hatten, standen in allen Richtungen vom

Kopf ab und er hatte einen schwarzen Kapuzenpulli und eine Schlabberhose an. Sonst kam er immer in einer schwarzen Anzugshose, schwarzem Rolli und dunklen Sneakern. Die fette Uhr fehlte auch. Es war also offenbar nachts und der Graue hatte wirklich schlechte Laune.
Er wagte eine Bemerkung. „Ich kann doch nichts für meine Träume, Alter. Kannst du deine Träume kontrollieren? Mann, echt jetzt mal!"
Der Graue holte aus und schlug ihm ins Gesicht. „Nicht in dem Ton, ja! Wie oft habe ich dir gesagt, dass du ordentlich sprechen sollst. Kein Wunder, dass die deutsche Kultur den Bach runtergeht. Du bist genauso ein Untermensch wie deine Mutter. Wenn es nach mir ginge, würde ich dich einfach hier verrotten lassen. Das hast du nämlich verdient, du pubertierender Scheißkerl!"
Er sprach leise und beherrscht. Ihm war das Laute und Wütende lieber, denn das verging immer wieder schnell. Aber so kannte er den Grauen von jeher. Immer ruhig, leise und gefährlich. Der Graue konnte hassen und trotzdem einen kalten Eindruck dabei hinterlassen. Besser war es nun den Rückzug anzutreten.
„Tut mir Leid, ist mir so rausgerutscht", versuchte er sich an einer defensiven Strategie. „Ich muss auch mal aufs Kl..., Entschuldigung, zur Toilette."
„War ja klar! Du bist 17 und keine sechs Jahre alt. Du wirst ja wohl eine Nacht durchhalten. Früher haben wir zu solchen Mitschülern immer gesagt, dass sie eine Primanerblase hätten. Aber du weißt ja noch nicht einmal, was ein Primaner ist", gab er verächtlich zurück. Trotzdem schloss er den Ring auf, mit dem sein rechter Arm mit der Kette verbunden war. Diese wiederum steckte fest verankert in der Wand. Wie bei ihr. Aber sie war ja nicht mehr da.
Er ging zum Klo und erleichterte sich. Es machte ihm schon lange nichts mehr aus, dabei nicht allein zu sein. Als sie noch hier war, mussten sie auch beide aufs Klo, wenn der andere dabei war. Und noch einer von denen. Die Scham hatte er abgelegt.

Er ging langsam wieder zurück zum Bett. Der Graue wartete schon ungeduldig. „Los mach schon. Ich will hier nicht warten bis es wieder hell wird draußen", raunzte er ihn an. Nachdem der Graue ihn wieder festgekettet hatte, ging er wortlos raus, löschte das Licht und schloss zweimal die Tür ab. Als würde er abhauen können. Da würde er schon die komplette Wand mitnehmen müssen.

Schlafen konnte er mittlerweile auch mit der Kette am Arm. Er konnte sich nicht umdrehen und musste aufpassen, dass er sich nicht zu sehr verspannte. Sonst hatte er am nächsten Tag Kopfschmerzen. So lag er jetzt also wieder in dem Bett auf dem Rücken und starrte in die Dunkelheit. Wie hatte es überhaupt so weit kommen können?

Als er acht oder neun war, ist er mit seiner Mutter umgezogen. Von heute auf morgen hatte sie ihre und seine Sachen zusammengepackt und war mit ihm auf dieses alte Hofgut gezogen. Sie wirkte damals so glücklich wie schon lange nicht mehr. Er war zwar noch ein Kind, aber die Gefühle seiner Mutter bekam er sehr gut mit. Seit der Trennung von Papa hatte er sie nicht mehr so entspannt gesehen. Vorher hatte Papa seine Arbeit verloren und die beiden stritten sich nur noch. Er war dann irgendwann mit seiner Mutter ausgezogen. Von da an war sie auch viel weg. Sie musste arbeiten gehen, damit sie über die Runden kamen. Putzen, kellnern und tagsüber half sie ihm bei den Schularbeiten. Meistens schaute sie schlecht gelaunt und sorgenvoll. Dann aber meinte sie eines Tages, jetzt würde bald alles besser werden. Sie habe jemanden kennen gelernt, der die Lösung für ihre gesamten Probleme hätte. Ihm war es damals sehr recht. Hauptsache seine Mutter wäre wieder gut gelaunt und lustig, so wie früher. Und so zogen sie bald danach auf das Hofgut.

Er versuchte sich zu erinnern, wie das damals war. Sie waren nicht alleine auf dem Hof. Mindestens noch 20 oder 25 andere. Wie ein kleines mittelalterliches Dorf. Der Hof bot viel Platz. Es gab außer dem Haupthaus noch einige Nebengebäude und die große Scheune. Er musste nicht mehr in die Schule gehen,

was ihn damals sehr freute. Dreimal die Woche bekamen die Kinder, also er selbst, Miriam, Anja, Ludwig, Konrad und Uli, eine Art Unterricht. Volkward brachte ihnen Lesen, Schreiben und Rechnen bei. Außerdem hatten sie jeden Nachmittag einen besonderen Sport. Bei Edmund. Sie mussten sich verstecken und gegenseitig suchen. Dabei hatten sie Tarnanzüge an – alle zu groß für die Kinder – und Spielzeuggewehre auf dem Rücken. Sie lernten auch mit echten Gewehren und Pistolen schießen. Es war ein Traum für die Kinder, es hatte wirklich Spaß gemacht. Auch die Erwachsenen übten jeden zweiten Nachmittag auf dem Gelände. Sie schossen und kämpften miteinander. Im Sommer wurde am Abend gegrillt und der Graue und Lars erzählten Geschichten. Manchmal stritten die Erwachsenen, aber wenn der Graue rief, dass nun Schluss sei, hörten alle sofort auf.
Er teilte sich mit seiner Mutter ein Zimmer im Haupthaus. Als er 14 Jahre alt wurde, gab es eine große Feier. Außer ihm selbst wurden noch Ludwig, Konrad und Miriam 14. Es war sehr feierlich und der Graue sprach von der Fortführung der alten Tradition der Jugendleite. Sie feierten also die neue „Nationale Jugendleite", wie der Graue sie nannte, und die nun Jugendlichen bekamen die offizielle Verpflichtung, der „Germanischen Triangel" zu folgen und sie zu verteidigen. Der Graue vereinte die GT in seiner Person. Er war der Schöpfer, der Bewacher und der Strafende. Alle hatten gehörigen Respekt vor ihm.
Nach der Feier zogen Mama und er um. Sie stiegen auf und wohnten von nun an bei Lars in seiner Wohnung unter dem Dach. Er hatte keinen Schulunterricht mehr. Dafür musste er auf dem Hof helfen, Gemüse anbauen und Kühe melken. Sie lebten alle streng vegetarisch. Später arbeitete er im Druckerhaus, dem früheren Gerätehaus. Ein großes Nebengebäude, in dem zwei Computer, ein großer Kopierer und drei Drucker standen. Die Drucker waren monströs. Auf einem konnte man Plakate ausdrucken, die groß wie eine Zimmerwand waren.
Zusammen mit zwei älteren Männern kopierte, druckte und

faltete er Flugblätter und Werbeplakate. Jeden Tag nach der Arbeit trainierte er immer noch mit den anderen. Rennen, Schießen, Verstecken und seit neuestem auch Körperkampf. Der Graue war hier der große Meister.
Ihn wunderte schon lange nicht mehr, dass sie immer nur auf dem Gelände des Hofes waren. Nie gingen sie raus. Sie sagten, draußen würden sie eingesperrt werden in einem Heim. Niemand würde da mehr ihre Sprache sprechen. Der Hof sei das einzige verbliebene Stück nationaler Identität. Sobald man raus gehe, verlöre man diese und es gebe niemals einen Weg zurück. Alle die bisher gegangen waren, kamen tatsächlich auch nicht wieder. Ihm gefiel es auf dem Hof. Ihm gefielen die Arbeit, das Schießen und seine Freunde. Lars gefiel ihm nicht so sehr, aber den sah er zum Glück eher selten.
Und dann kam der Tag, als Mama ihm sagte, dass sie verschwinden müssten. Sie hatte irgendetwas herausgefunden und meinte, sie müssten sofort weg. Nur sie beide. Er solle ein paar Sachen packen, nicht mehr als in einen Rucksack hineinpasse.
Er wollte nicht. Mama schrie und schimpfte, aber er blieb dabei. Er meinte, sie solle doch gehen, er würde seine Gemeinschaft nicht verlassen. Obwohl er oft Strafen bekam, weil er immer fragte, wenn er etwas nicht verstand oder auch seine eigene Meinung sagte, war das Leben auf dem Hof das, was er kannte. Die regelmäßigen Zusammenkünfte der ganzen Gruppe am Morgen und am Abend waren mittlerweile ein Teil von ihm geworden. Mama wollte ihn zwingen mitzukommen und da drohte er, alles dem Grauen zu erzählen. Da wurde Mama dann ganz still und am nächsten Tag war sie weg. Er fand einen Brief von Mama und nachdem er ihn gelesen hatte wusste er, sie hatte Recht. Sie kamen, bevor er den Brief verbrennen konnte, so wie Mama es in ihrem Brief geschrieben hatte. Sie nahmen ihn mit und seitdem sitzt er in diesem Gefängnis. Er wusste nicht, wie es weiter gehen sollte, er wusste nur, dass er Mama nicht hätte drohen dürfen. Was war nur los gewesen mit ihm?

Die Zeit hier unten hatte er genutzt, um nachzudenken. Je mehr er dachte desto mehr kam ihm die ganze Sache auf dem Hof falsch vor. Was sollte das Ganze denn eigentlich? Und als Anna dann kam, haben sie auch gemeinsam darüber geredet. Sie hatte ihm am Ende die Augen geöffnet, was hier eigentlich ablief. Anna musste irgendwie an diese Informationen gekommen sein – genauso wie Mama vorher – hatte es aber nicht mehr weg geschafft. Sie haben hier viele Tage und Nächte gemeinsam im Gefängnis verbracht. Er hatte mitgezählt. Bis Anna kam, hatte er 23 mal Frühstück bekommen. Mit Anna gemeinsam noch einmal 30 Tage und nun waren auch schon wieder 28 Frühstücke vorbei, ohne heute. Er zählte mühsam im Kopf die Zahlen zusammen. 81 Frühstücke, also 81 Tage. Fast seit drei Monaten war er hier unten.

Er setzte sich aufrecht ins Bett. Zeit fürs Training. Auf dem Rücken liegend begann er sein Bauchmuskeltraining. Beine gerade und nach oben, langsam wieder nach unten. Als er bei 100 angekommen war, wechselte er die Übung. Beine angewinkelt auf die Matratze und Oberkörper nach oben und dann langsam wieder runter. Er bemerkte das angenehme Ziehen im Bauch, das ihn weiter anspornte.

Am Mittwoch wachte ich ausgeschlafen um fünf Uhr auf, zog die Trainingsklamotten an und begab mich auf einen Trainingslauf. Erstens war ich im Herbst noch bei einem HADOG-Trial gemeldet und zweitens hilft mir Laufen bei der Verarbeitung von Stress. Und die Zeit mit Savo war unbestritten Stress. Rein präventiv und um alles richtig zu machen, versuchte ich alles zu tun, damit sich auch wirklich keine späten Auswirkungen entwickeln konnten. So eine posttraumatische Belastungsstörung konnte ich wirklich nicht gebrauchen.

Es wurde gerade richtig hell, als ich im ersten Anstieg war. Die Nacht hatte keine richtige Abkühlung gebracht und mit meinen kurzen Hosen und dem dünnen Shirt war es nicht zu kühl. Auf dem Rücken hatte ich noch meinen Rucksack mit den Utensilien. Auch wenn ich den natürlich im Trainingslauf nicht benötigte, so muss ich trotzdem mit dem Gewicht und dem Geklapper trainieren, um daran gewöhnt zu sein. Auch Sam trug ein Geschirr und daran befestigt seine Trinkflasche.

Meine bisher härtesten HADOGs fanden in Südtirol statt, in den italienischen Dolomiten. In einem kleinen Örtchen namens Umes auf ca. 1 200 Meter war der Startpunkt. Zu Beginn gab es eine Rätselfrage zu lösen. Eine Logik-Kombinationsaufgabe. Das Ergebnis dieses Rätsels ergab die Koordinaten für den ersten Zwischenzielpunkt. Nun stand ich also dort morgens um sechs Uhr in dem kleinen italienischen Örtchen auf dem Parkplatz der Kirche und versuchte, wie auch noch zwanzig andere Frühaufsteher mit mir, diese Gehirnaufgabe zu lösen. Nach etwa 40 Minuten hatte ich eine Lösung gefunden und machte mich mit Sam auf den Weg. Das schwierige beim HADOG ist, dass es nicht nur darum geht, seine Ziele zu finden, sondern auch die Mitstreiter abzuhängen und vor allem sich nicht von ihnen heimlich zu den Zielpunkten verfolgen zu lassen. Manchmal gibt es wirklich topfitte Mensch-Hund-Gespanne, die aber ausschließlich ihre Muskeln und Kondition trainiert und dabei ihr Hirn vergessen haben. Oder es war ohnehin nicht viel Ausgangsmaterial für den gezielten Zellenaufbau vorhanden. Wie auch immer, diese Menschen tun so, als würden sie ihre Rätsel lösen, sie laufen auf und ab und gucken mit merkwürdigem Gesichtsausdruck Löcher in die Luft. Dabei warten sie nur darauf, dass ein anderer sich auf den Weg macht und heften sich an seine Fersen. Am Zielpunkt angekommen nutzen sie ihre Fitness und versuchen dann als erster an die neue Information zu kommen. Es gab sogar schon Fälle, bei denen Mitstreiter k.o. geschlagen wurden. Ich versuchte also an diesem Junimorgen in Umes kein erhelltes Gesicht zu machen und packte unauffällig meine Ausrüstung zusammen. Rucksack mit Handschuhen, Taschenlampe, Messer, Seile, Helm, Taucherbrille, Handtuch, Trinken, Essen, um nur ein paar Utensilien zu nennen. Es ging von Umes aus steil bergab durch den Wald und dann querfeldein. Ich schlug Haken und beobachtete meine Back-Area, also den Bereich hinter mir, konnte aber niemanden entdecken, der mir folgte. Auch Sam war ruhig und konzentriert und arbeitete sich voran. Nach gut 90 Minuten erreichten wir einen See, die Koordinaten waren eindeutig. Der Zielpunkt war in der Mitte des Sees. Ohne lang zu zögern, zog ich mich aus, setzte Sam ab und machte mich schwimmend auf den Weg. Der See war nicht tief, nur gut zwei Meter. Bei den Koordinaten angekommen, tauchte ich ein paar mal nach unten und fand schließlich die Kapsel. Ich löste sie aus der Kette und nahm sie mit an die Oberfläche. In der Kapsel befand sich ein Zettel und auf diesem war der Ort beschrieben, an dem Sam das erste Mal zeigen musste, was er nasenmäßig drauf hatte. Beim HADOG war es wichtig, die Informationen wieder an ihren Ausgangspunkt zu legen, denn auch die anderen Mitstreiter mussten sie ja finden, um weitermachen zu können. Also packte ich den Zettel wieder in die

Kapsel und befestigte sie am Seegrund wieder an der Kette. Danach lief ich mit Sam an den nächsten Ort, einen Baumstumpf zu einem Pilz geschnitzt am Wegesrand. Von dort aus übernahm Sam. Er steckte seine Nase in die vorbereitete Tüte und schnüffelte wie verrückt. Dann suchte er ein wenig und fand seine Fährte. Die Aufgaben für die Hunde im Gespann sind am Mantrailing orientiert. Man gibt dem Hund einen starken Geruch, meistens ein Kleidungsstück oder ähnliches in einer Tüte, danach sucht er seinen Weg immer dem Geruch nach. Der Trail ist also so vorbereitet, dass sich alle 100 bis 200 Meter der Geruch wiederfindet, am Wegesrand oder auf dem Weg. Die Trails beim HADOG sind recht kompliziert für den Hund und er muss sich sehr konzentrieren. Länger als 30 Minuten sollte es nicht dauern, bis er sein Ziel findet. Sam nahm also die Spur auf und ich folgte ihm im Laufschritt. Der Hund muss an der Leine bleiben, ansonsten findet er zwar sein Ziel, aber man selbst nicht mehr den Hund. Und so zog sich der Tag hin, bergauf, bergab, in den Wald und wieder raus. Es war der bisher anspruchsvollste Trail, den ich je mit Sam gelaufen bin. Sam war gut in Form und ich auch. Am Ende hatten wir insgesamt gut 1000 Höhenmeter zurückgelegt und damit den dritten Platz belegt. Das Gesamtziel befand sich in der Nähe der Hofer Alpl, einer Almhütte auf 1364 Meter. Ganz bezaubernd dort. Man kommt ausschließlich zu Fuß dort hoch. Als Hausgast mit Übernachtung wird man aus Umes mit seinem Gepäck abgeholt. Sam und ich blieben zwei Nächte und genossen den Blick auf die Alpen, mit den Dolomiten im Rücken.

Sam und ich trabten nun also eine ganze Weile durch die Weinberge und grüßten hier und da einen Arbeiter. Da die Ernte dieses Jahr so früh wie noch nie begonnen hatte, waren nun schon fast alle Reben leer gefegt. Ein paar späte Trauben hingen noch und die Arbeiter befestigten die Netze an den

Rebreihen, deren Trauben auf Temperaturen unter Null warteten, um zu Eiswein zu werden. Da konnten sie noch lange warten.

Nach einem kleinen Frühstück machte ich mich auf den Weg in die Praxis. Ulrike Lehmann würde heute kommen. Über Nacht hatte ich einen Plan aufgestellt. Ich würde heute Vormittag mit Frau Lehmann arbeiten, dann Sam zu Mila bringen, die ihm bis zum nächsten Tag Asyl gewährte. Ich hatte vor nach Hannover zu fahren, um mit der Bekannten von Ana zu sprechen, die sie gefunden hatte. Außerdem bräuchte ich den Krankenkassenbericht oder ein Statement von Anas Arzt zum Thema Blut- und Spritzenphobie.
Ich wählte vom Auto aus Steffens Nummer.
„Hey Elsa, sag bloß, du hast schon Beweise gefunden und wir können den Fall wieder auf machen?", fragte er gut gelaunt.
„Fast. Mir fehlt für die letzte Gewissheit noch eine klitzekleine Information. Da du ja Chef bist und was zu sagen hast, dachte ich, du könntest mich da vielleicht hilfreich unterstützen", bezirzte ich ihn aus Spaß.
„Ach so, ich soll ausnahmsweise mal was für dich organisieren?" Er neckte mich zu gern.
Ich erklärte ihm kurz, was und wozu ich es brauchte. Steffen verstand den Ansatz und versprach sich zu kümmern. Der Fairness halber sagte ich ihm noch, dass ich am Nachmittag zu der Bekannten fahren würde, die Ana gefunden hatte.
„Mach das Elsa. Danke für die Info. Du hast allerdings noch keinen offiziellen Auftrag durch uns. Du denkst da bitte dran?" Durch und durch Polizist der Steffen.
„Aber ja. Ich gehe dort quasi als Privatmensch hin", beruhigte ich ihn. „Ich wollte auch nur, dass du weißt, was ich mache."

Mittlerweile war ich an der Praxis angekommen, suchte einen Parkplatz und beendete das Gespräch mit Steffen. Bis Ulrike

Lehmann kommen würde, hatte ich noch gut eine Stunde Zeit. Ich nutzte dies, um mich wieder in ihr Leben einzulesen. Pünktlich auf die Minute rief Frau Lehmann an. Ich ging nach unten und öffnete ihr die Tür. Sie sah um einiges besser aus als beim letzten Mal. Zwar immer noch nicht das blühende Leben, aber mit etwas mehr Farbe im Gesicht und in den Haaren. Die Auszeit von ihrem Noch-Ehemann schien ihr sehr gut zu tun. Schon allein daran zu erkennen, dass sie noch lebte.
„Frau Lehmann, ich freue mich aufrichtig Sie zu sehen. Kommen Sie herein", begrüßte ich sie schwungvoll.
Sie lächelte ein wenig. „Ja, hallo!" Ihre Stimme hatte nicht an Klangfarbe gewonnen. Etwas unbehaglich wartete sie darauf, nach oben zu gehen.
„Ich gehe voran. Aber Sie kennen ja den Weg vom letzten Mal." Langsam schritt ich die Treppen hoch, nicht wissend, wie es um ihre Kondition bestellt war. Bei den ganzen Beruhigungsmitteln wusste man ja nie. In der Praxis wählte Ulrike Lehmann denselben Sessel wie beim ersten Treffen. Sie schaute mich so erwartungsvoll an, als würde sie von mir die Namen der Gewinner der nächsten Oscarverleihung erwarten. Ich schaute zurück und wartete, ob sie vielleicht als erstes etwas sagen wollte. Meiner Erfahrung nach war es in solchen Situationen besser, abwartend vorzugehen. Wenn man zu früh die Richtung vorgab, dann war man zwar auf dem Weg, den man selber gerne einschlagen wollte, der aber noch lange nicht der Weg des Klienten sein musste. Also atmete ich in die Füße, machte, wie ich hoffte, ein offenes Gesicht und wartete. Nachdem sie ein paar Mal unruhig auf dem Sessel hin und her gerutscht war, gab sie sich einen Ruck. „Wie ich schon am Telefon sagte, möchte ich bei Ihnen weitermachen. Phillip habe ich nicht mehr gesehen, die Benzos nehme ich allerdings noch." Erleichtert den Anfang gefunden zu haben, lehnte sie sich ein wenig zurück.

Nun war ich an der Reihe. „Wir werden diesen Weg gemeinsam gehen, Ulrike. Ich habe große Hochachtung vor Ihrer Entscheidung, Phillip gegenüber standhaft zu bleiben." Ich wusste, wie schwierig das für Frauen in Ulrikes Situation war. Es sagte sich so leicht – na, dann verlass ihn doch einfach den elenden Schläger – aber so einfach ist das nicht. Es herrscht eine Art verteufelter Kreislauf und eine Abhängigkeit vom Partner. Emotional, nicht zwingend finanziell. „Und das mit den Tabletten bekommen wir auch noch hin", fügte ich bekräftigend hinzu.

„Sie hatten mir ja etwas aufgeschrieben, was ich stattdessen nehmen soll, aber damit kann ich nicht schlafen. Das reicht einfach nicht. Wenn ich nur das nehme, muss ich noch mindestens drei Wodkas hinterhertrinken, damit das klappt mit dem Runterfahren."

Ich schüttelte leicht den Kopf. „Na, das ist nicht im Sinne des Erfinders. Ich schlage vor, wir machen heute ein paar Entspannungsübungen und ich zeige Ihnen, wie Sie alleine zu Hause runterkommen können." Auf ein zustimmendes Zeichen ihrerseits wartend schaute ich prüfend in ihr Gesicht. „Von mir aus. Was muss ich tun?" Sie wollte gerne sofort anfangen. Ich hatte den Eindruck, dass Sie immer noch nicht ganz abschließend hinter Ihrer geäußerten Meinung stand, bei mir weiter machen zu wollen. Sie schien sich selbst noch ein wenig überzeugen zu müssen.

„Zunächst möchte ich einen Zeitplan mit Ihnen aufstellen", schlug ich vor. Wir holten unsere Kalender raus und besprachen markante Meilensteine. Die Gerichtsverhandlung stand ganz oben auf der Liste. Dieser Termin machte Ulrike verständlicherweise Angst, würde sie dann doch Phillip wiedersehen und noch einmal die dramatischen Augenblicke des Angriffes erzählen müssen. Außerdem würde sie sehr ausführlich Fragen zu ihrer Ehe beantworten müssen. Über Streitereien, Gewalt, Sexualität und viele andere intime Dinge. Sie

hatte vom Gericht schon einen Termin genannt bekommen. Außergewöhnlich schnell wie ich fand. Der Angriff war im Juni und verhandelt würde schon im Dezember werden. Für deutsche Gerichte eine geradezu rasante Bearbeitung. Am Dienstag, den 6. Dezember würde am Landgericht in Mainz das Strafverfahren gegen Phillip Lehmann eröffnet werden. Die Anklage lautete auf versuchten Mord.
„Wer ist Ihre Anwältin?" Es war enorm wichtig, juristisch sehr gut aufgestellt zu sein. Auch wenn die Sache klar schien, so war sie es am Ende vor Gericht nicht unbedingt auch.
„Karoline Berg. Sie ist spezialisiert auf Fälle wie mich", gab sie etwas zerknirscht zurück.
„Oh ja, ich kenne sie. Vor allem ihren Ruf. Eine bessere Wahl hätten Sie nicht treffen können." Ich wunderte mich, woher Ulrike Lehmann das Geld nahm, um Dr. Berg zu bezahlen. Sie hatte einen exzellenten Ruf. Eine fiese Zecke in Bezug auf die Täter, Weltmeisterin der Empathie hinsichtlich ihrer Klienten und irgendwie bekannt mit der halben Mainzer Gerichtsbarkeit. Der einzige Nachteil – ihre fast schon unverschämt hohen Sätze.
Ich schaute wohl etwas erstaunt, denn Ulrike Lehmann beeilte sich zu erklären. „Da staunen Sie ein wenig, oder? Normalerweise könnte ich mir das ja gar nicht leisten. Im Verlag verdiene ich nicht so viel. Aber Frau Berg hat pro Jahr zehn Fälle, die sie ohne finanzielle Forderungen bestreitet. Ihr Beitrag zum Ehrenamt sozusagen. Meine Ansprechpartnerin von der Beratungsstelle hatte mich bei Frau Berg vorgeschlagen. Und sie hat mich genommen", verkündete sie stolz.
„Herzlichen Glückwunsch. Ein besseres Los hätten Sie gar nicht ziehen können." Ich war positiv überrascht. Das hätte ich Frau Dr. Berg gar nicht zugetraut.
Ich erklärte Ulrike, wie ich Sie auf das Gerichtsverfahren vorbereiten wollte. Wir würden mehrgleisig fahren. An die Inhalte ihrer Aussage wollte ich gar nicht ran. Da besteht immer

das Risiko des Vorwurfes der Einflussnahme. Ich würde mit ihr vielmehr das Verfahren an sich besprechen, wen sie sieht, wenn sie in den Saal kommt, wen schaut sie an, wenn sie etwas gefragt wird. Wie sollten am besten die Absprachen mit ihrer Anwältin aussehen? Vereinbarung von Zeichen, wenn sie nicht mehr kann. Die Gegenseite würde wahrscheinlich harte Bandagen an den Tag legen. Vielleicht sogar eine Konfliktverteidigung durchziehen. Besser Ulrike wäre darauf vorbereitet. Wir würden diese Dinge nicht nur besprechen, sondern auch tatsächlich trainieren.
„Wie trainieren?" Ulrike sah mich mit großen Augen an.
„Na, zum einen hier in der Praxis. Wie räumen ein wenig um, stellen den Gerichtssaal nach, die Kissen sind die Beteiligten und dann geht es los", gab ich voller Tatendrang zurück. „Situationstrainings sind die beste Vorbereitung für die Realität!"
„Aha", war alles, was sie sich abringen konnte.
„Außerdem werden wir uns vorher den Gerichtssaal ansehen. Ich mache einen Termin außerhalb der Sitzungszeiten und Sie können schon einmal sehen, in welchen Räumlichkeiten das Ganze stattfinden wird. Das wird ein wichtiger Part der Vorbereitung sein." Wir würden gemeinsam hingehen, die Entspannungsübungen vor Ort ausprobieren und den Geruch des Saales wahrnehmen. Ulrike wird dadurch einen großen Vorteil haben. Sie wird wissen, was auf sie zukommt. Das gibt Sicherheit!
„Natürlich alles in Absprache mit Ihrer Anwältin. Und", ich sah ihr fest in die Augen, „wir machen nichts, was Sie nicht wollen. Das verspreche ich Ihnen!" Vertrauen und Sicherheit waren die beiden wichtigsten Dinge, die Ulrike jetzt brauchte. Nachdem wir also den Plan der nächsten Zeit besprochen hatten, wandten wir uns dem Thema Beruhigungstabletten zu. Wir sprachen über die fatalen Nebenwirkungen und über Alternativen. Eine davon war, sich regelmäßig von mir Nadeln

ins Ohr setzen zu lassen. Ich erklärte ihr die Ohrakupunktur und ließ dann den Worten Taten folgen.
Nach guten 20 Minuten zog ich die kleinen Nadeln wieder raus und klebte ihr an bestimmte Stellen kleine Körnchen aufs Ohr. „Die drücken Sie ein paar Mal am Tag. Am Anfang wird das ein wenig weh tun – ein Zeichen, dass wir die richtige Stelle erwischt haben. Das lässt dann mit der Zeit nach." Erklärend zeigte ich ihr die winzigen steinharten Kerne. „Nächstes Mal werden wir weitere Entspannungsübungen besprechen und ein wenig über Sie reden, wenn Sie einverstanden sind."
Mittlerweile hatte ich begriffen, dass es das Beste war, Ulrike den Weg einfach vorzugeben. Von ihr kamen keine Rückfragen, eigene Vorschläge oder Gedanken. Sie war damit einverstanden, was ich vorschlug. Das war auch okay. Sie wollte ja schließlich Hilfe von mir.

Gute zwei Stunden später beendeten wir unseren Termin. Ich brachte Ulrike nach unten und klopfte auf dem Rückweg noch bei Alfons an die Tür. Seine Assistentin öffnete, nachdem ich der Kamera ein freundliches Lächeln schenkte. Seit dem Vorfall mit der verrückten Helene war die Praxis verschlossen und nur nach einem Check mit der Kamera wurde die Tür geöffnet.
„Frau Dreißig, schön Sie zu sehen. Ich habe gehört was passiert ist. Wie geht es Ihnen denn?" Frau Lamm war die gute Seele des gesamten Hauses. Sie machte ihrem Namen alle Ehre, einen harmonischeren Menschen hatte ich selten zuvor getroffen.
„Danke, Frau Lamm", lachte ich sie an. „Es geht mir gut und ich freue mich auch Sie zu sehen. Wie geht es Ihnen und Ihrem Mann?" Ich wusste, dass Herr Lamm sich gerade einer Chemotherapie unterzog. Die beiden hatten es zur Zeit sehr schwer.
„Mir geht es gut und auch Jürgen ist gut drauf. Er verträgt die Chemo besser als gedacht. Noch sieben Wochen und dann ist

es erst einmal vorbei. Wir hoffen auf ein gutes Resultat beim Kontroll-CT", sagte sie voller Optimismus.

„Ich drücke fest die Daumen, Frau Lamm. Bitte grüßen Sie Ihren Mann herzlich von mir." Ich kannte ihn von diversen Festen bei Alfons. „Wenn ich etwas tun kann für Sie beide, dann melden Sie sich bitte bei mir. Ich bin jederzeit für Sie da. Aber das wissen Sie ja hoffentlich."

Auch die Naturheilkunde kann Krebspatienten unterstützen. Ich bin eine absolute Gegnerin der Verteufelung der klassischen Medizin. Mein Ansatz versteht sich im wahrsten Sinne des Wortes als komplementär, also ergänzend. Alles andere kann im Zweifelsfall Menschenleben kosten. Die ganzen selbst ernannten Wunderheiler, die mit großen Worten und hohen Rechnungen versprechen, den Krebs allein durch Tee, selbst angerührte Tinkturen und Handauflegen zu beseitigen, gehören meiner Meinung nach selbst beseitigt. Also weggesperrt.

„Danke, Frau Dreißig. Ich werde es ihm noch einmal ausrichten. Aber Sie sind sicherlich nicht gekommen, um nur mit mir zu plaudern, oder?" Sie ging schon voran zu Alfons Behandlungszimmer. „Sie haben Glück, es ist im Moment niemand da." Frau Lamm klopfte kurz und trat dann ein. „Alfons, Frau Dreißig ist da. Ich bringe Euch mal einen Kaffee", sprachs und verschwand auch schon in der hinteren Küche.

„Alfons, sitzt du wieder vor deiner Höhensonne und machst Bizepstraining?" Lachend ging ich auf ihn zu und umarmte ihn. Er drückte mich fest an sich. Nur widerstrebend gestand ich mir ein, dass mein Herz tatsächlich Fahrt aufnahm und ich den Moment sehr genoss. Von mir aus hätten wir noch ein paar Stunden so stehen bleiben können. Stattdessen saßen wir eine halbe Stunde mit Kaffee und Gebäck zusammen und unterhielten uns. Auch wenn Alfons Psychiater war, konnte man ganz normal mit ihm reden. Dasselbe sagte er auch über mich im Zusammenhang mit meinem Berufsstand.

Ich erzählte Alfons von meinem Plan nach Hannover zu fahren, um mit Anas Bekannten zu reden.
„Aber die Polizei hat sie doch sicherlich auch vernommen, oder? Da gibt es doch bestimmt ein Protokoll. Musst du wirklich da hochfahren?" Hörte ich da einen Hauch von Besorgnis in seiner Stimme?
„Das Protokoll habe ich gelesen. Es gibt aber nicht viel her. Viele Dinge haben die Kollegen gar nicht erfragt. Zum Beispiel ob sie weiß, was aus Anas Laptop und Handy geworden ist. Wo Anas Schlüssel sonst aufbewahrt war. Und so weiter", gab ich zurück. Die Kollegen sind meiner Meinung nach einfach zu schnell von einer Drogentoten ausgegangen.
Nachdem wir also noch ein wenig hin und her diskutiert hatten, verabschiedeten wir uns genauso herzlich wie wir uns begrüßt hatten. Ich hatte den Eindruck, dass auch Alfons die Nähe genoss.
„Pass bitte auf dich auf, Elsa. Wenn was ist, dann melde dich", er sah mir in die Augen und gab mir einen Kuss auf den Mund. „Ich hatte wirklich große Angst um dich letzte Woche."

Beschwingt brachte ich Sam zu Mila. Da sie auf der anderen Flussseite in Eltville wohnte, überquerte ich den Rhein mit der Autofähre von Ingelheim nach Oestrich-Winkel und fuhr nach Eltville.
Es war schon weit nach 15 Uhr, als ich mich endlich auf den Weg nach Hannover machte. Das Navi prophezeite mir volle Straßen und einen Weg, der über fünf Stunden dauern würde. Schon ein paar Minuten später stand ich auf der A66 zwischen Wiesbaden-Biebrich und Wiesbaden-Erbenheim im Stau. Fleißige Arbeiter der Autobahnmeisterei putzten die Leitplanken und sperrten dafür jeweils einen Fahrstreifen auf jeder Seite. Fand ich prima, deren Timing. Es gab keinen besseren Zeitpunkt als Mittwochnachmittag im Berufsverkehr Fahrbahnen zu sperren. Der Rhein-Main-Schnellweg, wie die A66

auch hieß, erfüllte nur selten, was sein Name eigentlich versprach. So arbeitete ich mich allmählich an mein Ziel heran, mal mehr, mal weniger zügig. Die Radiosender wechselten je nach Bundesland. Zwischendurch holte ich Kaffee und was zu essen. Sonst passierte nicht viel. Über die A7 kommend erreichte ich dann endlich gegen 20 Uhr Hannover.
Mein Hotel befand sich in der City, in der Nähe der Leine, direkt am alten Rathaus inmitten der Altstadt. Wann immer eine Stadt einen alten Stadtkern hat, versuche ich auf Reisen dort unterzukommen.
Es gab eine hauseigene Tiefgarage, in die ich nun dankbar fuhr. Nachdem ich mich ein wenig frisch gemacht hatte, machte ich mich auf den Weg. Anas Bekannter wollte ich erst am nächsten Tag einen Besuch abstatten. Ich hatte gelesen, dass sie eine kleine Tochter hat und wusste, dass sie Teilzeit arbeiten geht. Da hatte ich also gute Chancen, sie am nächsten Vormittag anzutreffen. Ich hatte mich dagegen entschieden, sie vorher über mein Kommen zu informieren, da ich sie unvorbereitet kennen lernen wollte. Noch war ja nicht klar, welche Rolle sie in der ganzen Geschichte spielte.
Den Abend wollte ich nutzen, mir ein paar Gedanken dazu zu machen, wie ich sie überhaupt dazu bringen wollte, mit mir zu reden. Mit der Tür ins Haus fallen nach dem Motto „Guten Tag! Ich denke, Ana ist getötet worden und ich habe da mal ein paar Fragen" schied irgendwie aus. Ich musste ja auch erklären, wer ich bin. Also suchte ich mir einen nett aussehenden Italiener – ein Restaurant, keinen Mann – in der Altstadt und schob bei Pizza Margherita, Salat und einem Glas Nero Davola die Ideen hin und her. Letztendlich entschied ich mich dafür, das Vorgehen spontan anzupassen, je nachdem was für ein Mensch Anas Bekannte sein würde. Ich zahlte und ging noch ein wenig durch die schöne Altstadt. Es war immer noch warm, trotzdem lag in der Luft schon ein Hauch des herannahenden Herbstes. Neben meinem Hotel hatte

noch eine Bar die Tische draußen und ich entschloss mich, den Abend hier bei einem weiteren Glas Wein ausklingen zu lassen.

Nachdem ich mich am nächsten Morgen mit zwei Tassen Kaffee aufgewärmt und mich an der Rezeption über die auf Kühlhaus eingestellte Klimaanlage beschwerte hatte, begab ich mich auf den Weg in die Nordstadt.

Immer noch bibbernd fuhr ich am Leibnizufer die Leine entlang auf die Brühlstraße und bog schließlich kurz vorm Welfengarten rechts ab. Anas Bekannte wohnte in der Nordfelder Reihe, eine Einbahnstraße, so dass ich die Arndtstraße weiterfahren musste, um dann rechts in die Nordfelder Reihe einbiegen zu können, nur um sie dann wieder komplett zurück zu fahren. Sie wohnte im letzten Haus, einer Art lang gezogenen Reihung von Wohnhäusern. Es handelte sich zwar um verschiedene vier bis fünfgeschossige Gebäude, die aber ohne Lücke aneinandergebaut waren. Links und rechts der Straße gab es zahlreiche Parkmöglichkeiten. Ich stellte mein Auto ab und ging zum Haus. An der Eingangstür in der Mitte des Hauses fand ich die Klingeln. Ich war schon einige Male hier gewesen in der Vergangenheit und wusste, dass Ana kein Klingelschild mit ihrem Namen hatte. Auch jetzt war das Klingelschild leer. Die Wohnung war also offenbar noch nicht wieder vermietet worden. Dass der Zeugenschutz sie für eine andere Schutzperson weiterverwendet hatte, schloss ich aus. Diese Wohnung war verbrannt.

Ich suchte die Klingelschilder nach dem Namen Lisa Kleine ab. Den Namen hatte ich aus der Akte. Sie wohnte unter Ana, also im 2. Stock. L. Kleine. Da hatte ich sie. Ich freute mich und sagte mir gleichzeitig, dass dies auch jeder Zweitklässler geschafft hätte. Beherzt drückte ich den Klingelknopf. Nichts passierte. Ich probierte es noch einmal, doch es tat sich nichts. Um mir die Zeit zu vertreiben, lief ich ein wenig im Viertel umher und setzte mich schließlich ins Auto. Ich würde sie schon erkennen, wenn sie nach Hause käme. Also wartete ich. Ich hörte Nachrichten im Radio. Auf NDR2 hatten sie auch nichts anderes zu sagen als auf HR3 und auf SWR1RP. Ich las Zeitung auf dem Smartphone. Auch da nichts, was ich nicht schon wusste. Der russische Präsident zeigte der Welt den Mittelfinger, das Volk mutierte zum Supervirologen, die Gaspreise stiegen in unermessliche Höhen und der Klimawandel sorgte für Überschwemmungen.

Ich begann, mein E-Mailpostfach aufzuräumen. Mittlerweile war es bald Mittag und ich ärgerte mich schon ein wenig, mich nicht angekündigt zu haben. Als ich noch gute 798 Nachrichten vor mir hatte, bog eine Frau mit dem Fahrrad in die Nordfelder Reihe ein. Sie hielt vor dem Haus und schloss ihr Rad ab. Im Korb hatte sie Tüten eines Discounters, von dem ich wusste, dass er Lisa Kleines Arbeitgeber war.

Auf gut Glück stieg ich aus und sprach sie an. „Entschuldigen Sie bitte, dass ich Sie einfach so anspreche. Mein Name ist Elsa Dreißig. Sind Sie Lisa Kleine?", fragte ich so freundlich und harmlos wie es ging.

Sie erschrak trotzdem. „Ist was mit Zoé? Was ist passiert? Was ist mit ihr?" Panisch sah sie mich an und wich sogar etwas zurück.

„Nein, es ist nichts mit Zoé. Ich komme wegen Ana", beeilte ich mich zu sagen. Ich wollte nicht, dass sie sich wegen mir ängstigte. So etwas konnte ich überhaupt nicht haben.

„Wegen Ana? Aber Ana ist ... Sie lebt nicht mehr." Unsicher griff sie nach ihren Tüten.

„Das weiß ich. Ich habe ein paar Fragen an Sie. Haben Sie kurz Zeit für mich?", fragte ich hoffnungsvoll.

„Wer sind Sie denn? Ich kenne Sie nicht und auch Ihr Name sagt mir nichts. Sind Sie von der Polizei? Da waren Ihre Kollegen aber schneller. Denen habe ich alles gesagt." Sie holte Luft und sah mich plötzlich skeptisch an. „Moment mal. Elsa! Der Name sagt mir aber doch was. Allerdings nicht Dreißig.

Ana hat mir öfter von einer Elsa Decker erzählt." Leider hatte Lisa Kleine die unschöne Angewohnheit sehr laut zu sprechen. Ich wollte aber auf keinen Fall die ganze Siedlung unser Gespräch verfolgen lassen. Erst recht nicht, wenn es um meinen früheren Einsatznamen ging. Für bestimmte Einsätze und Arbeitsbereiche hatte ich einen zweiten Dienstausweis.

„Frau Kleine, darf ich Sie kurz in Ihre Wohnung begleiten. Ich verspreche, ich kläre das auf und es wird Ihnen nichts passieren." Langsam ging ich Richtung Haustür in der Hoffnung, sie mit der Bewegung anzustecken. Mir war klar, dass meine Erklärung noch nicht ausreichen würde, damit sie mich mitnahm. Umgekehrt hätte ich Sie auch nicht mit in meine Wohnung genommen, ohne zu wissen, wer sie war und was sie von mir wollte.

Ich setzte zu einer Erklärung an. „Ich bin Elsa Dreißig, Ana kannte mich unter dem Namen Decker. Aber ich bin dieselbe Person und ich habe früher bei der Polizei gearbeitet. Aus dieser Zeit kenne ich Ana." Ich wusste nicht, wie weit ich mit meiner Erklärung gehen konnte, da ich nicht wusste, wie viel Ana Lisa erzählt hatte. Eigentlich hätte sie gar nichts erzählen dürfen, auch meinen Namen hätte sie nicht weitergeben dürfen. Aber was hieß das schon. Wir dürfen auch nicht über rote Ampeln fahren und tun es trotzdem.

„Was wollen Sie denn von mir?" Sie haderte immer noch, war aber schon nicht mehr ganz so abwehrend.

„Ich möchte Sie noch ein paar Dinge fragen, die die Polizei nicht gefragt hat. Zumindest war davon nichts in der Zeugenvernehmung zu lesen." Ich hoffte diese kleine Information würde sie letztendlich umstimmen. Wenn ich die Vernehmungsprotokolle der Polizei kannte, würde sie mich hoffentlich als vertrauenswürdig einstufen und mich endlich mit reinnehmen.

„Okay, dann kommen Sie." Sie schloss die Tür auf und wir gingen schweigend durch den Hausflur die Treppen hoch bis

zu ihrer Wohnung. An ihrer Tür hing ein selbstgetöpfertes Namensschild. Ein kleiner Hund hielt eine Blume zwischen den Zähnen. Darüber stand „Willkommen bei Lisa und Zoé Kleine". Allerliebst. Sie hatte wohl keinen Grund geheim zu halten, wo sie mit ihrer Tochter wohnte. Ich hoffte sehr für sie, dass es so bleiben würde in ihrer beider Leben.
Lisa Kleine ging voran und ich folgte ihr in die Wohnung. Lisa war 29 Jahre alt und sehr bemüht, den Anschluss an die Gesellschaft zu halten. Ich hatte mich informiert über sie. Ihre Tochter Zoé bekam sie vor fünf Jahren. Sie zieht die Kleine alleine groß. 20 Stunden die Woche sitzt sie bei einem Discounter an der Kasse. In der Zeit ist Zoé im Kindergarten. Sie wohnt seit acht Jahren in der Nordfelder Reihe. Keine Vorstrafen oder sonstigen Auffälligkeiten, die in irgendeiner Akte aufgetaucht wären.
Lisa ging in die kleine Küche und ich schaute mich in der Wohnung um. Sie war klein, knappe 55 qm schätzte ich. Das Zimmer gegenüber der Eingangstür war offensichtlich das Kinderzimmer, wie diverse Aufkleber an der Tür verrieten. Daneben das Bad. Am Ende des Flurs befand sich ein großer Raum, der Wohn- und Schlafzimmer zugleich war. Alles war sehr aufgeräumt, zwar einfach, aber geschmackvoll eingerichtet.
Lisa setzte Wasser auf. „Möchten Sie einen Tee?"
Während ich mir einen guten Einstieg überlegte, nahm ich das Angebot dankend an.
„Schwarz, Kräuter, Roibos, Chai?" Lisa Kleine war bestens ausgestattet.
„Ich nehme sehr gerne einen Chai-Tee. Vielen Dank", gab ich zurück. Ich sah ihr dabei zu, wie sie den Tee aufgoss.
„Milch? Normalerweise koche ich den Chai in Milch, so wird es eigentlich gemacht. Aber das ist mir gerade zu viel", gab sie fast schon entschuldigend zurück.
„Das ist absolut okay. Ich trinke ihn sonst auch gerne mit Milch gekocht, aber ein Schluck davon hinein ist fast genauso

gut. Und die Wirkung ist ähnlich wohltuend. Fast wie ein Miniurlaub."

Sie blickte kurz überrascht auf. "Ja, das finde ich auch. Und da ich mir richtigen Urlaub nicht leisten kann, muss das reichen. Der muss jetzt erst einmal ziehen. Setzen Sie sich und dann würde ich gerne wissen, was Sie von mir wissen wollen." An Selbstbewusstsein mangelte es ihr jedenfalls nicht.

Ich entschied mich für eine knappe Version der Wahrheit. "Ich kenne Ana noch aus meiner Zeit bei der Polizei. Ich war Polizeipsychologin und in dem Zusammenhang lernte ich Ana und ihren Bruder Boris kennen. Nach Anas Tod ist Boris aus dem Gefängnis geflohen, um den Tod an seiner Schwester aufzuklären. Dabei brach er eine ganze Reihe von Gesetzen", so konnte man es auch nennen, "und kam dabei ums Leben. Er glaubte nicht an einen Tod durch Überdosis. Möglicherweise haben Sie letzte Woche etwas von seiner spektakulären Flucht mitbekommen. Es war groß in den Medien", schloss ich meine Ausführungen. Sie musste ja nicht unbedingt wissen, dass Savo Anas Tod mit seiner Vergangenheit verknüpft sah. Dafür hatte ich noch überhaupt keine Hinweise gefunden. Im Gegenteil, Savo schien in den letzten Monaten gar keine Rolle gespielt zu haben in Anas Leben und Denken.

Ihr Blick wanderte etwas unstet umher und ich sah förmlich, wie sie die Informationen im Kopf zu einem Bild zusammenfügte. "Boris Melnik war ein Typ, der eigentlich Kostas oder so hieß, oder? Ich habe es in den Nachrichten gesehen. Dass er Anas Bruder war, wusste ich allerdings nicht." Sie schüttelte leicht mit dem Kopf.

"Sie waren die, die er entführt hat", zählte sie eins und eins zusammen.

"Kostal, Savo Kostal. Ja, so hieß er. Wissen Sie, ich möchte ganz ehrlich zu Ihnen sein. Savo hat meine Neugierde geweckt. Ich habe mir die Unterlagen zu Anas Tod angesehen und ich habe Zweifel an der Version des einfachen Drogentodes durch

Überdosierung. Aus diesem Grund bin ich hier. Sie sind eine der wenigen Menschen, die Ana kannte, und vielleicht können Sie mir ja ein wenig aus Anas Leben im letzten Jahr erzählen." Hoffnungsvoll sah ich zu ihr rüber.
Sie stand auf. „Lassen Sie mich den Tee eingießen und kurz darüber nachdenken." Langsam schritt sie zur Anrichte und hantierte dort herum. Sie gefiel mir. Sie war bedacht, vorsichtig und sehr schnell im Denken. So etwas mochte ich. Innerlich drückte ich mir die Daumen, dass sie sich auf mich und meine Fragen einlassen würde.
Lisa drehte sich um, strich sich eine lange Haarsträhne aus dem Gesicht, die sich aus dem wild zusammengebundenen Knoten gelöst hatte. „Ich wusste doch, dass da etwas nicht stimmt", platzte es aus ihr heraus. „Wissen Sie, ich kannte Ana seit gut acht Jahren. Wir sind fast zeitgleich hier eingezogen. Wir haben uns gegenseitig ein wenig geholfen und ab und zu ein Bier zusammen getrunken. Sie hat ja beim Reifen-Universum gearbeitet und ich saß damals schon an der Kasse. Nach der Arbeit saßen wir eben manchmal ein bisschen zusammen. Wir sind beide keine Partylöwen und Diskopussies."
Sie nahm einen großen Schluck von ihrem Tee. „Sie war aber immer irgendwie auf der Hut und distanziert." Wieder schüttelte sie leicht den Kopf, wohl eine Angewohnheit beim Nachdenken.
Anas Distanz ging eindeutig auf das Konto des Zeugenschutzes und ihres grundlegenden Misstrauens. Lisa nahm den Faden wieder auf. „Als ich dann 2017 schwanger wurde und keinen Vater dazu hatte, rückten wir näher zusammen. Sie war besorgt und fast schon übertrieben hilfsbereit. Manchmal ging mir das sogar auf die Nerven. Ständig redete sie darüber, was alles passieren könne und ich aufpassen müsse auf mich, um immer für mein Kind da zu sein." Sie machte eine Pause. Ich schwieg mit ihr, um nicht in ihren Erinnerungsfluss hineinzugrätschen.

„Sogar bei der Geburt von Zoé war sie dabei. Das ist nun gute fünf Jahre her. Danach dann wurde alles anders. Ana hat sich zurückgezogen von uns. Wir haben uns schon noch gesehen, sie hat Zoé sehr gemocht. Aber irgendwie habe ich gemerkt, dass sie Abstand wollte. Als würde ihr das alles zu viel werden." Fragend schaute sie mich an, in der Hoffnung auf eine Erklärung dieses Verhaltens. Konnte ich vielleicht auch. Ich hatte eine Idee dazu, hielt diese aber noch zurück, da ich wissen wollte, wie es weiter ging.
Lisa machte eine Pause.
„Hat sie Ihnen von früher erzählt? Von ihrer Vergangenheit und von ihrem Bruder?", fragte ich nun.
„Nur Bruchstücke. Über ihre Kindheit sprach sie nicht gerne. Familie war irgendwie nicht ihr Ding. Wenn sie zu viel Bier getrunken hatte, kam sie auf Crystal zu sprechen. Sie erzählte mir von ihrer Abhängigkeit, vom Entzug und so. In diesem Zusammenhang hatte sie auch Sie erwähnt. Als eine Art Betreuerin von der Polizei."
„Ist Ana wieder rückfällig geworden? Was meinen Sie? Wäre Ihnen das aufgefallen?", fragte ich gerade heraus, ohne auf ihre letzte Bemerkung einzugehen.
„Tja, das ist schwer zu sagen. Bis vor einem Jahr hätte ich fast meine Hand dafür ins Feuer gelegt, dass sie nie wieder dieses Zeug anrührt. Sie war davon weg und hatte sich ganz gut ohne eingerichtet. Ab und zu ein Bierchen, Zigaretten natürlich und sehr viel Kaffee." Bei Kaffee dachte sie wohl an Tee und trank einen Schluck.
„Aber letztes Jahr dann wurde alles anders. Sie erzählte mir, dass sie jemanden kennen gelernt hat. Ich dachte natürlich sofort an einen Freund. Ich weiß noch, dass ich dachte, es würde auch mal Zeit für die Liebe werden. Aber das war es gar nicht. Sie redete plötzlich von einer neuen Weltordnung. Sie wüsste nun, wofür es sich zu leben lohnt und sie las dieses ganze Zeug über Verschwörungstheorien. Sie sagte, sie hätte

nun diejenigen gefunden, die über das Weltliche hinaus den Geist mit dem Kosmos und dem Universum verbinden würden." Lisa schien sich leicht zu schütteln beim Gedanken daran. „Ich konnte damit überhaupt nichts anfangen und wir diskutierten viel. Ana wurde richtig böse, wenn ich ihr neues Lebensgefühl Esoterikscheiß nannte. Ich sagte ihr, sie solle mich damit in Ruhe lassen und auch Zoé nicht irgendeinen Mist erzählen. Tja, und so ging das immer weiter auseinander mit uns. Wir hatten schon noch Kontakt, aber Ana war wirklich nicht mehr Ana." Sie fuhr sich mit den Händen durchs Gesicht.

Ich hatte den Eindruck, dass sie noch etwas sagen wollte, aber es kam nichts mehr. Hundert Fragen zum eben Gehörten schossen mir durch den Kopf. Aber das musste warten. Wie ich es gelernt hatte, ging ich weiter chronologisch vor.

„Lisa, Sie sagten, das war vor gut einem Jahr. Sie hatten ja einen Schlüssel für Anas Wohnung, den Sie dann auch zum Glück im August benutzten. Auch wenn für Ana leider jede Hilfe zu spät kam. Wieso waren Sie so sehr in Sorge, dass Sie in ihre Wohnung gingen?" Bewusst ließ ich ein paar Daten einfließen. Das würde hoffentlich die Erinnerung an die richtigen Stellen bringen. Es war ihr deutlich anzusehen wie unbehaglich sie sich fühlte beim Gedanken an diesen Tag.

„Ich hatte lange nichts von Ana gesehen oder gehört. Sie antwortete nicht auf Nachrichten und auch im Internet war sie ewig nicht. Wissen Sie, auch wenn sie sich veränderte, so hatten wir uns doch das eine oder andere Mal gesehen. Im Mai war ich für zwei Wochen bei meiner Mutter in Bayern. Da hatte Ana meine Blumen versorgt und die Post reingeholt. Also so, wie wir es immer gemacht haben die ganzen Jahre. Nun war sie weg und hatte mir nicht Bescheid gesagt. Das war merkwürdig." Wieder das leichte Kopfschütteln.

„Was meinen Sie mit weg? Ist sie weggefahren, ohne was zu sagen, oder was?", fragte ich zurück.

„Na ja, ich weiß nicht ob sie weggefahren war, jedenfalls war sie lange nicht zu Hause. Das Haus ist alt, müssen Sie wissen. Ich höre, wenn oben oder nebenan jemand zu Hause ist. Und von oben hörte ich wochenlang nichts", sagte sie energisch.

„Haben Sie das der Polizei auch erzählt?" Ich konnte mich nicht erinnern, davon in der Vernehmung etwas gelesen zu haben.

„Ja, habe ich", antwortete sie etwas trotzig. „Aber die haben gleich abgewunken. Ich solle erzählen, was ich wüsste und nicht, was ich glauben würde."

Entsetzt schaute ich sie an und suchte nach Anzeichen für einen Witz. War aber keiner. Sie schaute bitterernst.

„Genauso ja auch mit ihrem Laptop und Handy", fügte sie noch hinzu. Ich wartete, dass sie weitererzählte. Als nichts mehr kam, fragte ich noch einmal nach.

„Was meinen Sie damit? Was war mit ihrem Laptop und Handy?"

„Beides ist verschwunden. Für Ana waren das die beiden wichtigsten Gegenstände in ihrer Wohnung. Erst recht seit sie ihre neuen Freunde gefunden hatte. Die mit dem Universum, sie wissen schon." Sie wedelte dabei ungeduldig mit der linken Hand. „Niemals wäre sie ohne ihr Handy irgendwohin gegangen. Als ich sie in ihrer Wohnung fand, war beides nicht da. Das konnte nicht sein. Das habe ich auch den Polizisten gesagt." Noch immer konnte ich die Aufregung in ihrem Gesicht ablesen.

„Und?", fragte ich zurück. „Was haben sie dazu gesagt?" Gespannt wartete ich auf die Antwort. Stand doch genau diese Frage auf meinem To-do-Fragenzettel.

„Hätte sie bestimmt für Drogen eingetauscht, meinten die. Junkies würden so etwas machen. Wenn der Druck zu groß wird, verkaufen solche Leute sogar den Schmuck der Oma und diese noch dazu, wenn es sein muss!" Empört stand sie auf, um in der Küche hin und her zu laufen.

„Sie glauben nicht daran?" Ich stand auch auf, denn ich mochte es nicht, zu sitzen während jemand anderes stand.
„Pfft, natürlich nicht. Aber okay. Wenns die Polizei sagt, dann bitte. Ana ist eh tot." Tränen füllten ihre Augen.
„Wenn ich Sie richtig verstanden habe, hatten Sie also lange nichts gehört von Ana. Und dann? Was war am 25. August? Da sind Sie ja nach oben gegangen", versuchte ich Sie wieder etwas zu fokussieren.
„Bestimmt vier Wochen hatte ich nichts gehört von ihr. Keine Nachrichten, Anrufe und auch keine Geräusche von oben. Ich schwankte zwischen sauer sein und Sorgen machen. Als sie dann auch noch ohne ein Zeichen Zoés Geburtstag vergehen ließ, wusste ich gar nicht mehr weiter." Noch immer klang die Verzweiflung mit in ihrer Stimme.
„Wann ist denn der Geburtstag Ihrer Tochter?", fragte ich.
„Am 10. August ist sie fünf geworden. Ein Frühchen." Lisa setzte sich wieder hin. Ich tat es ihr nach.
„Am 25. habe ich vormittags gearbeitet. Von acht bis elf Uhr. Dann bin ich nach Hause wie immer. Als ich hier in der Küche Tee gemacht habe, hörte ich doch tatsächlich oben Geräusche. Eindeutig ging da jemand durch die Wohnung. Erst habe ich mich gefreut, dass Ana wieder da ist. Dann aber bin ich richtig sauer geworden, weil sie sich ewig nicht gemeldet hatte und nun einfach so wieder auftauchte. Ich habe mir eine Entschuldigung oder Erklärung gewünscht. Ansonsten wollte ich nichts mehr mit ihr zu tun haben." Bei der Erinnerung daran taten Lisa offenbar ihre Gedanken im Nachhinein immer noch leid.
„Sie konnten ja nicht wissen, dass sie tot ist", gab ich mitfühlend zurück.
„Ich wartete eine gute Stunde. Als sich nichts tat, wurde ich immer wütender. Ich schrieb ihr, sie solle gefälligst mal runterkommen. Aber die Nachricht kam gar nicht durch. Sie wurde nicht zugestellt. Von oben hörte ich auch nichts mehr. Also

entschloss ich mich nachzuschauen. Ich habe natürlich erst geklingelt und geklopft, aber nichts. Da war nichts. Dann nahm ich den Schlüssel und bin rein." Das Grauen der Erinnerung an den schrecklichen Moment stand ihr noch ins Gesicht geschrieben. Ihre Hände zitterten, als sie nach der Tasse griff.
Sie war in ihrer Erinnerung verhaftet und sprach nicht weiter.
„Und dann?", stieß ich ihre Gedanken wieder an.
„Ich rief nach ihrem Namen und schaute mich um. Die Wohnung oben sieht so aus wie meine. Also von den Räumen her", schob sie erklärend hinterher. Das wusste ich, sagte aber nichts, sondern nickte ihr aufmunternd zu.
„Dann sah ich sie. Sie lag auf der Couch, ganz schlaff und weiß. Ich wusste sofort, dass sie tot war. Ich weiß auch nicht warum. Ich hatte noch nie vorher einen Toten gesehen, aber ich wusste es." Ihre Stimme war nun sehr leise geworden. „Ich rief aus Versehen die Feuerwehr, aber das passiert wohl öfter, haben die am Notruf gesagt. Während ich auf die Polizei wartete, sah ich mich ein wenig um. Ich habe nichts angefasst. Kennt man ja aus dem Fernsehen. Kein Handy, kein Laptop. Es roch auch gar nicht nach Räucherstäbchen wie sonst. Bei Ana brauchte man immer eine Atemmaske, so verräuchert war ihre Bude." Sie lächelte ein wenig bei dem Gedanken.
Ich konnte mich gut an die Luft in Anas Wohnung erinnern. Ohne Asthmaspray ging da nichts bei mir. Lisas Aussage deckte sich mit dem, was sie auch bei der Polizei dazu ausgesagt hatte. Ihre Wahrnehmung einer Person in der Wohnung über ihr – das Gehen – interpretierten die Ermittler als einen Wahrnehmungsfehler. Sonst wäre ihre eigene Hypothese eines Drogentodes nicht mehr haltbar gewesen, hatte doch die Rechtsmedizin den Todeszeitpunkt auf morgens gegen sieben Uhr datiert. Da konnte sie schlechterdings um die Mittagszeit in der Wohnung herumgelaufen sein. Mich machte dieses hypothesenkonforme Denken verrückt. Alles, was zur eigenen Hypothese passte, wurde zugelassen, alles andere noch nicht

einmal in Betracht gezogen.
Wir saßen eine Weile schweigend in der Küche. „Danke für Ihr Vertrauen." Ich drückte etwas ihre Hand. „Wann kommt denn eigentlich Ihre Tochter nach Hause?", fragte ich Lisa.
„Erst am Nachmittag um 16 Uhr hole ich sie ab. Sie liebt den Kindergarten und würde am liebsten jede freie Minute dort verbringen. Wir haben den Deal an drei Tagen lang und an zwei kurz. Damit ich auch was von ihr habe." Sie lächelte nun wieder ein wenig.
„Darf ich Sie zu einer Kleinigkeit zum Mittagessen einladen. Ich meine nur, falls Sie noch Zeit haben. Vielleicht können wir ein Stück gehen an der frischen Luft. Ich würde gern noch ein bisschen mehr erfahren zu Anas neuer Weltanschauung und den Leuten, die dahinterstehen. Was meinen Sie? Haben Sie Lust?" Ich hätte ein Vermögen für etwas zu Essen gegeben, so einen Hunger hatte ich. Seit der Pizza am Vorabend hatte ich nichts mehr gegessen. Morgens im Hotel war ich mit Auftauen beschäftigt gewesen, da war an Frühstück nicht zu denken.
„Ich habe noch Zeit und gehe gerne mit Ihnen ein paar Schritte. Das ständige Sitzen geht auf den Rücken. In der Nähe ist ein indisches Restaurant, wenn Sie das mögen, könnten wir dahin." Sie stand schon auf und räumte die Tassen weg.
Ich war entzückt. „Ich liebe indisches Essen. Perfekt."

Wir liefen durchs Viertel und durch einen kleinen Park. Die Luftfeuchtigkeit betrug gute 100 Prozent. Gefühlt. Am Horizont bauten sich hohe Wolkenfelder auf.
„Darf ich Sie was fragen, Lisa?" Ich schaute sie von der Seite an.
„Was ist das denn für eine Frage. Das tun Sie doch schon die ganze Zeit", lachte sie.
„Vorhin, als ich draußen auf Sie zuging und mich vorstellte, da hatten Sie gleich Angst, dass etwas mit Zoé wäre. Wie kamen Sie darauf?", wagte ich einen Vorstoß. Die Reaktion fand ich sehr auffällig. Möglicherweise hing dies nur damit zusammen,

dass sie vor nicht allzu langer Zeit eine Tote gefunden hatte, vielleicht aber auch mit etwas anderem. Ihr Gesichtsausdruck deutete auf letzteres hin.

„Ist doch normal. Jeder der ein Kind hat macht sich Sorgen. Haben Sie Kinder?", stellte sie eine Gegenfrage statt zu antworten. Diese Frage musste ja kommen. Totschlagfrage.

„Nein, habe ich nicht." Ich habe einen Hund, um den mache ich mir auch manchmal Sorgen, dachte ich. Natürlich sagte ich das nicht.

„Dann können Sie das auch nicht verstehen", meinte Lisa.

„Ach so? Da bin ich anderer Meinung. Ein Neurochirurg muss auch keinen Hirntumor gehabt haben, um ihn zu operieren. Finde ich", antwortete ich herausfordernd.

„Das ist doch ganz was anderes!" Sie beschleunigte etwas ihren Schritt. Wenn sie meinte, mich abhängen zu können, hatte sie sich getäuscht.

„Also, was nun? Warum haben Sie so Angst um Zoé?", blieb ich hartnäckig dran.

Wir setzten uns auf eine Parkbank. Es war unerträglich schwül. Ich hatte das Gefühl keinen Sauerstoff zu atmen, sondern wie in einer Waschküche warmen Wasserdampf. Der Schweiß lief mir den Rücken runter und ich musste mich unwillkürlich schütteln.

„Das, was ich Ihnen jetzt sage, muss unter uns bleiben. Unter keinen Umständen darf die Polizei davon erfahren. Können Sie mir das versprechen?", fragte sie sehr eindringlich und ließ mich nicht aus den Augen.

Ein Dilemma. Was sollte ich dazu sagen? Unbedingt musste ich erfahren, was sie zu sagen hatte. Ohne diese Information würde ich keinesfalls wieder nach Hause fahren. Aber konnte ich ihr versprechen, niemanden etwas davon zu erzählen? Egal was es war? Nein, das konnte ich nicht. Auf der Suche nach der berühmten goldenen Brücke versuchte ich es mit einer „es-kommt-darauf-an-Strategie".

„Lisa", begann ich und versuchte meiner Stimme soviel Bedeutung wie möglich einzuhauchen und sah ihr fest in die Augen. Nur nicht zwinkern oder wegschauen. „Ich möchte, dass Sie mir sagen, was los ist. Wenn es etwas ist, was Sie oder Ihre kleine Tochter in Gefahr bringt, kann ich nicht schweigen. Ich will nicht, dass noch jemand zu Schaden kommt. Ich verspreche Ihnen, nichts ohne Ihr Einverständnis zu tun. Wenn ich allerdings Ihre Tochter gefährdet sehe oder auch Sie, dann werde ich handeln." Ich spielte mit offenen Karten. „Ich werde Ihnen helfen, egal was es ist." Gespannt atmete ich aus ohne sie aus den Augen zu lassen. Sie rang mit sich. Das war deutlich zu sehen in ihrem Gesicht.
„Lassen Sie uns gehen!" Sie stand auf und marschierte los. Enttäuscht lief ich ihr hinterher.
„Ich kann besser über schwierige Dinge reden, wenn ich in Bewegung bin", sie verlangsamte etwas ihr Sprinttempo. Das konnte ich gut nachvollziehen. Ging mir ähnlich. Bei meinen HADOGS hatte ich bisher immer die besten Einfälle meines Lebens. Ich schwieg und ging neben ihr her. Jetzt nur nichts vermasseln. Mir kam eines von Milas jüdischen Sprichwörtern in den Sinn. „Schweigen ist ein Zeichen von Weisheit, aber Schweigen allein ist noch keine Weisheit". Weise war ich ganz sicher nicht, aber ich hatte im Laufe meiner Lebensjahre gelernt, wann es besser ist nichts zu sagen.

„Ich hatte Ihnen ja vorhin von dem Typen mit der neuen Weltordnung und so erzählt", begann Lisa ihre Ausführungen. Ich nickte und freute mich über das entgegengebrachte Vertrauen. „Der war ja nicht allein. Da hängt eine ganze Gruppe dran. Und Ana wollte ein Teil dieser Community werden. Anfangs haben sie sich über Chats verständigt. Ich glaube, Ana hat einen von denen auf einer Veranstaltung reden gehört und war ganz fasziniert von ihm. Dann ging das los mit den Chats. Ab und zu kam es auch zu echten Treffen. Ich hatte den Eindruck,

Ana verliert den Kontakt zur realen Welt. Sie wollte ihren Job kündigen. Stellen Sie sich das mal vor! Immer öfter hat sie sich dort krank gemeldet und hat stattdessen diese Leute getroffen." Immer noch erbost erhob Lisa schon wieder ihre Stimme. Ich wollte sie nicht wirklich sauer erleben.

Als wenn sie sich beeilen wollte ihren Entschluss, mir alles zu erzählen, schnell umzusetzen, bevor sie es sich wieder anders überlegen würde, erzählte sie ohne große Pause weiter. „Ich hielt das nicht mehr aus. Auch wenn wir nicht mehr so eng miteinander waren, so sah ich doch, wie sehr das Ganze Ana veränderte. Ich hatte Angst, dass sie wieder zu Drogen greifen würde, wenn die Stabilität in ihrem Leben wegbrechen würde." Sie atmete tief durch. „Und dann habe ich einfach diesen Typen angeschrieben. Ich hatte ja gesehen, wer Anas Freunde im Chat waren und wusste, wer dort diese Weltverbesserer waren. Über den Messenger habe ich ihm eine Nachricht geschickt. Er nennt sich im Netz Doc Shiva." Sie hatte sich nun in Form geredet. Jetzt wurde es spannend.

„Ich schrieb ihm, er solle Ana in Ruhe lassen." Sie sah mich an.

„Wie? Sonst nichts. Nur dass er sie in Ruhe lassen soll?", fragte ich ungläubig.

„Ja, ich wusste nicht, was ich sonst noch schreiben soll. Aber jetzt kommt es. Prompt hat er geantwortet. Wer ich denn sei und ob ich nicht auch Interesse an einem besseren Leben hätte? Stellen Sie sich das mal vor. Was für eine Unverschämtheit!" Sie echauffierte sich immer noch.

„Und dann? Was haben Sie geantwortet?", fragte ich gespannt.

„Ich habe ihn gefragt, ob er mich nicht richtig verstanden hat. Ich habe ihm außerdem geschrieben, dass ich ihn und das, was er mit Menschen macht, für gefährlich halte. War ein bisschen weit aus dem Fenster gelehnt, aber ich wollte Ana davon wegholen. Ich wollte meine alte Ana wieder", gab sie etwas kindisch zu. Sie machte eine kleine Pause. „Und außerdem habe ich ihm geschrieben, dass ich zur Polizei gehen würde, wenn er

nicht aufhört, Ana so dämliche Geschichten zu erzählen. Die würden ihn dann schon genauer unter die Lupe nehmen", ließ sie die Bombe platzen.
„Okay! Da haben Sie sich was getraut. Haben Sie Ana davon erzählt?", fragte ich etwas naiv zurück.
„Natürlich nicht. Was glauben Sie denn. Die hätte mir direkt die Freundschaft gekündigt. Ich dachte, das wäre so ein Drogenring oder so und das Wort Polizei würde schon Wirkung zeigen."
„Und, hat es? Ich meine Wirkung gezeigt?"
„Ja, aber anders als ich wollte. Zwei Tage später lag ein Zettel unter der Tür durchgeschoben in meiner Wohnung. Darauf stand, wenn ich meine Tochter noch aufwachsen sehen wolle, ich mich aus Anas Leben heraushalten solle. Und falls ich noch einmal daran denken würde zur Polizei zu gehen, sie nicht mehr nach Hause kommen würde. Außerdem dabei gelegt noch ein Foto von Ana im Außenbereich des Kindergartens." Sie schien immer noch geschockt zu sein. Ihr Blick ging ins Leere und leichte Panik schlich sich in ihren Tonfall.
„Was haben Sie gemacht Lisa? Nachdem Sie den Brief bekommen haben?", fragte ich direkt hinterher. Jetzt musste ich dranbleiben.
„Nichts, ich habe nichts gemacht", gab sie monoton zurück.
„Haben Sie Ana davon erzählt?" Innerlich begann ich schon wieder die Puzzlestücke zusammen zu legen.
Sie schaute mich mit großen Augen an. „Nein, das habe ich mich nicht getraut. Dafür war sie zu sehr da drin. Sie hätten Sie erleben müssen. Sie hat von nichts anderem mehr erzählt und geradezu geschwärmt von diesem Typen. Nie im Leben hätte sie mir verziehen, was ich da geschrieben hatte. Nein! Ich habe den Brief in meinem Schreibtisch verschlossen und nie wieder ein Wort darüber verloren. Aber die Angst um Zoé, die ist immer da. Erst recht seit Ana tot ist!" Sie zitterte trotz der unerträglichen Wärme.

„Wann war das mit dem Brief?"

„Am 28. Juni. Den Tag vergesse ich so schnell nicht", gab sie immer noch aufgebracht zurück.

Es regte sich kein Lüftchen und die Luft wog zentnerschwer auf unseren Schultern. Es war fast niemand zu sehen auf der Straße. Die Leute blieben lieber daheim mit den Füßen in einem Eimer mit Eis oder im klimatisierten Büro. Ich fasste einen Entschluss.

„Lisa, ich würde den Brief gerne mitnehmen. Ich habe noch gute Freunde bei der Polizei und mit denen würde ich das Ganze gerne besprechen. Ist zwar ein anderes Bundesland, aber trotzdem würde ich mich gerne absprechen und gemeinsam beraten." Ich spielte mit offenen Karten, hatte Lisa ja auch getan.

„Nein, auf keinen Fall die Polizei. In dem Brief steht, dass dann Zoé etwas passiert. Nein! Das will ich nicht!", erwiderte sie beinahe panisch.

Ich hatte es mir fast gedacht. Zwingen wollte und konnte ich sie auch nicht. „Okay, dann folgender Vorschlag. Ich nehme den Brief mit und schaue ihn mir genau an. Ich habe das mal gelernt mit der Briefanalyse. Ich werde vorerst nicht offiziell zur Polizei gehen, das verspreche ich Ihnen. Allerdings werde ich die Dinge mit einem meiner besten Freunde durchsprechen, der aber auch bei der Polizei ist!" Mein Tonfall ließ keinen Widerspruch zu.

„Zoé darf nichts passieren. Ana ist jetzt sowieso schon tot. Da kann ich die Sache doch auch auf sich beruhen lassen", versuchte sie es weiter.

„Nein, das können Sie nicht. Und das wissen Sie auch. Ich jedenfalls möchte herausfinden, was passiert ist. Es liegt doch sehr nahe, dass die Dinge etwas miteinander zu tun haben. Anas Tod, diese ominöse Gruppierung und die Drohung gegen Sie", fasste ich noch einmal die aktuelle Situation zusammen. Ich hatte eine Idee. „Haben Sie noch Urlaub, den Sie relativ flexibel nehmen können?", fragte ich Lisa.

"Nein, nur noch ein paar Tage für die Weihnachtszeit. Ich war ja schon zwei Wochen bei meinen Eltern dieses Jahr", gab sie zurück. "Warum? Ich habe auch gar kein Geld, um zu verreisen." Sie stand auf dem Schlauch.

"Sie sollen ja auch nicht Urlaub machen. Aber ich würde Sie gerne komplett aus einer möglichen Gefahrenzone heraushalten. Ich dachte, Sie könnten für einige Zeit wegfahren, also zu Ihren Eltern oder Freunden oder so. Hauptsache weg. Zumindest für Zoé sollten Sie sich das überlegen." Auch wenn es im Moment keinerlei Anzeichen für eine Gefährdung gab – mal abgesehen von dem Drohbrief – und Ana schon rund einen Monat tot war, so könnte sich die Situation auch schnell verändern. Wenn ich erst einmal anfangen würde zu graben und zu stochern, scheuchte ich dabei sicherlich die eine oder andere Ratte auf.

"Ach so meinen Sie das. Okay, ja ich überlege es mir. Meine Eltern würden sich auf jeden Fall freuen, wenn sie ihr Enkelkind eine Zeit lang haben würden. Ob Zoé so begeistert wäre, weiß ich nicht. Aber das wird sich zeigen." Sie blieb stehen und zeigte auf ein mit vielen Buddhas verziertes Schaufenster. "Da wären wir. Das ist das Ganges, das Restaurant, von dem ich Ihnen erzählt habe."

Nach dem vorzüglichen Essen – Spinat mit indischem Rahmkäse – gingen wir zügig zurück zu Lisas Wohnung. Der Himmel war jetzt fast schwarz und die Luft zum Schneiden. In der Ferne sah ich Blitze durch die Wolkenschicht zucken, gefolgt von bedrohlich klingendem Donnergrollen. Ich ging noch kurz mit in die Wohnung, um den Drohbrief mitzunehmen. Beim Abschied versprach ich mich in Kürze zu melden und bat Lisa, noch einmal eindringlich über die Zwangsferien bei den Eltern nachzudenken. Dann beeilte ich mich wegzukommen. So oder so würde ich mitten rein kommen in das Gewitter. Nicht so toll, wenn man über 400 km Autobahn vor sich hatte.

Kaum war ich auf der A7 prasselte der Regen auch schon auf die Windschutzscheibe. Die Scheibenwischer kamen kaum nach, obwohl sie schon alles gaben, was sie drauf hatten. Ich stellte die Musik auf laut, setzte die Brille auf – das tat ich neben dem Lesen ausschließlich beim Autofahren und auch da nur, wenn das Wetter schlecht ist – und wünschte mir ein Amphibienfahrzeug. Wenn das so weiterging, war ich nicht vor 20 Uhr zu Hause. In Höhe Göttingen schüttete es immer noch und das Gewitter war genau über mir. Ich hörte statt der Musik meinen Handyklingelton und das Display zeigte groß an, dass Mila anrief. Ich drückte auf den Hörer an der Lenkradbedienung.
„Mila. Schön von dir zu hören!" Ich musste schreien, um meine Stimme über das Geprassel und Gedonner hinweg zu heben.
„Was ist denn bei dir los? Bist du in einer Technodisko?", schrie sie zurück.
„Ja, schön wär's! Die Welt geht hier gerade unter, ich bin auf dem Weg nach Hause." Ich musste lachen.
„Oh, dann konzentriere dich aufs Fahren. Masel tov. Wenn du nach Hause kommst, bin ich mit Sam da, dann musst du ihn nicht extra abholen nach der langen Fahrt. Ich mache was zu essen. Davat und Tschüss."
„Danke, Küsschen zurück!" Das hörte sie schon nicht mehr. Sie hatte aufgelegt.
Ich liebte Milas Sprache. Neben den russischen Einflüssen war sie geprägt von jüdischen Begriffen. Mila wurde streng religiös erzogen. Ihre Familie wurde von den Nazis verfolgt, ihre Großeltern starben beide in Konzentrationslagern. Milas Familie war nach dem ersten Weltkrieg von Russland nach Deutschland gekommen. Sie flohen vor den Bolschewisten

und wurden in Berlin ein Teil der russischen Gemeinschaft. Sie waren bekannt für ihre Streitkultur innerhalb sozialdemokratischer Kreise. Dann kam die NSDAP an die Macht und die Stigmatisierung und Ausgrenzung der Juden begann. Auch Milas Familie gehörte zu den Verfolgten. Damals schon lebte die Familie streng religiös und war nicht bereit sich zu verstecken. Viele andere ihrer Landsleute verließen das Land. Milas Großvater war jedoch der Meinung, sich genug versteckt zu haben in seinem Leben. Er, seine Frau und Milas Vater kamen in das KZ Buchenwald. Nur der Vater, Mikail, überlebte. Nach Kriegsende war er eine sogenannte „displaced person" und kam in ein entsprechendes Lager. Durch politische Abkommen wurden die Russen zurück in die alte Heimat zwangsdeportiert. Hatten sie also mit viel Glück das KZ überlebt, so begann für sie danach eine erneute Gefangenschaft. Für Stalin waren diese Menschen generell alle Kollaborateure und Spione. So kam Milas Vater also wieder zurück nach Russland. Da war er gerade einmal 17 Jahre alt. Er war ein zäher Bursche. Er überlebte diesen Albtraum und flüchtete Mitte der fünfziger Jahre ins gelobte Land nach Israel. Für die folgenden Jahre wollte er in einem Kibbuz nahe Tel Aviv leben. Dort gab es offenbar mehr als Arbeit, Beten und Buße. Denn lernte er Esther kennen.
Esther war als Baby schon Mitte der dreißiger Jahre mit ihren Eltern aus Deutschland nach Israel geflohen. Die beiden verliebten sich und gingen Ende der sechziger Jahre zurück nach Deutschland. 1969 erblickte dann die kleine Mila die Welt. Eine wunderbare Mischung aus deutsch-russisch-jüdischen Wurzeln kombiniert mit der familiären Tragik schmerzvoller Erfahrungen von Verfolgung, Flucht, Kampf und Neuanfängen.

Tatsächlich war ich erst gegen 21 Uhr wieder zu Hause. Es war eine anstrengende Fahrt und ich freute mich, Mila und Sam zu sehen. Beide gaben mir ein Küsschen, Sams etwas feuchter als Milas. Der Tisch war gedeckt und ich war unendlich dankbar für Milas Freundschaft und Fürsorge. Wir sprachen über den Tag. Sie über Immobilien, die für viel mehr Geld verkauft wurden als sie wert waren und ich von Hannover, Lisa und dem aktuellen Stand. Dabei ließen wir uns einen köstlichen Salat und Steinpilzrisotto schmecken. Gegen Mitternacht fuhr Mila nach Hause und ich fiel erledigt ins Bett. Sam rollte sich an meinen Beinen zusammen und schlief auf der Stelle ein. Ich rollte mich nicht zusammen, schlief aber auch sofort ein.

Nach einer traum- und ereignislosen Nacht absolvierte ich mein Morgenritual. Kaffee, Laufrunde mit Sam und ausgiebige Dusche. Die ganze Zeit dachte ich an den Drohbrief, der sicher verschlossen in meinem Schreibtisch untergebracht war. Ich hatte noch keinen Blick darauf geworfen, da ich die Analyse möglichst unverfälscht angehen wollte. Wenn ich jetzt schon lese, was alles geschrieben steht, forme ich unwillkürlich im Kopf Hypothesen und mache mir Gedanken. Das wollte ich aber nicht. Also kein kurzer Blick, um die Neugierde zu befriedigen. Der Brief musste noch warten. Ich hatte um elf Uhr ein Telefonmeeting mit der gestalkten Familienrichterin. Bis dahin wollte ich die Analyse endgültig abgeschlossen haben, um mit ihr die Ergebnisse und das weitere Vorgehen zu besprechen.

Da ich an diesem Freitag keine Klienten empfing, konnte ich zu Hause arbeiten. Ich verzog mich also mit einer Kanne Tee ins Arbeitszimmer und öffnete am Rechner die Risikoanalyse des Stalkers, der auf die Familienrichterin fixiert war. Der größte Teil war fertig. Es ließen sich keinerlei Anzeichen finden, die das Risiko für einen gewalttätigen Angriff erhöhten. Der Fortbestand des gezeigten Stalkingverhaltens war allerdings so gut wie sicher und auch die Frequenz würde sich noch steigern. Es war dringend Zeit für eine entsprechende Intervention. Beim Stalker lag weder eine ernsthafte psychiatrische Erkrankung vor noch gab es Anzeichen für eine Suchtproblematik. Konzentriert arbeitete ich vor mich hin bis zum Telefontermin. Das Gespräch dauerte gute 90 Minuten.
Wir diskutierten das Für und Wider einer Anzeige und die Chancen in einem entsprechenden Gerichtsverfahren. Die Gestalkte war selbst Richterin, also standen die Chancen für eine Verurteilung gar nicht schlecht. Ich versprach ihr die Analyse zu senden und gab ihr meine Mobilnummer für den Fall, dass sie meine Unterstützung brauchen sollte.

Draußen schien die Sonne unablässig von einem strahlendblauen Himmel herab. Ich vertrat mir im Garten ein wenig die Füße, spielte eine Runde mit Sam und dann endlich holte ich den Drohbrief aus der Schublade. Systematisch begann ich mit der Analyse. Äußere Beschreibung – DIN A4 Bogen, weiß, keine Linien, keine Kästchen, also normales Druckerpapier. Das Blatt war einmal in der Mitte gefaltet, ohne dass ich sagen konnte, ob Lisa dies getan hatte oder jemand anderes. Der Text war auf einem Computer geschrieben, Textgröße 12, Schrift Arial fett. Insgesamt bestand das Schreiben aus zehn Zeilen. Es gab eine Anrede – wenn auch keine nette, aber immerhin – und zum Schluss eine Arte Grußformel mit Signatur.

Du bblöde Schlampe
Wir meinen es ernst
Wenn du Zoee noch beim aufwachsen zugucken möchtest dann lass Ana in Ruhe
Halte dich aus ihrem Leben raus
Solltest du auch nur daran denken zur Polizei zu gehen wird dein Bastard nicht mehr nach Hause kommen
Wie beobachten dich und bekommen alles mit
Wachsame und kämpferische Grüße

Armee der Germanischen Triangel – AGT

Als Abschluss war eine Rune aufgestempelt, deren Bedeutung ich nicht kannte und auch nicht identifizieren konnte.

Neben einigen Fehlern enthielt das Schreiben zwei implizite Drohungen und eine klare Forderung – nämlich Ana in Ruhe zu lassen, was übersetzt hieß, sich nicht in Anas Leben einzumischen. Der Autor des Schreibens wusste zwar, dass Lisa eine Tochter hat, aber nicht, wie ihr exotischer Name richtig ge-

schrieben wurde. Viel Planungstiefe ist hier also nicht erkennbar und investiert hatte der Autor auch nicht. Zum Beispiel Zeit investiert, um herauszufinden, wie die korrekte Schreibweise lautet, zumal sie an der Wohnungstür stand. Ihm war es wichtig seine Drohung loszuwerden. Sonst nichts. Und das auf ziemlich plumpe Art und Weise. Nicht einmal erwähnte der Autor, dass er Zoé umbringen oder ihr etwas antun werde. Er deutete ausschließlich an und hat es dem Leser überlassen, also der angsterfüllten Mutter, den Rest zu interpretieren. Sehr perfide.
Außerdem nutzte der Autor das kollektivistische „Wir". Entweder waren es tatsächlich mehrere oder auch hier wurde durch das Suggerieren einer ganzen Gruppe die wahrgenommene Gefährlichkeit implizit erhöht. Wie auch immer, die Signatur hatte ja schon beinahe etwas Kindisches. „Die Armee der germanischen Triangel" hörte sich in meinen Ohren an wie aus einem Fantasyfilm oder Comic. Seltsam. Allerdings wusste ich, dass es Gruppierungen in unserer Gesellschaft gab, die die merkwürdigsten Auswüchse annahmen. Dazu gehörte auch, sein eigenes Reich zu gründen und einen Claim abzustecken, sich einen Namen auszudenken und fortan nur noch dieser eigenen Gesellschaft zu dienen. Gefährlich war es, diese Leute nicht ernst zu nehmen. „AGT" erinnerte mich irgendwie fatal daran. Zu Armee wiederum assoziierte ich Waffen und Kampf. Auch nach dem Ausschreiben des Namens noch einmal das Akronym zu verwenden, verriet einiges über den Autor. Zum einen war es ihm wichtig darzustellen, dass es sich bei seiner im Brief zum Ausdruck gebrachten Haltung nicht nur um seine persönliche handelte, sondern er ein Teil von etwas Größerem war. Zum anderen mutete dann noch einmal die Abkürzung „AGT" wie etwas Organisiertes und ganz und gar nicht Willkürliches an.

Lisa und ihre Tochter wurden durch die Anrede „Schlampe"

und die Bezeichnung „Bastard" herabgesetzt. Warum machte der Autor das? Angst machen, um Verhalten zu steuern, ist das eine. Aber warum die Herabwürdigung? Es wurde klar eine negative Haltung hinsichtlich Lisas Art zu leben zum Ausdruck gebracht. Eine Frau mit Kind, die es alleine großzieht. Nichts Besonderes in unserer Gesellschaft eigentlich. Die Bezeichnung „Bastard" ist altertümlich und im hohen Maß diskriminierend.

Interessant war der Satz mit der Polizei. Es wurde angedroht, schon den Gedanken daran zu bestrafen. Zoé würde dann nicht mehr nach Hause kommen. Der Autor verfügte also über die Möglichkeit der Gedankenüberwachung. So So. Hier wurde wieder mehr als deutlich, dass das Hauptziel des Briefes darin lag, Angst zu machen. Drohbriefe, die damit beginnen, dass es den Verfassern ernst ist und dass sie das Gegenüber ständig überwachen, wirken zwar häufig sehr beeindruckend, sind es aber am Ende eher selten.

Zu bedenken galt natürlich das direkte Ablegen des Briefes unter Lisas Wohnungstür hindurch. Dafür wäre allerdings auch Ana in Frage gekommen. Wie auch immer. Der Gegner wusste, wo Lisa wohnte und scheute sich nicht bis an die Haustür zu gehen. Immerhin. Das ist schon bedeutend mehr als manch andere wagen. Auch das Bild von Zoé im Kindergarten beunruhigte mich sehr. Der Drohende hatte Zeit und Mühe investiert, eindeutig ein Warnsignal.
Ich war mir sicher, dass der Brief von einer Person alleine geschrieben wurde und dass es sich dabei mit hoher Wahrscheinlichkeit um einen Mann handelte. Wenn noch andere am Brief beteiligt gewesen wären, so hätten sie wahrscheinlich die Fehler bemerkt. Zumindest die Flüchtigkeitsfehler. Diese Art von Fehler kann auch darauf hindeuten, dass das Schreiben in Eile verfasst wurde, zumindest aber ohne große Mühe. Nach dem Motto: Mach der Alten mal ordentlich Angst – Alles klar,

Chef, mach ich – oder so ähnlich. Ob Mann oder Frau ist immer schwer zu sagen. In diesem Fall war es mehr so ein Gefühl. Herabsetzungen, Abwertungen und Beleidigungen war eher ein männliches Stilmittel in anonymen Schreiben. „Schlampe" und „Bastard" waren da allerdings noch eher milde und fielen nicht automatisch in diese Kategorie. Trotzdem hatte ich den Eindruck, dass der Brief eher einer männlichen Triebfeder entsprang. Reiner Hypothesencharakter.

Die Frage aller Fragen lautete nun, was machte ich mit meinen Ergebnissen und fast noch wichtiger: Hatten der Brief und die ominöse AGT etwas mit Anas Tod zu tun?
Sicher war ich mir nun, was die Beteiligung Dritter an Anas Tod anging. Sie war eine Zeit lang verschwunden, antwortete nicht mehr auf Nachrichten einer guten Bekannten. Mehr noch, es sah so aus, als wäre ihr Smartphone abgestellt gewesen, denn es gingen keine Nachrichten durch. Schließlich noch die Spritze bei vorhandener Spritzenphobie. Letzteres galt es noch abzuklären. Lisa hatte am Vormittag Schritte in der oberen Wohnung gehört, der Rechtsmediziner legte Anas Tod allerdings in die frühen Morgenstunden. Wenn es also nicht ihr Geist war, dann musste noch jemand in der Wohnung gewesen sein.
Außerdem war da noch der Drohbrief, nachdem sich Lisa in Anas Leben eingemischt hatte. Ende Juni schrieb Lisa diesen Doc Shiva an und zwei Tage später schob ihr jemand ein Drohschreiben in den Flur. Dieser Zusammenhang war also offensichtlich. Ich musste dringend mehr über diese Gruppe herausfinden. Was hatte es auf sich mit der neuen Weltordnung, mit diesen Hinweisen auf eine eher rechte Gesinnung? Zweifelsohne löste der Name „Armee der Germanischen Triangel" Assoziationen zu rechtsradikalem Gedankengut aus. Auch die Rune daneben war ein entsprechender Hinweis.
Ich war mir noch nicht im Klaren darüber, ob Anas Tod und

die ganzen Entwicklungen im Vorfeld etwas mit Savos – und damit auch ihrer – Vergangenheit zu tun hatten. Das war Savos Überzeugung gewesen. Dafür hatte er drei Menschen getötet und auch sein eigenes Leben gelassen. Bisher deutete jedenfalls nichts auf einen Zusammenhang hin.

Nachdem ich eine kleine Pause gemacht hatte, öffnete ich mein E-Mailpostfach und suchte eine Nachricht von Steffen. Er wollte mir Anas Krankenkassenakte zusenden. Nachdem ich mich durch zahlreiche Werbemails gescrollt hatte, fand ich schließlich, was ich suchte. Auf Steffen war Verlass. Ich öffnete den Anhang. Steffen hatte die Akte eingescannt und als PDF gesendet. Die dokumentierten Daten begannen mit dem Eintritt Anas in das Zeugenschutzprogramm. Damals hatte sie einen neuen Namen angenommen und auch ihre sonstigen Lebensdaten ein wenig neu geordnet. Vorher hatte sie gar keine Krankenkasse, was die Sache natürlich erleichterte. Nichts, was irgendwie hätte übernommen werden müssen. Keine Arztberichte, die wesentlich gewesen wären.
Ich las mich durch die Einträge. Da ich bei vielen Arztbesuchen dabei gewesen bin, konnte ich einiges überspringen. Ab dem Jahr 2020 wurde es dann interessant. Ana wurde nur noch bei Bedarf betreut und selten besucht. Ich war ab diesem Zeitpunkt fast gar nicht mehr dabei. Sie ging regelmäßig zum Frauenarzt und ließ sich neben den üblichen Vorsorgeuntersuchungen auch die Pille verschreiben. Sie war also sexuell aktiv. Ich machte mir eine Notiz. Das war interessant. Ansonsten gab es keine Regelmäßigkeiten. Aus der Suchttherapie war sie schon lange entlassen und hatte diesbezüglich auch keine Nachuntersuchungen oder ähnliches mehr. Zweimal war sie bei einem Internisten wegen Fieber, Husten und entzündeten Nasennebenhöhlen. Ich suchte nach Einträgen zu verhaltenstherapeutischen Maßnahmen zur Behandlung einer Phobie, wurde aber nicht fündig.

Dafür fand ich einen Eintrag aus dem Jahr 2017. Ihr damaliger behandelnder Arzt reichte bei der Kasse eine Rechnung über 25 Euro für das Ausstellen einer Bescheinigung ein. Demnächst stellen Ärzte auch noch in Rechnung, wenn sie aus Versehen mal mit ihren Patienten geredet hatten. Die Bescheinigung attestierte Ana eine Störung nach ICD-10, mit der Bezeichnung F40.2, eine spezifische Phobie also. Die Blut- und Spritzenphobie gehört zur Klasse der spezifischen Phobien und wurde in der Bescheinigung dann auch noch einmal erklärend explizit erwähnt. Solche Bescheinigungen sind sinnvoll, wenn man zum Beispiel zum Zahnarzt oder auch zu anderen Fachärzten geht. Wenn der Patient dort sagt, er habe Angst vor Spritzen, wird er schnell wie ein unmündiges kleines Kind behandelt. „Ja, das haben ja alle ein bisschen. Jetzt stellen Sie sich mal nicht so an. Ist noch keiner dran gestorben. HöHöHö!" Und zack, ist die Spritze auch schon am Arm und der echte Phobiker findet sich neben der Liege auf dem Linoleum wieder.

Das war der Beleg für das tatsächliche Vorhandensein der krankhaften Angst vor Spritzen und Blut. Ana hatte sich nicht therapieren lassen und damit wurde ein freiwilliges, selbstständiges Setzen der Spritze mit verflüssigtem Crystal mehr als unwahrscheinlich.

Ich wollte dringend Steffen davon erzählen. Er musste nun einfach den Fall wieder ins Rollen bringen. Vergeblich wählte ich alle mir bekannten Rufnummern von ihm an. Er war nirgendwo zu erreichen, auf jedem Anschluss forderte mich eine Computerstimme auf, eine Nachricht zu hinterlassen. Das tat ich verbunden mit der dringlichen Bitte zurückzurufen.

Der Bericht der Krankenkasse lag immer noch vor mir auf dem Schreibtisch und meine Augen blieben an einem Eintrag aus Februar 2022 haften. Ana war beim Zahnarzt gewesen. Es gab einen Kostenvoranschlag des Zahnarztes für zwei Schneidezahnimplantate. Ich erinnerte mich an das rechtsmedizinische

Gutachten, in dem von zwei neuen Schneidezähnen die Rede war. Die geschätzten Kosten beliefen sich auf rund 14000 Euro. Eine Menge Geld für jemanden, der eigentlich keines hatte. Die Kasse war bereit, pro Zahn eine klägliche Summe dazuzugeben. Ana musste letztendlich gute 10000 selbst aufbringen, was sie überraschenderweise auch getan hatte. Woher hatte sie soviel Geld? Das konnte eigentlich nicht sein. Beim Reifen-Universum verdiente sie 1200 Euro netto im Monat. Nach Miete und sonstigen festen Ausgaben blieb da nicht so viel übrig. Ich las noch ein wenig weiter und fand einen weiteren Heil- und Kostenplan für neue Zähne im Bereich 3 – 31 und 4 – 41, also die mittleren Schneidezähne im Unterkiefer. Auch hier wurde eine ordentliche Summe veranschlagt. Ana hatte also auch ihre untere Zahnreihe restaurieren lassen wollen, war aber nicht mehr dazu gekommen. Der letzte Heil- und Kostenplan stammte aus Mai 2022.
Eine Zahnbehandlung bei jemandem mit einer Phobie, wie Ana sie hatte, ist immer mit einem großen Aufwand verbunden. Im Prinzip geht das nur mit Vollnarkose, damit der Patient nichts mitbekommt von all dem Blut und anderen unschönen Dingen. Den Einträgen aus Februar und März konnte ich entnehmen, dass dies auch bei Ana so gemacht wurde. Die Kosten der Anästhesie übernahm die Kasse, da eine Angststörung vorlag.

Mittlerweile war es schon früher Abend. Ich versuchte weiterhin Steffen zu erreichen, hatte aber kein Glück. Vielleicht war er ja schon zu Hause und hatte sein Mobiltelefon auf leise gestellt. Ich wählte also seine Privatnummer. Tobias markante Stimme meldete sich nach dem dritten Klingeln.
„Holzmann, hallo?"
„Hallo Tobias, hier ist schon wieder Elsa."
„Na das ist ja toll. Hallo. Wird das jetzt zur Gewohnheit?", zog er mich ein wenig auf.

„Aber sicher. So eine tolle männliche Stimme höre ich doch immer wieder gerne", gab ich zurück.
„Ach hör doch auf. Du willst doch nur das eine!" Ihm schien das Herumgeplänkel zu gefallen. „Aber da muss ich dich leider enttäuschen. Steffen ist nicht da und wird wohl auch nicht vor Montag wieder erreichbar sein", sagte er nun doch etwas ernster.
„Du hast Recht. Ich wollte mit ihm sprechen. Wo ist er denn? Ohne dich? Family-Business oder so was?" Ich wusste, dass Tobias nicht so gut zurecht kam mit Steffens Familie.
„Nein, er hat einen großen Einsatz. So geheim im Vorfeld, dass selbst ich nichts weiß. Eine bundesweite konzertierte Aktion im Rockermilieu. Mehr weiß ich auch nicht. Hat heute Vormittag seinen Rucksack gepackt und sich dann auf allen Kanälen abgemeldet." In seinem Tonfall klang Sorge mit. Für den Partner ist ein solcher Job auch nicht immer einfach.
„Na, da sitzt er jetzt wahrscheinlich in einem klimatisierten Büro und überwacht das Einsatzgeschehen", versuchte ich Steffen ein wenig die Sorge zu nehmen. Ich wusste es allerdings besser. Steffen war immer mitten drin im Geschehen. Das ließ er sich nicht nehmen. Den angenehmen Bürosessel überließ er sehr gerne anderen.
„Ich versuche es dann nächste Woche wieder bei ihm. Da muss ich mich dann wohl gedulden." Wir verabschiedeten uns, nachdem wir noch ein wenig über Gott und die Welt geplaudert hatten.

Ich wanderte durchs Haus und überlegte, wie ich nun weiter vorgehen wollte. Unmöglich konnte ich bis Montag warten und nichts tun. Da wusste ich also zumindest mal, was ich nicht wollte. War ja immerhin schon ein Schritt.
Mit angelegten Ohren und wedelnder Rute beobachtete Sam aufmerksam, wie ich mir die Wanderschuhe anzog.
„Na komm schon. Auf gehts in den Weinberg. Bewegung

hilft bekanntlich beim Denken!" Er schoss an mir vorbei nach draußen und freute sich seines Lebens.

Es war schon nach 20 Uhr, als wir wieder nach Hause kamen. Ich hatte einen Bärenhunger und einen Plan, wie ich weiter machen wollte. Erst die Pasta, dann die Recherche. So lautete mein Motto für den verbleibenden Freitagabend. Ich öffnete eine Flasche Brunello, goss ein Glas ein und bewunderte das tiefe Rot des schweren Italieners. Dann füllte ich Sams Napf mit einer Extraportion Nassfutter und zupfte im Anschluss den Strauch Basilikum im Garten leer. Ich hatte den ganzen Tag noch nicht richtig gegessen, da ich es mal wieder vergessen hatte. Dafür sollte es nun eine große Portion Tagliatelle mit Kräuterpesto und gehobeltem Parmesan geben. Nachdem die Nudeln in einem großen Topf mit viel Wasser und einer ordentlichen Portion Salz kochten, hackte ich das Basilikum, ein paar Nadeln Rosmarin, Thymian, zwei Blätter Minze und den unvermeidlichen Liebstöckel. Dazu gab ich noch geröstete und dann gehackte Pinienkerne und ordentlich Olivenöl. Ein wenig Salz und Chili rundeten das Ganze ab. Nachdem die Nudeln abgeschüttet waren, rührte ich das grüne Gemisch darunter und hobelte vom Stück Parmesan direkt etwas auf die Kreation. Mir lief das Wasser im Mund zusammen.
Draußen auf der Terrasse ließ ich es mir schmecken. Dieser Genuss nach einem langen Tag tat unendlich gut. Ich versuchte, jede einzelne Zutat herauszuschmecken und auch beim Wein die verschiedenen Nuancen zu entdecken. Nach dem Essen spendierte mir die Siebträgermaschine noch einen Espresso. Mit vollem Bauch und zufrieden mit dem, was ich bisher herausgefunden hatte, blieb ich noch ein wenig sitzen. Meine Augen wurden schwer und bevor ich da draußen ins Land der Träume fallen würde, raffte ich mich auf und setzte mich wieder an den Rechner. Ich hatte noch einen Plan für den Abend und den wollte ich auch umsetzen.

Gerade als ich den Begriff „germanische Triangel" in die Suchmaschine meiner Wahl eingetippt hatte, meldete sich mein Smartphone. Ich schaute aufs Display. Die Nummer sagte mir nichts. Ich wischte über das Annahmefeld.
„Ja bitte?", fragte ich freundlich in den Hörer.
„Guten Abend. Hier spricht Klaas Stein. Sind Sie Elsa Dreißig?", tönte es zurück.
„Ja, ich bin Elsa Dreißig. Kennen wir uns Herr Stein?" Bei Menschen, die ich nicht kenne, diese mich aber sehr wohl, bin ich immer etwas vorsichtig.
„Nein, wir kennen uns noch nicht. Ich möchte Ihnen aber gerne erklären, warum ich Sie zu dieser etwas ungewöhnlichen Uhrzeit anrufe", setzte er zu einer etwas umständlichen Ausführung an.
„Ja, tun Sie das", gab ich knapp zurück.
„Wie gesagt, mein Name ist Klaas Stein und ich arbeite für den Verfassungsschutz", ließ er die Bombe platzen.
„Mmh, mmh?", gab ich unspezifisch zurück. Nun wurde es spannend. Was will denn der Verfassungsschutz von mir, dachte ich. Es konnte sich ja eigentlich nur um einen alten Fall handeln. Früher hatte ich als Polizeipsychologin auch das eine oder andere Mal mit den Diensten zu tun gehabt. Zumindest brauchte ich Herrn Stein nicht fragen, woher er meine Telefonnummer hatte.
„Ich möchte gerne mit Ihnen reden. Allerdings nicht am Telefon. Wenn Sie morgen Vormittag Zeit haben, möchte ich Sie bitten, in mein Außenbüro zu kommen. Sagen wir um zehn Uhr!" Es klang weniger nach einer Bitte, sondern mehr nach einem Befehl.
Statt einer Antwort fragte ich: „Land oder Bund?"
„Wie meinen?"
„Sind Sie vom Landesamt oder Bundesamt für Verfassungsschutz? Das haben Sie vergessen zu erwähnen", präzisierte ich meine Frage.

„BfV, und als Vertreter dieses deutschen Inlandsnachrichtendienstes möchte ich Sie morgen sehen. Sie wissen ja aus Ihrer früheren Tätigkeit bei der Landespolizei um unsere Befugnisse." Aus mir nicht ersichtlichen Gründen erhöhte er den Druck.

Herr Stein hatte zwar eine Menge Informationen über mich – meine Mobilnummer, Kenntnis über meine berufliche Laufbahn – aber er wusste nichts von meiner Allergie gegen autoritären Machtmissbrauch.

Ich richtete mich auf. „Herr Stein, ich kenne die Befugnisse des BfV, allerdings kenne ich auch meine Rechte und Pflichten. Falls ich morgen zu Ihnen komme, dann freiwillig", bemühte ich mich freundlich klar zu stellen.

„Aber natürlich. Gut. Morgen dann. Zehn Uhr." Er ließ mich eiskalt abprallen. Nachdem er mir noch die Adresse durchgegeben hatte, beendete er das Gespräch. Die Frage, worum es gehe, sparte ich mir. Wusste ich doch, dass er sie niemals am Telefon beantwortet hätte.

Ich zermarterte mir das Hirn mit der Frage, was Klaas Stein beziehungsweise der Verfassungsschutz von mir wollten. Mir fiel partout nichts ein.

Nachdem ich über eine halbe Stunde tatenlos ins Leere gestarrt hatte, gab ich mir einen Ruck und wandte mich erneut meinem Bildschirm zu. Zurück zur „germanischen Triangel". Tatsächlich gab es was dazu im Netz. Ich fand zu diesem Stichwort die Rune, die auch neben der Signatur im Drohbrief zu sehen war. Es handelte sich hierbei um die Valknut Rune. Drei Dreiecke, die alle miteinander verbunden sind. Sie sind in der Mitte ineinander verhakt. Der Valknut wird in Deutschland auch Wotansknoten genannt und ist ein germanisches Symbol im Zusammenhang mit den Themen Kampf und Tod, aber auch mit Opferszenen. Wotan entspricht Odin, dem Hauptgott in der nordischen und germanischen Mythologie. Odin

wird einäugig dargestellt und es heißt, er habe ein Auge geopfert, um damit in die Zukunft sehen zu können. Das fand ich klasse. Kann ich auch ein Stück meines Gehirns opfern, um dann die Gedanken anderer Menschen lesen zu können? Oder Sams?
Ich klickte mich durch zahlreiche Einträge und Bilder und kannte am Ende beinahe die prosaischen Liedtexte aus der Edda auswendig. Weitergebracht hatte mich das alles weniger. Zumindest wusste ich nun, dass sich die Fünf-Freunde-Gang mit niemand geringerem als Odin identifizierte und sie offenbar einen Hang zu einer starken Symbolik hatte. Explizit zur „Armee der germanischen Triangel" fand ich nichts.
Als nächstes gab ich den Begriff „neue Weltordnung" ein. Davon hatte Ana laut Lisa ja gesprochen. Es fanden sich unzählige Einträge. Nach zwei Stunden hatte ich eine Ahnung, was es damit auf sich hatte. Die Neue Weltordnung wird auch als NWO – new world order – bezeichnet. Wenn ich das alles richtig verstanden hatte, dann ist NWO Bestandteil vieler Verschwörungstheorien. Es geht um die Annahme, dass bestimmte Elitengruppen und Geheimgesellschaften eine neue autoritäre Weltherrschaft errichten wollen. In bestimmten Kreisen herrscht Angst vor der Auflösung von Grenzen und Nationen und vor der Abgabe der Staatensouveränität. Ein wesentlicher Motor der Verschwörungstheorien kommt aus den USA. Hier werden vor allem die Finanzelite und die Angreifer der Moral als Säulen der NWO benannt. Die Freimaurer oder auch Illuminaten sollen demnach das Ziel haben, den christlichen Glauben zu vernichten. Vor allem rechtsideologische Gruppen machen sich die Idee von der NWO zu nutze. So propagieren sie eine jüdische Weltverschwörung, der es entgegenzutreten gilt. Sie verbreiten außerdem die Angst, durch eine Vermischung der Völker würde die neue Weltenordnung nicht mehr aufzuhalten und auch nicht mehr rückgängig zu machen sein. Rechtsnationale Gruppen rufen

dazu auf, sich gegen das System und die Regierenden zu stellen, um die Freiheit des einzelnen Deutschen zu erhalten.
Ich schüttelte mich vor lauter rechtsideologischer, vernichtend feindseliger Wortakrobatik.

Mittlerweile war es nach Mitternacht und ich hatte die Nase voll von germanisch-völkischem Geschwafel. Ich fuhr den Rechner runter und rollte mich zu Sam ins Bett. Um nicht schlecht zu träumen, erzählte ich mir selbst noch eine Geschichte, die von der Südsee, Segelbooten und Delfinen handelte. Manchmal braucht es eben ein Kontrastprogramm. Alle anderen Gedanken, denen auch nur ein Hauch von Mythologie, Tod, Kampf und dreieckigen Musikinstrumenten anhaftete, hielt ich ein großes achteckiges Stoppschild vor die Nase.

Um vier Uhr in der Früh am nächsten Morgen erwachte ich. Mein Abwehrbann gegen schlechte Träume hatte zwar geholfen, schlafen konnte ich trotzdem nicht mehr. Ich stand resigniert auf und fand knappe drei Stunden Schlaf nicht ausreichend. Sam sah es ähnlich. Er grunzte und schloss wieder die Augen. Ich war noch nicht an der Schlafzimmertür, da schnarchte er schon wieder leise vor sich hin. Ein bisschen neidisch schaute ich ihm einen Moment beim Schlafen zu. Beim Gedanken daran, dass er irgendwann nicht mehr da sein würde, traten mir Tränen in die Augen. Schlafmangel machte mich sentimental.

Also ging ich schnell runter in die Küche und stellte die Siebträgermaschine an. Sie ließ ein wohliges und vertrautes Zischen verlauten und dann brodelte sie die nächsten zwanzig Minuten aufheizend vor sich hin. Eigentlich wollte ich den Tag nutzen, um weiter zu recherchieren. Nachdem ich nun eine grobe Ahnung hatte, um was es bei Anas neuem Lebensweg vermutlich ging, wollte ich noch tiefer eintauchen. Offenbar hatte sie eine Gruppe gefunden, die eine Art alternativen Lebensentwurf anbot. Sie hatte sie nicht nur gefunden, sie hatte sich ihnen sogar angeschlossen. Es hatte etwas mit einer rechtsideologischen Gesinnung zu tun und mit der Abkehr von unserem gesellschaftlichen System, da war ich mir ziemlich sicher. Ich wusste nur noch nicht, um was es genau ging, und ob diese Leute einfach nur ein paar esoterisch angehauchte Spinner waren oder ob mehr dahintersteckte. Immerhin war Ana tot. Ob die neuen Freunde etwas damit zu tun gehabt haben, konnte ich nicht mit Gewissheit sagen. Ich hatte vor, mich in einschlägigen Internetchats umzusehen. Das musste jetzt leider warten, hatte ich doch um zehn Uhr ein Date mit dem Nachrichtendienst.

Es hatte sich tatsächlich über Nacht um vier Grad abgekühlt. Also wählte ich für die Verabredung mit Klaas Stein eine beige

lange Sommerhose, eine hellblaue Bluse mit langem Arm und dazu einen dunkelblauen Pullover. Die Haare steckte ich mit einer großen Haarspange lose hinterm Kopf zusammen und dazu wählte ich ein dezentes Make-up ohne Lippenstift. Der sollte sich mal bloß nichts einbilden. Da ich nicht wusste, was mich erwartete, wählte ich dieses eher konservative Outfit. Wenn ich unsicher war, gab mir so etwas Rückhalt.
Sam war vom Morgenlauf kaputt. Ich hatte ihn gescheucht und mich selbst auch nicht geschont. Wie gesagt, drei Stunden Schlaf sind zu wenig für mich. Ich werde dann immer etwas komisch. So packte mich also auf der Morgenrunde der Ehrgeiz und ich lief fast die gesamte Strecke im Sprint. Sam war etwas irritiert und als wir wieder zu Hause waren, verzog er sich schnell auf die kühlen Fliesen im Flur. Ich denke, er war ein bisschen beleidigt. Als ich mich auf den Weg machte, schlief er immer noch tief und fest. Oder er tat nur so, um jedes Risiko zu vermeiden, schon wieder laufen zu müssen.
Klaas Stein hatte mir eine Adresse im Gutleuthafen in Frankfurt gegeben. Seine Außenstelle war als Spedition getarnt, was an einem Ort, an dem massenhaft Schütt- und Stückgut umgeschlagen wurde, natürlich eine charmant unauffällige Idee war. Der Gutleuthafen liegt im Westen Frankfurts und war wunderbar über die A5 zu erreichen. Ich war pünktlich da, parkte mein Auto vor dem Gebäude und drückte das entsprechende Klingelschild. Darüber, deutlich sichtbar angebracht, befand sich eine Kamera, in die ich nun freundlich hinein lächelte. Kurz darauf ertönte der Summer und ich betrat eine kleine Empfangshalle. Fast zeitgleich kam eine junge Frau aus dem Aufzug und ging mit einem professionellen Lächeln im Gesicht auf mich zu. Sie streckte die Hand aus. „Guten Tag, Frau Dreißig. Mein Name ist Sunny und ich begleite Sie nach oben. Die Herren sind schon da", flötete sie.
Wir traten in den Aufzug und Sunny wurde umgeben von einem Duft nach Erdbeere und Kiwi. Es erinnerte mich ein

wenig an das „Hello Kitty" Duschgel, das ich der fünfjährigen Tochter einer Kollegin geschenkt hatte.
„Hallo Sunny, danke dass Sie mich abholen. Was meinen Sie mit Herren? Ich dachte, ich bin mit Herrn Stein verabredet." Ich sah sie an, aber Sunny schaute auf die Etagenzahlen. Eigentlich wollte ich sie fragen, ob sie auch beim Verfassungsschutz arbeitet, traute mich aber dann doch nicht. Wenn sie der Meinung war, sie arbeitet bei einer Spedition, wollte ich nicht diejenige sein, die sie über die wahre Identität ihres Chefs aufklärte.
„Außer Herrn Stein ist auch noch Herr Peters da", klärte sie mich auf.
Es machte „Ping" und die Fahrstuhltür glitt lautlos auf. Wir mussten bis nach ganz oben gefahren sein, denn die Aussicht war grandios. Der Fahrstuhl fuhr direkt bis in einen sehr großen und hellen Raum. Die zwei Herren, die eben noch auf den Sesseln am Besprechungstisch gesessen hatten, standen auf und kamen zu mir rüber.
„Schön, dass Sie es einrichten konnten, Frau Dreißig. Ich bin Klaas Stein und wir haben gestern telefoniert." Er schüttelte mir die Hand. Keine Spur von der eher aggressiven „Einladung" von gestern. Er zeigte mir seinen Dienstausweis. Stein war ein großer hagerer Mann, Anfang dreißig. Er sah aus, als würde er Ausdauersport machen. Sehnig und etwas verhungert. Er trug einen dunkelblauen Anzug, ein hellblaues Hemd und braune Lederschuhe, vermutlich aus Italien. Keine Krawatte. Klaas Stein entsprach in keiner Weise dem Aussehen eines deutschen Beamten. Seine Mundwinkel zog es ein wenig nach unten, was ihm einen leicht angeekelten Gesichtsausdruck verlieh. Wahrscheinlich Magenprobleme, tippte ich.
„Darf ich Ihnen noch Herrn Peters vorstellen? Er ist ein Mitarbeiter von mir, quasi meine rechte Hand." Er zeigte auf den anderen Herren, der sich nun auch näherte.
„Christian Peters, guten Tag. Freut mich", lächelte er mich

an und gab mir die Hand. Peters war gute 15 Jahre älter als sein Chef und auch gute 15 Kilo schwerer. Da er eine eher gedrungene Statur hatte, machte sich das ganz schön bemerkbar. Ich verkniff mir die Frage ob es beim BfV keinen medizinischen Eignungstest gab, der auch das maximale Gewicht eines Bewerbers vorgab. Auch Peters trug die gleiche Anzugkombi wie Stein, nur die Schuhe waren anders. Statt der italienischen Lederslipper trug er schwarze Sneakers. Irgendwie erinnerte er mich an eine jüngere Version von Diego Maradona.

„Elsa Dreißig, aber das wissen Sie ja bereits. Guten Tag!" Ich schaute die beiden an. Mein Escortservice Sunny hatte sich schon wieder lautlos verzogen.

„Was kann ich für Sie tun, Herr Stein?", ging ich die Sache offensiv an.

Er schaute mich überrascht an. „Keine Zeit verlieren, direkt und ohne Umschweife. Sie werden Ihrem Ruf gerecht. Wollen Sie etwas trinken? Kaffee, Tee, Wasser?" Mit einem Kopfnicken dirigierte er Peters in Richtung einer Anrichte, auf der Getränke und Snacks bereitstanden.

„Nein Danke. Ich möchte nichts trinken. Ich möchte wissen, warum ich hier bin." Ich hatte einen schlechten Tag und ich spürte, wie mir die miese Laune langsam den Rücken hochkroch. Stein sollte sich lieber beeilen, ansonsten war mit mir kein konstruktives Gespräch mehr möglich. Ich kannte mich. Es gab da diese dunkle Seite an mir. Wenn die durchkam, dann konnte ich mich selbst nicht besonders gut leiden. In dieser Stimmung konnte es mir niemand Recht machen. Ich hatte dann die Neigung, jedes Wort des Gegenübers zu sezieren, Argumente auseinander zu nehmen und ohne Gnade in pessimistischer Weltsicht alles bis zum bitteren Ende auszudiskutieren. Ich war zum Glück nicht sehr oft in diesem Zustand. Mit viel harter Arbeit und Hilfe diverser Therapeuten hatte ich gelernt, die Anzeichen früh zu erkennen und dagegen anzugehen. Aber manchmal überfiel es mich dann

doch. Schlafmangel konnte definitiv ein Auslöser sein. Und unklare Stresssituationen, in denen ich zunächst nicht wusste, was überhaupt los war.
Reflux und sein Gehilfe hatten also gute Chancen, mich in Höchstform erleben zu können, sollten sie nicht bald mit der Sprache rausrücken, was sie von mir wollten.
„Setzen wir uns Frau Dreißig, dann sage ich es Ihnen", sagte Stein und ging auf den Besprechungstisch mit den bequem aussehenden Sesseln zu. Er zog einen Sessel ein Stück nach hinten und schaute abwartend. Ich nahm das Angebot an. Stein und Peters nahmen mir gegenüber Platz, so dass sie mit dem Rücken zur großen Fensterfront saßen. Sehr geschickt, denn so sah ich mehr ihre Silhouette und weniger ihre Gesichtszüge. Diese Psychotricks waren alt, aber wirksam. Wahrscheinlich wussten die beiden, dass ich in den USA eine Ausbildung zur Erkennung von Emotionen anhand der Gesichtszüge gemacht hatte. Bei der CIA gab es dazu Spezialisten und ich habe ein halbes Jahr in ihrer Einheit verbracht, um zu lernen. Das nutzte natürlich nichts, wenn man sein Gegenüber nicht richtig sehen konnte.
Stein nahm einen schmalen Laptop zu Hand und tippte etwas ein. Dann stellte er ihn auf den Tisch vor sich und sah mich an. „Frau Dreißig, Sie waren in der Zeit vom 19. bis 21. September mit Savo Kostal alias Boris Melnik zusammen", begann er.
„Nett ausgedrückt", gab ich sarkastisch zurück. „Er zwang mich mit Gewalt dazu mit ihm zu gehen, um Zeit zusammen zu verbringen." Ich bemerkte deutlich meinen beschleunigten Puls. Um was verdammt noch mal ging es hier?
Gottes Hand hob ebendiese und machte eine beschwichtigende Bewegung. Dafür erntete er einen Seitenblick von Stein.
„Ja, wie auch immer. Sie haben auf jeden Fall mit Kostal Zeit verbracht. Ich will wissen, was er von ihnen wollte." Steins Stimme war nun energisch.
„Sie kennen doch sicherlich die polizeiliche Geschädigtenver-

nehmung, die man mit mir gemacht hat. Da steht alles drin." Ich blickte in seine Richtung.

„Die kenne ich, ja. Ich möchte es aber noch einmal von Ihnen hören", gab er ungeduldig zurück.

„Bevor ich Ihnen davon erzähle, sagen Sie mir doch bitte, warum sich der Verfassungsschutz dafür interessiert. Und dann auch noch das Bundesamt. Savo saß ein wegen krimineller Machenschaften, die aber meines Wissens nicht im Verdacht standen, die freiheitliche demokratische Grundordnung der BRD oder eines anderen Landes zu gefährden. Es ging nicht um Terrorismus oder ähnliche Strukturen, sondern um klassische OK", erwiderte ich hartnäckig.

Stein sah wohl ein, dass er so nicht ein Wort aus mir herausbringen würde, denn er lenkte nun seine gesamte Aufmerksamkeit voll und ganz auf mich. „Wir haben Hinweise, dass hinter Kostals Flucht ein politisch-motiviertes Motiv stecken könnte. Meine Aufgabe ist es zu prüfen, ob da was dran ist. Da Sie die letzte Person sind, die mit ihm gesprochen hat, befrage ich Sie. Das muss Ihnen als Erklärung fürs erste reichen." Fragend hob er etwas die Augenbrauen, was einen schönen Kontrast zu den hängenden Mundwinkeln ergab.

„Was denn für Hinweise?", fragte ich zurück.

„Jetzt ist es aber genug, Frau Dreißig. Wir stellen hier die Fragen, ist das klar?" Stein wurde langsam ärgerlich.

Sollte er nur. Ich stand auf. „Damit ist das Gespräch für mich beendet. Herr Stein. Herr Peters." Ich nickte den beiden zu und ging Richtung Aufzug. Dann drehte ich mich doch noch einmal um. „Ich darf Sie daran erinnern, dass Sie keinerlei polizeilichen Befugnisse besitzen. Wenn Sie sich auf Ihre Aufgabe konzentrieren wollen, Informationen zu sammeln und zu bewerten, dann sollten Sie dringend Ihre Fragetechnik und Ihre Art mit Menschen umzugehen überdenken!" Ich war nun wirklich sauer.

Peters sprang auf und lief hinter mir her. Ich war mir sicher ohnehin nicht einfach auf den Aufzugsknopf drücken zu können, ohne mich dafür mit irgendeiner PIN oder meinem Fingerabdruck autorisieren zu müssen.

„Warten Sie bitte", brummte Peters in einem tiefen Bass. Er stand nun dicht neben mir. Erst jetzt fiel mir seine Nase auf, die sehr an die eines Boxers erinnerte. Sie war schon mehrfach gebrochen gewesen und dazu außergewöhnlich platt gedrückt. Sein Gesicht ließ das allerdings eher sympathisch aussehen.

„Ich möchte Ihnen etwas erklären. Unsere Hinweise stammen von Informanten und diese werden maximal geschützt durch uns. Ansonsten wären ihre Tage schnell gezählt. Wir können Ihnen also nicht sagen, wer unsere Hinweisgeber sind. Ich möchte Sie um einen kleinen Vertrauensvorschuss bitten. Wir benötigen Ihre Hilfe bei der Klärung eines Verdachtes, den wir Ihnen nicht bis in kleinste Detail darlegen können. Ein Dilemma, verstehen Sie?" Peters sah mir eindringlich in die Augen. Ich glaubte ihm und zog innerlich den Hut vor ihm. Er hatte in kürzester Zeit verstanden, wie er mit mir reden musste und dabei den kritischen Punkt wunderbar überwunden.

„Danke Herr Peters für diese Erklärung und Transparenz. Natürlich verstehe ich das hohe Gut des Informantenschutzes." Ich würdigte Stein keines Blickes mehr, kehrte aber trotzdem an den Tisch zurück, nicht ohne vorher am Tresen vorbei zu gehen, um mir ein Wasser zu nehmen.

„Okay, dann wollen wir mal. Savo kam zu mir, nachdem er aus dem Gefängnis ausgebrochen war. Keine Ahnung woher er meine Adresse hatte." Ich schaute die beiden fragend an, aber sie zeigten keine Reaktion. War ja auch nur ein Versuch.

„Er zwang mich mit ihm zu fahren. Er wollte, dass ich den Tod seiner Schwester Ana aufklärte. Sie starb am 25. August und Savo war davon überzeugt, dass jemand sie umgebracht hatte", fuhr ich in ruhigem Tonfall fort.

„Wieso war er dieser Meinung?" Stein.

„Savo war der Meinung, dass seine Schwester clean war und

sich niemals selber eine Spritze in den Arm gesetzt hätte." Das mit dem rechts und links ließ ich weg.

„Wieso hat er es nicht der Polizei überlassen das zu prüfen? Warum hat er Sie dafür ausgewählt?", fragte Stein etwas abschätzig.

„Tja, ich würde sagen, Savo war nicht gerade jemand, der die Polizei als Freund und Helfer sah. Mich kannte er von früher. Sie wissen ja, dass er im Zeugenschutzprogramm war, genau wie seine Schwester. Daher kannten wir uns. Er dachte wohl, ich könne ihm helfen", beantworte ich seine Frage.

„Und, konnten Sie ihm helfen?", setzte Peters die Fragerei fort.

„Dazu bin ich nicht mehr gekommen. Vorher gab es den Zugriff bei dem Savo ums Leben kam." Meine Antworten fielen eher spartanisch aus.

„Hätten Sie ihm denn helfen können? Ich meine, Sie können ja nicht hellsehen oder so. Um so etwas aufzuklären, braucht man ja Einblicke in die polizeiliche Untersuchung. Rechtsmedizinisches Gutachten und anderes." Stein versuchte mir Informationen zu entlocken.

„Das stimmt. Das braucht man alles dafür." Hätte er sich auf einzelne Fragen konzentriert, hätte er schon längst seine Antworten gehabt. Aber er hatte den unschönen Hang, seine Fragen gleich selber zu kommentieren.

Peters war da cleverer. „Und? Hatten Sie diese Unterlagen?"

„Nur ein paar wenige. Savo hat sie organisiert, ich weiß allerdings nicht wie", gab ich ehrlich zurück.

„Jetzt machen Sie es uns doch nicht so schwer! Welche Unterlagen genau hatten Sie und wo sind diese jetzt? Ich meine, haben Sie sie noch und forschen Sie weiter? Dann hätten Sie keinen Auftrag dazu, oder? Sie sind ja nicht mehr bei der Polizei, sondern nun Privatperson, wenn ich das richtig sehe." Stein redete und redete. Der konnte nie im Leben ernsthaft beim Nachrichtendienst arbeiten. Bekommen die Leute dort heutzutage keine Ausbildung mehr?

„Das ist richtig Herr Stein. Ich bin nicht mehr bei der Polizei", griff ich den letzten Teil seines Referates auf.
Einen Moment sagte niemand etwas. Wir schauten uns an. Stein war sauer, das konnte ich an der Körperhaltung sehen. Zum Glück blieb mir der zitronensaure Gesichtsausdruck erspart. Ich war mir unsicher ob ich den beiden erzählen sollte, dass ich weiter an Anas Tod interessiert war und mir die Dokumente wiedergeholt hatte. Irgendwie war mir die Geschichte hier nicht geheuer. Beim besten Willen konnte ich keine Zusammenhänge zu einer politischen Tat entdecken. Kein Wort ging von Savo in diese Richtung. Letztendlich entschied ich mich für einen Zwischenweg. Ich holte tief Luft und schaute den beiden Agenten in die Augen.
„Savo war davon überzeugt, irgendwie mit Anas Tod zu tun zu haben. Auf Grund seiner Vergangenheit. Er war der Meinung, jemand von früher habe Rache genommen oder wollte ihm aus anderen Gründen ans Leder. Seine Schwester war seiner Meinung nach ein leichtes Ziel, allerdings nur, wenn dieser jemand in der Lage war den Zeugenschutz zu überwinden. Er witterte Verschwörung und wollte das aufklären. Nicht aus reiner Liebe zu Ana, sondern weil er es nicht ertragen hat ausgekontert worden zu sein. Er hat mir ein paar Unterlagen aus der Rechtsmedizin und den TUB besorgt. Außerdem noch das, was oberflächlich zu Anas Account in den Social Media zu finden war. Nichts, was in die Tiefe geht." Ich lehnte mich zurück und atmete aus, tat also das, was Menschen so tun, wenn sie alles gesagt haben und fertig sind mit ihren Ausführungen.
Ich hoffte, die Herren Stein und Peters würden sich mit dieser Aussage zufrieden geben. Alles entsprach der Wahrheit. Ich hatte nur das eine oder andere weggelassen. Ganz sicher wollte ich ihnen nichts vom Zugang zum persönlichen Internetaccount von Ana berichten und auch nicht, dass ich in Hannover war. Irgendwie war ich der Meinung, das ginge sie nichts an. Mir erzählten sie ja auch nur die Rahmenstory,

ohne in die Tiefe zu gehen.

Klaas Stein stand auf und reckte sich zur vollen Größe. Er stellte sich ans Fenster und schaute dem regen Handelsverkehr auf dem Main zu. Christian Peters blieb sitzen und sah mich unverwandt an. „Was haben Sie bisher dazu herausgefunden?" Mit der Frage hatte ich gerechnet. „Nichts Eindeutiges. Ich glaube nicht an die Version mit der selbst gesetzten Überdosis", erwiderte ich wahrheitsgemäß. „Beweisen kann ich das allerdings nicht." Auch nicht wirklich gelogen.

Stein setzte sich wieder. „Hol mir mal einen Kaffee, Christian!", forderte er seinen Kollegen unfreundlich auf. Ich verdrehte innerlich die Augen angesichts einer solchen unverhohlen zum Ausdruck gebrachten Arroganz und Großkotz-Attitüde.

„Hat Kostal einen Verdacht geäußert, wer aus seiner Sicht dafür in Frage kommt? Ich meine, er hat damals genug Leuten ordentlich auf die Füße getreten. Da kommt eine hübsche Zahl zusammen an Menschen, die nicht gut auf ihn zu sprechen sind. Oder war es jemand aus seiner aktuellen Knastzeit?", fabulierte Stein so vor sich hin.

So langsam gewöhnte ich mich an die aufsummierten Fragen. „Nein, er hatte niemanden Konkretes in Verdacht. Zumindest hat er niemanden erwähnt. Glauben Sie mir, hätte er einen gehabt, dann wäre dieser Verdacht jetzt nicht mehr am Leben", antwortete ich diesmal auf den ersten Teil der Frage.

Peters brachte den Kaffee für Stein und setzte sich wieder hin. „Was hat Savo Ihnen über seine Schwester erzählt?"

Ich schaute ihn überrascht an. „Was meinen Sie denn jetzt damit? Ich kannte Ana genauso lange wie ich Savo kannte. Er musste mir nichts über sie erzählen", gab ich irritiert zurück. Warum interessierten sie sich so sehr für Ana? Ging es hier gar nicht um Savo?

„Ich frage mich, ob er Ihnen etwas Aktuelles über sie erzählt hat. Was sie so gemacht hat? Ob sie ihn besucht hat? Wann er sie das letzte Mal gesehen hat? Solche Sachen."

Ich schüttelte den Kopf. „Schauen Sie doch in den Unterlagen der JVA nach. Da ist jeder Besuch eingetragen. Savo hat nichts über sie erzählt. Nur dass er sie im Herbst letzten Jahres das letzte Mal gesehen habe." Ich verschwieg Savos Eindruck, Ana hätte irgendwie verändert gewirkt. „Warum interessieren Sie sich für Ana?", sprach ich aus, was mir die ganze Zeit im Kopf herum ging.

„Nun ja, Ana war immerhin Savos Schwester. Vielleicht hatte er sie ja in seine neuen Geschichten wieder mit reingezogen", erklärte Stein. Er drehte dabei seine Kaffeetasse immer wieder auf der Stelle und wanderte unstet mit seinem Blick umher. Kein Wort glaubte ich ihm. Hier ging es um etwas anderes. Und ich würde herausfinden um was. Diskret, aber sichtbar schaute ich auf meine Uhr. Ich wollte diese Geschichte hier beenden. Aus den beiden würde nichts herauszubekommen sein. Da konnte ich auch gehen. Sie hatten genug Informationen bekommen. Mehr würde es von mir nicht geben.

„Wenn Sie dann keine Fragen mehr haben, würde ich gerne gehen." Während ich sprach, stand ich auf.

„Vielen Dank, dass Sie uns unterstützt haben. Hier ist meine Karte, wenn noch etwas ist, rufen Sie mich an." Peters reichte mir seine Karte.

Reflux war nicht ganz so nett. „Ich komme sehr sicher wieder auf Sie zu, Frau Dreißig!" So wie er das sagte, klang es wie eine Drohung.

„Machen Sie das, Herr Stein. Immer wieder gerne", log ich ihm ins Gesicht.

Schon machte es „Ping", Hello Kitty stand im Aufzug, bereit mich wieder nach unten zu fahren.

Ohne ein weiteres Wort stieg ich ein. Erst als ich wieder in meinem Auto saß, atmete ich laut aus und schlug aufs Lenkrad. Was war das denn für eine Scharade? Ich fühlte mich wie eine Puppe auf einem Brettspiel, die hin und her geschoben wird. In dieser Stimmung fuhr ich los.

René

Es tat höllisch weh und er schrie laut auf. Er roch sein verbranntes Fleisch und der Schmerz pulsierte durch seinen Arm. Aber er hatte es so gewollt. Angefleht hatte er den Grauen und Lars. Schließlich gaben sie nach. Nun wurde ihm fast schwarz vor Augen und ihm brach der Schweiß aus. Der Graue hielt zufrieden den Stab mit der glühenden Spitze in die Luft und ließ ihn dann zischend in einen bereitgestellten Eimer mit Wasser gleiten.
„So, jetzt ist es vollbracht. Du hast deine Strafe fürs Zweifeln abgesessen und mit dem nun eingebrannten Symbol bist du in ewiger Treue mit uns und der großen Idee verbunden." Der Graue hob feierlich seine Stimme.
Es war dunkel und sie standen alle draußen im Hof um ein großes Feuer herum. Das Symbol-Branding war immer ein aufregendes Ereignis. Zum einen, weil man den Schmerz beim anderen sehen wollte. Der Schmerz war der Preis und das Opfer, was zu erbringen war, wenn man Kämpfer für die große Idee sein wollte. Das musste ein getreuer Kämpfer aushalten. Zum anderen war es aufregend, sich als Teil eben dieser großen Idee zu fühlen. Nun war er es, der hier im Mittelpunkt stand. Er schaute auf die feuerrot pochenden Dreiecke auf seinem Unterarm und zwang sich ein

stolzes Lächeln zu zeigen. Die anderen dachten bestimmt, er sei stolz, nun wieder dabei zu sein. Dabei war er stolz darauf, sie alle tatsächlich getäuscht zu haben.

Vor vier Tagen lag er wieder einmal nachts wach und fasste einen Entschluss. Wenn er nicht in diesem elenden Gefängnis verrecken wollte, musste er handeln. Er schmiedete einen Plan und hoffte inständig, dass sie ihm glauben würden. Er musste sehr vorsichtig sein. Sie kannten keine Gnade, wenn sie sich hintergangen fühlten.
Er wartete also auf den nächsten Morgen und wie immer kam jemand, um ihn loszubinden und Frühstück zu bringen. Er hatte gesagt, er müsse dringend mit Lars oder dem Grauen sprechen. Natürlich sagte er nicht Grauer, denn das war frech. Er nannte ihn bei dem Namen, den der Graue sich selbst gewählt hatte, Wotan.
Zwei Stunden später kam Lars und schaute ihn verächtlich an. „Was willst du, Bastard? Du wolltest mich sprechen? Ich hoffe, es ist wichtig, ansonsten kennst du deine Strafe!" Lars hatte Freude daran, anderen weh zu tun. Einmal hatte er Fieber und nach Hilfe gerufen. Lars kam zu ihm und hatte ihn angebrüllt, dass er wegen so eines Kinderkrams doch wohl nicht den Arzt bemühen würde. Er solle mal ein Mann sein und keine Memme. Lars hatte sich vor ihm aufgebaut und ihm mit einem gezielten Faustschlag die Nase gebrochen. Er wusste sofort, dass sie gebrochen war. Er hörte es knacken und spürte, wie das Blut in Strömen aus ihm herauslief.
Dann packte Lars seinen Kopf und zog ihn in den Nacken. „Und sollte ich einen Ton von dir hören, dann breche ich dir noch ganz andere Knochen. Hast du das verstanden?" Er ließ ihn los. „Und jetzt hole ich den Arzt, dann hat er wenigstens wirklich was zu tun!" Mit diesen Worten stürmte Lars damals aus dem Gefängnis. Wenn er also nicht die nächste brutale Attacke von Lars erleben wollte, musste sein Plan gut sein.

*„Ich habe meine Lektion verstanden, Lars. Ein Vierteljahr sitze ich jetzt hier im Gefängnis. Für etwas, was meine verdammte Mutter getan hat. Ich kann doch da nichts für. Ich will wieder dazugehören und mit euch gemeinsam an der Zukunft arbeiten."
Er sah zu Lars, um zu checken, wie dieser seine Worte aufnahm. Offenbar hatte er einen guten Tag erwischt, denn Lars stand abwartend da und hörte zu. Nun kam es darauf an.
„Du selber hast ja auch nichts bemerkt, obwohl du mit ihr zusammengewohnt hast." Schnell redete er weiter. Bloß keine Diskussion entfachen. „Ich meine damit, sie war sehr geschickt. Und auch ich habe nichts mitbekommen. Aber sie ist eben auch meine Mutter. Da ist doch klar, dass ich hin- und hergerissen war. Außerdem habe ich ihr gesagt, dass ich nicht mitkomme und ich Wotan alles erzählen würde. Das hätte ich ja wohl nicht getan, wenn ich auf ihrer Seite gestanden hätte." Er hielt gespannt die Luft an und wartete auf Lars Reaktion.
„Deine Mutter war eine Schlampe! Ich konnte gar nichts mitbekommen, da wir nicht viel miteinander geredet haben, weißt du? Ich habe sie gefickt, mehr nicht!" Verächtlich spuckte er die Worte aus. Am liebsten hätte er sich bei diesen Worten auf Lars gestürzt und ihm die Luft abgedrückt. Aber das würde er nie schaffen. Also schluckte er seine Empörung runter und nickte Lars zu. „Oh ja, das konnte sie wahrscheinlich gut. Früher hatte sie ja andauernd irgendwelche Kerle." Innerlich entschuldigte er sich bei seiner Mutter.
„Ich rede mit Wotan, wie es mit dir weitergehen soll. Bis dahin bleibt alles so wie es ist." Mit diesen Worten verschwand Lars. Vier Tage war das jetzt her. Das war ein Anfang.
Am nächsten Abend holten sie ihn ab und brachten ihn in den Gemeinschaftsraum im Haupthaus. Der Graue war da und Lars. Außerdem noch zwei andere aus der Führungsriege – Edmund und Knut. Sie saßen nebeneinander an einem langen Tisch und hatten für ihn auf der anderen Seite einen Stuhl hingestellt. Er setzte sich und dann ging die Befragung los. Gute fünf Stunden*

lang musste er ihre Fragen beantworten. Wie er zur GT stehe? Was er von seiner Mutter halte? Was er bereit wäre zu tun, um seine Buße öffentlich zu machen? Ob er nach wie vor noch zweifle? Und so weiter. Am Ende konnte er nicht mehr. Fünf Stunden lügen ist Schwerstarbeit. Aber er hatte sie davon überzeugt noch dazu zu gehören und er schwor ewige Treue. An diesem Abend hatte er die Idee mit dem Branding. Er hatte es früher schon bei anderen gesehen und nun wollte er seine Dazugehörigkeit damit öffentlich bekunden.

Nachdem die Befragung zu Ende war, brachte man ihn wieder zurück in sein Gefängnis. Man werde beraten, was nun wird und ob man ihm wirklich glauben könne. So vergingen also noch einmal zwei Tage und Nächte und heute Morgen hatte man ihn dann endlich geholt. Sie sagten, sie würden ihm glauben und er könne am Abend seine unbedingte Treue öffentlich machen. So war es dann geschehen. Nun brannte die Rune rot auf seinem Unterarm und er unterdrückte einen weiteren Schrei. Nur keine Schwäche zeigen. Der Graue kam jetzt auf ihn zu.

„Lando – Kämpfer der Heimat. Einen schönen Kriegernamen hast du dir da ausgesucht. Komm mal mit. Wir haben noch etwas für dich!" Wie immer ganz in schwarz gekleidet ging er voran, er selbst in der Mitte flankiert von Knut und Volkward, hinten dran Lars – seinen Kriegernamen kannte er gar nicht. Vielleicht hatte er auch keinen.

Sie gingen um das Haupthaus herum und dann quer über die große Wiese zu einem alten verfallenen Gebäude. Sah fast aus wie ein Bunker. Er lag versteckt zwischen Büschen und den hohen Eichen. Der Graue ging voran, knipste die Taschenlampe an und alle anderen folgten hintereinander. Es war eng und überraschend kühl hier drinnen. Es ging leicht abwärts wie in einem Kellergang. In einem halbrunden Raum blieben sie schließlich stehen. Der Graue leuchtete nun mit seiner Lampe ein etwa hüfthohes dunkelblaues Fass an. Es war aus Metall und mit einem Klickdeckel verschlossen.

„Da ist eine Überraschung für dich drin. Mach es auf!" Der Tonfall duldete keinen Widerspruch. „Jetzt werden wir sehen, ob du wirklich zu uns stehst!"

Er schluckte hart und sein Herz raste. Was war das denn jetzt? Volkward reichte ihm ein Stemmeisen zum Öffnen des Deckels. Seine Hand zitterte leicht und er wollte im Moment nichts sehnlicher als in seinem Gefängnis an der Kette auf seinem Bett liegen. Aber das war vorbei. Er hatte einen Weg gewählt, von dem er nicht wieder zurücktreten konnte. Alles oder nichts!

Er packte das Stemmeisen und setzte es unter dem Deckelrand an. Es war ein leichtes Zischen zu hören. Der Gestank war atemberaubend. Er bekam keine Luft. So etwas Ekelerregendes hatte er noch nie in seinem Leben gerochen. Der Graue leuchtet nun in das Fass hinein.

Nein! Nein! Nein! Das konnte nicht sein. Sein Gehirn war nicht bereit, das zu erfassen, was seine Augen da sahen. Mama! Kopfüber und zusammengefaltet wie ein Zauberer, der sich unsichtbar machte, steckte sie in dem Fass. Er erkannte sie an ihren Schuhen und den Hosen. Jemand hatte noch ihre Handtasche zwischen die nach hinten angewinkelten Unterschenkel und ihr Gesäß gestopft. Er drehte sich um und übergab sich schwallartig. Die anderen sprangen zurück, damit er ihnen nicht auf die Füße kotzte. Er bekam keine Luft und seine Gedanken überschlugen sich. Sie hatten sie umgebracht. Sie hatten sie tatsächlich umgebracht.

Wie nach einer Stichwortgabe sagte der Graue leise: „Das passiert mit Verrätern. Entweder für uns oder gegen uns. Gegen uns bedeutet Krieg."

„Wir sind jetzt deine Familie. Du brauchst die Schlampe nicht mehr", fügte Lars ergänzend hinzu.

In diesem Moment schwor er sich, sie alle zu töten. Er würde seine Mutter rächen. Alles, was er von nun an tun würde, diente dem Plan, die Ehre seiner Mutter wieder herzustellen. Hass war das überwältigende Gefühl in ihm. Er nahm alle Willenskraft zusammen und versuchte, den Hass nun für sich zu nutzen. Die

anderen durften keinesfalls mitbekommen wie schockiert und entsetzt er war. Er musste sie davon überzeugen, zu ihnen zu gehören, ansonsten würde er auch in einem Fass enden und neben seiner Mutter verrotten.
„Ja, soll sie hier vergammeln, die Verräterin! Ich gehöre zu Euch! Lasst uns das System bekämpfen und unsere Wurzeln retten. Wir machen sie alle fertig!", schrie er seinen Hass heraus. Seine Stimme überschlug sich und Spucke flog umher.
Der Graue schaute ihn skeptisch an. So leicht war er nicht zu überzeugen. Dafür war er zu schlau. „Du wirst morgen zeigen können, wie sehr du zu uns gehörst." Seine Augen glühten vor lauter Verachtung. „Du wirst eine Aktion gegen das System durchführen. Aber das ist morgen. Lasst uns wieder hoch gehen zu den anderen."

Den restlichen Abend wurde am Feuer diskutiert und getrunken. Er betrank sich, um die schrecklichen Bilder zu vergessen. Die lauten Reden und Kampfansagen gegen die herrschende Klasse bekam er kaum mit. Sie gaben sich einen intellektuellen Touch. Der Graue schwadronierte von einer Gesellschaftsübernahme durch den Islam. Bald würde es nur noch Glaubenskriege zwischen dem Islam und dem Judentum geben. Das christliche Abendland würde untergehen. Sie aber würden die germanische Tradition des Kampfes wieder aufnehmen. Den liberalen und wertfreien Tendenzen müsse Einhalt geboten werden. Da, wo jetzt ein völkischer Gemischtwarenladen vorangetrieben werde, herrschten bald wieder Tradition, Gesetz und Ordnung. Die Nation lasse sich ihr Land nicht wegnehmen, um eines nicht allzu fernen Tages von Juden und den Banken beherrscht zu werden. Er selber, der alte germanische Gottvater Odin, werde mit seinen Getreuen die Freiheit zurückholen. Sie alle seien freie Männer und Frauen und kein kapitalistisch orientiertes Finanz- und Gesellschaftssystem werde ihnen vorschreiben können, wie sie zu leben haben. Man müsse sich vorbereiten auf den Zusammenbruch und sie seien

bei der GT sehr gut aufgestellt dafür. Mehr sogar, sie würde den Zusammenbruch vorantreiben und sich nicht einer neuen Weltordnung beugen.
Vielmehr bekam er nicht mit. Er war nicht mehr in der Lage alleine zu gehen. So viel Alkohol hatte er noch nie in seinem Leben getrunken. Edmund, Ludwig und Konrad mussten ihn am Ende ins Bett bringen. Er schlief wieder in seinem alten Zimmer bei Lars unter dem Dach im Haupthaus. Wahrscheinlich wollte er ihn im Blick behalten. Edmund schlug ihm kräftig auf die Schulter, so dass er nach vorne kippte. „Das muss auch mal sein mit dem Saufen. Morgen ist wieder Disziplin angesagt!", lachte er laut auf. Dann stellte er ihm einen Eimer ans Bett und ging. Im Moment des Hinlegens drehte sich schon alles um ihn herum. Ihm war schlecht und er erlebte eine furchtbare Nacht.

Am nächsten Morgen wurde er um sieben Uhr unsanft von Lars geweckt. „Los, wer saufen kann, kann auch arbeiten. Aufstehen! Und räum den Dreck hier weg!" Er stieß mit dem Fuß gegen den Eimer. Lars Laune war mies.
Er stand also auf und ging ins Bad. Sein Spiegelbild erinnerte ihn nicht an sich. Dunkle Augenringe umgaben seine eingefallenen, heftig geröteten Augen. Er schaufelte sich kaltes Wasser ins Gesicht und putze sich die Zähne, um den widerlichen Geschmack los zu werden. Dann zog er sein Sportzeug an und ging nach unten. Edmund mochte keine Unpünktlichkeit. Alle standen schon versammelt im Hof, bereit für den Frühsport. Als Edmund ihn sah, breitete sich ein fettes Grinsen in seinem Gesicht aus.
„Na Lando! Wie ein Kämpfer der Heimat siehst du heute aber nicht aus." Schadenfroh sah er ihn an. „Aber du hast Glück. Mit dem frischen Branding bist du heute raus aus der Nummer. Zwei Tage keine besonderen Anstrengungen. Wir wollen ja nicht, dass sich das Ganze entzündet und dann hässliche Narben die schöne Rune verunstalten. Also Abmarsch. Zurück mit dir!" Dabei klatschte er in die Hände und brüllte dann die anderen an, nicht

so blöd zu gucken, sondern nun die zehn Kilometer in Angriff zu nehmen.

Er konnte sein kleines Glück kaum fassen. Nie im Leben hätte sein Kreislauf heute die, wie sie es nannten, Ertüchtigung durchgehalten. Wahrscheinlich wäre er zusammengeklappt. Er ging zurück in sein Zimmer und machte sich einen Kaffee. Essen konnte er noch nichts. Es war still in der kleinen Wohnung, denn Lars rannte auch mit den anderen durch den Wald. Für ihn war das ein Zeichen. Eine Gelegenheit, die noch günstiger werden würde, gab es nicht. Er ging in Lars Zimmer, welches neben der Küche und dem Bad lag. Neben dem Bett und einem großen alten Holzschrank befand sich vor dem Fenster ein Schreibtisch, auf dem jede Menge Zeug rumlag. Er fing an, durch die Sachen zu stöbern und Schubladen aufzuziehen. Er suchte nichts Bestimmtes und fand nirgendwo was Besonderes. Schließlich durchsuchte er noch den kleinen Tisch neben dem Bett. Traurig stellte er fest, dass von seiner Mutter, die ja hier schließlich auch eine Zeit lang gelebt hatte, nichts mehr übrig war. Keine Spur von ihren Sachen, nicht die kleinste Kleinigkeit, die auf sie hingedeutet hätte.

Er setzte sich auf den Stuhl am Schreibtisch und dachte nach. Schließlich hatte er eine Idee. Früher, als er noch mit seiner Mutter alleine in einer richtigen Wohnung gelebt hatte, hatte sie einen kleinen Tick. Sie wollte für alle Fälle immer Bargeld im Haus haben und versteckte dies zusammen mit einigen wichtigen Dokumenten unter einer Diele in der Küche. ‚Unser kleiner Safe', hatte sie immer gesagt. Einen richtigen konnte sie sich natürlich nicht leisten.

Er stand auf und ging in die Küche. Auch hier gab es alte Holzdielen, die er nun einzeln prüfte. Hinten unter der Heizung wurde er fündig. Eine Diele ließ sich einfach abheben. Darunter befand sich eine Plastiktüte mit sechs Mobiltelefonen. Alle aus. Außerdem noch Lars Reisepass und sein Sozialversicherungsausweis. Offenbar hatte Mama Lars von der Möglichkeit, sich ein solches Versteck zu schaffen, erzählt. Außer den Telefonen gab es

noch diverse Ladekabel. Er nahm die Telefone raus und drückte bei allen den Einschaltknopf. Bei dreien war der Akku runter und es tat sich gar nichts. Die anderen Telefone wollten von ihm einen PIN-Code haben. Er tippte mit zitternden Fingern jeweils 1980. Anna hatte ihm in ihrem gemeinsamen Gefängnis erzählt, dass man ihr das Handy weggenommen habe. Sie hatte geschmunzelt und gesagt, falls er es jemals finden sollte, er es als Fahrschein zum Überleben nutzen solle. Ja, so hatte sie es gesagt. Fahrschein zum Überleben. Nun, vielleicht hatte er es ja tatsächlich gefunden.
Beim dritten Telefon baute sich nach Eingabe der vier Zahlen die erste Seite des Displays aus. Ein weiteres Fenster ploppte auf und wies ihn darauf hin, dass die SIM gesperrt war. Hier gab er die Zahl 1974 ein. Und tatsächlich hatte er ein funktionsfähiges Handy in der Hand. Er bedankte sich bei Anna, die ihm die Zahlen mit einem Singreim eingebläut hatte: 1 9 8 0 schaute Anna in die Welt – 1 9 7 4 Savo war schon vor ihr hier.

Das Handy machte nun ein zischendes Geräusch, als würde eine Nachricht rausgehen. Und dann wurde das Display schwarz. Nur in der Mitte war ein kleiner kreisender Kreis zu sehen, der dann aber auch verschwand. Er schüttelte das Handy, als wenn das irgendetwas bringen würde. Der Akku war leer und offenbar hatte sich eine Nachricht im Ausgang befunden, die nun abgeschickt wurde. Er betete darum, dass diese Nachricht nicht an Lars oder den Grauen gerichtet war. Dann wäre es aus mit ihm. Er hatte keine Zeit das Telefon aufzuladen. Das war auch viel zu gefährlich. Er packte alles wieder so ein, wie er es aufgefunden hatte und legte das Dielenbrett wieder an Ort und Stelle. Er würde schon einen Weg finden es zu nutzen.

Ich ließ mindestens die Hälfte meines Reifenbelags auf dem Asphalt im Gutleuthafen. Mit quietschenden Reifen und Vollgas fuhr ich davon. Ich verstand nicht, warum die beiden so ein großes Interesse an Ana hatten. Eigentlich ging es doch immer um Savo und seine mafiöse Vergangenheit. Hatten doch die Gestalten von früher etwas mit Anas Tod zu tun? Hatte sie sich irgendwie mit diesen Leuten eingelassen, um wieder an Drogen zu kommen? Aber das alles ist kein Grund dafür, dass Reflux und Diego sich dafür interessierten. Ich musste dringend weiter in die Tiefe gehen mit meinen Recherchen. Leider hatte ich den Rest des Tages keine Zeit mehr. Ich hatte mich angemeldet zu einem Vorbereitungstrail für das nächste HADOG. Am Nachmittag würde ich also mit Sam ins nahegelegene Elsass fahren und durch die ostfranzösische Wildnis laufen. Aber danach würde ich weiter machen.

Als ich in einer rekordverdächtigen Zeit zu Hause ankam, war ich bestimmt um zwei mit dem Lasergerät geschossene Bilder von mir reicher. Trotzdem hatte ich noch genug Wut in mir, die ich hoffentlich beim HADOG konstruktiv einsetzen konnte. Nachdem Sam und ich unsere Sachen gepackt hatten, ging es los Richtung Frankreich.
Um 14:30 Uhr wurde eröffnet. Außer mir wollten noch sieben weitere Mensch-Hund-Gespanne unter Echtbedingungen trainieren. Jeder bekam seine Anfangsaufgabe, ein Kreuzweise-Rätsel, und ich schmiss die grauen Zellen an. Es galt, die jeweils langen Begriffe senkrecht und waagerecht herauszufinden. Senkrechte Beschreibung – schriftliche Vereinbarung sine qua non ultra. Waagerecht – Im Handgreiflicht betrachtet: Als was ziemlich desavouierende Debakel an vorderster Affront knallfall ankommen (2 Worte der Schmerzphonetik). Okay, das war schwierig. Ohne die anderen Worte drum herum zu lösen, würde ich nicht draufkommen. Ich verzog mich also mit Sam an ein ruhiges Plätzchen und legte los. Das liebte ich

an dieser Freizeitbeschäftigung. Es war so fordernd, dass man alles andere vergessen musste, um überhaupt eine Chance zu haben dran zu bleiben, geschweige denn zu gewinnen. Nach gut 20 Minuten hatte ich die Lösung. Exklusivvertrag und schallende Ohrfeigen.

Ich versuchte ein immer noch nachdenkliches Gesicht zu machen und rief die von den Veranstaltern vorher zugesandte E-Mail auf. Hier klickte ich einen Link an und musste, um Zugriff zu erhalten, zwei Passwörter eingeben. Ich gab meine Lösungsworte ein und erhielt dafür im Gegenzug eine Wanderkarte mit einem eingezeichneten Weg. Sam saß in den Startlöchern und ich packte mein Kram zusammen und trabte los. Niemand folgte mir.

Die Veranstalter des Trainings hatten das gut im Griff. Sie postierten Beobachter. Wenn jemand loslief, checkten sie, ob derjenige sich auf der verlinkten Seite mit den Passwörtern eingeloggt hatte. Wenn nicht, bestand natürlich der dringende Verdacht, dass sie einfach nur jemand anderem hinterherliefen, ohne die Lösung geknackt zu haben. Dann wurde derjenige gestoppt und disqualifiziert.

Ich lief also über schmale Wege und orientierte mich an markanten Stellen, die auch auf der Karte zu sehen waren. Ein See, eine große Wegkreuzung oder eine Holzhütte. Nach gut 25 Minuten hatte ich den auf der Karte eingezeichneten Endpunkt erreicht. Die nächste Aufgabe wartete bereits. Auf einem Hochsitz war eine Kiste deponiert, die sich mit ein wenig Kombinationsgeschick einfach öffnen ließ. Darin enthalten waren acht Tüten. Auf einer stand Sams Name. Ich nahm die Tüte heraus, stieg die Leiter wieder runter und gab Sam noch einmal was zu trinken. Dann legte ich ihm sein Trailgeschirr an und das Halstuch. Letzteres war das Zeichen, dass es nun für ihn an die Arbeit ging. Das Geschirr brauchte er, damit ich mit der Leine mit ihm in Verbindung blieb.

Ich öffnete die Tüte und hielt ihm das darin enthaltene Leinentuch an die Nase. Nach dem Kommando „Trial" startete er durch. Die Nase auf dem Boden versuchte er die Spur aufzunehmen. Da ich ihn nicht beeinflussen wollte, ließ ich die Leine komplett locker und lief ihm hinterher. Das sah wahrscheinlich ganz lustig aus. Noch witziger hätte es ausgesehen, wenn ich mit ihm zusammen hätte riechen müssen, wo es lang ging.
Schließlich fand er seine Spur und lief zielstrebig los. Es war ein anspruchsvoller Weg mit vielen Kreuzungen. Sam blieb immer sicher auf seinem Trial und stoppte nach einer guten Viertelstunde am Fuße einer alten Eiche.
„Prima mein Junge. Das hast du sehr gut gemacht." Wenn er mitten in der Arbeit war, mochte er keine Berührungen, also gab ich ihm verbales Feedback. Er bekam etwas zu Trinken und zu Nagen und ich schaute mich um.
„Also wohl da hoch", sprach ich mit mir selbst. Sam schaute nicht mal zu mir. Er wusste, er hatte seinen Teil zunächst erledigt, jetzt war ich wieder dran. Also nahm ich das Seil aus dem Rucksack und versuchte, einen der höheren dicken Äste damit zu umschlingen. Nach ein paar Versuchen hatte ich es geschafft. Ich zog mich hoch und lief quer mit den Füßen am Baumstamm hoch. Oben griff ich fest um den Ast und schwang mich hoch. Noch gute zwei Meter über mir sah ich etwas in der Sonne blitzen. Ein kleiner Schlüssel, befestigt an einer Nylonschnur. Ich trat auf den nächsthöheren Ast und griff mir die Schnur mit dem Schlüssel. Hier musste es nun irgendwo das dazugehörige Schloss geben. Der Schlüssel sah aus wie ein Türschlüssel, also hielt ich nach einem Gebäude in der Nähe Ausschau. Von der Position oben im Baum hatte ich eine gute Rundumsicht. Gute 150 Meter weiter, versteckt von dichten Bäumen, entdeckte ich den Verschlag.
Also ließ ich mich wieder ab und sprintete zu der Bretterbude. Der Schlüssel passte und auch hier warteten wieder acht Umschläge. Diesmal trug einer meinen Namen. Das nächste

Rätsel wartete, eine Denk-Kombinationsaufgabe. Bevor ich mich ans Denken begab, musste ich noch den Verschlag abschließen und den Schlüssel zurückbringen. Gute zehn Minuten später versuchte ich, mit Schokolade, Nüssen und Wasser mein Hirn auf Trab zu bringen.

Sams Knurren holte mich aus der Konzentration. Ein anderes Gespann – ein junger Mann mit einem Border Collie – war mittlerweile auch am Baum angekommen. Ich saß mit Sam im Schatten und grüßte mit einem leichten Kopfnicken. „Grüezi", er grüßte zurück mit einem breiten Lächeln, gab seinem Hund auch zu trinken und sah sich um. Er kam gar nicht auf die Idee mich anzusprechen. Ein sehr fairer Sportsfreund. Ich wandte mich wieder meinem Rätsel zu und hatte nun die Lösungsworte geknackt. Insgesamt waren es sechs Wörter. Ich loggte mich wieder unter dem altbekannten Link ein und scrollte zur aktuellen Aufgabe. Hier gab es eine Eingabemaske für die Lösungsworte. Ich gab sie in der Reihenfolge ein, wie sie sich in der Lösung präsentierten. Dann drückte ich den Enterbutton. Nach zwei Sekunden öffnete sich ein Fenster mit den Koordinaten des Ortes, in den es als nächstes ging – 48° 25' N, 7° 37' O. Ich gab das Ganze in mein GPS-Gerät ein, packte zusammen und lief mit Sam los. Wir verfielen in ein gutes Lauftempo. Ich nahm immer gerne möglichst den direkten Weg, das hieß hier strikt Richtung Osten querfeldein. Als ich so vor mich hinlief, wollte immer wieder ein Gedanke an die Oberfläche kommen. Ich konnte ihn aber nicht richtig fassen. Beim nächsten Check der GPS-Koordinaten traf es mich plötzlich wie der Blitz.
„Koordinaten", rief ich laut aus. Sam schaute mich irritiert an. Was, wenn es sich bei den ominösen Einträgen im Chat von Doc Shiva um Koordinaten handelte? Das musste ich unbedingt prüfen. Diese Idee verlieh mir Flügel und am Ende beendeten Sam und ich das HADOG in einer Traumzeit.

Nachdem wir bei den Zielkoordinaten angekommen waren, eine kleine Gemeinde namens Bolsenheim im Département Bas-Rhin in der Region Grand-Est, ging es für uns noch durchs Wasser und zum Schluss noch einmal in die Lebensuche. Sam fand natürlich den Menschen am Ende, der dann die Zeit nahm und Sam ein großes Stück Pansen zur Belohnung gab. Ich bekam zum Glück keinen Pansen, sondern ein großes Radler. Wir wurden dann wieder zum Ausgangspunkt zurückgefahren. Alles in allem eine anspruchsvolle Logistik, aus diesem Grund musste auch immer ein relativ hohes Startgeld entrichtet werden. Aber das war ich gerne bereit zu zahlen, brachte dieser Sport doch einen Hauch von Abenteuer ins Leben.

Ziemlich schmutzig, aber zufrieden fuhr ich wieder nach Hause. Sam lag im Kofferraum und schnarchte schon selig vor sich hin. Mittlerweile war es Abend und ich hatte außer Milch und Joghurt nichts im Kühlschrank. Schon wieder Pasta hatte ich keine Lust zu essen. Außerdem brauchte ich dringend wieder sozialen Austausch. Alfons war der erste Name, der mir in den Sinn kam. Das ging natürlich nicht. Der Mann war verheiratet und ich konnte ihn schlechterdings am Samstagabend anrufen und fragen, ob er mit mir essen ging. Was sollte er seiner Frau sagen? Mila hatte heute Abend ein Date – ein Landespolitiker von den Grünen. Ich war gespannt, was sie berichten würde. Ich rief Veronika an, die aber gerade mit ihrer Tochter auf dem Weg ins Kino war. Also doch Alfons? Ich fuhr rechts ran und tippte eine Nachricht. „lieber alfons, ich weiß es ist spät und ungewöhnlich. hast du lust und zeit auf pizza? komme gerade von einem trial und sterbe vor hunger. lge". Schnell tippte ich den kleinen Pfeil neben der Nachricht an. Nicht, dass ich es mir noch anders überlegte. Ich startete den Wagen und fuhr weiter. Keine fünf Minuten später klongte es. Wieder fuhr ich rechts ran, um die Nachricht zu lesen. Ich hatte doch tatsächlich Herzklopfen. „Liebe Elsa, schön von dir zu lesen. Habe auch den ganzen Tag noch nichts gegessen, Heike ist in der Toskana, um sich selbst zu finden. Dazu passt ja dann die Pizza für uns ;-) Wann? Wo? Oder soll ich was aussuchen?" Ein breites Lachen zog über mein Gesicht. Oh ja, bitte suche etwas aus. Ich liebte Männer, die initiativ sind. Ich sendete ihm den ausgestreckten Daumen und beeilte mich nach Hause zu kommen. Unumgänglich waren eine Dusche und frische Klamotten.

Komplett vergessen waren die wenigen Stunden Schlaf in der Nacht zuvor. Ich war aufgedreht vom Tag und von der Vorfreude auf einen schönen Abend mit Alfons. Der Zustand war nicht ungefährlich für mich. Ich konnte dann leicht über das Ziel hinausschießen und drohte, fast euphorisch bis manisch zu werden. Da war ja eigentlich ein Abend mit einem Psychiater genau das Richtige. Alfons hatte in Bingen einen Tisch bei seinem Lieblingsitaliener reserviert. Man kannte ihn dort und wir bekamen sicherlich noch was zu essen, auch wenn es schon später war. Gegen neun Uhr traf ich ein, Alfons saß schon mit einem Glas Primitivo am Tisch. Er stand auf und kam mir einen Schritt entgegen. Ich hatte ein legeres Outfit gewählt, leichte Sommerhose und einen dünnen, dunkelblauen Wollpullover. Auch Alfons war locker gekleidet, mit einer grünen Stoffhose und einem dunkelbraunen Pullover über dem Hemd. Er sah unverschämt gut aus. Das sagte ich ihm auch. Er nahm mich in den Arm und drückte mich. Dann löste er sich und gab das Kompliment zurück, wenn auch mit der Einschränkung, dass ich sehr müde aussehen würde. So einem Arzt entgeht doch einfach nichts.

Wir aßen, tranken und redeten den ganzen Abend. Es war wundervoll. Ich erzählte von meinen Erlebnissen der letzten Tage, also von meinem Besuch bei Lisa in Hannover, von meinen Recherchen und davon, was ich alles herausbekommen hatte. Und natürlich von der merkwürdigen Begegnung mit den Vertretern des Inlandgeheimdienstes. Alfons hörte zu, stellte Fragen, probierte meine Pizza und ich seine und erzählte schließlich auch aus seinem Leben. Seine Frau Heike war im Moment auf einem Selbstfindungstrip. Sie langweilte sich in ihrem Leben und musste ihre Mitte wiederfinden. Ja, sollte sie mal machen. Ich dachte bisher immer, ihre Mitte würde mir gerade beim Italiener gegenübersitzen.

„Wie geht es dir damit, dass Heike mal wegmusste. Also auch von dir?", fragte ich ihn.

„Ich bin ehrlich gesagt etwas ambivalent. Ich finde es schon beängstigend, nach so langer Zeit plötzlich meine private Situation in Gefahr zu sehen. Aber irgendwie belebt die ganze Sache auch." Er grinste etwas verschmitzt.

„Glaubst du, Menschen sind dafür gemacht, ihr Leben lang zusammen zu bleiben?", wollte ich von ihm wissen.

„Da gibt es doch keine einfache Antwort drauf. Manche ja, ich denke schon. Was ist mit dir? Glaubst du das oder eher nicht?"

„Tja, was soll ich sagen, Alfons. Ich bin geschieden. Anfang 40, ohne Partner. Wenn ich mein Leben so betrachte, dann glaube ich es wohl eher nicht", gab ich etwas lakonisch zurück.

„Warum habt ihr euch eigentlich damals getrennt, dein Ex-Mann und du? Ich weiß gar nicht viel über deine Vergangenheit." Er sah mich interessiert an.

„Weißt du, ich hatte mich damals nicht gut unter Kontrolle. Irgendwie war ich süchtig nach dem Leben. Es konnte nicht schnell genug sein. Alles musste ich ausprobieren und erleben. Jeden Einsatz nahm ich mit, private Dinge standen immer hinten an. Auf dem Weg zu einem Einsatz fuhr ich mein Auto zu Schrott und landete im Krankenhaus. Selbst das reichte nicht aus, um mal nachzudenken. Schließlich hielt Olli es nicht mehr aus. Er ist ein herzensguter Mensch, der mit mir einfach nicht mehr zurechtkam." Ich trank einen Schluck Wein.

Alfons beugte sich vor. „Und hat das dein Leben dann verändert? Ich kenne dich ja nur anders."
Ich grinste ihn an. „Ja, das war der berühmte Tritt in den Allerwertesten! Ich kam dann auch nicht mehr mit mir zurecht. Jetzt ist es aber genug. Therapiestunde beendet. Wir waren eigentlich bei dir", spielte ich die Karte wieder zurück.
Davon ließ Alfons sich jedoch nicht beirren. „Liebst du ihn denn noch? Ich meine, er hat ja dich verlassen, da kann es durchaus sein, dass du ihn immer noch vermisst und zurückhaben willst?" Fragend schaute er mich an.
„Nein, das Kapitel ist abgeschlossen. Ich habe nun ein vollkommen anderes Leben und Olli ist Vergangenheit. Das ist absolut okay für mich. Ich liebe ihn nicht mehr", sagte ich geradeheraus.

Wir bestellten ein letztes Glas Wein. Mittlerweile waren wir die letzten Gäste. Ich wollte aber nicht aufhören. Da kam das Kind in mir durch. Zum Glück behielt Alfons die Übersicht. Wir bezahlten, indem wir jeder einen großen Schein in die Mitte legten. Draußen war die Luft frisch und wir gingen ein paar Schritte am Rheinufer entlang.
„Ich möchte nicht, dass du noch Auto fährst. Du hast zu viel getrunken. Da hinten ist ein Taxistand. Würdest du mir den Gefallen tun und damit nach Hause fahren? Ich hole dich morgen früh ab und bringe dich zu deinem Auto." Es hörte sich weniger wie eine Frage an, sondern mehr nach einem Vorschlag, der wenig Widerspruch zuließ.
„Eine ganz wunderbare Idee", willigte ich sofort ein, „Ich wollte schon immer mal mit dir Frühstücken", ergänzte ich noch mit einem Grinsen im Gesicht.
Alfons blieb stehen und zog mich an sich. Er nahm mein Gesicht in seine Hände und küsste mich sachte auf den Mund. Ich wollte mehr und erwiderte seinen Kuss. Dann drängte sich irgendwie Heike zwischen uns und wir lösten die Umarmung.

„Das war ein ganz wunderbarer Abend Alfons. Ich danke dir von Herzen dafür. Es ist schön, Zeit mit dir zu verbringen", sagte ich zu ihm.
„Den Dank kann ich nur zurückgeben. Ich freue mich aufs Frühstück morgen", lächelte er.
Wir gingen zum Taxistand, drückten uns noch einmal lange und innig und dann fuhr ich nach Hause. Gerne wäre ich bei ihm geblieben, hatte aber Angst, dass unsere Freundschaft Schaden nehmen würde. Und außerdem war da noch Heike.

Zu Hause ließ ich Sam noch einmal in den Garten. Vorm Einschlafen dachte ich noch einmal über den langen Tag nach, um schließlich mit einem beseelten Lächeln ins Land der Träume zu gleiten.

Die Gebrüder Gibb holten mich aus dem Tiefschlaf. Ich nahm mir vor, unbedingt den Klingelton zu ändern. Wer rief am Sonntagmorgen um diese Zeit an? Es konnte höchstens acht Uhr sein. Ich griff zum Handy und schaute auf das Display. Eine angezeigte Mobilnummer.

„Ja bitte?", meldete ich mich neutral. Die Agenten würden ja wohl hoffentlich am heiligen Sonntag frei haben.

„Hier ist Lisa. Lisa Kleine. Elsa, sind Sie es?", sie klang sehr aufgeregt.

Natürlich bin ich es, dachte ich. Sie hatte ja schließlich meine Nummer gewählt. Wer kleine Kinder hat, ist früh wach und aus einem nachwuchsbedingten Hedonismus heraus öfter mal egozentrisch, was Uhrzeiten betrifft, um Kontakt mit anderen aufzunehmen. Das alles dachte ich nur.

„Ja, Lisa. Ich bin es. Was ist los?" Vielleicht war ja was passiert. Ich musste schließlich auch erst einmal wach werden.

„Ana", sagte sie nur.

Ich wartete, dass noch mehr kam. Als dem nicht so war, wiederholte ich noch einmal meine Frage, „Lisa, was ist los?" Mittlerweile saß ich aufrecht im Bett.

„Sie hat mir geschrieben. Gerade eben", schrie sie fast hysterisch. „Ich habe eine Nachricht von ihr aufs Handy bekommen. Vor zehn Minuten. Wie kann das denn sein? Ich habe sie doch gefunden. Sie war tot, ganz sicher!" Sie klang bedenklich kurzatmig. „Oh Gott, mir wird ganz schwindelig." Wenn sie so weiter atmete, würde sie gleich sauerstoffübersättigt vom Stuhl fallen.

„Jetzt hören Sie mir zu! Sie machen jetzt genau das, was ich Ihnen sage! Holen Sie sich eine Plastiktüte und setzen Sie diese mit der Öffnung auf Mund und Nase!" Mein Tonfall war sehr bestimmt. Wenn ich wollte, dass sie tat, was ich sagte, durfte sie keinen Zweifel haben. Ich hörte es rascheln am anderen Ende. „Gut! Und jetzt atmen Sie dreimal langsam tief ein und wieder aus. In die Tüte hinein." Ich hörte sie langsam atmen.

„Okay, jetzt nehmen Sie die Tüte wieder weg. Wie ist es jetzt? Was ist mit dem Schwindel?", fragte ich besorgt.
„Besser, viel besser. Was war das denn? Das hatte ich noch nie!"
„Lisa, Sie haben hyperventiliert. Sie haben sich wegen der Nachricht sehr erschrocken und dadurch viel zu schnell geatmet. Dadurch ist es zu einer erheblichen Unterversorgung von Kohlenstoffdioxid in Ihrem Organismus gekommen. Durch das Atmen in die Tüte haben Sie ihre eigene Atemluft ein- und ausgeatmet. Die ist angereichert mit Kohlenstoffdioxid und somit konnten Sie selber wieder für einen Anstieg von CO2 in Ihrem Blut sorgen", erklärte ich ihr die Zusammenhänge.
„Ach du meine Güte", kommentierte sie das Ganze.
„So, jetzt noch einmal zur Nachricht von Ana. Was hat sie geschrieben?", fragte ich Lisa.
„Die Nachricht kam wie gesagt heute Morgen um 7:47 Uhr bei mir an. Sie schreibt: Hi Lisa, ist gerade schwierig. Falls was passiert neues PW Bratis_AM_74_sk, A."
„Hm, Hm, okay", gab ich unspezifisch zurück. Es gab nur zwei mögliche Erklärungen. Jemand hatte Anas Handy eingeschaltet und die Nachricht, die sich noch im Ausgang befunden haben musste, wurde gesendet. Oder jemand gab vor Ana zu sein und versendete in ihrem Namen Nachrichten. Aber warum sollte dieser jemand das tun? Vor allem eine solch kryptische?
„Können Sie etwas damit anfangen, Lisa? Mit dem Inhalt meine ich?" Vielleicht wusste Lisa ja, was gemeint war.
„Nee, gar nicht. Was mache ich denn jetzt damit? Muss ich das nicht der Polizei melden?" Sie hörte sich schon wieder aufgeregt an.
Ich wollte ehrlich zu ihr sein. „Ja, ich denke das sollten Sie. Vielleicht können die ja auch herausfinden, wo sich das Handy eingeloggt hat heute Morgen. Allerdings sollten Sie sich nicht zu große Hoffnungen machen. Da man bei der Polizei der

Meinung ist, Ana hätte sich selbst aus Versehen mit einer Überdosis umgebracht und vorher ihr Handy für Drogen zu Geld gemacht, sieht man dort möglicherweise keine Notwendigkeit, dem nach zu gehen." Ich sprach aus, was ich dachte. Trotzdem sollte sie es versuchen. Ich fand die Idee gut, an allen Stellen, die möglich waren, weiter zu bohren.
„Würden Sie mir bitte die Nachricht noch auf mein Mobiltelefon weiterleiten? Ich würde gerne ein wenig überlegen, was Ana da gemeint haben könnte", bat ich sie.
Bevor wir uns verabschiedeten bedankte ich mich bei Lisa für die Benachrichtigung und bat sie, mir eine Rückmeldung zu geben, was bei der Polizei herausgekommen war. Nachdem wir aufgelegt hatten, leitete sie mir die Nachricht weiter.

Hi Lisa, ist gerade schwierig. Falls was passiert neues PW Bratis_AM_74_sk, A.

Ana war also zum Zeitpunkt des Schreibens in Schwierigkeiten. Sie hatte aber noch Zugriff auf ihr Telefon. Nur abschließend versenden konnte sie die Nachricht nicht mehr. Ist sie dabei gestört worden, war der Akku runter? Es gab viele Möglichkeiten. Sie war auf jeden Fall in so großer Sorge, dass sie Lisa – von der sie sich ja eigentlich die letzten Monate eher zurückgezogen hatte – eine solche Mitteilung schrieb. Es ging ganz klar um ein neues Passwort. Fragte sich nur wofür? Und was meinte Ana mit „Falls was passiert"? Dass sie sterben würde? Wusste sie, dass sie in Gefahr war? Wahrscheinlich ja. Und wer hatte das Telefon heute Morgen angestellt? Wusste derjenige, dass eine Nachricht raus ging?
Ich rief noch einmal bei Lisa an. Mir war noch etwas Wichtiges eingefallen. Sie ging beim ersten Klingeln dran, als hätte sie immer noch mit dem Telefon in der Hand da gesessen.
„Ja, Elsa?", fragte sie. Offenbar hatte sie meinen Namen zur Rufnummer abgespeichert.

„Lisa, ich habe noch eine Frage. Haben Sie, nachdem Sie die Nachricht heute Morgen bekommen haben, auf Anas Telefon angerufen?"

„Ja, natürlich. Ich wollte doch wissen, wer hier Nachrichten von Ana verschickt", gab sie zurück. „Ist aber aus gewesen. Also, der Ruf ging gar nicht raus, sondern es kam sofort die Ansage, dass diese Nummer momentan nicht erreichbar ist."

„Okay, danke. Mehr wollte ich gar nicht. Haben Sie eigentlich noch einmal darüber nachgedacht ein paar Tage wegzufahren?", fragte ich hoffnungsvoll. Nach der Aktion heute Morgen erschien mir das Ganze noch dringender.

„Meine Eltern sind gestern nach Hannover gekommen und nehmen heute Zoé mit nach Bayern. Ich kann frühestens in der zweiten Oktoberwoche weg. Vorher bekomme ich kein Frei." Sie hatte sich also gekümmert.

Wir verabschiedeten uns ein zweites Mal und ich stand auf. Ich brauchte erst einmal Kaffee.

Gegen zehn Uhr kam Alfons mit frischen Brötchen und guter Laune. Ich war mit der Frage, was Anas Nachricht zu bedeuten hatte, nicht weitergekommen. Klar war, es handelte sich um ein Passwort. Aber wofür? Außerdem musste ich herausfinden, wann Ana die Nachricht ursprünglich versenden wollte. Und von wo aus. Ich hatte nicht die leiseste Ahnung, ob man so etwas im Nachhinein herausfinden konnte. Dazu würde ich einen Experten fragen müssen und ich wusste auch schon wen. Wir frühstückten auf der Terrasse unter dem Sonnensegel. Es war zwar nicht mehr ganz so warm wie die letzten Tage, aber immer noch sehr angenehm. Es war entspannt mit Alfons. Zur Begrüßung gab es wie immer eine herzliche Umarmung und – einen Kuss. Letzteres war neu, gefiel mir aber außerordentlich. Wir redeten eine ganze Weile über Patienten und bevorstehende Analysen und Gerichtsverfahren. Natürlich sprachen wir auch noch einmal über Heike. Es machte Alfons durchaus etwas aus, dass sie sich ohne ihn selbst finden wollte. Er versuchte es zu analysieren und war ein bisschen in seinem Stolz verletzt. Er konnte dann arrogant werden. Ich sagte ihm, er solle nicht so herablassend und eingebildet sein, fand diesen fast schon zynischen Zug an ihm aber durchaus sexy. Das sagte ich ihm natürlich nicht.

Ich erzählte Alfons von Lisas Anruf und Anas Nachricht. Er hatte auch keine zündende Idee zu dem Passwort.

„Lass es uns doch mal im Ausschlussverfahren versuchen", schlug er vor.

„Gute Idee." Ich holte einen Zettel und einen Stift. „Also, was haben wir. PW steht für Passwort, oder? Da sind wir uns einig", fing ich an.

„Ja, denke ich auch. Vor allem, wenn danach etwas kommt, was eindeutig nach Passwort aussieht." Er grinste mich an.

„Gut, dass du promoviert bist und so viel Scharfsinn besitzt", neckte ich zurück.

„Bratis_AM_74_sk. Aus was setzen Menschen normalerweise ihre Passwörter zusammen?", überlegte ich laut. „Vornamen, Nachnamen, Abkürzungen der Namen, Tiernamen, Geburtsdaten und so weiter. Die meisten nehmen kein Passwort aus völlig unbedeutenden Zahlen und Buchstaben, weil sie Angst haben, dass sie es vergessen. Dabei schreiben sie sie sowieso alle irgendwo hin."

„Okay, dann also AM. Ana – wie hieß sie mit Nachnamen? Auch Melnik, seit sie im Zeugenschutz war?", fragte Alfons. Ich schlug mir mit der Hand vor die Stirn. „Natürlich! Ana Melnik – AM. Und Savo Kostal – sk. Oder Slowakei. Ich habe es! /4 ist das Geburtsjahr von Savo und Bratis kommt von Bratislava, ihrer Geburtsstadt." Ich grinste Alfons an.

„Das grenzt ja geradezu an die Entschlüsselung des iranischen Atomprogramms", nickte er mir übertrieben beeindruckt zu.

„Aber was bringt uns das?", holte er mich mit grauem Realismus zurück auf den Boden der Tatsachen.

„Du hast ja Recht. Wir wollten nicht herausfinden, wofür die Abkürzungen in ihrem Passwort stehen, sondern wofür das Passwort überhaupt da ist. Oh Mann. Ich bin heute Morgen noch irgendwie durcheinander." Ich schaute ihm in die Augen und stand auf. „Noch Kaffee?", fragte ich auf dem Weg in die Küche. Er wollte keinen mehr.

Im Ausschlussverfahren strichen wir folgende Dinge von der Liste möglicher Zielobjekte:
Tresor – meistens nur Zahlen
Fahrradschloss – Zahlen und eigentlich Blödsinn
Handy-PIN – meistens nur Zahlen
Handy-SIM – besteht aus vier Zahlen
Bankkonto, Schließfach in der Schweiz oder ähnliches – könnte sein, aber eher unwahrscheinlich
Alarmanlage – hatte sie keine
Wir waren uns einig, dass das Passwort etwas für den Computer war. Entweder das generelle Zugangspasswort oder für irgendeinen Onlineaccount. Besondere Chatrooms. Gesonderter E-Mailaccount.
Ich würde es ausprobieren müssen. So kamen wir nicht weiter. Immerhin aber wussten wir, was es eher nicht war.

Am Mittag fuhr Alfons mich zu meinem Auto und wir verabschiedeten uns. Er wollte noch Rudern, um etwas für seine Figur zu tun und um nachzudenken. Ich wollte an den Rechner. Da gab es ja auch noch die Hypothese, dass die Einträge von Doc Shiva Geokoordinaten waren.

Den restlichen Tag verbrachte ich am Rechner. Ich nahm noch einmal sämtliche Unterlagen zu Ana in die Hand, die mir zur Verfügung standen. Rechtsmedizin und TUB hatte ich schon minutiös ausgewertet. Da war nichts, was mir hinsichtlich des Passwortes weiterhalf. Zurück zu Anas Onlineaktivitäten. Ich durchforstete wiederholt alle Chat-Protokolle und ihre Social-Media-Sites. Mit den Ausdrucken kam ich nicht weiter. Ich ging online und sah mir alle Gruppen, Chats und Homepages an, die ich in den Unterlagen finden konnte. Nach gut einer Stunde hatte ich eine Ahnung, in welche Richtung es ging. Schon bei meiner Recherche zur Germanischen Triangel und neuen Weltordnung war ich konfrontiert mit Verschwörungstheorien, nationalem Denken, Widerstand gegen das System und einer großen Portion rechtsideologisch geprägter Haltungen. Es gab Seiten, die waren frei lesbar für alle. Fast immer fand sich auch ein geschützter Bereich, der nur für Mitglieder oder angemeldete User war. Überall, wo ein Zugang blockiert war, gab ich Anas neues Passwort ein. Fehlanzeige. Auch unter dem Stichwort Armee der Germanischen Triangel suchte ich noch einmal explizit nach Chats und Ähnlichem. Hatte doch der Drohschreiber genau diese Gruppe erwähnt. Da fand sich nichts. Also dann die Abkürzung AGT. Hier hatte ich die Auswahl zwischen der amerikanischen Fernsehshow ‚America's got Talent' und einem deutschen Verein, der sich mit Testamentsvollstreckungen auseinandersetzte. Nicht das, was ich gehofft hatte. Ich ließ die Armee im Schützengraben und gab nur die Stichworte Germanische Triangel und Chat ein. Und tatsächlich, hier fand sich eine Seite, die passwortgeschützt war. Nur leider kam ich auch diesmal mit Bratis_AM_74_sk nicht weiter. Es war zum Verzweifeln.

Nach ein paar Minuten intensiven Nachdenkens entschloss ich mich, mich mit einer neu erstellten E-Mailadresse und einem eigenen Zugang selbst anzumelden. Als Benutzernamen wählte ich den schönen altdeutschen Namen Eva aus. Evas gab es schon einige in diesem Chat, genauso wie Blondi und Magda. Also gut, so entschied ich mich für Magda33. Ich loggte mich also in der Gruppe ‚GT-aus dem Volk und national' ein und surfte durch die Seiten. Es handelte sich eindeutig um eine straff rechtsnationale Gruppe. Es gab Berichte und

Videos von bekannten Neonazigrößen, Hinweise, auf welchen Social Media Plattformen gefahrlos und ohne von den Strafverfolgungsbehörden behelligt zu werden jeder offen und frei seine Meinung äußern konnte. Die seriöse mediale Berichterstattung und der Journalismus wurden als Lügenpresse diffamiert und gerne nahm man die berühmt-berüchtigten Fake News-Angriffe des ehemaligen amerikanischen Präsidenten als wahre Worte auf. Mit skurrilen Behauptungen wurde Angst geschürt und Menschen mit bizarren Namen machten hier Meinung. Da waren sogenannte Druiden – alte Männer mit merkwürdiger Kleidung und langen weißen Bärten – selbsternannte Götter, die das Heil verkündeten und die sogenannten Preppers. Prepper leitet sich ab aus dem englischen „preparation" und vorbereitet wird nicht weniger als der Untergang der Welt oder andere kleinere Katastrophen. Preppers bereiten sich vor für den Tag der Tage. Sie schaffen sich Nahrungsvorräte an, die für mindestens fünf Jahre reichen, haben komplette Wasseraufbereitungsanlagen im unterirdischen Bunker stehen und sind echte Überlebensfreaks. Von Aggregaten für die eigene Stromversorgung brauchen wir hier gar nicht reden. Sie gehören zur Standardausrüstung eines jeden Preppers.
Die Preppers auf der GT Seite bereiteten sich vor für die Übernahme der Weltherrschaft durch das Judentum, den Islam und die Finanzeliten. Wie Judentum und Islam gemeinsam die Welt übernehmen wollten, wurde nicht erklärt. Ich las und staunte und klickte mich durch die Seiten und diverse soziale Netzwerke. Da ich auf mich aufmerksam machen wollte – ich hatte schließlich das Ziel, an die realen Menschen hinter den Profilen zu kommen – likte ich einzelne Beiträge und Ausführungen.
Keine Stunde später hatte ich acht Freundschaftsanfragen auf meinem neu erschaffenen Magda33-Profil. Ich nahm alle an.

Neben den exotischen Selbstdarstellern und Katastrophen-

phobikern gab es aber auch noch eine ganz andere Art von Agitatoren. Die aggressive Herabsetzung des bestehenden politischen Systems und der heterogenen Gesellschaft fand auf eher subtile Art und Weise statt. Diese Leute umgaben sich mit einem intellektuellen Nimbus und wählten eine geschickte Sprache. Sie versuchten sich an einer Zustandsbeschreibung unserer Gesellschaft, die von Einzelfällen auf die Gesamtheit schloss. So wurden Fälle von Angriffen durch Ausländer auf Deutsche dargestellt, als wären sie an der Tagesordnung. Das Schicksal einer Rentnerin, die mit 600 Euro im Monat auskommen musste, wurde verglichen mit einem rumänischen Clanchef, der eine Armada an Luxusautos im Hof stehen hatte und trotzdem Unterstützung vom Amt bekam. Unsere Gesellschaft wurde als nicht mehr sicher beschrieben und geschickt versuchten die Meinungsmacher, hier mit den Ängsten der Menschen zu spielen. Es wurde eindringlich davor gewarnt, Nachrichten der Presse und des öffentlich-rechtlichen Fernsehens zu glauben. Der „Mainstream" wolle nur versuchen Lügen zu verbreiten, um die deutsche Bevölkerung unmündig zu machen.
Ich sah mir Videos an, die durchaus Propagandaqualität hatten. Eine Erscheinung tat sich besonders hervor. Ein Mann, der sich im Netz Wotan nannte. Er hatte die 50 sicherlich schon überschritten und machte einen durch und durch seriösen Eindruck. Gepflegt gekleidet – in allen Beiträgen, die ich sah, immer in schwarzer Hose plus Rollkragenpullover Kombination – und gut frisiert wählte Wotan eine durchaus uberzeugende Sprache. Er redete leise und drückte sich gewählt aus, trotzdem nannte er die Dinge beim Namen. Zu seiner Strategie gehörte es offenbar, seinen Anhängern zu versprechen, ihnen zurück zu geben, was ihnen zustehe – nämlich einen ehrenwerten Platz in der eigenen Gesellschaft, die Freiheit selbst zu entscheiden, was richtig oder falsch ist, das Recht sich zu wehren, wenn die Grundrechte angegriffen würden und so weiter.

Wotan wollte das Recht auf „ein Mann, eine Waffe" durchsetzen. In einer Ansprache erklärte er explizit, warum jeder Deutsche eine Waffe besitzen sollte. Für den Fall, dass sein Besitz, also Frau, Kind und Heim angegriffen werden sollte, könne ein jeder sich verteidigen und seine Waffe zum Einsatz bringen. Auf die Polizei sei schon lange kein Verlass mehr. Bis die kämen, wäre man längst verloren. Erst recht in ländlichen Regionen. Die Vertreter des Staates hätten zur Zeit andere Aufgaben als die eigenen Mitbürger zu schützen. Sie müssten die reichen Politiker – die sogenannten Vertreter des Volkes – beschützen und unsinnige europäische Gesetze umsetzen. Aber auf der Straße, wo sie unsere Kinder und Frauen beschützen sollten, sähe man sie eben nicht mehr. Er – Wotan – wolle dies ändern und dafür brauche er Unterstützung. Das alles erklärte er in einem ruhigen Tonfall mit festem Blick in die Kamera.

Durch seine geschickten Ausführungen erschienen seine kruden Schlussfolgerungen fast zwingend. Ich konnte mir gut vorstellen, dass dieser Mann auf viele eine Faszination ausübte. Auch bei diesem Beitrag klickte ich mein Gefallen und wartete gespannt, ob was passieren würde. Keine zehn Minuten später hatte ich eine Einladung zu einer Veranstaltung. Wotan und andere luden zu einer Abenddiskussion ein. Man wolle sich offen und gerne zeigen und den Fragen stellen. Zu verheimlichen gäbe es nichts. Ich wäre sehr herzlich willkommen, wenn ich, statt immer nur zu reden, auch handeln wolle. Aber auch, wenn ich einfach nur Fragen hätte. Oder Hilfe bräuchte. Ich nahm die Einladung an und per E-Mail wurde mir ein Einlasscode gesandt. Neben diesem Code wurde mir noch mitgeteilt, dass die Veranstaltung am kommenden Mittwochabend um 19 Uhr im Volkshaus einer thüringischen Kleinstadt an der Grenze zu Hessen stattfand. Ich solle bitte meinen Ausweis mitbringen, und wenn mich noch jemand begleiten würde, müsse ich ihn vorher anmelden. Man freue sich sehr, mich am Mittwoch begrüßen zu können auf dem 4. Volkssymposium der Germanischen Triangel. Daneben die mir schon bekannte Rune.

Ich hatte das Gefühl, einen Schritt weitergekommen zu sein und schlug mir selbst innerlich auf die Schulter. Erst danach überlegte ich, was ich tun sollte. Hinfahren? Natürlich, das stand außer Frage. Die Gestalten wollte ich mir gerne aus der Nähe ansehen und außerdem bestand eine realistische Chance, dass sie etwas mit Anas Tod zu tun hatten. Mindestens aber waren sie für den Drohbrief an Lisa verantwortlich.

Den restlichen Sonntag verbrachte ich mit Doc Shivas konspirativen Chat-Einträgen. Tatsächlich handelte es sich um GPS-Daten. Der Eintrag in Anas Chat vom 29.10.2107 lautete: „49 ab jetzt, 53 – 10 – 7; 9 – 56, 22,9, siebtes und drittes". Die Daten standen im GMS-Format und bedeuteten 53 Grad, 10 Minuten und 7 Sekunden Nord und 9 Grad, 56 Minuten und 22,9 Sekunden Ost. Übersetzt hieß das, es ging um die Lüneburger Heide. Die war natürlich recht groß und ein weiterer Ort wurde in dem Chat nicht bestimmt. Mit großer Wahrscheinlichkeit handelte es sich bei dem Eintrag also um einen Treffpunkt, der aus irgendwelchen Gründen nur kryptisch übermittelt wurde. Was „49 ab jetzt" und „siebtes und drittes" bedeutete, erschloss sich mir leider nicht. Ich gab alle denkbaren Kombinationen dieser Daten in mein GPS-Gerät ein, aber es kam nichts Sinnvolles dabei heraus. Irgendwann zeigte es fatal Error an. Ich sprach beruhigend auf das Gerät ein und hängte es zur Belohnung an den Strom.

Als nächstes prüfte ich den Eintrag vom 26. Juli diesen Jahres: „77 ab jetzt, 52 – 16; 9 – 13, zweiundzwanzigstes und zweites". Auch hier wieder handelte es sich sehr wahrscheinlich um Koordinaten. 52° 16' N, 9° 13' O entsprach dem Bückeberg in Niedersachsen. Noch nie gehört. Ich sah nach, wo das liegt und was es damit auf sich hatte. Der Bückeberg gehört zum Weserbergland und liegt im Landkreis Schaumburg. Aha. Das brachte mich nicht weiter. Was hatte es mit diesen Orten auf sich? Die Lüneburger Heide und der Bückeberg liegen im Norden und Ana wohnte in Hannover. Wenn es sich wirklich um Treffpunkte handelte, dann spielte die geografische Nähe sicherlich eine Rolle. Aber was sollten diese Zahlen „ab jetzt"? Und die ausgeschriebenen Zahlen am Ende? Warum konnte der Typ nicht einfach schreiben, wo und wann man sich traf? Ich stutzte. Wo hatte ich herausgefunden, aber wann? Das konnte dann nur noch in den anderen Angaben versteckt sein. „49 ab jetzt". Was? Stunden, Minuten, Wochen, Tage, Monate? Es konnte alles Mögliche sein. Minuten schloss ich aus. Das wäre sehr sportlich gewesen, in 49 Minuten von Hannover aus in die Lüneburger Heide zu fahren, ohne den genauen Ort zu kennen. So weit war das zwar nicht entfernt, aber mit Anziehen, Haare kämmen, Tasche packen und Losfahren – womit eigentlich? Ana hatte gar kein Auto – war das etwas knapp. Ich fand auch 49 für Minuten etwas zu pingelig. Da brauchte man nur mal kurz in einen Stau kommen und schon war die Zeit dahin. Minuten schieden also aus. Genauso wie Jahre. Das war ja kaum zu überleben. Blieben Tage, Wochen und Monate. Letzteres schloss ich eigentlich auch aus. 49 Monate oder im Juli dann 77. Viel zu lang, das würde niemand mehr auf dem Schirm haben, wenn es so weit war.

Also waren noch Tage und Wochen im Rennen. Zahlen waren nicht so meine Stärke, also wusste ich natürlich nicht auswendig, wie viele Wochen ein Jahr hat. Bei Monaten war ich ja noch dabei, aber dann stieg ich aus. Also befragte ich auch hier wieder meinen „Alleswisser-Freund", das Internet. Er verriet mir, dass ein Jahr um die 52 Wochen hat – je nachdem mit welchem Wochentag ein Jahr begann. Wer dachte sich so etwas nur aus? Wenn es sich also um Wochenangaben handelte, dann wäre das Treffen einmal auf knapp ein Jahr nach vorne und einmal deutlich über ein Jahr nach vorne datiert. Eigentlich auch ein zu langer Zeitraum. Außerdem hätte man dann den zweiten Termin auch beim ersten Treffen direkt sagen können und auf diese kryptische Mitteilung verzichten können.

Also Tage. Ich war mir bewusst, dass es sich um eine gewagte Ableitung handelte, mit vielen Hypothesen und Spekulationen. Da ich aber nichts anderes hatte, ließ ich das durchgehen. Dann ging die Rechnerei los. Doc Shiva schrieb am 29.10.21 „49 ab jetzt". Das hieße, den 29. noch mit gerechnet, das Treffen oder was auch immer, fand am 16.12.2021 statt. Weihnachtsfeier in der Lüneburger Heide? Und der Eintrag aus Juli 2022 nannte 77, das wäre also der 10. Oktober auf dem Bückeberg. Na also! Das war doch mal was. In wenigen Tagen war es soweit. Entweder ich würde mich alleine auf diesem niedersächsischen Hügel zu Tode langweilen oder die Fünf-Freunde-Gang kennen lernen.

Bei den ausgeschriebenen Zahlen am Ende kam ich zu keinem Schluss. Das konnte alles Mögliche heißen.

Ich ging zum Abschluss noch einmal mit meinem neuen Profil Magda33 online und hatte zwei weitere Freundschaftsanfragen. Auch diese bestätigte ich. Einer meiner neuen Freunde schickte mir den Link und Zugang zu einem weiteren geschlossenen Chat. Ich loggte mich dort ein und sah mich etwas um. Vier User waren gerade online und begrüßten mich. Ich dagegen hielt mich zurück und wollte es eher passiv angehen. Es gab die Möglichkeit, in vergangene Gespräche zu schauen. Ich las mal hier und dort etwas und war nicht überrascht, doch immer wieder auf dieselben Profile zu stoßen mit denselben hohlen Inhalten. Ein Name erregte meine Aufmerksamkeit. Bis Juli tauchte regelmäßig eine gewisse Alat_Sok auf. In der Profilbeschreibung gab sie an, eine überzeugte GTlerin zu sein. Sie habe auf ihrer Suche nach Wahrheit und Freiheit Wotan kennen gelernt und nun wisse sie, wofür sie lebe. Außerdem lud sie alle ein, ihr auf diesem Weg zu folgen und sich zu befreien.

Alat_Sok. Also bitte! Ein bisschen mehr Kreativität hatte ich Ana doch zugetraut. Rückwärts gelesen ergab dieser Name KostalA, Ana Kostal. Mein Herz schlug schneller und ich tippte auf ihren Namen. Es öffnete sich ein Fenster und weitere Informationen erschienen. Die hinterlegte E-Mail-Adresse lautete „Freiheit_im_Denken" und war ein Account bei einem der üblichen Anbieter. Meinen Fakeaccount hatte ich beim selben Anbieter und somit wusste ich, wie das Einloggen funktionierte. Ich ging auf die Anbieterseite, gab Anas E-Mail-Adresse und das Passwort ‚Bratis_AM_74_sk' ein. Einen Moment rotierte ein kleiner Kreis in der Mitte des Bildschirms und dann öffnete sich Anas E-Mailaccount. Ich stieß einen kleinen Freudenschrei aus und sprang auf. Sam kam angelaufen und dachte wohl, die Zeit des Wartens sei vorbei. Da täuschte er sich, jetzt ging das Lesen erst richtig los.
Ich kam mir vor wie ein Spion. Automatisch versuchte ich leiser zu tippen und mich nur vorsichtig zu bewegen. Nur keine Geräusche machen. Ich schüttelte den Kopf und lachte über mich selber.
„Na, dann wollen wir doch mal sehen, mit wem du dir so geschrieben hast, liebe Ana", sprach ich mit mir selbst.
Es schien ein E-Mailpostfach zu sein, was nur für ganz bestimmte Zwecke genutzt wurde. So gab es keine hinterlegten Adressen und die Nachrichten, die sie bekam, schienen von den immer gleichen Absendern zu kommen. Von Ana selbst fand sich alle 14 Tage eine lange Nachricht, die sie an einen gewissen Ludwig_83 sendete. Ich begann zu lesen und traute meinen Augen nicht.
„Das gibt es doch nicht! Was für eine Schweinerei!" Zum zweiten Mal innerhalb kürzester Zeit sprang ich auf. In meinem Magen breitete sich eine Hitze aus und danach klumpte alles zusammen zu einem Knoten. Ich lief umher und fragte Sam, ob die Welt verrückt geworden sei. Er legte den Kopf schief und leckte meine Hand ab.

René

Es waren mittlerweile mehr als vier Stunden vergangen, seit er das Telefon gefunden und aus Versehen eine Nachricht rausgeschickt hatte. Niemand kam zu ihm, um ihn deswegen abzuholen, also ging er davon aus, dass jemand anderes als der Graue oder Lars die Nachricht bekommen hatte. Er hatte sich von dem Saufgelage am Vorabend erholt, vom Schock seine tote Mutter zu sehen noch nicht. Es war unmöglich für ihn, etwas zu essen oder an etwas anderes zu denken. Ständig hatte er das Bild vor Augen, wie Mama kopfüber und zusammengeklappt in diesem Fass steckte. Wann hatten sie sie wohl erwischt? Schon auf der Flucht? Kam sie gar nicht erst weg vom Hof? Das war sehr wahrscheinlich. Die Bewachung ist streng und es war nicht möglich, einfach so zu gehen. Entweder man hatte eine Erlaubnis oder war in Begleitung von einem aus der Führungsgruppe.
Nach dem Lauf kam Lars wieder zurück in die Wohnung und sagte ihm, dass er um 14 Uhr in das Druckerhaus gehen solle. Da würde eine Aufgabe auf ihn warten. Also machte er sich um kurz vor zwei auf den Weg. Edmund wartete schon auf ihn.
„Lando!" Er nickte ihm zu.
„Hallo Edmund", sagte er. „Was gibt es denn zu tun? Lars sagte,

ihr hättet eine Aufgabe für mich."
"Setz dich! Du wirst etwas Großes tun und damit beweisen, dass du wirklich zu uns gehörst." Edmund schaute ihm beschwörend in die Augen.
"Hier ist ein Bericht über Pan Yilmaz, genannt Pepe." Er legte ihm ein gebundenes Heft im DIN-A4 Format hin. "Du kennst ihn, also ich meine seinen Namen?"
"Nein, woher sollte ich ihn kennen, Alter", gab er lapidar zurück.
Edmund schlug mit der flachen Hand auf den Tisch, dass es nur so knallte. "Respekt! Du Bastard. Bei mir genauso. Nicht nur bei den anderen", schrie er ihn an.
Lando zuckte zusammen und griff nach dem Exposé. "Also noch mal. Ich kenne keinen Pan oder Pepe. Schon gar keinen Yilmaz", sagte er absichtlich abfällig. "Türke oder was?"
"Ja, nee. Ach, Deutsch-Türke oder so ein Mischscheiß. Ist auch egal, bald kräht dem kein Hahn mehr nach. Du bläst ihm nämlich die Lichter aus, mein guter Lando." Edmund grinste ihn feist an. Er war nicht der Hellste, aber er kommandierte gerne und wollte unbedingt oben dazu gehören. Warum der Graue ihn in die Führungsgruppe geholt hatte, war Lando ein Rätsel. Es konnte nur damit zusammenhängen, dass Edmund sehr gut schießen konnte und Ahnung von Aktionsplanung hatte. Er wusste, wo Leute zu postieren waren, auf welche Gesichter man besonders achten musste und wie man schnell verschwinden konnte, wenn eine Situation brenzlig wurde. Und natürlich Körperkampf und Training. Da war er gut drin.
"Warum ich? Du bist doch der beste Schütze hier weit und breit. Warum machst du das nicht?", wagte Lando einen Versuch, diese Aufgabe von sich abzuwenden.
"Klar bin ich der Beste. Aber darum geht es nicht, du Hosenscheißer. Du musst beweisen, dass du wirklich dazu gehörst. Und das ist deine Aufgabe. Du wirst so nah an ihm dran stehen, dass du gar nicht danebenschießen kannst. Glaube mir. Das gelingt selbst dir!", gab er etwas geschmeichelt zurück.

„Also, les das und wenn du Fragen hast, melde dich. Da steht alles drin. Gewohnheiten, wo er wohnt, was er so macht. Eben alles."
Edmund sah ihm in die Augen.
Lando hatte schon eine Verbesserung des Imperativs auf den Lippen, schluckte es aber runter. Nur nichts riskieren. Schon gar kein blaues Auge.
„Ja, ich habe jetzt schon eine Frage. Warum soll Pepe sterben?" Er schaute Edmund an. „Ich meine, außer weil er ein Türke ist", beeilte er sich hinterher zu schieben.
„Pepe ist ein linker Aktivist, der uns ein Dorn im Auge ist. Er spioniert im Internet hinter uns her, taucht bei Veranstaltungen auf und versucht zu stören, schreibt Lügen über uns. Er wird uns langsam gefährlich.." Edmund hörte sich an, als hätte er die Sätze bei jemand anderem gehört und auswendig gelernt. „Wenn du das gelesen hast, machst du dich im Internet über den schlau. Verstanden?"
Lando nickte und blätterte durch das Exposé.
„Vorher habe ich noch eine andere Aufgabe für dich. Mittwoch haben wir unser 4. Volkssymposium. Es müssen noch Plakate gedruckt werden und Flyer. Wotan wird dort sprechen. Also höchste Sicherheitsstufe. Du kontrollierst mit mir am Mittwoch den Einlass, damit du mal was lernst. Vorher machst du heute die Plakate. Die Vorlage hat Lars schon auf den Rechner gepackt." Edmund stand auf. „Los, an die Arbeit!" Im Kommandieren war er echt gut.

Lando atmete einmal tief durch, als Edmund rausging, um vor der Tür zu rauchen. Der Graue war sehr empfindlich was Zigarettenqualm anging. Pepe Yilmaz. So eine Scheiße. Wie kam er aus der Nummer nur wieder raus? Er musste vorher handeln. Nie im Leben würde er einen Menschen umbringen. Klar war, wenn er es nicht tat, dann würden sie ihn, Lando, kaltmachen. Er starrte vor sich hin und überlegte, was er tun sollte. Jetzt kam erst mal Mittwoch. Vor dem Volkssymposium würden sie keine

Aktion machen. Da hatte er also ein paar Tage Zeit. Bis dahin musste er sich etwas überlegen.
Den restlichen Nachmittag verbrachte er damit, Plakate und Flyer zu drucken, sie zurecht zu schneiden und zu falten. Danach kochte er sich Kaffee und nahm den Bericht über Pepe zur Hand. Er war neugierig, wer da der GT auf die Füße stieg. Pepe war 28 Jahre alt, freier Journalist und Blogger. Politisch stand er nach eigenen Angaben keinem Lager nahe, er wolle unabhängig und frei berichten, schrieb er auf seinem Blog. Die Rechten und die Populisten allerdings waren sein Lieblingsthema. Er scheute sich nicht, offen zu kritisieren, Namen zu nennen und aufzudecken. Er zeigte bekannte rechte Größen mit Foto auf seinem Blog und rief seine Leser auf, etwas gegen die rechten Tendenzen in Deutschland und in der restlichen Welt zu tun. Pepe ging auf rechte Demos, lief bei sogenannten Schweigemärschen mit und schmuggelte sich in entsprechende Versammlungen. Dort hörte er zu, schrieb mit, machte Fotos und schrieb hinterher sehr kritisch darüber.
Er war Deutsch-Türke mit doppelter Staatsbürgerschaft. Geboren in Berlin, war er der Sohn einer Türkin und eines Deutschen. Nach dem Abitur hat er in Istanbul und in Berlin Politikwissenschaften und Germanistik studiert. Seit drei Jahren arbeitete er als freier Journalist, vorher hatte er ein Volontariat beim RBB gemacht.
Pepe lebte allein in einer kleinen Wohnung in Berlin-Kreuzberg, hatte eine Freundin, die 24-jährige Sportstudentin Marla und eine Katze. Er fand eine Liste mit Lieblingsrestaurants, Bars und Kneipen, in die Pepe regelmäßig ging. Selbst die Box, in der er fünfmal die Woche Crossfit trainierte, war aufgeführt. Pepe war offensichtlich ein beliebter, fitter und mutiger junger Mann. Lando ertappte sich dabei, wie er beim Lesen und Stöbern in Pepes Leben neidisch wurde. Er fragte sich, was aus ihm selbst wohl geworden wäre, wenn seine Mutter nicht den Entschluss für sie beide gefasst hätte, sich dieser verfluchten Gruppe anzuschließen.

Wäre er auch ein beliebter junger Mann? Hätte er Freunde und vielleicht sogar eine Freundin? Er träumte davon studieren zu können. Lehrer! Das wäre etwas für ihn. Das musste aber leider wohl ein Traum bleiben, denn er hatte gar keinen Schulabschluss. Außerdem saß er hier fest und sah überhaupt keinen Weg das zu ändern. Im Gegenteil. Jetzt hatte er noch ein zusätzliches riesiges Problem, denn sie wollten, dass er einen Menschen tötete. Wenn er dies nicht tat, dann war es aus mit ihm. Fast schon zynisch sagte er sich, dass er dann auch nicht mehr darüber nachdenken musste, welchen Beruf er erlernen wollte. Das hätte sich ja dann auch erledigt.

Edmund war die ganze Zeit bei ihm geblieben. Statt ihm mit den Plakaten und Flyern zu helfen, hatte er lieber am Computer gezockt. Irgendein Shootergame. Edmund freute sich jedes Mal, wenn er virtuell wieder ein Dutzend Menschen platt gemacht hatte. So vergingen Stunden, ohne dass er es bemerkte. Er fragte sich, wie man so sein Leben und seine Zeit verplempern konnte. Jetzt stand Edmund auf und streckte sich.
„Fertig? Wird langsam Zeit." Er schlenderte zu den Flyern und nahm einen zur Hand. „Hast du gesehen? Außer Wotan wird es am Mittwoch noch einen wichtigen Redner geben." Offenbar war Edmund in Plauderstimmung. „Hoher Besuch aus Ösiland. Die Uschi Seidl aus Graz kommt. Sie ist auf Promotiontour. Ich glaube, sie will im November Präsidentin ihres ‚Souveränen Bundes' werden. Die haben ja schon über 500 Mitglieder beim SB. Ich finde, wir sollten was mit denen zusammenmachen, auch wenn es Österreicher sind. Hitler war schließlich auch von dort und aus ihm ist trotzdem was geworden." Edmund lachte sich schlapp und schlug sich vor lauter Freude über die eigene Pointe auf die muskelbepackten Oberschenkel. Lando wünschte sich, Edmund hätte nur einen Bruchteil der Eiweißmasse seiner Beinmuskeln im Kopf.
„Ja, habe ich gesehen. Bin schon sehr gespannt", log er, ohne mit

der Wimper zu zucken. „Ich bin jetzt fertig. Die Recherche über Pepe mache ich dann morgen. Hast du Lust mit mir noch Schießtraining zu machen, ich will ja schließlich treffen, wenn es soweit ist", er hoffte, viel Begeisterung in seine Stimme gelegt zu haben. Edmund grinste ihn an. „Jawoll, so ist es recht. Sicher. Komm, gehen wir in den Schießkeller ein paar Knarren holen. Geschossen wird heute draußen." Er schien sich zu freuen wie ein kleines Kind auf Weihnachten.

Ich las die letzte E-Mail im Postfach „gesendet" ein zweites Mal durch, in der Hoffnung, etwas falsch verstanden zu haben.

Von: Alat_Sok (mailto: Freiheit_im_Denken@...)
gesendet: Mittwoch, 27. Juli 2022 22:23
An: 'ludwig_83@...'
Betreff: neue Informationen

Hallo,
ich bin jetzt sicher. Sie planen einen um zubringen. Nicht nur einen. Immer wieder sagen sie nsu? war gutt und sie machen das auch. Habe Zettel gefunden mit Namen drauf. gestern habe ich Gespräch gelauscht. Sie haben darüber geredet wie sie jemanden getötet haben. Ich glaube die haben über Janina geredet. Von der ich euch schon erzält habe. Die plözlich weg war und voher bei Lars in der Wohnung gelebt hat. Mit Sohn zusammen, René. Der ist auch weg. Sie haben gelacht und gesprochen das sie dumm gekuckt hat als sie abhauen wollte. Sie haben ihr weh getan und dann getötet.
Zettel mit Namen knipse ich noch und schicke dann. Ging noch nicht. Brauche das Geld schnell, vileicht morgen? Der Graue hat doch nix gemerkt aber ich mus vorsichtig sein.
Bitte wegen dem Geld melden.
A.

Was ich da las konnte nur eins bedeuten: Ana war ein Spitzel. Nun passte plötzlich alles zusammen. Das große Interesse von Klaas Stein und Christian Peters. Das ständige Nachfragen bezüglich Ana. Und ich hatte mich gewundert, warum sie so viel über sie wissen wollten, ging es doch augenscheinlich um Savo. Ana war ganz offensichtlich eine VP. Es sah nach einer längerfristigen Zusammenarbeit aus und weniger nach einer gelegentlichen. Ich rekapitulierte, was ich zu diesem Thema wusste. Sie war also eine Vertrauensperson, die ihren

VP-Führer mit Informationen versorgte. Gegen Geld. Die VP ist kein Mitarbeiter der Behörde oder so etwas, sondern liefert nur Informationen. Sie selbst bleibt im besten Falle unerkannt innerhalb der eigenen Organisation und taucht auch in keiner Ermittlungsakte oder sonst wo mit Namen auf. Der VP-Führer ist dagegen Mitarbeiter der Behörde und für die Sicherheit seiner VP verantwortlich. So weit so gut. Das große Problem bei Ana war, dass sie sich im Zeugenschutzprogramm befunden hatte. Niemals hätte sie eine VP für den Verfassungsschutz werden dürfen. Das war fahrlässig. Nun war Ana tot und das Deklarieren ihres Todes als Überdosis-Unfall bekam einmal mehr einen sehr bitteren Beigeschmack.

Ich konnte es nicht fassen. Und dann kamen die beiden Agenten daher und wollten von mir Informationen, ohne mit offenen Karten zu spielen. Ihren eigenen verdammten Arsch wollten sie retten. Da war ich mir sicher. Ich war nun richtig sauer. War einer der beiden ihr VP-Führer? Ludwig_83? Mit Informanten zu arbeiten war immer eine heikle Sache. Sie gaben einem Informationen gegen Geld über Strukturen und Insiderwissen von Organisationen, denen sie selbst angehörten. Sonst hätten sie ja kein Insiderwissen und wären für die Behörden wertlos. VPs lebten gefährlich. Schließlich waren sie aus Sicht der Bespitzelten Verräter und sollten sie auffliegen, was immer wieder mal passierte, dann sagte man nicht einfach „Du bist raus, verschwinde", sondern eher „Du bist tot".
Jemanden als Informanten zu nutzen, der ohnehin schon mit einer selbst gezimmerten Biografie lebte und Mühe hatte, dieses fragile Gerüst aus Halbwahrheiten zusammenzuhalten, war einfach nur unfassbar verantwortungslos. Ana war labil, eine ehemalige Süchtige. Wenn sie wieder auf Droge war, hätte sie alles gemacht für Geld. Die verdammte Aktion gefährdete die gesamte Zeugenschutzmaßnahme. Doch das war den Herren offenbar egal. Ich hatte tausend Fragen im Kopf.

Wie waren sie an Ana herangekommen? Warum hatte Ana sich überhaupt darauf eingelassen? Oder war sie erst zur GT gekommen nachdem sie für den Verfassungsschutz Spitzel wurde? War also das Spitzeln überhaupt erst der Grund, sich dort einzuschleusen? Oder begann es tatsächlich erst, nachdem sie diese Gruppe kennengelernt hatte?
Außerdem musste ich wissen, ob jemand auf polizeilicher Seite davon wusste.

Zu aufgebracht, um weitere Nachrichten von Ana an ludwig_83 zu lesen, stand ich auf und lief umher. Ich zwang mich durchzuatmen und versuchte, meine Regel – erst eine Nacht drüber schlafen und dann handeln – umzusetzen. Also lief ich noch eine kleine Runde mit Sam und ging immer noch wütend ins Bett. Mit offenen Augen in die Dunkelheit starrend lag ich auf dem Rücken und wartete auf den Schlaf.

Irgendwann muss der Schlaf mich übermannt haben, denn ich wachte am Montagmorgen überraschend frisch auf. Leider hatte ich die nächsten zwei Tage wenig Zeit, um mich um die „Germanische Triangel", die beiden Geheimagenten und Ana zu kümmern. Ich hatte einen vollen Terminkalender. Am Vormittag hatte ich einen Termin mit einer neuen Klientin, dann mit Ulrike Lehmann und am Mittag ein Meeting im Berufsfachverband der Psychologen. Danach ging es weiter mit einem Termin beim Tierarzt – die ganz normale Impf Wurmkur- und Check-Up-Session. Fürs HADOG brauchte Sam immer aktuelle Nachweise. Und der Dienstag sah nicht viel besser aus. Vormittags ein Gerichtsverfahren, bei dem ich mein Gutachten vortrug und mich den Fragen der Verteidigung stellen würde, dann ein schnelles Mittagessen mit Veronika – Doc Schuster – und am Nachmittag eine Fortbildung zum Thema „blutiges Schröpfen". Anders als der Titel vermuten lässt, ging es nicht um die neuesten Mordmethoden, sondern um ein Behandlungsverfahren aus dem Bereich der Naturheilkunde.

Termine hin oder her, ich musste wenigstens Steffen anrufen und ihn auf den aktuellen Stand der neuesten Entwicklungen bringen. In der Hoffnung, ihn nicht mehr bei den Rockern anzutreffen, wählte ich seine Mobilnummer. Während der Ruf rausging und ich wartete fiel mir ein, an was ich kurz vorm Einschlafen noch gedacht hatte. Anas Zähne. Nun wusste ich, woher sie das Geld hatte sich die Zähne zu sanieren. Sicherlich ließ sie sich ihre Informationen gut bezahlen. Wie aus dem rechtsmedizinischen Gutachten hervorging, war Ana gut drei Monate vor ihrem Tod wieder auf Droge gekommen. Auch dafür brauchte sie Geld. Wenn sie nicht von jemandem versorgt wurde mit den verfluchten Kristallen.
„Holzmann, Hallo?", meldete sich Steffen förmlich. Wenn er so formal war konnte das nur bedeuten, dass er sich gerade in einer Besprechung befand oder zumindest nicht alleine war.
„Steffen, gut dass ich dich erreiche. Mir ist klar, dass du gerade keine Zeit hast. Trotzdem brauche ich zehn Minuten!", gab ich zurück. Er wusste, ich würde bei einer Lappalie nicht so einen Druck machen.
Ich hörte, wie er zu jemandem sagte: „Entschuldigen Sie mich bitte. Es ist wichtig. Ich bin in zehn Minuten wieder zurück." Dann hörte ich ihn laufen und das Geklapper einer Tür. Einen kurzen Moment später war er wieder am Telefon.
„So, wir haben ein paar Minuten. Mach also schnell. Wir haben gerade Einsatzauswertung in ganz großer Runde." Er sprach etwas gedämpft. Die ganz große Runde bedeutete Minister, Staatssekretär und alle Polizeipräsidenten. Daneben noch diejenigen die den Einsatz geleitet hatten. Also Steffen und wahrscheinlich noch ein paar andere.
Ich nutzte meine Zeit und machte einem ehemaligen deutschen Hitparadenmoderator in Sachen ‚schnelles Sprechen'

Konkurrenz. Ab und zu stellte Steffen eine Zwischenfrage. Beim Thema VP und BfV hörte ich ihn scharf einatmen. Er dachte wohl ähnlich wie ich.
Als ich durch war mit meiner Schnellinfo, versprach Steffen sich zu kümmern und sich dann wieder zu melden. Was immer das heißen sollte. Kümmern im Sinne von ‚Wiederaufnahme der Untersuchung' oder im Sinne von ‚Nachfragen, ob das alles so stimmte, was ich da sagte' oder sogar im Sinne von ‚du hast den Job' blieb leider offen. Als wir unser Gespräch beendet hatten wurde mir bewusst, ihm nichts vom kleinen bevorstehenden Ausflug am kommenden Mittwoch ins schöne Thüringen erzählt zu haben. Bis dahin würde er sich aber sicher gemeldet haben.

Beruhigt, wenigstens ein bisschen was getan zu haben mit meinem Anruf bei Steffen, ging ich den Tag an. Die neue Klientin war eine stark übergewichtige Frau Anfang 30, die der Meinung war, Opfer psychischer und physischer Gewalt zu sein. Sie meinte sich in einem Teufelskreislauf zu befinden, aus dem auszubrechen sie nicht die Kraft habe. Ich redete zwei Stunden mit ihr und versuchte mir ein Bild ihrer Lebenssituation vor dem inneren Auge zu skizzieren. Als kritische Situationen im Sinne von Gewalterleben erlebte sie die Streitgespräche mit ihrem Mann, in denen er laut wurde und sie anschrie. Oder wenn er mitten in der Diskussion aufstand, aus dem Zimmer ging und die Tür zuknallte. Nicht zu wissen, wo er hinging, empfand sie als psychisches Gewalterleben. Sie verfiel dann in einen Frust-Ess-Modus. Sie machte ihren Mann dafür verantwortlich und spielte mit der Idee, ihn deswegen anzuzeigen. Letztendlich kam ich zu dem Schluss, dass sie bei mir nicht richtig war. Ich konnte ihr nicht helfen. Meiner Meinung nach hatte sie ein Aufmerksamkeitsproblem. Vielleicht auch noch andere ernsthafte psychische Probleme. Nichts, bei dem ich ihr weiterhelfen wollte. Nicht meine Expertise und auch nicht mein Interesse. Das sagte ich natürlich nicht, sondern gab ihr die Kontaktdaten eines Kollegen, der darauf spezialisiert war. Ich hätte sie auch zu Alfons schicken können, da hätte sie es nicht weit gehabt, wollte ihm aber nicht noch mehr Arbeit verschaffen als er ohnehin schon hatte.

Bis Ulrike Lehmann kam, hatte ich ein paar Minuten Zeit. Ich nutzte sie und kochte eine Kanne Tee und lüftete die Räume durch. Ulrike war wie immer pünktlich und wir sprachen darüber, wie sie die letzte Sitzung verarbeitet hatte und wie es mit den Akupressurkernen am Ohr klappte. Sie hatte alles gut verkraftet und freute sich das Gefühl zu haben, etwas zu tun und ihr Leben wieder in die Hand zu nehmen. Diesen Enthusiasmus wollte ich gerne erhalten und wir starteten die nächste Ohrakupunktur. Außerdem sprachen wir viel über ihre Gefühle. Ich wollte wissen, was ihr am meisten Angst machte, wenn sie an den Prozess dachte. Je konkreter ich die Angst bei meinem Klienten fassen konnte desto individueller konnten die Gegenmaßnahmen greifen. Sie musste also quälend reflektiert ins Detail gehen. Meine Fragen halfen ihr dabei. Nach diesem eher schwierigen Teil hatte sie sich eine Runde Entspannung verdient. Nach ihrer obligatorischen Zigarette auf der Terrasse übten wir für die unterschiedlichen Ausprägungen der Angst spezifische Entspannungsmöglichkeiten. Gute zwei Stunden waren vergangen, als ich Ulrike wieder nach draußen brachte. Sie sah etwas müde aus, aber durchaus zufrieden mit dem, was sie geschafft hatte.

Sam und ich gönnten uns eine Minipause. Er zum Schnüffeln und ich zum Essen. Wir spazierten dafür ein wenig am Rhein entlang, dort gab es alles, was wir beide brauchten. Gebüsche, Gerüche und Laternen für ihn, Snacks für mich.
Danach musste ich mich schon beeilen, um pünktlich den nächsten Termin beim Berufsverband zu schaffen. Das Meeting

zog sich ewig hin und ich ertappte mich immer wieder dabei, wie ich an Ana dachte und an die nächsten Schritte. Um 16 Uhr konnte ich endlich den betroffenheitsschwangeren Gesprächskreis verlassen, um dann zügig zum Tierarztcheck zu fahren. Nachdem alle Spritzen, Pasten und Streicheleinheiten verteilt waren, fuhren wir ermattet nach Hause. Ich mochte solche Tage überhaupt nicht. Man hastete von einem Termin zum nächsten und zack, war der Tag vorbei. Schlecht gelaunt zog ich die Laufsachen an und belohnte Sam und mich mit einem langen ausgedehnten Abendlauf. Zwei Stunden später kamen wir verschwitzt und ausgepowert zurück. Mein Telefon hatte ich absichtlich nicht mitgenommen und nach einem Blick darauf beglückwünschte ich mich zu dieser Entscheidung. Fünf Anrufe und drei Nachrichten. Einmal meine Mutter, viermal Klaas Stein. Der hatte mir gerade noch gefehlt. Auch die Nachrichten stammten alle von ihm. Tenor: Ich solle ihn umgehend! zurückrufen. Was bildete der Mann sich eigentlich ein? Schon wieder stieg meine Pulsfrequenz deutlich an.

Ich entschied mich zuerst für meine Mutter und erst danach für Stein. Man musste Prioritäten setzen im Leben. Meine Mutter informierte mich darüber, dass Karl zur Überprüfung seiner Herzgesundheit – sie drückte sich exakt so aus – ins Hospital müsse. Dort würde er sich einer Katheteruntersuchung und einem Herzultraschall unterziehen müssen. Vor einiger Zeit hatte Karl eine künstliche Herzklappe bekommen und zwei Stents gesetzt. Erstere sorgte wieder für volle Pumpkraft, nachdem seine eigene Klappe den Dienst eingestellt hatte. Die Stents ermöglichten es ihm weiterhin, seine Zigarillos zu rauchen und sich dem Wein und gutem Essen hinzugeben. Die regelmäßigen Kontrolluntersuchungen waren fast schon Routine für ihn. Ich sprach noch ein wenig mit meiner Mutter und versicherte ihr, mich gut zu fühlen. Seit dem Flugzeugabsturz meines Vaters, der für ihn tödlich endete, hatte meine

Mutter Angst, Menschen, die sie liebte, plötzlich zu verlieren. Verständlich – aber auch anstrengend.

Nach dem Gespräch mit meiner Mutter wappnete ich mich für Klaas Stein. Wie viel von meinem Wissen wollte ich preisgeben? Ich hatte ein übermächtiges Bedürfnis, ihn mit seinem unverantwortlichen Verhalten zu konfrontieren. Eigentlich wollte ich ihn fragen, ob er noch alle Tassen im Schrank hatte. Psychologisch nicht sehr fundiert, aber dafür sehr gut für die eigene Affektabfuhr. Ich beschloss, weitestgehend mit offenen Karten zu spielen und mich nicht an der „Ich-weiß-was-was-du-nicht-weißt-Scharade" zu beteiligen. Mit dem Smartphone in der Hand lief ich im eigenen Haus fast einen Halbmarathon, bis ich schließlich auf Rückruf tippte. Der Ruf ging noch nicht einmal vollständig raus, als Stein auch schon das Gespräch annahm.
„Das wurde aber auch Zeit Frau Dreißig", brüllte er ins Telefon. Unter anderen Umständen hätte ich direkt wieder auf den roten Hörer gedrückt. Anschreien, wenn man nicht mindestens locker miteinander befreundet war, ging gar nicht. Aber so biss ich die Zähne aufeinander und gab mich bewusst professionell.
„Sie haben angerufen. Was kann ich für Sie tun?", fragte ich den Mann, der wahrscheinlich Anas Leben leichtfertig aufs Spiel gesetzt hatte. Aber das musste warten, ich wollte unbedingt wissen, warum er sauer war und was er wollte.
„Ich werde Sie anzeigen, das kann ich Ihnen versprechen. Und wenn Sie weiterhin unsere Arbeit torpedieren und blockieren dann mache ich Sie fertig!" Diesmal etwas leiser, aber nicht weniger aggressiv.
Nur mit der größten Willensanstrengung gelang es mir, eine entsprechende Gegenreaktion zu unterdrücken. Fragte ich mich doch, wer hier blockierte und täuschte. Stattdessen wiederholte ich stoisch meine Frage. „Was kann ich für Sie tun?"

„Sie waren bei Lisa Kleine, Anas Nachbarin. Sie spionieren auf eigene Faust herum und sagen uns nichts davon! Sie behindern bewusst meine Arbeit und damit ist jetzt Schluss! Was glauben Sie eigentlich wer Sie sind? Mata Hari?"
Jetzt reichte es aber. „Nein, ich kann weder tanzen noch bin ich Holländerin", gab ich zurück. Er machte es schon wieder. Keine einzige Frage ließ er offen. Er gab der Einfachheit halber die Antworten gleich mit. Ich holte tief Luft.
„Entweder Sie reden vernünftig mit mir oder ich lege auf. Was also genau wollen Sie von mir?", fragte ich Stein.
„Ich will wissen, ob Sie hinter unserem Rücken herumschnüffeln?", fragte er unpräzise.
Ich wartete noch einen Moment, ob er sich seine Frage wieder selber beantworten würde. Als nichts kam von ihm setzte ich zu einer Antwort an.
„Unklar ist, was Sie mit herumschnüffeln meinen, Herr Stein. Bisher ging ich davon aus, dass Sie sich für Savo interessierten und dafür, was er alles so gesagt hatte vor seinem plötzlichen Abgang. In keiner Weise haben Sie oder Ihr netter Kollege erwähnt, sich für Ana zu interessieren. Wenn hier also jemand täuscht und behindert, dann ja wohl eher Sie," schloss ich meine erste Retoure.
Einen Moment war es still in der Leitung. „Ich bin nicht verpflichtet, Ihnen die Wahrheit zu sagen", gab Stein trotzig zurück. War das wirklich sein Ernst? „Sie sagen mir jetzt sofort, was Sie alles wissen. Ansonsten werde ich dafür sorgen, dass man Sie festnimmt wegen konspirativer staatsgefährdender Handlungen!"
Noch nie von gehört. „Wollen Sie mir drohen, Herr Stein? Ist das wirklich Ihr Ernst? Ich sage Ihnen jetzt mal was. Eine Person, die sich im Zeugenschutzprogramm befindet, wissentlich als VP anzuwerben und zu nutzen ist in höchstem Maße verantwortungslos. Das wird Sie Ihren Job kosten, soviel ist klar. Also hören Sie auf damit, mit irgendwelchen obskuren

Drohungen Druck aufzubauen." Ich wartete gespannt, ob er in den Köder beißen würde, den ich ausgelegt hatte.
„Das war am Anfang ja gar nicht klar. Die blöde Kuh ist erst später damit rausgerückt im Zeugenschutz zu sein. Da war es dann schon zu spät!", gab er aufgebracht zurück.
Es hatte also funktioniert. Fehlte noch der letzte Beweis, dass ludwig_83 wirklich ein VP-Führer vom Verfassungsschutz ist, so hatte Stein ihn gerade eben geliefert.
„Nur blöd, dass die blöde Kuh nun tot ist und ich wissen möchte, warum das so ist. Hätte ja eigentlich gut ausgehen können für Sie. Die VP ist tot und keiner schaut mehr genau hin, was da eigentlich im Vorfeld so passiert ist. Pech gehabt. So eine versehentliche Überdosis ist schnell gesetzt in Junkiekreisen. Da kräht dann kein Hahn mehr nach und Sie sind fein raus. Und jetzt komme ich daher, lasse mich vom Bruder Ihrer VP entführen und stecke neugierig meine Nase in Ihr Lügenkonstrukt." Wie ein Pathologe sezierte ich die momentane Situation.
„Warum? Ich meine warum tun Sie das? Kostal hat Sie gezwungen mitzuspielen, aber jetzt, wo er tot ist, kann Ihnen das doch egal sein. Was haben Sie mit dem Fall zu tun? Nichts?" Er blieb sich treu in seiner Art. „Warum zum Teufel wollen Sie unbedingt den Tod einer Junkie-Tussi aus dem rechten Milieu aufklären?" Steins arrogante und verachtende Art war nicht auszuhalten.
„Weil ich es kann, Herr Stein. Ganz einfach." Damit beendete ich das Gespräch.

Zu aufgebracht, um schlafen zu gehen, las ich mit einem Tee in der Hand Nachrichten in einem wöchentlich erscheinenden Nachrichtenmagazin auf dem Tablet. So konnten sich meine Gedanken wieder verlangsamen. Nachdem ich alle Neuigkeiten verarbeitet hatte, bezahlte ich noch zwei Bußgeldbescheide. Einmal wegen zu schnellen Fahrens auf der

Autobahn und einmal wegen Falschparken. So konnte man auch sein Geld ausgeben. Unschlüssig, was ich sonst noch tun konnte, starrte ich Löcher in die Luft. Nur nicht wieder an Klaas Stein denken. Dann würde es garantiert nichts werden mit dem Schlaf.
Das „Klongen" einer eingetroffenen Nachricht im E-Maileingang beendete mein stoisches Herumstarren. Ich klickte auf die E-Mail und las erstaunt, was da auf meinem Bildschirm erschien. Eine offizielle Mitteilung von Steffen mit dem Innenministerium und dem LKA Präsidenten in CC. Die Anrede war sehr formal – Sehr geehrte Frau Dreißig – und im dann folgenden Text wurde ich aufgefordert, sämtliche Handlungen und Nachforschungen, die im Zusammenhang mit Ana Melniks Tod stehen, umgehend zu unterlassen. Bei Nichtbefolgen wurden strafrechtliche Schritte angekündigt. Mit freundlichen Grüßen, bla, bla, bla.
Ich las den Text ein zweites Mal, um zu überprüfen, ob ich irgendwo die wesentliche Pointe übersehen hatte. Dem war nicht so. Bevor ich mich richtig aufregen konnte, gab auch mein Smartphone das Geräusch einer eingehenden Nachricht von sich. Sie war von Steffen. Er teilte etwas kryptisch mit, dass ihm keine Wahl blieb und er die E-Mail schreiben musste. Sobald es ginge, würde er sich telefonisch bei mir melden. Bis dahin solle ich mich ruhig verhalten. Was immer er auch damit meinte.
Um noch irgendeine Chance zu wahren, mein Gehirn zum Schlafen zu überreden, beschloss ich ein neues Leben anzufangen. Ich würde Fischerin in Dagestan werden, BHs aus selbstgekloppeltem Rentierfell tragen und sehr zufrieden in mir selbst ruhen. Diesen entschleunigten Gedanken nachhängend schlief ich tatsächlich ein.

Am nächsten Morgen stand ich früh auf. Nach einem schnellen Kaffee absolvierte ich mit Sam unsere Morgenrunde. Wir hatten ein schnelles Tempo und schon nach gut einer Stunde waren wir zurück. Ein Blick auf mein Handy verriet mir, dass die Zeit der Fragezeichen weiter gehen würde. Immer noch keine Nachricht von Steffen.
Leicht irritiert ging ich duschen und danach versuchte ich, meine Gedanken auf den kommenden Termin zu fokussieren. Ein Gerichtstermin war immer eine komplexe Aufgabe. Die Ergebnisse des Gutachtens mussten in wenigen pointierten Ausführungen auf den Punkt gebracht werden. Die Verteidiger in manchen Verfahren hielten sich für die Nachfahren von Ally McBeal und verhielten sich entsprechend. Und am Ende ging es ja schließlich immer um das Schicksal eines Menschen. Also war ein wenig Konzentration schon angebracht.

Ich war für elf Uhr als Gutachterin geladen an diesem Tag. Verhandelt wurde in der Strafsache „Reichelt". Armin Reichelt war früher Mitarbeiter in einem großen Bekleidungsgeschäft in Mainz. Er beriet Herren, die sich ein neues Outfit zulegen wollten und er hatte sehr gute Verkaufszahlen. Bis zu dem Tag, als sein Gehirn beschloss, die normale Funktionsweise zu ändern. Plötzlich fing Armin Reichelt an, sich von Kunden bedroht zu fühlen. Er wich ihnen aus, ignorierte Fragen und machte heimlich Fotos von ihnen. Die Geschäftsleitung war verständlicherweise nicht begeistert und es folgten viele Gespräche, Hilfsangebote und schließlich die Freistellung bis zur Überprüfung des Gesundheitszustandes. Armin Reichelt aber wollte nicht zum Arzt, witterte Verschwörung und kündigte kurzerhand seinen Job. Nach über 20 Jahren stand sein Leben plötzlich auf dem Kopf, zudem machte sich eine ordentlich ausgeprägte paranoide Schizophrenie in ihm gemütlich.
Nach der Kündigung stellte er einer ehemaligen Kollegin nach. Er schrieb ihr unzählige Nachrichten, rief sie an, passte

sie nach der Arbeit ab und stand auch zu Hause vor ihrer Haustür. Armin Reichelt war verliebt in sie und er wollte sie vor den Gefahren an seinem alten Arbeitsplatz warnen. Die Kollegin wiederum war glücklich verheiratet und auch sehr zufrieden mit ihrer Arbeit. Sie ignorierte also schließlich all seine Versuche und wandte sich hilfesuchend an ihren Chef. Gemeinsam versuchten sie fatalerweise bei einem Treffen mit Reichelt, ihn von dem Irrglauben einer vorhandenen Bedrohung durch die Kundschaft wegzuleiten. Natürlich verstärkte die ganze Aktion die Dynamik nur noch mehr.
Reichelt schaltete einen Gang höher und fing an, das Unternehmen öffentlich zu diffamieren. Er nutzte hierfür alle gängigen Internetplattformen und stellte Flugblätter selber her, die er in der Stadt verteilte. Er warnte die Menschen davor in diesen Laden zu gehen, es würden dort merkwürdige Dinge passieren und bestimmte Kunden würden eine Giftgasattacke vorbereiten. Die Geschäftsführung wisse davon, tue aber aus Profitgründen nichts dagegen. Auch der ehemaligen Kollegin stellte er weiterhin nach. Das alles zog sich über viele Monate hin. Es hagelte Unterlassungsklagen, Anzeigen und juristische Stellungnahmen. Reichelts Verhalten eskalierte mehr und mehr und gipfelte schließlich in dem Versuch, die ehemalige Kollegin zu entführen, um sie im Vieraugengespräch von seiner Liebe zu überzeugen. Mitten am Tag und auf offener Straße versuchte Reichelt die Frau zu packen und in eine Hauseinfahrt zu ziehen. Da hatte er allerdings nicht mit der Wehrhaftigkeit der Bedrängten gerechnet. Sie schrie und trat um sich. Passanten wurden aufmerksam und kamen ihr zu Hilfe. Reichelt wurde bis zum Eintreffen der Polizei festgehalten. In seinem Rucksack fand man Fesselungsmaterial, einen Elektroschocker und Klebeband und später dann in seiner Wohnung einen vorbereiteten Raum und Nahrungsmittel für die nächsten zwölf Monate. Nun ging es also darum im Gerichtsverfahren zu klären, wie gefährlich Armin Reichelt

tatsächlich war. Neben vielen medizinischen Expertisen und anderen Gutachtern hatte ich eine Risikoanalyse erstellt, um das aktuelle Risiko für eine schwere Gewalttat einzuschätzen und um das Stalkingverhalten zu bestimmen.

Pünktlich um elf Uhr konnte ich meine Ergebnisse darlegen. Über eine Stunde erklärte ich mein Vorgehen und referierte die Ergebnisse der Analyse. Es gab für mich keinen Zweifel. Es bestand zur Zeit die erhebliche Gefahr einer Gewalttat hinsichtlich einer unspezifischen Kundschaft, ausgelöst durch den Irrglauben einer vorhandenen Gefahr, die von dieser ausgehe. Eine Notwehrhandlung sozusagen aus Sicht eines Psychosekranken. Auch hinsichtlich der ehemaligen Kollegin bestand ein hohes Risiko einer Gewalttat. Auch wenn Reichelt sie liebte, wollte er sie doch mit Gewalt davon überzeugen, mit ihm zu leben und ihre Arbeit zu kündigen. Liebe kann bei Zurückweisung in dieser speziellen Konstellation schnell umschlagen in Hass und dann würde das Gewaltrisiko noch weiter steigen. Auch hinsichtlich der Fortführung des Stalkingverhaltens sah meine Prognose nicht gut für die ehemalige Kollegin aus. Die Verteidigung war bestens vorbereitet und stellte sinnvolle Fragen. Selbst der Anwalt sah wohl die Notwendigkeit einer angeordneten Hilfe für Reichelt. Am besten stationär.
Nachdem ich mit meinem Part fertig war, schloss die vorsitzende Richterin für diesen Tag die Verhandlung. Ich schaffte es also pünktlich zu meinem Mittagessen mit Veronika.

So verging dieser Tag also genauso schnell wie der vorherige. Veronika und ich tauschten uns bei einem italienischen Salat, Wasser und Kaffee zu allen Neuigkeiten aus und danach musste ich mich beeilen, um rechtzeitig zum Schröpfkurs zu kommen. Dieser stellte sich als heiteres und kurzweiliges Highlight des Tages heraus. Am Ende hatten alle Kursteil-

nehmer Abdrücke, die an die olympischen Ringe erinnerten, auf dem Rücken. Beim blutigen Schröpfen wird die Haut über bestimmten Muskelpartien auf dem Rücken mit einem Skalpell angeritzt und danach eine Art Einmachglas daraufgesetzt. Durch ein entstehendes Vakuum werden die Haut und das Gewebe etwas in das Glas gezogen und Blut herausgesogen. Dies passiert an mehreren Stellen gleichzeitig, so dass der Behandelte eine ganze Armada an Einmachgläsern auf dem Rücken sitzen hat. Sinn und Zweck des Ganzen ist es, Verspannungen in der Muskulatur zu lösen.
In den Ausbildungsgruppen behandelten die Teilnehmer sich immer gegenseitig. Ein echter Spaß. Die Abdrücke würden noch gut eine Woche zu sehen sein. Wer schwimmen gehen wollte, hatte also etwas zu erklären.

Nach dem Kurs holte ich Sam bei Mila ab. Wir aßen zusammen Abendbrot, Mila hatte Huhn in Honig gekocht – eine der wenigen Fleischausnahmen, die ich machte. Es war wie immer köstlich. Zum sicherlich hundertsten Mal checkte ich meine E-Mails und Nachrichten auf dem Handy. Kein Zeichen von Steffen. Was war da los? Was sollte diese E-Mail von gestern Abend? Ich erzählte Mila davon und auch sie wunderte sich.
„Vielleicht konnte er nicht anders, weil seine Chefs Druck gemacht haben", versuchte sie eine Erklärung zu finden.
„Das glaube ich ja auch, Mila, aber warum meldet er sich nun gar nicht mehr bei mir? Und warum mischen sich die Chefs überhaupt ein? Was für Dimensionen sind denn das jetzt? Wegen einer Drogentoten?" Mir schwirrten die Fragen im Kopf umher.
Ich berichtete Mila von der Einladung für den nächsten Abend nach Thüringen und was ich über die Germanische Triangel herausgefunden hatte.
„Und da willst du hin Elsa? Alleine?", sorgenvoll legte sie ihre Stirn in Falten.

„Du brauchst dir keine Sorgen machen, die wissen doch gar nicht wer ich bin. Ich höre mir das alles mal an und mache mir ein Bild", gab ich beruhigend zurück.
„Ich komme mit!", entschied Mila kurz entschlossen.
„Mila, das geht nicht. Mir ist mehr geholfen, wenn du Sam hütest. Zu zweit fallen wir dort nur auf. Erst recht, wenn wir beide unsere Ausweise vergessen haben." In der Einladung wurde darauf hingewiesen den Ausweis mitzubringen. Das konnte ich natürlich nicht. Ich wollte auf keinen Fall, dass diese Leute meinen richtigen Namen kennen würden. Ein Internetcheck würde ausreichen und sie wüssten Bescheid über meinen früheren Job. Wenn sie eins und eins zusammenzählten, würden sie ahnen, dass mein Interesse an der neuen Weltordnung keinem tiefen Bedürfnis nach neuer Orientierung und alten Traditionen entspräche.
„Wieso Ausweise vergessen?" Mila schaute mich fragend an.
„Man muss seinen Ausweis zu der Veranstaltung mitbringen. Das mache ich natürlich nicht. Entweder vergesse ich meine sämtlichen Papiere und versuche trotzdem reinzukommen oder ich denke mir noch etwas anderes aus. Nur, wenn wir beide mit einer solchen Story kommen, glaubt uns doch kein Mensch. Die sind ohnehin schon alle geprägt von pathologischen Verschwörungsgedanken und Misstrauen, zwei demente Schwestern nehmen die uns niemals ab", mutmaßte ich.
„Okay, das verstehe ich, meine Liebe. Ich werde dich hinfahren, mit Sam spazieren gehen und auf dich warten. Wenn irgendetwas sein sollte, bin ich in der Nähe. Du wirst da nicht alleine hinfahren morgen, Elsa-Schatz."
Mila hatte entschieden und so würden wir es machen. Bei dem Gedanken, wie die schöne Mila die Veranstaltung stürmen würde, wenn es Probleme gäbe, musste ich schmunzeln.
„Was würde ich ohne dich nur machen, Mila?" Ich stand auf und umarmte sie. Sam dachte, es geht nach Hause und stellte sich mit wedelnder Rute zwischen uns. Ich folgte seiner Idee,

wedelte zwar nicht, suchte aber meine Sachen zusammen, um aufzubrechen. Mila packte mir das restliche Honighuhn für den nächsten Tag ein und verabschiedete mich mit Küsschen und guten Wünschen für die Nacht.

Zu Hause angekommen hielt ich es nicht länger aus. Ich versuchte, Steffen auf allen Kanälen zu erreichen, die mir bekannt waren. So musste sich ein Stalker fühlen. Nirgendwo hatte ich Erfolg. Weder auf seinem privaten Anschluss zu Hause noch im Büro und auch auf keiner Handynummer. Ich tippte eine Nachricht, die nicht viel Raum für Spekulationen ließ – melde dich!! – und schickte sie ab.

René

Die letzten zwei Tage waren anstrengend gewesen. Die Veranstaltung für den Abend musste vorbereitet werden und er musste ständig nach außen so tun als sei alles in Ordnung. Ansonsten würde er riskieren wieder eingesperrt zu werden oder sogar schlimmeres. Er bekam die Bilder seiner toten Mutter nicht aus dem Kopf. Sie verfolgten ihn im Schlaf und auch wenn er wach war, schossen ihm die Bilder plötzlich und überfallartig in die Gedanken. Außerdem ging Edmund ihm entsetzlich auf die Nerven. Ständig faselte er vom Beginn der nächsten Aktion und von diesem Pepe.
Am Nachmittag würde er sich mit Edmund auf den Weg zum Veranstaltungssaal machen. Sie hatten es ja nicht weit. Sie mussten noch die Bestuhlung richten, die Ausgänge checken, Plakate aufhängen und die Technik einrichten. Edmund tat so, als würde es sich um eine Sitzung der Vereinten Nationen handeln. Sie hatten ganz regulär die Veranstaltung bei der Stadt angemeldet. Es hatte überhaupt keine Probleme gegeben, man war gerne bereit den Saal zur Verfügung zu stellen und auch das Ganze von der Polizei absichern zu lassen. Sicherlich würde es Gegendemonstrationen geben, die gab es immer. Es würde sich aber wohl im Rahmen

halten. In der Region waren die Menschen nicht so einfach auf die Straße zu bekommen und außerdem gab es keine nennenswerte Gegenbewegung. Man war sich einig in der Meinung gegen das System zu sein. Was immer das auch heißen mochte.
Er brauchte dringend einen Plan, wie es weitergehen sollte. Ansonsten würde er entweder auffliegen oder einen Menschen töten müssen. Die Angst war zum ständigen Begleiter geworden. Wussten hier eigentlich alle Bescheid oder nur ein paar wenige? Seine Mutter war sich nicht sicher gewesen. Die Führungsriege. Klar. Der Graue, Lars, Edmund, Volkward. Sie waren das Hirn der Sekte und wussten alles. Aber was war mit den anderen? Mit Miriam, Anja, Ludwig, Konrad und Uli? Mit ihnen war er quasi aufgewachsen. Wussten sie auch alle mehr? Oder gingen sie wie er selbst noch bis vor kurzem davon aus, hier nur ein alternatives Leben zu führen, das den Zusammenhalt, den Glauben an alte Traditionen und das rituelle Erleben einer Gruppe mit einem Anführer hochhielt? Sie einfach zu fragen, wollte er nicht riskieren.
Er lag noch im Bett, es war keine vier Uhr. Der Vollmond schien ihm direkt ins Gesicht. Er hatte die Vorhänge nicht zugezogen, denn er konnte die Dunkelheit schlecht aushalten. Er betrachtete seinen Unterarm mit den eingebrannten Dreiecken und spürte, wie sein Puls raste und die Gedanken sich zunehmend im Kreis drehten. Tagsüber war er immer ganz gut in der Lage Ruhe zu bewahren. Er redete sich dann ein, schon eine Lösung zu finden, irgendwie einen Weg raus zu schaffen. Aber nachts sah die Sache ganz anders aus. Da vereinten sich alle Fragen und Ängste zu einem dicken Knäuel in seinem Kopf und er war nicht fähig es zu entwirren. Manchmal wünschte er sich dann, es wäre so wie früher. Da brauchte er sich keine Gedanken machen, höchstens ob er beim Schießen auch mal treffen würde. Damals freute er sich auf die Tage, absolvierte automatisch alle Rituale, hatte Spaß mit seinen Freunden beim Training und auch das musste er nun zugeben, verehrte Wotan, wenn er bei seinen großen Reden durch die Lüfte schwang und heldenhaft die Zukunft malte. Nun war

alles anders. Er lag mit Herzrasen und Schweiß auf der Stirn in seinem Bett und suchte panisch nach einem Ausweg.
Er stellte sich vor, rüber zu Lars zu gehen und ihn mit einer seiner schweren Hanteln zu erschlagen. Einfach feste auf den Kopf, und Lars würde gar nicht mehr aufwachen. Und dann? Er würde nicht einfach gehen können. Das Gelände war gesichert. Trotzdem bereitete der Gedanke ihm ein gutes Gefühl. Er würde das tun können. Er hatte da überhaupt keinen Zweifel. So, wie Lars seine Mutter behandelt hatte und auch wie er nun über sie sprach, hätte er keine Hemmungen, diesem Schwein das Lebenslicht auszuknipsen. Für Lars selbst – genau wie für Wotan und Edmund – hatte das Leben des Feindes keinen Wert. Sie konnten so hasserfüllt über Ausländer, Linke, Schwule und Politiker reden. Selbstverliebt schlugen sie sich dann gegenseitig auf die Schulter und schworen sich, das ganze Dreckspack zu zermalmen und es selbst besser zu machen. Am Lagerfeuer war es einfach ein Held zu sein. Sie träumten von Wotan als neuen charismatischen Führer, der mit strengem, aber gerechtem Regiment das deutsche Volk wieder in Reih und Glied bringen würde.
Mittlerweile war ihm klar geworden, dass sie nicht nur redeten, sondern auch tatsächlich handelten. Seine Mutter hatten sie auf dem Gewissen und Anna wahrscheinlich auch. Wenn er nicht aufpasste, würde er selbst diese Liste weiterführen mit seinem Namen. Wahrscheinlich gab es noch mehr, die schon beseitigt worden waren. Es gab diese Liste mit Namen, von der seine Mutter gesprochen hatte. Dort fanden sich konkrete Politiker mit Namen, Adresse, Wohnort und Gewohnheiten. Außerdem noch Menschen, die durch eine kritische Haltung ihnen gegenüber aufgefallen waren. Journalisten, Blogger, Bürger der Antifa Bewegung und andere. Pepe. Möglicherweise gab es über all diese Personen zusammengestellte Informationen, so wie er sie über Pepe erhalten hatte. Seine Gedanken fingen schon wieder an zu rasen. Er setzte sich auf die Bettkante und atmete tief ein und aus. Einen Plan. Er brauchte einen Plan.

Gedanklich ging er seine Optionen durch. Die Veranstaltung am Abend brachte vielleicht eine Möglichkeit mit sich. Immerhin würden sie außerhalb des Geländes sein. Vielleicht konnte er einfach weglaufen. Nicht sehr heldenhaft, aber eine Möglichkeit zu überleben. Nur, wo sollte er hin? Es fiel ihm niemand ein. Er könnte zur Polizei gehen. Bei Veranstaltungen waren immer die Bullen dabei. Also draußen auf der Straße. Da könnte er hin. Seine Atmung verlangsamte sich wieder ein bisschen bei dem Gedanken.

Er brauchte Informationen, die er vorzeigen könnte. Das alles glaubte ihm doch niemand da draußen. Ihm wurde die letzten Jahre eingetrichtert, dass man außerhalb ihrer Gemeinschaft niemandem trauen konnte, dass es keine Regeln gab, an die sich alle halten würden. Er wusste nicht, wie es wirklich war. Informationen wären sicherlich nicht schlecht. Also musste er suchen. Die Zeit war günstig. Lars würde noch schlafen bis sieben Uhr. Das tat er immer. Um sieben Uhr weckte ihn schmetternd die Nationalhymne und er sprang zackig aus dem Bett. Sportklamotten an und raus zum Frühsport mit den anderen. Mittlerweile war es halb fünf. Er hatte also noch gute zweieinhalb Stunden Zeit. Vielleicht hatte Lars ja hier noch irgendwelche Unterlagen. Bei seiner Suche letzten Sonntag hatte er außer den Telefonen nichts weiter gefunden. Trotzdem. Er musste etwas tun. Vielleicht konnte er ja auch das Telefon laden. Obwohl das gefährlich war. Wenn Lars das Telefon in der nächsten Zeit in die Hand nehmen würde, würde er sehen, dass es geladen war. Er wäre damit dann aufgeflogen. Das wollte er nicht riskieren.

Er stand auf und machte sich gerade. Leise schlich er sich aus seinem Zimmer, im Flur wich er der knarzenden Bodendiele aus. Wie schon letzten Sonntag begann er im Wohnzimmer systematisch mit seiner Suche. Diesmal nach Papieren, Ordnern oder Listen. Schrank, Anrichte, die Schublade im kleinen Tischchen. Außer der aktuellen Ausgabe der „Jungen Freiheit" und ein paar Zeitungsartikel über den NSU war nichts Besonderes

zu finden. Weiter in die Küche. Dort öffnete er jede Schublade und jeden Schrank. Auf dem Küchentisch lagen ein paar Briefe. Handyrechnungen, Telefon vom Hof, Versicherung. Sämtliche Briefe waren an Volkward Schneider adressiert, kein einziger an Lars. Offenbar war Volkward hier offiziell gemeldet und alles lief über ihn. Lars machte allerdings die Buchhaltung und bezahlte Rechnungen. Irgendwo musste er doch noch mehr Unterlagen haben. Er wusste, dass es einen Ordner gab, in den Lars immer alles abheftete. Ein Arbeitszimmer gab es nicht. Entweder der Ordner stand ganz woanders, also gar nicht hier in der Wohnung. Oder in Lars Schlafzimmer. Er ging an die Tür, hinter der er Lars schnarchen hörte. Er musste das Risiko eingehen. Langsam drückte er die Klinke und die Tür ein kleines Stück auf. Dann horchte er, ob sich an Lars Atmung irgendetwas veränderte. Was er hier tat, war gefährlich. Lars schlief immer mit seiner Glock auf dem Nachttisch. Die Atmung ging regelmäßig, das Schnarchen war ein sicherer Hinweisgeber. Langsam betrat er das Zimmer und sah sich um. Auch hier war er letzten Sonntag gewesen. Wieder ging er direkt zum Schreibtisch, der noch genauso unordentlich aussah wie vor ein paar Tagen. Mit einem Ohr immer am Bett von Lars ging er in die Knie und drehte langsam den Schlüssel im unteren Schreibtischfach. Es quietschte leise, der Schlüssel ließ sich nur schwer drehen. In quälender Langsamkeit bewegte er ihn Millimeter für Millimeter. Dann sprang der Schrank schließlich mit einem lauten Knarren auf. Er hielt die Luft an, Lars auch. Kein Schnarchen, kein Atmen. Dann ein mürrisches Tönen. Lars warf sich auf die andere Seite und setzte die schnarchende Atmung fort. Ihm stand der Schweiß auf der Stirn und sein Herz pochte. Ein Blick in den Schrank reichte, um zu wissen, was er gefunden hatte. Reichsflaggen, Bilder, Orden, kleine Hitler-Statuen und ähnliches Zeug. Dies war Lars Nazischränkchen. Er war immer so stolz auf den ganzen Schrott.
Er schloss die Tür und begab sich auf die andere Seite des Schrankes. Hier fehlte die Tür zum Glück komplett. Sauber

aufgereiht standen hier die Patronenpäckchen für Lars' Glock. Außerdem noch eine beachtliche Messersammlung, zwei Handgranaten, Pfefferspray und ein Elektroschocker. Er fragte sich, ob es Lars auffallen würde, wenn etwas fehlte. So ein Elektroschocker konnte schon hilfreich sein für ihn.
Er ließ seinen Blick schweifen, der Mond gab genug Licht, um gut sehen zu können. Es gab noch den Nachttisch. Oben auf der Ablage lag die Glock. Sie schimmerte glänzend und sah verlockend aus. Daneben eine kleine Lampe, Lars Handy und eine geöffnete Dose Bier. Lars lag mit dem Rücken zum Tisch. Er machte sich also auf den Weg durch den Raum zum Nachttisch. Auch hier ging er in die Hocke und zog langsam die Schublade auf. Sie machte keine Geräusche. Lars bewegte sich im Schlaf und drehte sich um. Er erstarrte und hielt die Luft an. Nur nicht aufwachen, dann wäre er am Arsch. Oder er würde die Glock nehmen und Lars ein Loch in den Schädel ballern. Aber Lars schlief weiter. In der Schublade lagen zwei schmale Ordner, die waren auch schon am Sonntag da gewesen. Abgeheftete Rechnungen und andere Papiere. Zwischen den beiden Ordnern lag ein loses Blatt. Er zog es langsam heraus und hielt es ins Mondlicht. Es sah aus wie ein Ausdruck aus einem Register oder so etwas. Oben in der Mitte stand „Polizeiliches Auskunftssystem", dann das Datum – 25.09.2022 –, Name des Nutzers – POM Kurz und darunter die Daten von Lars:
Name: Lars Peschel
Geburtsdatum: 26.01.1980
Geburtsort: Bad Hersfeld
Adresse: Bad Hersfeld, Seilerweg, Kleingartenverein
Es folgten die Ergebnisse der Recherche im polizeilichen Auskunftssystem. Alle polizeilichen Einträge, die es über Lars gab, waren dort aufgelistet. Gefährliche Körperverletzung in mehreren Fällen, Verstoß gegen das Waffengesetz, Raub, Nötigung, Verwendung von Kennzeichen verfassungswidriger Organisationen. Alles geordnet nach Datum und Stand der Ermittlungen. Die meisten waren abgeschlossen, zwei aktuelle Delikte noch im

Verfahren. Er starrte auf das Blatt und wusste nicht so recht, was dies bedeutete. Warum besaß Lars einen offiziellen Auszug des Rechercheergebnisses der Polizei? Wie kam er daran? Das war ja bestimmt nichts, was dem Betreffenden ausgehändigt wurde. Das waren interne Dokumente. Es konnte nur eins bedeuten. Lars hatte Freunde bei der Polizei, die für ihn checkten, was offiziell in den Datenbanken über ihn stand und wie die aktuelle Lage hinsichtlich der Ermittlungen aussah. Seine Gedanken rasten schon wieder. Wenn die Bullen also mit drin steckten, konnte er seinen Plan für den Abend vergessen. Er wäre ja verrückt abzuhauen und sich an die Polizei zu wenden. Lars würde sofort Bescheid wissen und er wäre verloren.

Er steckte den Zettel wieder zwischen die Ordner und schloss die Schublade. Lars Gesicht war nur wenige Zentimeter entfernt und er spürte einen richtigen Hass gegen ihn. Er riss sich zusammen und schlich leise aus dem Zimmer. Nun musste er sich einen neuen Plan überlegen.

Nach meinen Stalkinghandlungen ging ich frustriert duschen. Danach nahm ich mir noch ein Glas Wein und setzte mich vor den Fernseher. Nachrichten, Serien und dann noch eine Dokumentation über das Paarungsverhalten der Nacktschnecke. Wieder um viel Wissen reicher stellte ich die Kiste aus und machte die Abendrunde durchs Haus. Alle Lichter aus, Sam rauslassen, ein Glas Wasser trinken, Bad und dann ins Bett. Ich war noch bei den Lichtern, als es an meiner Terrassentür klopfte. Erschrocken zuckte ich zusammen und ging automatisch in die Knie und zog den Kopf ein. So ein sonderbares Verhalten meinerseits war mir selbst fremd. Entweder eine Folge der höchstspannenden und aufwühlenden Einblicke in das Sexualleben der Schnecken oder doch eine posttraumatische Belastungsreaktion in Folge der Erlebnisse mit Savo. Ich musste über mich lachen und stellte mich wieder hin. Wer konnte das sein an meiner Gartentür? Warum klingelte die Person nicht wie jeder andere auch an der Haustür? Ein Einbrecher würde es kaum sein und auch sonst niemand, der mir Böses wollte. Diese Leute klopften doch nicht vorher an die Tür. Sie traten sie höchstens ein, um sich Zutritt zu verschaffen. Sam stand mit voller Körperspannung neben mir und wartete ab, was ich vorschlagen würde zu tun.
Wieder klopfte es. Diesmal etwas nachdrücklicher. Beherzt ging ich zur Terrassentür, ließ Sam Fuß laufen und war sehr wach. Der Vorhang machte es unmöglich zu erkennen, wer da stand. Nur eine Silhouette zeichnete sich ab. Ich zog den Vorhang mit einer schnellen Bewegung zur Seite und starrte angestrengt nach draußen. Sam fing an mit der Rute zu wedeln. Steffen stand an der Tür, das Gesicht an die Scheibe gepresst versuchte er etwas zu sehen. Er schirmte mit seiner Hand das Licht ab und als er mich sah, wirkte er sehr erleichtert. Ich grinste ihn an, aber er war nicht zu Späßen aufgelegt. Ungeduldig wedelte er mit den Armen, um mir anzuzeigen ihn endlich hereinzulassen. Nachdem ich die Tür aufgehebelt hatte

schlüpfte er durch den Spalt, schloss die Tür schnell wieder und zog den Vorhang zu. Das alles kam mir sehr dubios vor. Ein Blick in Steffens Gesicht reichte aus, um alle Sprüche, die mir spontan einfielen, zu unterdrücken.

„Schön dich zu sehen, Steffen. Warum kommst du durch den Garten geschlichen?", fragte ich das Naheliegende.

„Elsa, du hast mal wieder besonderes Geschick bewiesen. Mitten hinein in ein Wespennest hast du gestochen!" Er schob mich Richtung Küche und schaute sich um.

„Was suchst du? Du beunruhigst mich ein wenig!" So langsam machte ich mir Sorgen um ihn.

„Ich schaue, ob alle Vorhänge zugezogen sind. Und wenn du beunruhigt bist, dann zu Recht. Setz dich mal hin. Hast du was zu trinken da?", fragte er eine für ihn absolut ungewöhnliche Frage.

„Kamillentee, Lavendel-Verbene, Apfelsaft?" Wenn ich nervös war, neigte ich manchmal zu Albernheit.

Ich stand auf und stellte zwei Weingläser auf den Tisch.

„Weiß oder Rot?" Ich schaute ihn abwartend an.

„Brandy. Von dem ganz alten." Jetzt überraschte er mich aber wirklich.

Ich holte die Flasche mit der bernsteinfarbenen Flüssigkeit aus dem Holzschrank im Wohnzimmer, zwei passende Gläser und goss uns reichlich ein. Wir tranken beide einen Schluck und ich setzte mich wieder zu ihm. Abwartend schaute ich ihn an.

„Du fragst dich sicher, warum ich nicht zurückgerufen habe", begann er. Da hatte er absolut Recht, aber ich sagte nichts.

„Ich denke, deine Telefone werden abgehört. Und meine möglicherweise mittlerweile auch. Und wahrscheinlich hockt da draußen irgendwo einer und beobachtet dein Haus", ließ er die Bombe platzen.

„Reflux!", riet ich spontan.

„Was? Was redest du?" Steffen sah mich fragend an.

„Der Verfassungsschutztyp", gab ich ungeduldig zurück.

„Klaas Stein und sein Gehilfe Maradona alias die Hand Gottes alias Christian Peters." Ich nahm noch einen Schluck. „Die beiden haben Ana trotz Zeugenschutzprogramm als VP angeworben. Und die letzten Tage sind sie mir auf die Pelle gerückt, um herauszufinden, was ich weiß über Ana und die ganze Geschichte." Ich schaute ihn abwartend ab.

Steffen nickte langsam. „Du hast mit deinen Nachforschungen mächtigen Leuten auf die Füße getreten. Mir wurde ganz offiziell und von oberster Stelle untersagt, dich weiterhin zu unterstützen. Du würdest eine große Geheimaktion gefährden, die jahrelang vorbereitet worden sei. Deswegen die Nachricht gestern von mir. Sie haben mir einen Maulkorb verpasst und wollen mit aller Macht verhindern, dass wir beide kommunizieren."

„Stein will nicht, dass ich weiter in Anas Leben herumgeistere und schon gar nicht, dass ich weiter an ihrem Unfalltod zweifle. Warum nicht? Was hat er zu verbergen?" Nachdenklich rieb ich mir die Stirn.

„Ich habe mich mal umgehört und meine Kontakte ein wenig genutzt. Falls Ana wirklich die VP von Stein war oder von irgendjemand anderem, dann ist es keine offizielle Sache. Meine Quellen haben nichts darüber herausfinden können und auch nirgendwo einen Eintrag oder Auftrag gefunden." Steffen schaute grimmig.

„Aber das liegt doch in der Natur der Sache, oder? Ist das nicht immer alles so geheim bei den Diensten? Ein offizieller Auftrag oder ähnliches würde mich auch eher wundern", gab ich zu bedenken.

„Ja, sicher. Aber normalerweise weiß immer irgendjemand irgendetwas. Meine Quellen sind sonst sehr gut informiert." Er nahm sein Glas in die Hand.

Ich stand auf und ging durch die Küche. „Also okay, was haben wir? Ein Geschwisterpaar aus dem Zeugenschutzprogramm – beide tot. Ana ist angeblich durch eine Überdosis gestorben,

wogegen sehr viele Indizien sprechen. Savo, der auch nicht an einen Unfall glaubte, sondern an eine späte Rache aus seiner eigenen Vergangenheit. Ana, die offensichtlich eine VP des Verfassungsschutzes war. Sie hatte Informationen aus erster Hand hinsichtlich einer rechtsideologischen, sektenartigen Kommune. Dringend tatverdächtig hier Klaas Stein vom BfV. Stein, der mir auf die Füße tritt, weil ich anfange, in Anas Leben zu stöbern. In dem Moment, wo ich dich involviere, bekommst du Kontaktverbot zu mir und möglicherweise hört uns jemand ab oder beobachtet uns sogar."
„Dich", korrigierte Steffen mich.
Ich schaute ihn empört an. „Danke, das beruhigt ja ungemein."
Langsam begann mich die Entwicklung zu beunruhigen. „Verstehst du Steffen? Da braucht es zur Bestätigung auch keinen schriftlichen Auftrag mehr. Und wenn deine Quellen, die sonst gut informiert sind, diesmal nichts wissen, dann ist das für mich ein Indiz mehr, dass hier jemand einen gefährlichen Alleingang durchzieht." Ich zog weiter meine Bahnen über die Küchenfliesen.
Steffen stand auf und stellte sich vor mich. „Kannst du bitte aufhören, Langstrecke zu laufen? Das macht mich nervös." Er nahm meinen Arm und führte mich wieder zum Stuhl. „Elsa, ich bin ja ganz deiner Meinung. Was sich dabei allerdings nicht erklärt, warum ich ganz offiziell und gar nicht geheim eine klare Anweisung von oben erhalten habe, keinen Kontakt zu dir zu haben oder dich in irgendeiner Art zu unterstützen. Das passt ja gar nicht zu der Geheimaktion." Fragend schaute er mich an.
Da hatte Steffen natürlich Recht. Wenn Stein alleine und eigenmächtig handelte, hätten seine Vorgesetzten keinen Grund Steffen zu reglementieren oder mich zu überwachen. „Entweder Stein hat sich eine schlüssige Story ausgedacht, mit der er seinen Verein überzeugt hat", ich machte eine Pause.
„Oder?", fragte Steffen gespannt.

„Oder er handelt nicht so allein wie ich dachte. Möglicherweise ist doch eine höhere Stelle involviert. Wenn herauskommt, dass Ana, obwohl sie aktive Zeugin im Programm war, als VP angeworben und genutzt wurde, dann rollen Köpfe. Wahrscheinlich sogar ganz oben. Da hat ja niemand ein Interesse dran." Ich war mir sicher, dass da etwas nicht ans Tageslicht kommen sollte.

„Was glaubst du, meinen deine Leute mit der Geheimaktion, die ewig vorbereitet wurde und die ich angeblich gefährden würde? Weißt du was darüber?", fragend schaute ich ihn an.

„Ich habe keine Ahnung. Noch nicht einmal den Hauch einer Idee, wenn ich ehrlich bin", gab er etwas zerknirscht zurück.

„Okay, dann erzähle ich dir jetzt mal was." Ich wollte schon aufstehen und Meilen sammeln, um besser denken zu können, blieb dann aber doch sitzen. Steffen sah mich gespannt an.

„Ich bin im Rahmen meiner Nachforschungen zu Anas Tod auf eine dubiose Gruppierung gestoßen. Die ‚Germanische Triangel'." Ich sah zu Steffen hinüber. Er verzog keine Miene. „Ein Haufen von Verschwörungstheoretikern, die von der neuen Weltordnung faseln und von der Gefahr der Durchmischung der Völker. Sie sind dem rechtsextremen Spektrum zuzuordnen, wenn du mich fragst."

„Und was hat das mit Ana zu tun? Sie hatte ja selbst Migrationshintergrund, sozusagen." Steffens Stimme war die Skepsis deutlich anzuhören.

„Bis gut einen Monat vor ihrem Tod hatte Ana Kontakt mit dieser Gruppe über ihr Social Media Profil. Sie hatte mit Leuten zu tun, die sich online Doc Shiva und Lars Oldschool nennen. Das alles klang eher etwas esoterisch und nach der Suche nach einem Lebenssinn." Ich erzählte Steffen von dem Drohbrief an Lisa Kleine, den Runen und meinen Ergebnissen der ausführlichen Internetrecherche.

„Irgendwann musste Ana diese Leute persönlich getroffen haben. Sie hörte auf online zu kommunizieren und Lisa

Kleine, die Nachbarin, hat sie mehrere Wochen vor ihrem Tod nicht mehr gesehen. Lisa hat mir auch erzählt, dass Ana sich in der letzten Zeit verändert und Kontakt zu einer dubiosen Gruppierung hatte." Ich hielt inne und trank einen Schluck. Steffen war immer noch nicht ganz überzeugt. „Also ich weiß nicht Elsa, Esoterik und Sinnsuche sind eine Sache, rechtsradikale Gruppen allerdings eine ganz andere. Was soll sie denn da gewollt haben?", fragte er zweifelnd.

„Ich denke, die Geburt von Lisas Tochter Zoé vor rund fünf Jahren hat für Ana alles verändert. Die enge freundschaftliche Beziehung zu Lisa veränderte sich, denn die frische Mutter hatte nun jemanden, um den sie sich rund um die Uhr kümmern musste und zu dem sie ein enges emotionales Band knüpfte. Für Ana musste sich das wie Zurückweisung angefühlt haben, auch wenn es das nicht war. Durch meine Recherche und meine persönlichen Kontakte zu ihr weiß ich, dass Ana eine stark ausgeprägte abhängige Persönlichkeit war. Sie brauchte immer eine enge Bezugsperson für sich ganz alleine. Wenn diese Struktur bröckelte, verlor sie den Halt und die Orientierung. Lisa berichtete von Anas Rückzug nach Zoés Geburt. Sie musste sich sehr allein und verloren gefühlt haben. Da war plötzlich niemand mehr der ihr sagte, was richtig und falsch war. Oder der immer verfügbar war und ihr eine Richtung vorgab." Ich stand nun doch auf und ging durch die Küche. Die Bewegung half mir mal wieder beim Denken. Steffen hörte mir konzentriert zu.

„Erzähl weiter", forderte er mich auf.

„In dieser Zeit der emotionalen Orientierungslosigkeit muss dann der Kontakt zu dieser Gruppe stattgefunden haben. Ana war schon immer auf der Suche nach dem Sinn des Lebens, nach einer höheren Macht, die über alles Regie führt. Sie glaubte, was die Kartenlegerin ihr über die Zukunft erzählte und ging bei Vollmond nicht zum Friseur."

Steffen strich sich über die kurz geschorenen Haare.

„Sie trifft also diese Leute im Netz. Die erzählen was von neuer Weltordnung, Sinngebung durch Struktur und Gehorsam und von alten Traditionen. Nach und nach fing Ana an, Gefallen an diesen Ideen zu entwickeln und sah möglicherweise hier eine neue Chance, sich zugehörig zu fühlen. Akzeptanz, Regeln, enge Bindungen an andere Menschen und vor allem jemand, der den Weg vorgab. Das brauchte sie!" Vieles von dem was ich sagte waren pure Annahmen ohne wirkliche Beweise, dass es wirklich so war.
Steffen nickte langsam. „Ja, so könnte es gewesen sein. Am Anfang spielte also die rechte Gesinnung der Gruppe für Ana vielleicht gar keine Rolle. Wir wissen, dass diese Mechanismen von radikalen Gruppen als Köder eingesetzt werden. Es geht nicht um politische Ansichten oder radikale Ideen, sondern um gemeinsame Zeit und Aktivitäten. Es geht um persönliche Beziehungen und das starke Gefühl der Zugehörigkeit und Wertschätzung innerhalb der Gruppe. Der Rest kommt oft erst später, wenn die Leute sich emotional etabliert haben und die Gruppe zu einem zentralen Lebensinhalt geworden ist."
Nun war ich es, die nickte. „Und irgendwo auf diesem Weg muss Ana dann auf Stein getroffen sein. Zu einem Zeitpunkt, an dem ihr schon klar war, an was für eine Gruppe sie da geraten war. Leider habe ich nicht die leiseste Ahnung, wann das war und wie der Kontakt zustande kam." Ich setzte mich wieder zu Steffen und erzählte ausführlich, was ich herausgefunden hatte. Von der Gruppe ‚GT – aus dem Volk und national', meinem Nickname magda33 und Anas geknacktem E-Mailpostfach. Über den geschlossenen Chatroom und die Einladung für den nächsten Abend zum 4. Symposium der Germanischen Triangel versuchte ich schnell hinwegzureden. Ich ahnte, dass Steffen etwas dagegen haben würde. Er ließ sich aber nicht so leicht täuschen.
„Moment mal, Elsa! Nicht so schnell! Du bist also als eine gewisse Magda im Internet unterwegs und chattest mit ge-

waltbereiten rechten Gruppen. Außerdem haben dich deine neuen Freunde für morgen eingeladen an einem" – er zeichnete Anführungsstriche in die Luft und hob die Augenbrauen – „Symposium teilzunehmen. Habe ich das so alles richtig verstanden?" Nun war es an ihm aufzustehen.
„33", gab ich zur Antwort.
„Wie bitte?", kam es prompt zurück.
„Magda33, nur Magda war schon vergeben", versuchte ich einen Scherz.
Steffen blieb abrupt stehen und sah mich funkelnd an. „Findest du das hier wirklich witzig oder hast du irgendwas eingeworfen?", fragte er nun verärgert. Er war zu höflich, um zu sagen, was er wahrscheinlich tatsächlich dachte, nämlich ob ich noch ganz dicht bin.

Mir wurde es zu anstrengend und ich brauchte dringend Raum für mich. Ich war ganz schlecht darin umsorgt zu werden und konnte es nicht ertragen, wenn jemand mir sagte, was ich tun solle. Auch nicht, wenn dieser jemand Steffen war. Ich ging in mein Arbeitszimmer und druckte die letzte Email von Ana an ludwig_83 aus. Als ich zurück in die Küche kam, stand Steffen immer noch an derselben Stelle wie vorher und sah mich gespannt an. Er kannte mich und wusste, dass nun ein weiteres Gespräch schwierig werden würde.
Ich reichte ihm den Ausdruck und erklärte, um was es sich handelte. Dann räumte ich den Tisch ab. Meine Körpersprache zeigte klar an, was ich sagen wollte. Geh jetzt bitte! Steffen kam zu mir und stellte sich in den Weg.
„Elsa, ich wollte nur sicher gehen, ob ich alles richtig verstanden habe. Ich finde deine Alleingänge gefährlich, aber ich habe dir keine Vorschriften gemacht oder ähnliches. Bleib bitte fair. Was du in mich hinein interpretierst, hat möglicherweise nichts mit der Realität zu tun. Du hast mich um Hilfe gebeten und nun gebe ich sie dir." Klar, deutlich und präzise.

So war Steffen. Er stellte die Dinge klar und spielte den Ball zurück. Nun konnte ich ihn annehmen oder vorbeifliegen lassen. Meine Entscheidung.

Er kannte mich wirklich gut und hatte ja Recht. Ich wusste, dass er sich sorgte und ich ahnte, dass er meine Pläne und mein Vorgehen ablehnte. Gesagt hatte er das nicht.

„Entschuldige bitte. Es tut mir leid." Ich nahm mein Glas und hielt es versöhnlich hoch. Immer noch ein wenig brummig nahm auch er sein Glas und stieß mit mir an.

„Jetzt noch mal zum Symposium. Das ist dann wie ein Gruppenchat oder wie läuft das dann morgen?", nahm er den Faden wieder auf.

Okay, nun schlug die Stunde der Wahrheit. „Nein, nicht online", gab ich zurück. Ich konnte einfach nicht aus meiner Haut, mehr Worte kamen nicht aus meinem Mund.

„Elsa, bitte überspann den Bogen nicht. Raus mit der Sprache. Wie läuft das morgen?" Steffen ließ nicht locker.

„Ich werde morgen nach Thüringen fahren und mich ein wenig unter das rechte Volk mischen. Dort findet das Ganze statt. Natürlich werde ich nicht meinen echten Namen benutzen und ich werde Begleitschutz haben", übertrieb ich ein wenig. Mila würde diese Bezeichnung sicherlich gefallen.

Bei Steffen dauerte es ein paar Sekunden bis er realisiert hatte, was ich eben gesagt hatte. Er machte ein erstauntes Gesicht.

„Ah okay, also gar nicht im Netz. Verstehe. Und du fährst dahin? Wer wird deine Begleitung sein?" Beherrschter Tonfall. Mir war klar, dass jede weitere blöde Antwort zum Abbruch des Gesprächs geführt hätte. Also entschied ich mich für die Wahrheit, blieb aber im Sparmodus. „Mila".

Steffen suchte nach Anzeichen eines Scherzes in meinem Gesicht. Als ihm klar wurde, dass es keiner war, kam er zu mir und nahm mich in den Arm. „Du bist und bleibst verrückt. Ich werde mich nicht aufregen, gib dir keine Mühe. Kann ich dich davon abbringen?", ein minimaler Hoffnungsschimmer.

„Nein." Nun war ich klar und deutlich. „Ich möchte mir diese Leute mal aus der Nähe anschauen. Es wird zu keinem Zeitpunkt irgendwie gefährlich werden", hörte ich mich sagen. „Es ist eine offizielle öffentliche Veranstaltung. Deine uniformierten Kollegen werden am Ort des Geschehens sein und wenn es mir zu viel wird, fahre ich wieder nach Hause. Sam und Mila sind mein Back-Up", gab ich in einem überzeugten Tonfall optimistisch als Erklärung hinzu. Sam hörte seinen Namen und schien sich jetzt schon auf den Arbeitsauftrag zu freuen. Er kam schwanzwedelnd zu uns.
Steffens pawlowschen Reflexe funktionierten wunderbar. Er fing zwar nicht an zu sabbern, aber prompt begann er mit einer ausführlichen Streichel- und Krauleinheit an Sams Ohren. Dann stand er auf und ging zu seiner Tasche, die er im Wohnzimmer abgestellt hatte. Einen Moment dachte ich, er würde nun gehen. Aber er holte ein Mobiltelefon aus dem Seitenfach und gab es mir.
„Hier, das ist für dich. Nagelneu. Mit einer Prepaidkarte versehen. Es ist nur eine Nummer abgespeichert. Meine. Nicht die bekannte, sondern auch auf ein neues Gerät. Wir benutzen ausschließlich diese Telefone, um uns gegenseitig anzurufen. Niemanden sonst, okay?", beschwor er eindringlich.
Ich nahm ihm das Telefon aus der Hand und fand, dass er etwas übertrieb. Er war durch und durch Polizist und wollte einfach vorbereitet sein. Ich umarmte ihn kurz und legte das Gerät auf den Tisch.
„Ich meine es wirklich ernst! Solange du möglicherweise abgehört wirst und wir nicht wissen, wer oder was dahintersteckt, will ich einen sicheren Kommunikationsweg zu dir haben. Bitte trage es bei dir. Was ist mit deiner Waffe? Ist sie funktionsfähig oder staubt sie in deinem Waffenschrank so langsam ein?", fragte er nun völlig im Arbeitsmodus.
Mein früherer Job hatte mich zum Waffenträger gemacht. Auch nach dem Ausscheiden blieb diese Notwendigkeit

bestehen. Ich bin der Glock treu geblieben, nun allerdings als Zivilmodell. Sie lag in meinem Waffenschrank im Arbeitszimmer. Ich nahm sie nur zu bestimmten Anlässen mit, ansonsten ging ich regelmäßig auf den Schießstand zum Trainieren. Mir gibt die Schusswaffe Sicherheit. Am Ende kommt es immer darauf an, wer sie in der Hand hält. Ich ging ins Arbeitszimmer und holte die Pistole aus dem Schrank.
„Da ist sie. Überzeug dich selbst. Sie ist gepflegt und einsatzbereit." Ich legte die mattschwarz glänzende Glock 17 auf meinen Küchentisch.
Steffen nahm sie in die Hand. „Gut. Ich wollte nur sichergehen, dass du sie nicht vergisst. Pack sie nicht so weit weg. Du nimmst sie doch morgen mit?" Mehr ein Appell als eine Frage.
„Steffen, ich kann doch nicht bewaffnet zu einer öffentlichen Veranstaltung gehen. Das muss ich dir doch nicht sagen", empörte ich mich ein wenig. „Ich bin eine Zivilperson ohne jegliche staatlichen Befugnisse."
Er zog die Augenbrauen zusammen und wollte zu einer längeren Ausführung ansetzen.
„Ich nehme sie mit und lasse sie im Auto. Okay?", schob ich schnell nach. „Wie machen wir nun weiter? Hast du eine Idee?", lenkte ich das Thema nun auf die Zukunft.
Steffen stand auf und ich sah förmlich, wie die Strategiesynapsen in seinem Gehirn Fahrt aufnahmen. Ich war froh, dass nirgendwo ein Stift rumlag. Steffen hätte womöglich meinen Kühlschrank als Flipchart genutzt, um die wichtigsten Punkte anzuschreiben.
„Du fährst morgen zu diesem Symposium und siehst dir die Typen aus der Nähe an. Ich werde weiter meine Quellen anzapfen und herausfinden, wie der Verfassungsschutz und vor allem Stein involviert sind." Er nahm den Ausdruck von Anas Informations-E-Mail in die Hand. „Ist das alles, was sie geschrieben hat?", fragte er mich.

„Nein, es gibt insgesamt vier Nachrichten von ihr. Die erste stammt vom 7. Juni. Dann alle zwei bis zweieinhalb Wochen eine weitere Nachricht. Die hier vom 27.07 ist die letzte Nachricht im Account, allerdings auch die Interessanteste", führte ich aus, was ich herausgefunden hatte.

„Hat sie denn selbst auch Post bekommen?" Steffen sah wieder auf den Ausdruck.

„Ja, jedes Mal eine kurze Bestätigung ihrer Nachricht und zwischendurch die Aufforderung, was Konkretes zu liefern. Alle Nachrichten stammen ausschließlich von ludwig_83. Namen, Daten, Dokumente. Diese Aufforderungen setzten Ana wohl unter Druck. Sie schrieb öfters, dass sie das nicht liefern könne, ohne aufzufallen. In der vorletzten E-Mail vom 10. Juli äußert sie ihre Angst enttarnt zu werden. Fast schon panisch erwähnt sie mehrfach, dass ein gewisser Lars und jemand, den sie den ‚Grauen' nennt, sie ‚auf dem Schirm' haben. Was immer das bedeuten soll. Bei Lars denke ich natürlich gleich an Lars Oldschool." Nachdenklich rieb ich mir die Stirn beim Sprechen.

„Was berichtet sie denn überhaupt?", fragte Steffen.

„Ich druck dir gleich den Verlauf aus. Dann kannst du es auch noch einmal lesen. Oder vielleicht können ja deine IT-Experten etwas herausfinden." Ich ging kurz in Gedanken die Nachrichten durch. „Im Wesentlichen schreibt sie über die politischen Ansichten der Gruppe. Vieles hört sich eindeutig rechtsradikal an. Sie beschreibt eine Gruppe von Menschen, die offenbar zusammenleben und eine Art eigene Kommune bilden. Es gibt einen Anführer. Das Ganze klingt irgendwie nach einer Sekte. Sie erwähnt auch öfters die ‚Germanische Triangel'. Den Anführer nennt sie den ‚Grauen' und außerdem gibt es noch einen Lars, Edmund, Janina – die nun offenbar verschwunden ist – und René, der Sohn von Janina – der auch verschwunden ist. Sie berichtete über ihren Verdacht, dass die Gruppe jemanden töten wolle und sich dabei auch auf den NSU beziehe." Ich dachte kurz nach. „Was Konkretes hatte sie allerdings nicht liefern können", schloss ich meine Zusammenfassung.

„Hm, okay. Das hört sich ja noch ein wenig dubios an. Ich werde versuchen das aufzuhellen. Allerdings kann ich auch nur inoffiziell ermitteln. Die schauen mir ganz schön auf die Finger." Grimmig zog er schon wieder die Augenbrauen zusammen. „Wie erfolgte die Geldübergabe? Stand da was zu?"

„Nein, leider nicht. Es haben aber definitiv Übergaben stattgefunden. Sie bezieht sich ab und zu darauf. Geht ja nur persönlich oder irgendwo hinterlegt. Sie werden es kaum überwiesen haben. Wenn wir Anas Mobiltelefon und ihren Laptop hätten, wären wir vielleicht schlauer", gab ich etwas frustriert zurück.

Wir tranken zum Abschluss noch ein weiteres Glas vom alten Brandy und schmiedeten einen Plan, wie ich am nächsten Tag unbeobachtet nach Thüringen würde fahren können. Ich musste meine neuen Fans irgendwie abschütteln. Steffen ging, wie er gekommen war, durch die Terrassentür, die Ausdrucke des E-Mailverkehrs zwischen Ana und ludwig_83 in der Tasche. Wir umarmten uns zum Abschluss und er erinnerte mich noch einmal an das neue Telefon. Und an das Ladekabel. Und an die Pistole.

Nach einem traumlosen Schlaf stand ich um halb sechs auf. Sam grunzte leise und warf sich auf die Seite. Ihm gefiel es auch ohne mich im Bett. Im Gegensatz zu mir hatte er vor, noch mindestens drei Stunden zu schlafen. Auch der Hund hatte schließlich einen Feiertag. Neidisch sah ich ihm zu, wie er schon wieder ins Land der Hundeträume hinüberglitt. Seine Lefzen zuckten ein wenig und mit den Vorderläufen rannte er gerade sicherlich einen wunderbaren Waldweg entlang. Schnaubend atmete er durch die Nase aus, um sich dann leise schmatzend zusammenzurollen.
Ich ging runter in die Küche, stellte die Siebträgermaschine an, füllte neues Wasser ein und stellte eine Tasse auf die Maschine, um sie schon einmal anzuwärmen. Das Gespräch mit Steffen hallte in mir nach. Beim Einschlafen hatte ich darüber nachgedacht, wie die Dinge zusammenhingen. Ich verstand nicht, warum Steffens Vorgesetzte ihn stoppten was mich betraf. Wie hingen sie denn mit drin in der Geschichte? Übersah ich etwas Wesentliches? Ich nahm mir vor, Steffen zu fragen, wer eigentlich genau ihm die Kontaktsperre zu mir verordnet hatte? Lief da wirklich eine große Aktion, die ich übersah? Dann könnten sie ja froh sein, dass ich die Dinge mit ans Licht brachte.

Anas Tod als Drogenunfall abzutun hatte nichts mehr zu tun mit Geheimaktionen und höheren Zielen. Ein Mensch ist gestorben und ich würde sicherlich nicht schweigen. Anas Erwähnung des Nationalsozialistischen Untergrunds in ihrer letzten Email an ludwig_83 beunruhigte mich sehr. War dies der Grund für die Geheimaktion? Wollte der Staat eine erneute Blamage vermeiden? Die zahlreichen Ermittlungspannen, Lügen und vorurteilsbehafteten Verdächtigungen rund um die Taten des NSU hatten tiefe Narben hinterlassen. Der NSU und die Aufklärung der Taten durch die Polizei und die Nachrichtendienste haben kein gutes Licht auf Deutschland geworfen. Uwe Mundlos, Uwe Böhnhardt und Beate

Zschäpe legten zwischen 1999 und 2011 ein dunkles Tuch über unsere Gesellschaft. Sie töteten insgesamt zehn Menschen und verübten mehrere Sprengstoffanschläge. Zudem begingen sie zahlreiche Raubüberfälle, um ihren perfiden Plan und ihr armseliges Leben überhaupt finanzieren zu können. Sie wurden getrieben durch rechtsideologisches Gedankengut und konnten am Ende nur so lange agieren und im Untergrund überleben, weil sie unzählige Unterstützer inmitten der Gesellschaft hatten. Dies ist neben den Taten an sich die eigentliche Unfassbarkeit. Bis zur Selbsttötung der beiden männlichen Täter im Jahr 2011 konnte sich das Trio der Hauptaktiven des NSU auf ein gutes Netzwerk stützen. Auch VPs haben hier eine wesentliche Rolle gespielt. Der Versuch der Vertuschung, Aktenvernichtung und zahlreiche amnestische Schübe vieler Beteiligter während des nachfolgenden Prozesses trugen nicht gerade zu einem Gefühl des Vertrauens in wesentliche Teile unserer Gesellschaft bei. Besonders der Verfassungsschutz besetzte eine unrühmliche Rolle. Die aktuelle Verquickung des BfV in Person von Stein und Peters, Anas Erwähnung des NSU und ihr anschließender Tod führten meinerseits zu einem deutlich erhöhten Beunruhigungslevel.

Ich ging mit meinem frisch zubereiteten Kaffee ins Gästezimmer in der oberen Etage. Vorsichtig schob ich den Vorhang zur Seite und schaute auf die Straße vor meinem Haus. Wenn ich einen Beobachter hatte, wollte ich gerne wissen, was der gerade machte. Tatsächlich stand etwas versetzt ein dunkelblauer Kombi am Straßenrand mit der Front Richtung Haus. Ich konnte eine Person ausmachen. Allerdings sah es so aus, als würde mein Bewacher nicht an der gleichen Schlaflosigkeit wie ich leiden. Da heute Feiertag war – am 3. Oktober sollte zusammenwachsen was zusammengehörte – war nichts los auf der Straße. Ich dachte kurz darüber nach, die Gelegenheit zu nutzen, um mich ungesehen und damit unverfolgt aus

dem Staub zu machen. Aber falls der Typ nicht im Koma lag, würde ihn sicherlich der Motor meines Autos wecken. Eine bessere Chance würde es bestimmt nicht mehr geben im Verlaufe des Tages.
Ich schnappte mir das neue Telefon und tippte aus meinem Telefon Alfons Nummer aus den Kontakten ab. Dann berührte ich den grünen Hörer und wartete gespannt. Ich wusste, dass Alfons gerne früh aufstand. Außerdem drückte ich mir die Daumen, dass Heike noch den toskanischen Spätsommer genoss. Nach dem dritten Klingeln meldete sich Alfons. Ich hörte Fahrgeräusche, er war also im Auto. Hoffentlich nicht auf dem Weg nach Italien.
„Dr. Marx, hallo?", hörte ich seine sonore Stimme.
„Guten Morgen Alfons, hier ist Elsa. Warum so förmlich?", fragte ich etwas irritiert. Selbst wenn Heike neben ihm sitzen sollte, erklärte dies nicht sein Verhalten. Schließlich hatten wir nichts getan.
„Elsa, guten Morgen! Mit welcher Nummer rufst du denn an? Hast du ein neues Telefon? Woher soll ich denn wissen, dass du es bist. Auch wenn ich glaube, dass uns etwas Besonderes verbindet, so kann ich leider noch nicht hellsehen", gab er charmant wie immer zurück.
Ich schlug mir vor die Stirn. Das neue Telefon hatte ich angesichts der gespannten Erwartung schon wieder ausgeblendet.
„Ach ja, hatte ich vergessen. Ich habe vorübergehend eine neue Nummer. Ich höre du bist im Auto. Was machst du zu dieser frühen Zeit unterwegs?", fragte ich ihn offen heraus. Falls Heike neben ihm sitzen sollte würde er es mir schon verraten. Und wenn nicht wäre es auch okay. Was ich ihn fragen wollte, konnte Heike ruhig wissen.
„Ich bin unterwegs zum Rudertraining. Heute ist ja Feiertag und es soll den ganzen Tag die Sonne scheinen. Um kurz nach sieben lässt sie sich blicken. Das wollte ich nicht verpassen. Hast du schon einmal den Sonnenaufgang rudernd auf einem

See erlebt? Wunderschön", schwärmte er. „Und was ist mit dir? Mal wieder schlaflos?", mutmaßte er voller Empathie in der Psychiaterstimme.

Die Frage nach dem Schlaf ignorierte ich ganz im Sinne der Tiefenpsychologie. Ich entschloss mich für den direkten Weg. „Kannst du mich abholen, Alfons? Ich weiß, es ist etwas ungewöhnlich und es tut mir leid, dich möglicherweise um ein wunderbares Sonnenerlebnis auf dem See zu bringen." Ich stellte mir vor, wie er fragend die Augenbrauen hochschob.

„Hast du dein Auto bei irgendeinem Italiener nach einem netten Abend stehen lassen?", neckte er mich in Anspielung auf unser letztes Treffen. Heike saß nicht neben ihm, nahm ich an.

„Alfons, ich erkläre es dir später. Sag mir einfach nur, ob es klappt. Es muss allerdings jetzt sein. Also bevor Helios Selene ablöst und sich mit Eos in den Tag stürzt." Die griechische Mythologie war eine von Alfons Leidenschaften.

„Elsa, ich bin sehr beeindruckt. Ich lenke meinen Sonnenwagen um und bin in gut einer Viertelstunde bei dir." Das gefiel ihm offenbar.

„Ich habe noch etwas Ungewöhnliches für dich. Bitte komm nicht zu meinem Haus. Du kennst doch den Weg hinter meinem Grundstück. Du kannst von der Hauptstraße aus hineinfahren bis zum Trullo. Warte bitte dort auf mich. Du bist ein Schatz!" Damit legte ich auf.

Nun musste ich mich beeilen. Anziehen, meine Sachen für den Tag und für den Abend packen, Sams Sachen packen, sein Futter und sonstige Utensilien zusammensuchen und mich zur Hintertür rausschleichen. Olympiareif war ich nach zehn Minuten fertig. Ich wagte noch einen Kontrollblick aus dem oberen Fenster. Mein Bewacher schien immer noch zu schlummern.

Ich weckte Sam und scheuchte ihn durch den Garten vor mir

her. Er dachte wir spielen und vergnügt fing er an zu bellen. So war das natürlich nicht gedacht. Schnell bewegten wir uns durch die Gartentür auf den Winzerpfad. Ich schulterte meine Sporttasche und fiel in ein leichtes Traben. Sam fiel wohl ein, dass er noch gar nicht gefrühstückt hatte und tänzelte irritiert neben mir her. Immer wieder schaute ich mich um. Aber da war zum Glück niemand der mir folgte. Nach ein paar Minuten erreichten wir das Weinbergshäuschen. Ich ließ mich auf die Bank fallen und atmete tief durch. Nach ein paar Minuten sah ich ein Auto näherkommen. Ich packte meinen Kram zusammen und ging mit Sam hinter das Trullo. Als ich Alfons Wagen erkannte, atmete ich schon wieder tief durch.
Da er eigentlich zum Rudern wollte, war Alfons mit seinem großen Wagen da. Eine Art Pick-Up mit offener Ladefläche. Bevor er aussteigen konnte, schmiss ich mein Zeug hinten drauf und stieg mit Sam vorne zu ihm.
„Guten Morgen", sagte ich und gab ihm einen Kuss auf die Wange.
„Guten Morgen!", erwiderte Alfons, nahm mein Gesicht in seine Hände und drückte mir einen sanften Kuss auf den Mund. Wow! Sah man vom Rest ab fing der Morgen sehr vielversprechend an.
„Zu mir oder zu dir?", fragte Alfons verschmitzt.
„Zu dir!", gab ich prompt zurück. Das hatte er wohl nicht erwartet. Erstaunt schaute er mich an. „Was ist los, Elsa? Ist was passiert?", fragte er nun doch besorgt.
„Ich habe seit gestern einen Wachhund vor der Tür stehen. Noch schlummert er den Schlaf der gerechten Agenten. Bevor er aufwacht, möchte ich verschwunden sein. Du bist also meine Rettung. In die Praxis möchte ich nicht. Wenn 007 kognitiv einigermaßen gut aufgestellt ist, wird er dort wohl als erstes suchen, sobald er merkt, dass ich gar nicht mehr im Haus bin", erklärte ich kurz die Situation. „Wenn du also nichts dagegen hast, würde ich gerne den Tag bei dir in der

Wohnung verbringen. Mila holt mich dann später bei dir ab."
Alfons wendete seinen Wagen und fuhr langsam die schmale landwirtschaftliche Straße zurück. „Du kannst so lange bleiben wie du möchtest." Damit war alles gesagt. Das mochte ich so an Alfons. Er hatte einen messerscharfen Verstand, war herzensgut zu Menschen, die er mochte und gab dem anderen Raum. Sicherlich hatte er noch viele Fragen zu meiner eher ungewöhnlichen Situation. Aber er konnte sich zurückhalten und drängte mich nicht, ihm mehr zu erzählen.

Wir fuhren schweigend durch den Morgen. Zu dieser frühen Stunde war niemand unterwegs. Es dämmerte und die Landschaft nahm nach und nach ihre charakteristische hügelige Silhouette an. Nach dem ungewöhnlich heißen Sommer waren schon viele Blätter an den Weinreben gelb, die Lese war für fast alle Winzer abgeschlossen. Einige Reihen standen noch mit Frucht. Sie würden hängen bleiben bis es die ersten Frostnächte gegeben hatte. Das würde also noch dauern. Ich hatte in der Zeitung gelesen, dass es durch das ungewöhnliche Klima in diesem Jahr bedeutend mehr Früchte an den Stöcken gab als sonst. Klein aber viel. So kam es zu dem Paradoxon, dass einige Winzer durch Dürre und diverse Wetterkapriolen enorm hohe Ernteausfälle hatten und andere dagegen Trauben am Stock hängen lassen mussten, da sie ihre Kontingente bereits erfüllt hatten. Das Höchstkontingent für Landwein liegt bei 15 000 Liter pro Hektar und für Qualitätswein bei 10 500 Liter. Die Kontingente sind vor ein paar Jahren eingeführt worden, um einen Preisverfall bei hohem Ernteüberschuss zu vermeiden. Wohl dem Winzer, der seine Weine gut länger im Fass lagern kann. Der Pfälzer Wein gehört leider nicht unbedingt dazu, sondern wird eher jung getrunken. So kam es also dazu, dass nun etliche Trauben am Stock verfaulten, Tieren als Futter dienten oder abgeerntet direkt als Dünger zwischen die Stöcke gestreut wurden.

„Hast du vielleicht Lust mich zum Rudern zu begleiten? Den Sonnenaufgang schaffen wir nicht mehr, aber die Luft am Morgen ist sehr wohltuend." Alfons schaute beim Sprechen kurz zu mir herüber. Er hatte schon seine Sportklamotten an. Dunkelblaues, eng anliegendes Langarmfunktionsshirt und dazu eine türkisfarbene Sporthose. Am Handgelenk trug er eine Uhr, die seine Kreislaufdaten aufzeichnete und auf dem Kopf ein Basecap des Ruderclubs der Harvard University.
„Wie könnte ich ein solches Angebot ablehnen. Ich finde diese Idee wunderbar", freute ich mich.
Alfons lächelte und fuhr beschwingt etwas schneller.
Wir hatten einen außergewöhnlich schönen Morgen. Nach der Rudersession – Sam und ich konnten uns ganz und gar auf die Entspannung fokussieren, während Alfons sich ins Zeug legte – gingen wir noch eine große Runde mit dem Vierbeiner. Ich vergaß für ein paar Stunden meine momentane Situation und auch das Grübeln über Anas Tod. Wir hielten beim Bäcker und kauften eine große Tüte ungesunde Weißmehlprodukte, die wir uns dann mit Kaffee und Orangensaft schmecken ließen. Es war locker und ungezwungen. Die Sonne schien wie vorhergesagt und wir machten es uns auf Alfons Dachterrasse bequem. Er wohnte mit Heike in einer großzügigen Altbauwohnung. Die Terrasse war das Highlight der Wohnung. Nach dem Frühstück ging Alfons duschen und ich blieb brav in der Sonne sitzen. Ich holte meinen Laptop raus und recherchierte ein wenig über meine bevorstehende Abendveranstaltung. Vor allem hatte ich noch keinen Plan, wie ich ohne Ausweis Einlass bekommen würde. Ich brauchte eine gute und glaubhafte Erklärung. Außerdem musste ich unbedingt Mila eine Nachricht mit dem neuen Telefon schreiben. Oder besser noch anrufen. Tief in Gedanken versunken starrte ich auf meinen Laptop.
„Arbeitest du oder träumst du vor dich hin?", ertönte Alfons Stimme nah an meinem Ohr. Ich hatte gar nicht bemerkt, dass

er wieder zurückgekommen war. Sein würziges Aftershave lag in der Luft und er verströmte eine Menge an positiver Energie. Ich ignorierte seine Frage und stand auf, um ein wenig Abstand zu bekommen.

„Was ist mit Heike, Alfons? Wie geht es euch als Paar?", fragte ich offen heraus. Ich wollte die Stimmung nicht gefährden, trotzdem musste ich wissen, wie der aktuelle Status war. Alfons Laune war zum Glück an diesem Morgen in Stein gemeißelt und er ließ sich vom Thema Heike nicht beeindrucken oder gar runterziehen.

„Hm, tja, das ist im Moment etwas schwierig mit der Beziehungsdiagnose. Sie ist nicht endgültig gestellt, so wie es aussieht, machen wir erst einmal eine Pause", resümierte er die aktuelle Situation. Ich suchte nach Anzeichen von Traurigkeit, fand aber keine. Es schien für ihn okay zu sein.

„Hat Heike das so entschieden, oder ihr beide?"

„Letztendlich wir beide. Hey, es tut gut darüber zu sprechen," gab er erstaunt zu.

„Das ist ja ein Ding. Und diese Erkenntnis von einem Psychiater. Wow!", neckte ich ihn. Er grinste und nahm es nicht übel.

„Heike und ich haben gestern lange telefoniert. Sie ist noch in Italien und wird auch noch eine Zeit lang bleiben. Ein gewisser Aldo dort und das Gefühl, nicht genug beachtet und gesehen zu werden hier, tragen wohl zu der Entscheidung bei." Er hörte sich nun doch etwas niedergeschlagen an. Ich sagte nichts und setzte mich wieder zu ihm.

„Es ist wirklich okay für mich. Ja, es kränkt mich in meiner narzisstischen Ehre, aber emotional bin ich da ganz bei Heike. Wäre sie jetzt nicht diesen Schritt gegangen, hätte ich es vermutlich demnächst getan. Jeder von uns muss für sich herausfinden, ob das Vertrauen und die freundschaftliche Liebe ausreichen. Ist uns ein eingespieltes Leben genug oder wollen wir was anderes?", setzte er seine Analyse fort.

Ich war beeindruckt von seinen Beziehungssezierfähigkeiten

und wollte gerade fragen, ob er wirklich so kontrolliert war oder ich nur die Fassade des am Ende doch gekränkten Mannes sah, als ein Telefon klingelte. Who are you – who who ... tönten die Stimmen von Roger Daltrey und Pete Townshend über die Terrasse. Ich reagierte nicht und wartete, dass Alfons ans Telefon gehen würde. Dann erinnerte ich mich, dass ich den Klingelton von der Brüderkombo zu The Who gewechselt hatte. Ich kramte schnell das Mobile aus der Tasche.
„Mila, meine Liebe. Es ist gerade schlecht. Ich rufe dich in ein paar Minuten zurück!" Bevor sie etwas sagen konnte legte ich auf. Sie wusste ja noch nichts von der wohlmöglichen Abhöraktion meines Telefons. Wenn wir einen ungebetenen Zuhörer hatten, wollte ich auf jeden Fall die Erwähnung des Abends vermeiden. Ich nahm das neue sichere Telefon zur Hand und tippte Milas Nummer ein. Sie würde verwundert sein angesichts meines merkwürdigen Verhaltens. Der Rufton ging raus.
„Ja, bitte?", freundlich, aber vorsichtig. Seit Milas Erfahrung mit dem Stalker war sie bei fremden Nummern am Telefon sehr zurückhaltend. Wir waren uns ähnlich in dieser Hinsicht.
„Ich bin es." Ich gab meiner Stimme eine Extraportion Gelassenheit.
„Elsa! Was ist los? Geht es dir gut? Was ist das für eine Telefonnummer?" Sie wusste gar nicht, was sie zuerst fragen sollte.
„Mila, es ist alles okay. Mir geht es gut. Ich bin bei Alfons", ich stellte mir vor wie sie ihre linke Augenbraue hochzog, „und mein Telefon wird wahrscheinlich überwacht. Deswegen diese Nummer hier von einem sicheren Anschluss." Ich erklärte ihr noch den Rest und sie versprach mich am Nachmittag bei Alfons abzuholen. Wir besprachen, noch einmal auf dem anderen Telefon zu reden, damit mein schnelles Beenden ihres Anrufs vorhin nicht weiter auffiel. Ich rief Mila also mit meinem Telefon an und wir plauderten ein wenig über Gott und die Welt. Die Spione gingen sicherlich davon aus, dass ich

zu Hause sei. Somit hatten sie keinen Anlass zu orten.

Mittlerweile war es Mittag geworden und die Sonne hatte immer noch eine wärmende Kraft. Es würde wohl nach dem tollen Sommer auch noch einen goldenen Oktober geben. Alfons hatte sich während meines Telefonats diskret zurückgezogen. Nun ging ich rein und machte mich auf die Suche nach ihm. Die Wohnung war geschmackvoll eingerichtet. An den verputzten Wänden hingen große Bilder, deren Künstler ich nicht alle kannte. Heike hatte ein Faible für Malerei und auch Alfons konnte sich für Farben und feine Pinselstriche begeistern. Die großzügig geschnittenen Räume waren hell gestrichen und die Holzschränke und Regale stachen besonders warm hervor. Ich durchquerte das Wohnzimmer und den langen Flur und hörte Alfons in der Küche hantieren. Wie im Altbau üblich, war dies ein separater Raum und bot neben der eigentlichen Küche noch Platz für einen großen Tisch. Alfons stand an der Spüle und putzte Salat.
„Hey, sag bloß du hast schon wieder Hunger", zog ich ihn auf. Er drehte sich um und kam zu mir. Mit nassen Händen, an denen noch etwas Rucola hing, fasste er meinen Kopf und zog mich sanft zu sich heran. Er küsste mich auf den Mund und weckte mein Verlangen. Ich erwiderte den Kuss und drückte meinen Körper nah an seinen. Langsam schob er mich Richtung Tisch und kickte mit dem Fuß einen Stuhl beiseite. Mir schoss der Gedanke durch den Kopf, dass er das hier mit seiner Frau Heike bestimmt auch schon getan hatte. Wie immer stand ich mir selbst im Weg. Ich wollte nicht unsere Freundschaft gefährden und hatte Angst vor den Dingen, die danach anders sein würden.
„Warte mal Alfons", ich schob ihn leicht zurück und sah ihm in die Augen. „Ich möchte dich als Freund behalten und denke, wir sollten das hier lieber nicht tun!" Ich hörte mich diesen Satz sagen und fragte mich, ob ich noch ganz dicht war.

„Ich möchte dich auch als Freundin behalten und finde das hier passt ganz wunderbar dazu", grinste Alfons mich an und schob mich weiter Richtung Tisch. Dann hielt er inne. „Meinst du das ernst?" Er sah mich an. „Du meinst es ernst", beantwortete er sich seine Frage selbst.
Ich bin kompliziert und stehe auch dazu. Deswegen sah ich keinen Grund, mich für irgendetwas zu entschuldigen. Wir alle haben die Möglichkeit uns zu entscheiden. Immer. Und der andere muss unsere Entscheidung akzeptieren, auch wenn er sie nicht versteht oder gut findet. Alfons tat genau das. Er nahm mich in den Arm und küsste mich noch einmal. „Schade, Elsa. Ich hätte jetzt sehr gerne mit dir geschlafen. Aber ich kann warten. Es ist okay. Ich mag dich, weil du so bist wie du bist." Wir standen noch eine ganze Weile eng zusammen und hielten uns fest. Ein Gefühl von Geborgenheit breitete sich in mir aus und ich genoss diesen Moment mehr als alles andere.

Wir aßen Salat und danach zogen wir uns beide mit unseren Laptops auf unsere Arbeit zurück. Alfons tauchte ein in die Welt der Depressionen. Er bereitete einen Vortrag für einen Kongress in München vor. Ich gab mich einmal mehr den Verschwörungstheorien der „Germanischen Triangel" hin und schmiedete einen Plan, wie ich ohne Ausweis am Abend Einlass bekommen würde.

René

Er saß im Auto neben Edmund. Mittlerweile war es Nachmittag und sie waren auf dem Weg nach Meiningen. Ihm war keine Idee gekommen, die ihn aus der vertrackten Situation herausgebracht hätte. Also fuhr er erst einmal mit. Es blieb ihm nichts anderes übrig. Vielleicht würde sich ja was ergeben am Abend. Die Bullen konnte er vergessen, jemanden anderen da draußen gab es nicht. Also saß er nun mürrisch im alten VW Passat und ertrug die lautstarken Gitarren und das Geschrei von Michael Regener. Edmund stand auf die Musik von Landser, auch wenn sie schon seit Ewigkeiten verboten war.
„Was ist los, Lando? Bring dich mal in Stimmung!", schrie Edmund ihn über das Getöse hinweg an.
Er rutschte etwas tiefer in seinen Sitz und winkte ab. „Wenn das der Graue wüsste, dass du so abfährst auf Musik mit so einer schlechten Sprache und Grammatik!", erwiderte er lachend. Er versuchte locker zu wirken.
„Ja ja, höre ich ja nur im Auto, wenn ich alleine bin oder ein Küken wie dich dabei habe. Wenn du mich verrätst, breche ich dir deinen rechten Arm", drohend schaute er herüber. Die Stimmung schwankte zwischen Spaß und Eskalation. Er zweifelte keine

Sekunde an Edmunds Worten.

"Schon gut. Von mir aus kannst du hören und sehen was du willst. Ist ja deine Sache", gab er beschwichtigend zurück. Stress war das Letzte, was er jetzt brauchte.

Wotan war sehr streng was Sprache und Stil anging. Er war der Meinung, mit Bildung, ordentlichem Aussehen und Tradition mehr zu erreichen als mit prollhaftem Aggrogehabe. Den Widerspruch zwischen guten Sitten und dem, was er Anstand nannte einerseits und Menschen zu töten oder Gewalt auszuüben andererseits, sah er nicht. Oder besser gesagt, das stellte aus seiner sehr speziellen Perspektive gar keinen Widerspruch dar. Beides gehörte für ihn irgendwie zusammen. Das Wichtigste hierbei war, selbst die Macht und Kontrolle zu haben. Er entschied, was richtig war, wer dazugehörte und wer nicht. Er machte die Gesetze, nach denen sie alle lebten und er entschied eben auch, wer kein Recht hatte zu leben. Offenbar gab es viele Menschen auch außerhalb ihrer kleinen überschaubaren Lebensgemeinschaft, die Wotans Ideen begrüßten. Seine Mutter hatte ihm von zahlreichen Spendern aus allen Schichten der Gesellschaft erzählt. Jeden Monat gingen Beträge im vierstelligen Bereich auf die Konten der GT ein. Es schien, als würden sich viele nach einem Anführer, klaren Regeln, geordneten Strukturen und einem gemeinsamen Feindbild sehnen. Dieses Feindbild hielt wiederum den eigenen inneren Kern zusammen und die Motivation, aufrecht gegen den Feind zu kämpfen oder sich zumindest dagegen zu stellen. So war der Feind beliebig besetzbar. Mal war es das bestehende System, mal Menschen aus dem Ausland und dann auch eigene Landsleute, die einfach anderer Meinung waren. Man wollte dazugehören, beachtet werden und gemeinsam dagegen sein. Das Gefasel von Tradition, Werten und deutscher Identität war irgendwie Pseudogerede in seinen Ohren. Er konnte verstehen, wie das alles funktionierte, war er doch selber den größten Teil seines noch jungen Lebens genauso drauf gewesen.

Ein abruptes Abbremsen brachte ihn zurück in die Gegenwart.

Mittlerweile waren sie in Meiningen angekommen und Edmund hatte den Wagen direkt vor der Eingangstür eines alt aussehenden Gebäudes zum Stehen gebracht. Sie waren durch eine große Einfahrt gekommen, deren Schranke sich schon bei der Anfahrt öffnete. Nirgendwo war ein Schild oder Hinweis zu finden, um was es sich bei der Villa handelte. Ihm fielen die hohen Zäune auf, die eine Grenze um ein parkartig angelegtes Außenareal zogen. Auf den Zwischenpfosten des Zaunes befanden sich alle zehn Meter Kameras, die sowohl den Innenbereich als auch das Stück außerhalb des Zaunes abzudecken schienen.
Es war nach 15 Uhr und auf der Straße war nichts los. Sie waren allerdings auch etwas abseits des Ortskerns. Zwei Männer in dunkler Kleidung mit jeweils einem Dobermann an der kurzen Leine kamen wie aus dem Nichts aus dem hinteren Teil des Grundstücks auf sie zu. Der ältere der beiden, so um die 50, grinste breit, so dass sich auf seinem gesamten Gesicht kleine Falten in die braune Haut gruben. Mit ausgestreckter Hand näherte er sich straffen Schrittes. Der Dobermann hatte volle Körperspannung und die Ohren waren nach hinten gelegt.
„Willkommen!", an Edmund und Lando gewandt. „Bruno lass! Es ist gut!", zum Hund. Sofort entspannte dieser und setzte sich. „Wotan hat euch vorhin angekündigt. Ich bin Enrico und verwalte das Anwesen. Im Namen des Hauses ‚Tradition – Ehre – Identität Ostdeutschland' begrüße ich Euch in unserem Vereinshaus." Voller Stolz in der Stimme drehte er sich zum Anwesen. „Wir sind sehr froh, der GT heute Abend ein guter Gastgeber sein zu dürfen und hoffen auf ein volles Haus. Auf uns und unsere Loyalität könnt ihr auf immer zählen!" Lando erwartete fast zum Abschluss noch den erhobenen Arm zum Gruße. Aber Enrico fing sich wieder. Nachdem alle sich begrüßt und vorgestellt hatten, besprachen sie sich wie der Tag nun weiter ablaufen sollte.
Gemeinsam luden sie das Auto aus und trugen die Plakate, Flyer, Laptops, Boxen und Verlängerungskabel ins Haus. Hinter dem Eingangsportal eröffnete sich eine große Eingangshalle, von der drei

Flure abgingen. Sie wählten den mittleren Gang und gelangten nach gut 20 Metern zum größten Raum, den das Haus zu bieten hatte. An den Wänden und vor den Fenstern standen mindestens 200 Stühle aufeinandergestapelt. Am anderen Ende des Raumes befand sich eine Art Bühne mit einem Rednerpult. An der Wand dahinter hing eine große Deutschlandflagge. Die nächste Stunde verbrachten sie damit die Stühle zu verteilen, Boxen zu verkabeln und die Plakate aufzuhängen. Auf den Plakaten war groß das Emblem der GT zu sehen und Wotan wurde als Redner und Heilsbringer angekündigt. Auch die Gastrednerin des Abends – Uschi Seidl vom „Souveränen Bund Österreich" – wurde angekündigt. Edmund und er mussten nun noch die große GT Flagge neben die Deutschlandflagge anbringen.
„Wenn wir das haben, checken wir die Eingänge! Insgesamt gibt es zwei Einlässe. Vorne den Haupteingang, durch den wir gerade auch gekommen sind und dann noch einen hinter dem Haus. Dort ist außerhalb ein großer Parkplatz und wie gesagt ein weiterer Zugang zum Areal. Beide Eingänge werden mit jeweils einem Laptop ausgestattet und zwei Mann kontrollieren."
Edmund sprach voller Eifer. Er war in seinem Element.
„Woher weißt du soviel über Planung und Raumsicherung Edmund", fragte er neugierig. Es interessierte ihn wirklich. Irgendwo musste Edmund ja sein Wissen herhaben.
Offensichtlich geschmeichelt von der Frage plauderte Edmund gerne drauf los. „Bundeswehr! Ja, ich habe unserem Land gedient und sogar das Vaterland mit der Waffe verteidigt!" Voller Stolz schwang ein emotional ergriffenes Timbre in seiner Stimme mit.
„Du warst im Krieg? Wo denn?", fragte er nun wirklich erstaunt.
„Enduring Freedom, wenn dir das was sagt. Ich war 2004 bis 2005 in Afghanistan. Spezialeinsatz!" Edmund war anzusehen, wie wichtig er sich gerade fühlte.
Er spielte mit und gab sich ehrfürchtig. „Wow! Wie cool!"
„Im Kampf gegen die islamistischen Ziegenficker habe ich als Deutscher mitgeholfen, die westlichen Werte zu verteidigen und

das christliche Abendland zu retten. Das war die schönste Zeit meines Lebens. Auch wenns echt hart war. Ich sag nur ‚two cans a day'!" Nostalgisch in der Erinnerung versunken blickten seine Augen in die Vergangenheit.
Fragend schaute er ihn an. „Was bedeutet das?"
„Zwei Dosen Bier am Tag war die Höchstmenge an Alkohol, die du zu dir nehmen durftest." Mehr sagte er nicht mehr.
„Dann hast du also beim Militär deine ganzen Erfahrungen in Sachen Schießen, Kämpfen, Planen und Taktik gelernt? Warum bist du denn da weg? So alt bist du doch noch gar nicht?", versuchte er noch mehr zu erfahren.
Edmund drehte sich weg und sprang vom Podium herunter in den Raum. „Schluss jetzt damit. Wir müssen hier weitermachen." Ein gereizter Ton lag nun in seiner Stimme. Er ging aus dem Raum, ohne sich noch einmal umzuschauen. Lando wusste, dass er einen wunden Punkt getroffen haben musste. Zu gern hätte er gewusst, was damals vorgefallen war. Aber das musste nun warten.
Er räumte das Werkzeug weg und folgte Edmund nach draußen. Sie stellten an beiden Eingängen einen Stehtisch auf, damit der Laptop Platz hatte. Und auch direkt vor dem Raum bauten sie noch eine Art Barriere auf, damit nicht jeder einfach so ungehindert hineingehen konnte. Die Laptops waren ausgestattet mit Listen aller geladenen Gäste. Jeder hatte einen personengebunden Einlasscode bekommen, der am Eingang mit dem im System hinterlegten Code abgeglichen werden musste. Zusätzlich hatte sich jeder Gast mit seinem Personalausweis oder einem vergleichbaren Dokument auszuweisen. Die Daten wurden ebenfalls erfasst.
„Verstehe ich nicht. Wenn doch der Code personengebunden vergeben wurde, dann habt ihr doch automatisch die Namen." Er wollte das Prozedere genau verstehen.
„Nein, haben wir nicht. Manche Einladungen wurden an die Onlineprofile und Nicknames versandt. Im Netz sind die Leute ja nicht offen unterwegs. Deswegen wollen wir eine Namenserfassung machen. So können wir einerseits sehen, wer wirklich

hinter den Profilen steckt und außerdem auch noch unser physisches Netzwerk vergrößern." Edmund hatte anscheinend das Bundeswehrthema für sich abhaken können. Er war schon wieder voll in seinem Element.
„Wir haben dafür extra zwei Scanner mitgebracht. Die schließen wir an die Eingangslaptops an und der Abgleich des Codes erfolgt dann automatisch. Die Leute am Eingang müssen nur noch per Hand den Namen in der Liste eintragen." Edmund schaute ihn skeptisch an. *„Hast du das verstanden? Du sitzt nämlich an einem der Eingänge. Ich vorne, du hinten. Wir bekommen noch jeweils einen dazu, damit man auch mal pissen gehen kann."* Er zog sein Päckchen Zigaretten raus und zündete sich eine an.
Edmunds Art kotzte ihn an. Aber nun wusste er Bescheid für den Abend. Er sah zwar noch keine Stelle, die er für sich als Vorteil nutzen konnte. Aber das war jetzt egal. Seine neue Strategie war, nur noch von einer Situation bis zur nächsten zu denken. Wenn sich eine Gelegenheit für ihn ergab, dann würde er sie hoffentlich sehen und auch nutzen. Er war sich noch nicht einmal im Klaren darüber, was eine günstige Gelegenheit ausmachen würde für ihn. Flucht? Offen kundtun, was die GT wirklich plante? Den Mord an seiner Mutter bekannt machen? Er wusste es nicht. Er hatte allerdings nicht vergessen sich geschworen zu haben, den Tod seiner Mutter zu rächen. Das hatte er auch nach wie vor im Sinn.
Edmund schaute auf seine Armbanduhr. „In gut einer halben Stunde kommen Wotan und die anderen. Wir müssen uns noch umziehen. Also los, beweg deinen Arsch!", kommandierte er schon wieder herum.
Für den Abend hatten alle die Order, eine schwarze Hose und einen schwarzen Rollkragenpullover zu tragen. Dazu schwarze Schuhe. Eine Art GT Uniform. Leider hatte bei der Planung niemand daran gedacht, dass es auch im Oktober noch richtig warm sein kann. Er würde schwitzen wie ein Ochse.

Mit dem Espresso kam die zündende Idee. Ich würde am Abend eine Bescheinigung dabei haben, die mir den Diebstahl meiner sämtlichen Ausweisdokumente bestätigte. Diese Bescheinigung würde mir Steffen aushändigen müssen. Das war zwar nicht legal, aber außergewöhnliche Situationen erforderten außergewöhnliche Maßnahmen. Ich rief ihn über das „Safehandy" an und weihte ihn in meine Pläne ein. Überraschend schnell war er einverstanden. Wir einigten uns auf meinen neuen Namen. Online hatte ich mir ja den Namen Magda gegeben, fürs echte Leben machten wir aus mir Britta Schneider. Anfangsbuchstaben hin oder her. Ich wollte alles verbannen, was tatsächlich mit mir zu tun hatte. Also Britta Schneider, wohnhaft in Frankfurt am Main, drei Jahre jünger als ich wirklich war. Steffen wollte mich älter machen, aber das lehnte ich entschieden ab. Mir wurde bescheinigt, eine Anzeige hinsichtlich des Diebstahls meines Personalausweises, meines Führerscheins und meiner Fahrzeugpapiere gemacht zu haben. Das Schreiben diene bis zum adäquaten Ersatz als offizielles Dokument. Unleserlich unterzeichnet und gestempelt von einem Polizeiobermeister aus dem Frankfurter Süden.
Steffen riskierte einiges, dieses Dokument für mich zu fälschen. Dass er es trotzdem tat, verdeutlichte mir noch einmal den Ernst der Lage. Er machte sich Sorgen und glaubte an meine Theorien. Außerdem war er auch von der Involviertheit der eigenen polizeilichen und oder geheimdienstlichen Führungsriege überzeugt. Da wir nicht sicher waren, ob er auch beobachtet wurde, schickte ich Mila, bevor sie mich abholte, bei Steffen vorbei, um das Dokument abzuholen. Sie würde nicht weiter auffallen. Sie würden zu dritt auf der gemauerten Bank im Vorgarten sitzen und einen Kaffee trinken. Ein ganz normaler Besuch bei Freunden an einem Feiertag.

Gegen vier Uhr war Mila dann bei Alfons. Bis Meiningen waren es rund 250 Kilometer, also gute zweieinhalb Stunden.

Beginn war 19 Uhr. Somit wäre ich eine gute halbe Stunde früher vor Ort. Perfekt. Viel früher fiel man möglicherweise auf durchs Herumlungern. Zu spät war auch nicht gerade unauffällig. Eine halbe Stunde vorher kamen viele Menschen. Also würde ich mich hoffentlich gut in der Masse mitbewegen können. Wir versprachen Alfons, uns zu melden und ihn auf dem Laufenden zu halten. Am liebsten wäre er mitgefahren.

Die Straßen waren frei und bald brauste Mila mit 160 Stundenkilometern auf der A66 am Spessart vorbei. In einer guten Stunde würden wir ankommen. Ich war sehr gespannt auf den Abend. Hatte ich die Kombo um Lars Oldschool und Doc Shiva zwar gefunden, so musste ich jetzt noch den Zusammenhang zu Anas Tod finden. Sie war VP innerhalb der GT-Szene. Das bewies aber natürlich noch nicht abschließend, dass dieser Umstand auch mit ihrer Tötung zu tun hatte. Sehr wahrscheinlich. Ja. Aber bisher noch ohne jegliche Beweise. Und wenn es doch Savos Vergangenheit war? Ich schob die Gedanken beiseite und besprach mit Mila, wie wir vorgehen wollten. Sie fand das Ganze sehr aufregend und bedauerte etwas, nur „Schmiere" zu stehen.
„Elsa-Schatz, ich komme mir ein bisschen vor wie Miss Marple", verschmitzt schaute sie zu mir herüber.
„Aber dann wie die ganz junge Rutherford. Da kannst du noch mindestens 40 Jahre ermitteln", gab ich zurück.
„Spasibo!" Sie nickte leicht mit dem Kopf. „Keine so schlechte Idee!"
Wir würden erst einmal um das Areal herumfahren und uns alles anschauen. Ich hatte vorher natürlich online geschaut, wo das Ganze heute Abend stattfinden würde. Das Grundstück lag etwas abseits vom Stadtkern und auf der Rückseite befand sich ein relativ großer Parkplatz. Dort würden wir parken und während ich mich auf den Weg ins Gebäude machte, würde Mila gute zehn Minuten später mit Sam eine

große Runde drehen. Sie sollte nicht zu nah am Grundstück entlanggehen, denn wir wussten ja nicht, ob da irgendwo Beobachtungsposten positioniert waren. Bei Events wie dem Volkssymposium hatten die Veranstalter erfahrungsgemäß immer ein wenig Sorge vor militanten Gegendemonstranten oder, schlimmer noch, subversiven Elementen, die sich unter die Teilnehmer mischten und dann die Party richtig in Gang brachten. Also wollten wir lieber vorsichtig sein.

Wie berechnet kamen wir gegen halb sieben an. Es standen mehrere Personen auf dem Parkplatz und auch am sich dort anschließenden Eingang zu dem parkartig angelegten Areal. Mila fuhr zügig am Parkplatz vorbei, setzte den Blinker und bog links in die Straße, die längs an einem großen villenartigen Gebäude entlangführte. Wieder links und wir waren vorne am Haupteingang, an dem sich noch mehr Menschen befanden. Es sah aus, als würden sie auf den Einlass warten. Am Eingang standen zwei schwarz gekleidete Männer und kontrollierten offenbar die Ausweise. In nicht allzu weiter Entfernung standen ein Bus und ein PKW der Polizei. Ob jemand drin saß, konnte ich nicht erkennen. Direkt am Eingang stand ein mobiler Fahnenmast. Im Vorbeifahren konnte ich das Emblem der GT darauf erkennen, den Wotansknoten. Die Rune war deutlich zu sehen, darunter noch Text, den ich nicht so schnell lesen konnte. Wir fuhren einmal komplett um das Areal herum und dann auf den Parkplatz. Dieser war öffentlich und im hinteren Teil nicht von den Kameras erfasst. Ich hatte im Vorbeifahren zahlreiche Kameras entdeckt, die am Zaun befestigt großzügig die Umgebung einzufangen schienen. Mila suchte sich einen entfernten Platz und parkte ihren Sportwagen gekonnt zwischen zwei großen Limousinen ein. So war der Wagen fast nicht zu sehen. Sehr geschickt. Wir verabredeten uns gegenseitig anzurufen, wenn irgendetwas Auffälliges passieren sollte. Mila wünschte mir einmal mehr

„masel tov" und wir verabschiedeten uns.

Ich hatte für den Abend eine unauffällige Garderobe gewählt. Dunkelbraune Hose, weiße Bluse und darüber einen dünnen, hellblauen Wollpullover. Dazu trug ich halbhohe Lederschuhe zum Schnüren mit einem kleinen Absatz. In meiner großen bunten Umhängetasche eines spanischen Modelabels war alles untergebracht, was ich für den Abend brauchte. Geld, Telefon, Steffens Dokument, Schal, Pfefferspray, ein kleiner Elektroschocker und noch ein paar Kleinteile. Man weiß ja nie. Außerdem hatte ich das Buch eines bekannten rechten Propagandaautoren dabei, der früher in einer sozialdemokratischen Partei war. Ich hatte das Buch im Internet bestellt. In meinem Haus- und Hofbuchladen hätte ich damit für zu viel Verwirrung gesorgt. Wenn am Eingang das passieren würde, was ich dachte, würde ich mit dem Buch sofort Punkte machen.

Zügig ging ich auf den Eingang am Zaun zu. Ich wollte keinesfalls auffallen und auch nicht, dass sich irgendjemand an mich erinnerte. Also blickte ich niemandem zu lange ins Gesicht und versuchte, einen unaufgeregten Eindruck zu machen. Ich holte mein Telefon aus der Tasche und tat so, als würde ich eine Nachricht schreiben und warten. Dabei schaute ich mich ein wenig um. Die beiden Türsteher arbeiteten gründlich. Der jüngere der beiden sah aus, als würde er noch zur Schule gehen. Er ließ sich die Ausweise geben und benutzte eine Art Scanner. Dann tippte sein Kumpel etwas in einen Rechner. Der war gute 20 Jahre älter, mindestens 1,90 Meter groß und 130 kg schwer. Nach der Ausweiskontrolle schaute der Riese dann noch in die mitgebrachten Handtaschen und Rucksäcke.
Ich tat so, als würde ich mich ein letztes Mal umschauen, hob dann resigniert die Schultern hoch und ging auf die beiden zu. Der Taschengucker musterte mich von oben bis unten und

blieb dann mit seinem Blick auf Brusthöhe hängen.

„Na, versetzt worden?", lüstern grinsend hob er die Augen und sah mich an.

In mir stieg direkt ein heißes Gefühl der Wut hoch, was ich aber beherzt wegschob. Stattdessen lächelte ich ein wenig. „Nein, nicht direkt. Ich dachte, ich sehe hier eine Bekannte, aber sie ist wohl schon drin", gab ich freundlich zurück. Dabei kramte ich auch schon in meiner Tasche.

„Hier ist mein Einlasscode", sagte ich, während ich das Blatt herauszog. Ich hielt es dem Jüngeren hin. Er grinste mich an und sah im Gegensatz zu seinem Kollegen ganz nett aus.

Er scannte den Code und gab mir den Zettel zurück. „Ihren Ausweis brauchen wir auch noch", fast entschuldigend sah er mich an.

„Oh ja natürlich. Stand in der Einladung." Ich schüttelte ein wenig den Kopf und kramte ein weiteres Mal in der Tasche. „Sie müssen allerdings mit dem Ersatzdokument vorliebnehmen", gab ich zurück und hielt ihm Steffens Schreiben vor die Nase. „Irgendein Idiot hat mir letzte Woche das Portemonnaie geklaut. Am Bahnhof! Alles drin gewesen. Geld, Führerschein, Ausweis. Wie das eben so ist!" Ich gab meiner Stimme eine ordentliche Portion Empörung.

Der Dicke riss dem Jungen das Schreiben aus der Hand und sah so aus als würde er es lesen. Ich zweifelte ein wenig an seinen Fähigkeiten.

„Frau Schneider", überraschte er mich. Er konnte es offenbar doch. „Der Bahnhof ist ein ganz gefährlicher Ort. Das weiß man doch. Da sind die kleinen Dreckskinder aus Rumänien am Werk. Ihre Sachen sehen Sie nie wieder. Hätten wir schon was zu sagen in Deutschland, wäre Ihnen das nicht passiert!" Er kam etwas näher. „Wenn Sie mal Hilfe brauchen, sagen Sie einfach Bescheid." Er stand nun direkt vor mir. So nah, dass ich seine unreine Haut und seine Bartstoppeln sehen konnte. In mir stieg etwas Übelkeit auf und ich trat einen Schritt zurück.

„Vielen Dank, sehr nett von Ihnen." Hilfesuchend sah ich den Jüngeren an.

Der verstand sofort und nahm dem Dicken wieder das Schreiben aus der Hand. „Ich gebe noch Ihren Namen ein und dann wünschen wir Ihnen einen interessanten Abend." Er zog den Laptop zu sich. „Okay, wo haben wir Sie? Hier ist Ihr Code. So, Britta Schneider, richtig?" Er sah kurz hoch.

Ich nickte mit dem Kopf.

„Das hätten wir. Noch einen Blick in Ihre Tasche und das war es dann." Er wollte gerade nach der Tasche greifen, doch Dicki war schneller. Mit seinen Wurstfingern wühlte er sich durch die Tiefen meiner Handtasche. Er tastete etwas Interessantes und schaute mich erstaunt an.

„Sieh an! Für alle Fälle gerüstet was?" Langsam zog er das Pfefferspray und danach den Mini-Taser aus der Tasche. „So ist Recht! Als Frau muss man sich wehren können bei all dem Gesocks auf der Straße", verächtlich spuckte er die Worte aus. Da er offensichtlich nicht sich selbst meinte, staunte ich über so viel Klischeeerfüllung und Phrasenklopferei in kürzester Zeit.

„Das habe ich immer dabei. Sorry. Wenn ich das nicht mit reinnehmen darf, lasse ich es natürlich gerne hier am Eingang." Ich schaute beim Reden den netten Jüngeren an. Der fühlte sich wohl geschmeichelt und meinte, ich könne meine Waffen gerne bei ihm persönlich lassen. Er würde darauf aufpassen. Schließlich zog Dicki noch das mitgebrachte Buch hervor. Er lobte ausdrücklich den Autoren als einen der endlich mal die Wahrheit aussprach. An seiner Fähigkeit, mehr als drei Sätze hintereinander zu lesen, zweifelte ich erheblich. Und dann war ich tatsächlich drin. Ohne Ausweis und mit falschem Namen. Ich schlug mir innerlich auf die Schulter und schaute mich um.

Ein geschotterter Weg zog sich durch einen sehr großen Garten. Alter Baumbestand verlieh dem Areal einen parkähnlichen

Charakter. Überall waren Scheinwerfer aufgestellt, so dass auch noch die letzte Ecke ausgeleuchtet war. Der Weg führte zu dem imposanten Gebäude. Vor einem großen doppeltürigen Portal standen ein paar Menschen herum, die sich noch eine letzte Zigarette gönnten, bevor die Veranstaltung losging. Die meisten waren gut angezogen. Bei den Herren waren Jackett, Hemd und Krawatte weit verbreitet, bei den Damen Kleider, Stoffhosen und Blusen. Aber auch legerere Outfits waren vertreten. Eine bunte Mischung aus dem Volk eben. Ich jedenfalls fühlte mich mit meiner Kleiderwahl gut aufgehoben. Nachdem ich durch das Portal ins Innere des Hauses gelangt war, verschaffte ich mir einen Überblick.

In einer großen Eingangshalle waren Tische aufgestellt, an denen es Sekt, Bier, Wein und Wasser gab. Ich mischte mich unter die Menschen und schlenderte durch die Halle. An den Wänden hingen Bilder der Stadt Meiningen, so wie es vor der Wende aussah und heute. Außerdem entdeckte ich ein Messingschild mit der Gravur: „Tradition – Ehre – Identität Ostdeutschland". Ich blieb davor stehen und überlegte, was es damit auf sich hatte.

„Sind Sie schon Mitglied?" Eine sonore Stimme direkt an meinem Ohr. Ich drehte mich um und blickte in froschgrüne Augen, umrandet von eckigen Brillengläsern mit einem schlammfarbenen Rahmen . Dazu gehörte ein Mann Ende 40, brauner Anzug, weißes Hemd mit Kentkragen ohne Krawatte. Sehr chic.

„Entschuldigen Sie bitte. Darf ich mich vorstellen?" Ohne eine Antwort abzuwarten redete er weiter. „Dr. Jürgen Keller. Ich bin Vorsitzender des Vereins ‚Tradition – Ehre – Identität Ostdeutschland' und ich heiße Sie willkommen in unseren Vereinsräumen". Er ließ mich nicht aus den Augen und hielt mir die Hand hin.

„Guten Abend. Sehr beeindruckend Ihr Anwesen. Britta Schneider." Ich nahm seine Hand und schüttelte sie. Der

falsche Name ging mir leicht von den Lippen.
„Freut mich, Sie kennen zu lernen, Frau Schneider. Sind Sie das erste Mal bei einem Symposium? Ich habe Sie noch nie vorher gesehen. Und Sie wären mir bestimmt aufgefallen." Freundlich, aber wachsam.
Ich lächelte ihn an. „Tatsächlich ist es mein erstes Mal. Eine Bekannte hat mir von der GT erzählt und war ganz begeistert. Sie hatte viele Schwierigkeiten im Leben und hat durch die GT wieder ihr Gleichgewicht gefunden." Ich schaute etwas verunsichert umher, als wäre mir das Thema unangenehm. „Und da dachte ich, ich versuche es auch mal." Eine ansteigende Intonation ließ meinen Satz wie eine Frage klingen.
„Ach, das ist ja interessant." Keller hatte den Köder geschnappt. „Wer ist denn Ihre Bekannte? Ist sie auch hier heute Abend?", fragte er und sah sich um.
Ich machte ein betretenes Gesicht. „Nein, leider nicht. Sie lebt nicht mehr." Ich ließ meine Stimme beben und atmete tief ein. „Es tut mir leid. Aber es geht mir immer noch sehr nahe. Die arme Frau." Ich kramte in meiner Tasche nach Taschentüchern.
Keller sah mich erstaunt an. „Was ist denn passiert? War sie krank? Vielleicht kannte ich sie ja. Ich bin Arzt müssen Sie wissen. Zurzeit praktiziere ich zwar nicht, aber bei Freunden und Bekannten helfe ich natürlich immer mal, wenn ich kann." Keller war, wie die meisten anderen Menschen, sehr mitteilsam was die eigene Person anging.
„Ana. Ana Melnik hieß sie." Ich hielt gespannt die Luft an und suchte nach einer Reaktion in seinem Gesicht. Volltreffer! Für einen ganz kurzen Moment war die Überraschung in seinen Gesichtszügen zu sehen. Die grünen Augen weiteten sich, hochgezogene Augenbrauen und der Mund leicht geöffnet. In der nächsten Sekunde bemühte sich Keller auch schon wieder um eine passende Maskierung.
„Ana Melnik? Hm. Nein, tut mir leid. Ich glaube nicht, dass

ich Sie kannte. Aber ich habe es mit so vielen Leuten zu tun, wissen Sie? Ich bin in der Politik und da sind soziale Kontakte natürlich das Tagesgeschäft. Aber ich frage später mal Frank. Er ist ja quasi die GT." Er redete und redete und verschaffte sich wahrscheinlich somit etwas Zeit sich zu überlegen, wie er nun mit mir umgehen sollte. „Ich bin ja nur Gastgeber heute Abend. Was war denn mit ihr?" Fast beiläufig kehrte er wieder zu Ana zurück.

Ich gab mich etwas begriffsstutzig. „Wie? Mit wem? Ach so, Sie meinen mit Ana?" Etwas verlegen nestelte ich am Taschentuch. „Sie soll wohl eine Überdosis Drogen genommen haben. Ich wusste gar nicht, dass sie wieder rückfällig geworden war. Aber mit so etwas habe ich ja auch nichts zu tun. Ich meine, ich habe gar keine Ahnung davon."

„Dr. Keller! Dr. Keller!" Ein wichtig aussehender Mann in einer Art Uniform kam auf uns zu. „Sie sind in zehn Minuten dran. Wir müssten dann mal Richtung Bühne und alles besprechen." Zackige Sprache. Er schaute mich an, als hätte ich Dr. Keller absichtlich an seinen Aufgaben gehindert. Der allerdings ließ es sich nicht nehmen, mir noch seine Visitenkarte zu reichen.

„Vielleicht sehen wir uns später noch. Ich würde mich freuen, Frau Schneider!" Es klang irgendwie nicht sehr einladend.

Die beiden verschwanden im mittleren Gang. Ich schaute mir die Karte an. Dr. Jürgen Keller, MdL TNIPD – Traditionalistische Identitätspartei Deutschland – Internist. Daneben das Emblem der TNIPD. Darunter alle Kontaktmöglichkeiten und eine Postfachadresse in Erfurt. Die Rückseite der Karte war bedruckt mit einem Symbol. Es erinnerte an den klassischen Äskulapstab, dem Zeichen der Ärztezunft, beim dem sich eine Schlange um einen Stab windet. Die Schlange symbolisiert die Heilkraft und positiven Attribute des Arztes. Bei Kellers Variante jedoch schlängelte sich eine Schlange um den Körper einer hinduistisch anmutenden

Figur. Sofort fiel mir das nette Trio Schöpfung, Erhaltung und Zerstörung ein. Shivas to do Liste. Ich hatte Doc Shiva gefunden. Oder besser gesagt, er hatte mich gefunden.

Nachdem ich mir ein Wasser geholt hatte, ging ich langsam durch den Flur Richtung Saal. Im hinteren Bereich suchte ich einen Sitzplatz, der einen Blick zur Tür erlaubte, am Rand war und bei dem ich niemanden mehr hinter mir hatte. Ich schaute mich um. Der Saal war gut gefüllt. Überall wurde angeregt miteinander geredet. Die Männer hielten eindeutig die Mehrheit. Vorne in der ersten Reihe saßen offenbar die Offiziellen. Mehrere Personen hielten Manuskripte in der Hand, in denen der eine oder andere noch konzentriert las. Dr. Keller stand schon auf der leicht erhöhten Bühne am Rednerpult und Mr. Wichtig, der ihn vorhin bei mir weggeholt hatte, justierte die Höhe des Mikros. An der Tür postierten sich nun die schwarz gekleideten Herren von der Einlasskontrolle. Ich erkannte den netten jungen Typen und Dicki. Daneben standen noch ein unscheinbar wirkender junger Mann und ein grimmig dreinschauender vierschrötiger Muskelprotz. Er sah aus wie ein Türsteher aus der Motorradclub-Szene und der schwarze Rollkragenpullover sah an ihm aus wie Wurst in Pelle. Die vier stellten sich in und um den Türrahmen, so dass niemand einfach so rein oder raus konnte.

Pünktlich um 19 Uhr trat Dr. Keller ans Mikro und räusperte sich vernehmlich. Augenblicklich verstummten alle Gespräche, was er mit einem milden Lächeln wohlwollend zur Kenntnis nahm. Es folgte das übliche Willkommen-Bla-Bla. Froschauge war ein gekonnter Redner. Er sprach von Stolz und Ehre und sonstigen edlen Gefühlen und gab dann die Bühne frei für Frank Möllenhoff, normally known as Wotan. Das Auditorium erhob sich schlagartig und es toste brandender Beifall auf. Ich traute meinen Augen und Ohren nicht.

Sie huldigten diesem Mann wie einem Popstar. Natürlich stand ich mit auf. Erstens wollte ich etwas sehen und zweitens nicht auffallen. Wotan ging geschmeidig zum Mikro, drückte warmherzig die Hand vom Frosch und grinste dann sehr breit auf sein jubelndes Volk herab. Er sah ausgesprochen gut aus. Schwarze Stoffhose, schwarzer Rollkragenpullover und schwarze Schuhe. Die stahlgrauen Haare waren kurz geschnitten und die Zähne blitzten weiß um die Wette. Ich hatte ja schon auf diversen Social Media Plattformen einen Eindruck gewinnen können. Live wirkte er noch mehr. Charismatisch und geschickt sprach er nun zu den Leuten. Inhaltlich war das Ganze keine Überraschung mehr. Wotan – Frank schwadronierte von der Freiheit des Menschen, von reiner Identität, Widerstand und waffengebundenem Notwehrrecht eines jeden Deutschen. Alle seine Thesen lösten immer wieder kleine Jubelstürme seitens der Zuschauer aus.

Ich schaltete auf Stand-by, holte mein Telefon aus der Tasche und befragte eine Suchmaschine zu Dr. Keller und den Verein „Tradition – Ehre – Identität Ostdeutschland". Den Verein gab es seit 1998. Offiziell setzte er sich für den Erhalt der ostdeutschen Kultur und Werte ein. Insgesamt waren über 150 Personen Mitglied des Vereins. Ihren Vorsitzenden Herrn Dr. Keller wählten die Mitglieder im Jahr 2019. Es fanden sich auch viele kritische Stimmen im Netz. So soll der Verein immer wieder schützend die Hand über verbotene, als rechtsradikal eingestufte Verbindungen gehalten haben. Die mittlerweile populäre rechte Partei TNIPD war der politische Flügel des Vereins. Dr. Jürgen Keller war Internist und praktischer Arzt. Bei der letzten Landtagswahl in Thüringen rasselte es Mandate und Dr. Keller bekam eines davon. Seitdem saß er im thüringischen Landtag und machte munter rechte Politik. Ich fand einen Zeitungsartikel, in dem die Kontakte zwischen Keller und einem mittlerweile verhafteten Reichsbürger beleuchtet wurden. Diesem Mann wurde unter anderem illegaler

Waffenbesitz vorgeworfen. Bei einer Hausdurchsuchung stellte die Polizei insgesamt 66 Kurzwaffen und 53 Langwaffen sicher. Ein ganzes Arsenal. In meinem Hinterkopf begann sich zart eine Hypothese zu formen. Sie ließ sich aber noch nicht fassen, das würde noch ein wenig Zeit brauchen.
Frank-Wotan redete immer noch. Er zog mit seiner leisen Stimme die Menschen um mich herum in seinen Bann. Spannend war tatsächlich der sich auftuende Kontrast zwischen seiner Sprache und den Inhalten, die er von sich gab. Mir lief es kalt den Rücken runter. Er sprach von der aufgezwungenen Durchmischung der Völker, von der Verseuchung deutschen Blutes und natürlich von der bewussten Unterdrückung des Volkes durch die sogenannten Repräsentanten in den Parlamenten. Schließlich rief er zum Widerstand auf. Er forderte auf, vom Notwehrparagrafen Gebrauch zu machen. Allerdings bat er seine Zuhörer strategisch vorzugehen und ihm zu folgen. Er würde die Aktionen richtig koordinieren und auch im Einzelfall juristischen und sonstigen Beistand organisieren können. Unverfroren wurde hier zu Straftaten aufgerufen. Der spürbare Hass machte mich unruhig.
Nach gut einer Stunde beendete Möllenhoff seine Wutrede und gab die Bühne frei für eine österreichische Gesinnungsgenossin. Uschi Seidl aus Graz. Sie wurde angekündigt als die zukünftige Präsidentin des Souveränen Bundes, wohl eine ähnliche Gemeinschaft wie die GT. Uschi betrat die Bühne. Eine kleine untersetzte sehr runde Frau. Sie sah ein bisschen aus wie man sich eine Almwirtin vorstellt. Fehlte nur das Dirndl. Obwohl ich damit hier sicherlich unzähligen Almwirtinnen Unrecht tue. Die, die ich kannte, sahen allesamt anders aus, als das Stereotyp einem glauben machte. Uschi jedenfalls ging in ihrem beigefarbenen Kostüm nun zügig zum Mikro. Ihre Kleidung schien abgestimmt zu sein mit ihrer Haarfarbe. Irgendwie war alles an der Frau beige. Nur nicht ihre Stimme! Die war der Hammer. Beim ersten Grüß Gott standen alle

stramm. Ihre Worte donnerten wie Gewittergrollen durch den Saal und machten die geringe Körpergröße mehr als wett. Ich lauschte einen Moment ihren Ausführungen. Das einzig schöne war der Akzent. Das war es aber auch schon. Inhaltlich war es kaum auszuhalten. Sie machte unverhohlen Werbung für die eigene Person und träumte von einem europäischen Zusammenschluss aller „wertefokussierten Traditions-Nationalisten". Nette Umschreibung.

Ich wollte die Zeit während der Reden nutzen und mich in der Villa ein wenig umsehen. Leider war das Verlassen des Saales nicht unbemerkt möglich. Also kramte ich mein Ersatztelefon ein weiteres Mal aus der Tasche und schrieb Mila unauffällig eine Nachricht.

Hey Mila. Alles okay bei mir. Ich tue nun gleich so als würde ich ein Telefonat annehmen, um mich dann rausschleichen zu können. Rufe mich also bitte mal an. Da ich nicht weiß ob man von der Tür aus das Display sehen kann, möchte ich, dass es wirklich leuchtet. Danke und Küsschen

Ah okay, aber dann tust du ja nicht nur so sondern du nimmst ja wirklich einen Anruf an....

Sie war einfach unverbesserlich.

Ja, so gesehen hast du Recht ;-)

Wann?

Jetzt!

Ich hatte gerade das Handy wieder in die Tiefen meiner Tasche geschoben, da vibrierte es auch schon laut. Ich persönlich finde ja, dass lautlos mit Vibration genauso nervig ist wie nicht lautlos mit Ton. Genau das wollte ich aber in dem Augenblick so haben. Ich tat so, als wäre mir das Ganze etwas unangenehm. Der Türsteher schaute irritiert zu mir herüber. Ich hob entschuldigend die Schultern und schickte ihm ein nettes Lächeln. Das prallte wahrscheinlich an seiner enormen Muskelmasse ab. Schließlich hielt ich das Telefon in der Hand und sprach etwas gedämpft und ungehalten hinein. Gleichzeitig stand ich auf und ging Richtung Tür.

„Warte mal Mama! Bin gleich wieder bei dir. Jetzt mal ganz ruhig, er wird das schon schaffen Er hat doch schon einmal einen Infarkt überlebt."

Ich hielt eine Hand über das Mikro und sah Dicki an. „Sorry, ich muss mal telefonieren. Krisenintervention. Mein Vater liegt im Krankenhaus. Wahrscheinlich Herzinfarkt."

Damit quetschte ich mich an der Boygroup vorbei. Ich spürte die Blicke im Rücken und ging schnellen Schrittes den langen Flur hinunter Richtung Eingangshalle. Erst dort steckte ich das Telefon wieder weg. Etwas unsicher, wonach ich suchen sollte, machte ich mich auf den Weg nach oben. Eine schlichte Holztreppe mit schönem Handlauf führte in die erste Etage. Inständig hoffte ich, dass alle Uschis bezaubernden Worten im Saal lauschten und sich niemand jetzt oben aufhielt. Auch hier gab es reichlich Platz. Vorsichtig öffnete ich eine Tür nach der anderen. Es schien sich um Büroräume zu handeln. Mal stand ein Schreibtisch in der Mitte des Raumes und dann wieder zwei. Da es sich um einen Altbau handelte, waren die Räume großzügig geschnitten und boten sehr viel Platz.

Schließlich stand ich vor Jürgen Kellers Büro. Langsam drückte ich die Klinke und auch dieses Zimmer war nicht abgeschlossen. Man vertraute sich wohl unter Seinesgleichen. Schnell schob ich mich durch die Tür und schloss sie wieder. Hier gab es offenbar ein Vorzimmer. Auf dem Schreibtisch stand ein großer Bildschirm mit Tastatur, daneben, auf einem Extratisch, hatte ein Drucker in der Größe eines Kleinwagens Platz. Außerdem ein Kaffeevollautomat, Regale und Schränke. Die Durchgangstür zum sich anschließenden Büro stand offen. Das war dann wohl Kellers Reich. Der Schreibtisch hier war imposanter als die anderen. Sehr aufgeräumt. Eigentlich war er komplett leer. In der Mitte stand ein dunkelgraues Notebook. Sonst nichts. An der Wand hinter dem Schreibtisch befand sich ein antiker Eichenholzschrank, dessen Türen allerdings abgeschlossen waren. Daneben ein kleiner Sekretär, der als Bar umfunktioniert war. Keine Ordner, keine Papiere – nichts. Zum Fenster hin standen zwei bequem aussehende Sessel, in deren Mitte ein kleiner Tisch. An der Wand dem Schreibtisch gegenüber hing ein großes Ölgemälde. Es handelte sich um eine altertümlich aussehende Kriegsszene. Ich ging näher ran, um das Schildchen neben dem Bild zu lesen. Die kaiserliche Schutztruppe verteidigt mutig die Kolonie Deutsch-Ostafrika. Szene um 1915. Dr. Keller war also nicht nur ein rechter Internist, sondern auch an geschichtsträchtigen Ereignissen interessiert. Neben dem Bild befand sich eine weitere Tür. Ich drückte die Klinke. Verschlossen. Nach kurzer Überlegung und einem Blick auf die Uhr entschied ich mich, in dieses Zimmer einzubrechen. Wenn alle anderen Türen hier offenstanden und nur dieses Büro nicht, dann hatte es eine Bedeutung. Und die wollte ich herausfinden. Tatsächlich waren erst gute sieben Minuten vergangen, seit ich den Saal verlassen hatte. Es war also noch nicht besonders auffällig. Immerhin handelte es sich um einen Herzinfarkt.

Während meiner Zeit bei den Spezialeinheiten hatte sich im Laufe der Jahre zwischen ein paar Kollegen eine Art Challenge entwickelt. Wer schaffte es, schnell und elegant Schlösser zu knacken? Wir trainierten viel und hatten unseren Spaß. Ich hielt zwar nie die Bestzeit, aber immerhin reichte es für die

Top fünf. Niemals hätte ich damals gedacht, dieses Wissen eines Tages tatsächlich einmal gebrauchen zu können.
Mein Schminktäschchen enthielt neben Mascara und Lippenstift auch mein Lockpicking-Set. Sieht ein bisschen aus wie Maniküreutensilien, ist aber Spezialwerkzeug zum Öffnen von Schlössern. Ein Spanner und zwei Metallstäbe, die spitz zulaufen mit einer Art kleinem Haken am Ende. Selbst Schlösser mit Sicherheitsstufe ließen sich meistens problemlos damit öffnen. Da ich keinen Bohrer dabei hatte, um den Profilzylinder aufzubohren und ich vor allem das Schloss nicht zerstören wollte, brauchte es etwas Geduld. Ich steckte den Spanner ins Schloss, wählte den kleineren der Metallstäbe und schob ihn langsam hinein. Dann tastete ich mich zu den einzelnen Schlossstiften vor und immer, wenn ich einen hatte, bewegte ich den Spanner etwas nach rechts, um ein Zurückschnellen des Stiftes zu verhindern. Nach weniger als einer Minute war es geschafft. Ich öffnete die Tür und sah mich um.

Offenbar handelte es sich um eine Art Arztpraxis. Klein, aber komplett eingerichtet. An der Wand stand eine Liege, davor ein Stuhl. Ein Ultraschallgerät mit Bildschirm, ein Galgen für Infusionen. Auf dem etwa hüfthohen Schrank standen diverse Behälter mit Tupfern und Kombistopfen zum Abdecken von Spritzen und gebrauchten Kanülen. Auf der anderen Seite des Raumes stand ein Tisch. Der Blutdruckmesser und ein Stethoskop lagen oben auf. Diverse Zettel und Papiere waren ausgebreitet. Dr. Keller hatte mir vorhin erzählt, dass er Arzt sei, aber zurzeit nicht praktiziere. Wahrscheinlich wegen seines Landtagsmandates. Wozu brauchte er dann eine Praxis? Und vor allem, wen behandelte er hier? Ich ging zu dem Schrank und schob die Tür seitlich auf. Sauber einsortiert lagen dort zahlreiche Medikamentenpackungen. Ich zog ein paar heraus. Antibiotika, Kortison, Schmerzmittel, Magentabletten. Alles, was der kranke Mensch so braucht. Im Fach daneben eine ganz andere Liga. Benzodiazepin, Barbiturate, Opiate. Schlafen, Sedieren, Schmerzen lindern. Ich zog eine Packung vor. Rohypnol mit dem Wirkstoff Flunitrazepam. Genau jener Stoff, den auch Ana eine Zeit lang vor ihrem Tod konsumiert hatte. Wahrscheinlich waren Rohypnol und die anderen Medikamente nicht besonders ungewöhnlich in medizinischen Umgebungen. Stutzig machte mich allerdings, sie bei einem Arzt zu finden, der gar nicht praktizierte. Vor allem kannte ich keinen Arzt, der die Medikamente in der Schublade rumliegen hatte. Außer er hatte Proben. Ansonsten gab es ja die kleinen rosa oder grünen Zettelchen, mit denen man in der Apotheke seine verordneten Pillen bekam. Nun war mein Jagdinstinkt geweckt. Ich stöberte weiter und wurde in der Schreibtischschublade ein weiteres Mal fündig. In einem Metallkistchen lagen eng aneinandergereiht kleine durchsichtige Plastiktütchen. Mit einem schwarzen Stift waren handschriftlich die jeweiligen Grammzahlen auf den Tütchen notiert. 1g, 2g, 5g. In den Tüten befand sich feines weißes Pulver. Dies war noch ungewöhnlicher für eine Arztpraxis. Ich hatte eine starke Ahnung, um was es sich dabei handelte und steckte ein 1g Tütchen in meine Hosentasche.

Mittlerweile war ich schon über eine Viertelstunde im Haus unterwegs. Zeit, wieder zurückzukehren, bevor sie einen Suchtrupp losschicken würden. Das Türschloss konnte ich nicht wieder abschließen. Jemand würde sich dann später wundern, dass die Tür nicht verschlossen war. Ich zog die Tür der Praxis also nur ins Schloss und schritt durch Kellers Büro. Als ich im Vorzimmer war hörte ich zwei Männerstimmen. Die beiden kamen offenbar gerade die Treppe hoch und schienen miteinander zu diskutieren. Ich konnte nicht richtig verstehen, was sie sagten, aber es ging etwas hitzig hin und her. Langsam schob ich meinen Kopf um den Türrahmen und versuchte, einen Blick in den Flur zu bekommen. Am Ende des Ganges

standen der Nette und Dicki und stritten darüber, wer wo hingehen sollte. Einer sollte die zweite Etage absuchen und der andere sich hier in der Ersten umsehen. Mir brach etwas der Schweiß aus beim Gedanken, Dicki würde sich gleich wie ein Trüffelschwein zu mir auf den Weg machen.
Noch feilte ich an einer guten Verteidigungsstrategie, deren wesentlicher Bestandteil im Zuschlagen mit dem großen Tacker lag, als ich auch schon sich nähernde Schritte vernahm. Jemand öffnete wie ich vorhin alle Türen und warf wahrscheinlich einen Blick in die Büros. Ich stellte mich in Position rechts neben den Türrahmen. So würde mich das aufschwingende Türblatt erst einmal etwas verdecken.
Kurze Zeit später wurde die Tür aufgeschoben. Leider nicht schwungvoll, sondern vorsichtig und nur ein Stückchen. Also war das nichts mit meiner Tarnung. Zu meiner großen Erleichterung kam der nett aussehende junge Mann in das Zimmer und nicht sein Kumpel. Es war schon paradox. Ich kannte den Mann gar nicht, freute mich aber trotzdem ihn zu sehen. Wenn ich Pech hatte, war der genauso fies wie der andere. Ich ließ den Arm mit dem Tacker in der Hand sinken und trat einen Schritt vor. Der Mann hatte die Bewegung aus den Augenwinkeln gesehen und drehte sich nun erschrocken in meine Richtung. Mit großen Augen starrte er mich an.
„Was zum Teufel tun Sie hier drin?" Trotz des Schrecks sprach er leise.
Ich setzte alles auf eine Karte. „Und du? Was tust du hier? Du passt hier rein wie ein Schaf ins Wolfsrudel."
Langsam ging ich auf ihn zu. Immer noch starrte er mich an. Er hatte Angst, das war deutlich zu sehen.
„Stopp!" Er streckte den Arm schützend vor sich aus. „Sind Sie von den Bullen, oder was? Dann sind Sie auch nicht besser als diese ganzen Idioten hier!" Er war bleich im Gesicht und in seinen Augen schimmerten Tränen.
„Nein, ich bin nicht von der Polizei. Ich bin auf der Suche

nach einer Antwort. Lass uns gehen und wir unterhalten uns ein wenig", schlug ich vor.

Er lachte verächtlich auf. „Gehen? Ich kann hier nicht einfach weggehen. Die lassen mich nirgendwohin gehen. Und wenn der Schwachkopf oben gleich fertig ist und hierherkommt, gehen Sie auch nirgendwo mehr hin. Soviel ist klar!" Er sprach fahrig und seine Worte überschlugen sich fast. Ich musste schnell eine Entscheidung treffen.

„Hör zu! Ich werde dir helfen. Aber für den Moment spielen wir das Spiel hier weiter mit. Du kennst mich nicht und ich kenne dich nicht. Es ist nicht zu übersehen, dass du Angst hast und hier etwas nicht stimmt. Wie heißt du?", eindringlich versuchte ich eine Verbindung aufzubauen.

„René."

„Okay René. Ich bin Elsa." Ich musste ihm zeigen, dass ich ihm vertrauen wollte. Gleichzeitig stellte ich mir die Frage, ob ich verrückt geworden war, diesem Fremden meinen echten Namen zu verraten. Ich folgte meiner Intuition. René machte einen verunsicherten und fast schon hilflosen Eindruck. Er rief nicht gleich nach Verstärkung, sondern blieb leise. Als hätte er die Hoffnung, ich könne ihm irgendwie helfen.

„Ich werde dir eine Handynummer geben. Da kannst du mich erreichen. Hast du ein Telefon? Kannst du ungestört telefonieren?", fragte ich vorsichtshalber.

„Eigentlich nicht. Aber ich finde eine Möglichkeit, wenn es nötig ist", erwiderte er nun etwas zuversichtlicher als noch vor einer Minute.

Ich ging zum Schreibtisch und notierte dort meine Ersatznummer auf einen Zettel. „Und jetzt gehen wir auf den Flur und unterhalten uns laut über meinen Vater. Wenn dein Kumpel fragt, ich stand hier oben am Ende des Flurs und habe immer noch mit meiner Mutter telefoniert als du hier hochkamst. Okay? Und dann warten wir ab, was Dicki macht." Optimistisch nickte ich René zu.

„Dicki?" Er schmunzelte. „Das passt!"
Wie setzten uns in Bewegung Richtung Treppenhaus.

„Tja, und nun liegt er auf der Intensivstation. Meine Mutter war ganz aufgelöst. Es tut mir wirklich leid, wenn ich für Unruhe gesorgt habe, aber ich konnte sie ja nicht einfach abwürgen." Ich redete, was das Zeug hielt. René stimmte mit Brummlauten zu und meinte, dass er das natürlich verstehen könne. Aus den Augenwinkeln sah ich Dicki auf uns zukommen. Er sah ziemlich sauer aus.
„Hey du Penner! Hatten wir nicht ausgemacht, dem anderen Bescheid zu sagen, wenn einer sie gefunden hat?", schnauzte er René an. Er kam auf mich zugestapft und machte nicht den Eindruck, als ob er gleich bremsen wollte. Ich lief rückwärts, um eine Berührung mit ihm zu vermeiden.
„Es ist alles okay, Alter. Sie hat noch telefoniert und war voll am Flennen. Da kann ich ja schlecht hier rumbrüllen. Ihrem Alten gehts nicht gut und sie wollte hier in Ruhe sprechen. Ich hab alles im Griff." René trat einen Schritt nach vorne und hielt Dicki am Arm fest. Der fluchte noch ein bisschen vor sich hin und machte sich los.
„Runter jetzt alle! Ist gleich Pause und wir müssen an unseren Posten. Ich hab keinen Bock wegen so 'ner Scheiße Ärger zu bekommen. Du weißt genau, wie pingelig der Graue ist", er fluchte immer noch vor sich hin. An mich gewandt sprach er eine Warnung aus. „Sollte ich Sie heute noch einmal irgendwo sehen, wo Sie nichts zu suchen haben, können Sie was erleben!" Ich schluckte einen entsprechenden Kommentar runter. Noch mehr Aufregung konnte ich gerade nicht gebrauchen. Wir liefen gemeinsam die Treppe herab und wie auf Kommando schien die Veranstaltung in die Pause zu gehen. Die Tür im langen Flur öffnete sich und die Menschen strömten raus und an uns vorbei. Schon fielen wir nicht mehr weiter auf. René und Dicki verschwanden schnell in Richtung ihres

Kontrollpostens und mein Handy brummte in der Tasche vor sich hin. Ich kramte es hervor und sah aufs Display. Steffen. Wahrscheinlich machte er sich Sorgen. Oder er war einfach nur neugierig. Ich drückte ihn weg und schrieb direkt eine Nachricht hinterher.

Alles in Ordnung. Bin noch auf der Party, melde mich später. Habe viele interessante dinge herausgefunden. LGE

Ich schickte es ab und bemerkte den Fehler

Dinge ;-)

So würde Steffen auch merken, dass es mir wirklich gut ging. Ansonsten hätte ich keinen Kopf für Albernheiten. Ich organisierte mir einen Weißwein und schlenderte umher. Nach der Pause hatte ich nicht vor, noch einmal mit in den Saal zu gehen. Mir klingelten jetzt schon die Ohren. Ich hatte genug von den rassistischen, antisemitischen Hassreden und erst Recht, von der nach Führung suchenden vor lauter Populismus erblindeten Masse an Zuhörern.
In der Hoffnung, noch irgend etwas Spannendes zu entdecken, flanierte ich an der Bildergalerie im Flur entlang. Keines der Gesichter kam mir irgendwie bekannt vor. Ich blieb vor einem gerahmten Zeitungsartikel stehen. Es handelte sich um eine ganze Seite der lokalen Tageszeitung. In großen Lettern wurde hier die Transparenz des Vereins verkündet. Neugierig las ich den Text. Der Verein Tradition – Ehre – Identitat Ostdeutschland stellte sich offen seinen Kritikern und ließ den Verfassungsschutz in einer groß angelegten Aktion in die Bücher gucken. Dr. Jürgen Keller stand Rede und Antwort. Man habe nichts zu verbergen und handle ausschließlich verfassungskonform. Die Vorwürfe, der Verein würde rechtsnationale Gesinnungen vertreten oder sogar verbotenen

kriminellen Gruppierungen Schutz bieten, seien völlig haltlos. Man habe ein gesundes Nationalbewusstsein, nicht mehr und nicht weniger. Und so weiter und so fort. Der ganze Artikel war eine Huldigung nicht nur des Vereins, sondern auch der TNIPD. Neben der Lobhudelei war ein Foto abgedruckt. Zu sehen waren Keller, zwei weitere Herren daneben, die ich nicht kannte – laut Text die stellvertretenden Vorsitzenden –, Frank Möllenhoff von der GT und ein kleiner untersetzter Mann mit schwarzen Haaren, der aussah wie ein argentinischer Fußballspieler. Christian Peters vom Bundesamt für Verfassungsschutz. Das konnte ja wohl nicht wahr sein. Im Text hieß es dazu, Herr Peters vom BfV überzeugte sich selbst von den verfassungskonformen Abläufen beim Verein.

Ich trank einen großen Schluck meines Weines. Das musste ich erst einmal verarbeiten. Peters kannte sowohl Keller als auch Möllenhoff alias Wotan. Bevor mein Gehirn die Chance hatte, irgendwelche logischen Zusammenhänge zu erkennen oder Erklärungsvorschläge zu generieren, hörte ich meinen Namen. Also nicht meinen echten, aber ich war so in der Rolle des Abends, dass auch der Name Schneider mein limbisches System erreichte.

„Frau Schneider", surrte die sonore Stimme Kellers durch den Flur. „Darf ich Ihnen Wotan vorstellen? Sie haben ihn ja vorhin schon auf der Bühne gesehen." Froschauge fixierte mich. Dann öffnete er mit einer Armbewegung einen imaginären Halbkreis und wandte sich an Möllenhoff. Ich fand es ja irgendwie albern, dass ein erwachsener Mann sich einen solchen Namen gab.

„Das ist Frau Schneider. Sie ist das erste Mal bei uns. Eine Bekannte hatte ihr von uns berichtet. Wir haben uns vorhin gefragt ob du sie vielleicht kennst. Also die Bekannte. Sie lebt nicht mehr. Ana Melnik, nicht wahr?", fragend schaute er mich an.

Dafür, dass er sie nicht kannte und unzählige Sozialkontakte hatte, konnte er sich den Namen dieser angeblich fremden Frau erstaunlich gut merken. Ich behielt den Gedanken für mich und nickte nur.

„Guten Abend, Frau Schneider. Freut mich, Sie kennen zu lernen", Möllenhoff streckte die Hand aus. „Wie geht es Ihrem Vater? Ich hörte, er musste ins Krankenhaus?" Er sprach leise und gut artikuliert. Wenn er mich überraschen wollte, dann hatte er das geschafft. In der Hoffnung, dass es Dicki war, der geredet hatte und nicht René, gab ich mich erfreut angesichts des Interesses eines so wichtigen Mannes. Hatte ich erwähnt, dass ich mal Schauspielerin werden wollte? Es ist unfassbar reizvoll, in Rollen zu schlüpfen und diese authentisch auszufüllen.

Ich griff nach seiner Hand und hielt sie fest. „Guten Abend. Das ist aber lieb von Ihnen, sich nach meinem Vater zu erkundigen. Ich fürchte, ich habe vorhin etwas für Unruhe gesorgt. Aber meine Mutter rief an und war völlig aufgelöst. Ich musste sie beruhigen." Meine Stimme war etwas atemlos und klang aufgeregt. „Mein Vater liegt auf der Intensivstation und ich werde wohl los müssen, um zu ihm zu fahren", fügte ich noch an.

„Wo müssen Sie denn hin? Es ist ja schon spät. Ich hoffe nicht zu weit?" Möllenhoff klang ehrlich besorgt. Er sah mich an und gab mir das Gefühl, es gäbe nichts Interessanteres für ihn als hier dieses Gespräch mit mir zu führen. Er war gut in seiner Rolle. Meiner Meinung nach war er ein waschechter Psychopath. In den zahlreichen Videos hatte ich ihn unfassbar kalt und menschenverachtend erlebt. Er war ein Meister darin, bei seinen Anhängern Hass zu schüren. Und nicht nur das. Er rief sie dazu auf, eben diesen Hass am etablierten Feind – Ausländer, Andersdenkende und -lebende, kritische Journalisten – auszuleben. Jetzt, hier in diesem Flur, vermittelte er einen völlig anderen Eindruck. Er gab sich besorgt und interessiert. Wenn er gewusst hätte, wer ich wirklich war, hätte er mich wahrscheinlich auf der Stelle eliminieren lassen.

„Doch, leider sehr weit. Meine Eltern wohnen oben im Norden. Ich sollte mich also bald auf den Weg machen. Den zweiten Teil des Abends werde ich also nicht mehr dabei sein." Entschuldigend lächelte ich ihn an.

„Wir können gerne im Kontakt bleiben. Unterstützer unserer Idee sind uns immer willkommen. Je mehr wir werden desto besser ist es. Falls Sie Probleme haben oder Unterstützung brauchen, kontaktieren Sie mich bitte. Ich helfe immer gerne. Wir hatten ja schon online Kontakt. Magda33, richtig?" Er schien mich zu beobachten.

„Genau, darüber habe ich die Einladung für heute bekommen. Ana hatte mir damals berichtet, dass ihr die GT sehr geholfen habe und mir einige Links im Internet genannt. Sie wusste, dass ich auch viele Probleme habe und dachte, das sei auch was für mich ..." Ich ließ den Satz verhallen und tat so, als würde ich an Ana denken. Stattdessen versuchte ich mich zu kontrollieren. Möllenhoff war gut in dem was er tat. Er hatte sich direkt über mein Internetprofil erkundigt und kannte wahrscheinlich auch die Story von den geklauten Ausweisdokumenten. Ich atmete tief in den Bauch und blieb gelassen. Nun schaltete sich auch Keller wieder ein. „Wir müssen dann gleich wieder rein." Die Frage, ob Möllenhoff Ana kannte, schien er völlig vergessen zu haben. Wahrscheinlich weil er wusste, dass er sie kannte.

„Kannten Sie Ana persönlich?", griff ich dann eben die Frage wieder auf. Ich wollte unbedingt hören, was Möllenhoff dazu sagen würde.

„Oh ja, natürlich. Eine nette junge Frau", er machte ein betretenes Gesicht. „Sie lernte uns gerade kennen und wir sie. Ana war voller Probleme. Vielleicht wissen Sie das ja auch, wenn Sie sie gekannt haben. Sie hatte früher mit Drogen zu tun und fühlte sich von der Gesellschaft nun im Stich gelassen. Die staatlichen Anlaufstellen fühlten sich alle nicht zuständig

und der einzige Mensch, dem sie was bedeutete, saß im Gefängnis. Sie kam zu uns, weil wir ihre Chance auf Heimat waren." Seine Stimme war weich und leise. Nach wie vor sah er mir fest in die Augen, als suche er nach einer Antwort.
Ich war nun wirklich baff. Ana hatte diesen Leuten von Savo erzählt?
„Ja, und bevor sie sich entschloss ganz zu uns zu kommen, hat die Sucht wieder von ihr Besitz ergriffen. Sehr schade. Ich hörte dann, dass Ana einmal zu viel von dem Teufelszeug genommen hatte und leider verstarb." Er zog die Mundwinkel ein wenig nach unten und ließ seine Augenlider runter hängen. Ein Meister der kontrollierten Mimik!
„Schlimm, wirklich schlimm", erwiderte ich. „Von wem haben Sie es denn gehört? Ich frage nur, weil ich es so spät erfahren habe. Ich habe es dann durch Zufall auf der Arbeit mitbekommen." Nun war es an mir, ihn genau zu fixieren.
Er sah aus, als würde er nachdenken. „Mmh, ich denke, ich habe es in einem Chatroom gelesen. Die Leute tauschen sich ja aus, wenn etwas so Schlimmes passiert." Er nickte zur Bekräftigung seiner eigenen Worte.
„Nun muss ich leider los, Frau Schneider. Ich wünsche Ihnen und Ihrem Vater alles Gute. Melden Sie sich, wenn ich etwas für Sie tun kann." Mit diesen Worten verschwanden Keller und Möllenhoff, und ich atmete langsam aus. Irgendwie hatte ich das Gefühl, er glaubte mir nicht. Das ergab die paradoxe Situation, dass wir uns gegenseitig misstrauten und auf einen Fehler des anderen lauerten. Mit einem unguten Gefühl ging ich Richtung Ausgang.

Leider konnte ich René nirgendwo entdecken, dafür aber meinen Freund Dicki. Er saß auf seinem Posten und glotzte in den Laptop. Ich stoppte in einiger Entfernung und sprach ihn an.
„Hey, ich muss los. Könnten Sie mir bitte mein Pfefferspray

und meinen Elektroschocker wiedergeben. Ihr Kollege hatte es vorhin beim Einlass an sich genommen." Freundlich und distanziert. Ich hatte keine Lust mich jetzt auch noch mit dem anzulegen.
„Sie schon wieder! Ich habe Ihnen sowieso noch was zu sagen." Er stand auf. Großspurig zog er seine zu enge Hose nach oben und kam breitbeinig auf mich zu. „Ich mag es überhaupt nicht, vor einem so jungen Kameraden bloß gestellt zu werden. Das war alleine Ihre Schuld. Sie haben ihn mit Ihrer offenen Bluse bezirzt. Der hat doch noch nie echte Titten gesehen." Seine Stimme strotzte vor Testosteron und Ärger. Für seine Leibesfülle erstaunlich behände versperrte er mir den Weg und griff nach meinem Arm. Bevor ich begriff was geschah, drehte er mich um und drückte mich gegen den Zaun. Er stand nun hinter mir und presste sich eng an mich.
„Na, wie fühlt sich das an? Oh, brauchst du jetzt dein Pfefferspray?" Er sprach mit einer weinerlichen Stimme. Während er sprach drückte er seine Hüfte gegen mich. „Dich fick ich auch noch, das sage ich dir!"
Ich sah rot. Meine Grenze war überschritten. Nach einem tiefen Atemzug legte ich meine gesamte Kraft in den freien linken Arm. Mit voller Wucht stemmte ich mit einer schnellen Bewegung den Arm nach hinten, so dass mein Ellenbogen Dickis Magen traf. Schnell wand ich mich aus seinem Griff, der augenblicklich erschlaffte. Er rang nach Luft und ging in die Knie.
„Never underestimate your enemy", flüsterte ich ihm ins Ohr. In dem Augenblick rauschte Milas Kleinwagen heran.
„Was ist hier los? Brauchen Sie Hilfe?" Auf Mila war selbst bei Stress noch Verlass. Sie hatte tatsächlich ihre Nummernschilder abgeschraubt. Hut ab! Miss Marple wäre stolz auf sie gewesen.
„Ja, vielen Dank. Ich hole nur noch schnell meine Sachen", während ich sprach griff ich nach dem Beutel unter dem

Tischchen und kramte mein Spray und den Taser hervor. Im Gehen flüsterte ich Dicki noch ins Ohr, dass er das nächste Mal nicht so glimpflich davon kommen würde.

René

Er rieb sich müde die Augen. Was für ein Abend! Die Geschichte mit Britta Schneider bzw. Elsa hatte ihm ganz schön zugesetzt. Er hatte wirklich da oben im Büro vom Keller gedacht, das war es jetzt. Und dann noch dieser dämliche Dicki. Ihm gefiel der Name, den sie ihm gegeben hatte. Dicki war den restlichen Abend auffallend still und blass gewesen. Von der Angeberei und Großspurigkeit des Abends war nichts mehr übrig geblieben. Er fragte sich, was passiert war. Es musste etwas mit Elsa zu tun haben. Als er ihn gefragt hatte, ob sie weg sei, ist Dicki rot angelaufen im Gesicht und dann hat er ihn angeschnauzt, dass die Schlampe noch ihren Denkzettel bekommen würde. Der restliche Abend war dann ereignislos verlaufen. Nachdem alle Redner durch waren und sich die Gäste am Buffet satt gegessen hatten, war der offizielle Teil beendet. Nun war nur noch der engere Kreis anwesend. Man beriet sich hinter verschlossenen Türen, wie es strategisch weitergehen sollte und wie die TNIPD möglichst viele Wählerstimmen bekommen könnte. Er machte sich nichts mehr vor. Es ging nicht um Werte und Orientierung oder so etwas. Sie wollten an die Macht und sie schreckten nicht davor zurück, sie mit allen Mitteln zu bekommen.

Der Zettel mit Elsas Handynummer brannte in seiner Hosentasche. Was sollte er damit machen? Ist das seine Chance, aus dieser ganzen Scheiße herauszukommen? Warum war sie so ehrlich zu ihm? War das eine Falle? Testeten sie seine Loyalität? Falls ja, würde er sich mit seinem Schweigen sein eigenes Grab schaufeln. Vielleicht meinte es aber das Schicksal auch endlich mal gut mit ihm. Er fragte sich allerdings, was er nun mit der Nummer und der sich bietenden Gelegenheit machen sollte. Er konnte ja schlechterdings einfach Elsa anrufen, ihr sagen „Hey, die Schweine haben meine Mutter und wahrscheinlich auch noch andere umgebracht! Hol mich mal ab hier und alles wird gut". Nein, das würde nicht gehen. Er brauchte Beweise für die Schuld der ganzen miesen Truppe. Man müsste sie auf frischer Tat bei ihren Machenschaften ertappen. Er würde dafür sorgen! Das war er seiner Mutter und Anna schuldig. Langsam nahm ein Plan in seinem Kopf Gestalt an.
„Lando! Beweg deinen Arsch hierher! Aber dalli!" Edmunds Kasernenton riss ihn aus den Gedanken.
Er drehte sich um und schlenderte langsam zu ihm herüber. „Was gibt es denn? Warum schreist du so herum?" Betont selbstbewusst schaute er Edmund an. Das sollte seine neue Strategie sein. Sie sollten ihm etwas zutrauen. Dann würde er schon an wichtige Informationen kommen.
Edmund runzelte leicht die Stirn, sagte aber nichts. Offenbar hatte er es gerade eilig. „Los jetzt! Wotan will zurück und wir beide sollen mitfahren. Also, ich fahre und du kommst mit. Wotan, Dr. Keller und Lars sind unsere Fahrgäste. Quatsch bloß kein dummes Zeug daher! Du weißt, wie sehr Wotan das hasst!" Mit diesen Worten machte er sich auch schon auf den Weg.
Er setzte sich auf den Beifahrersitz und es dauerte nicht lange, bis die anderen da waren. Edmund setzte sich ans Steuer und vergewisserte sich bei Wotan, ob er nun losfahren solle. Der nickte kurz mit dem Kopf und wandte sich dann an Lando.
„Kennst du diese Frau Schneider?" Neutraler Ton.

Ihm rutschte das Herz in die Hose. Was war das denn jetzt für eine Scheiße! Woher wusste der schon wieder, dass da was gewesen war?
„Nein", *sagte er knapp. Nur nicht durch zu vieles Quatschen sich selbst verraten.*
„Olli hat gesagt, du hättest dich besonders um sie gekümmert?" *Wotans Stimme klang leise zu ihm nach vorne. Zum Glück konnte er sein Gesicht nicht sehen. Er hatte das Gefühl zu glühen. Fieberhaft suchte er nach einer glaubhaften Antwort, die nicht nach Rechtfertigung klang. Wotan hatte die Gabe, Lügen sofort zu entlarven. Wie auch immer er das machte. Er entschloss sich, seiner neuen Strategie treu zu bleiben und ging es offensiv an.*
„Ha, ja das kann ich mir vorstellen, dass das dem Olli nicht gefallen hat," *er drehte sich nun zu den anderen herum und sah Wotan direkt in die Augen.* „Der war scharf auf die! Aber so was von. Als sie ihn abblitzen ließ, wurde er sauer und gemein. Ich fand sie nett und wollte sie vor seiner Anmache beschützen! Mehr nicht." *Verschmitzt grinste er in die Runde.*
Für einen Moment sagte keiner was. Er betete, dass Wotan seine Story schlucken würde. Eigentlich war es ja sogar die Wahrheit.
„Mmh, okay. Ich verstehe." *Pause.*
Jetzt schaltete sich Keller ein. „Olli ist einer von unserem Verein. Ein etwas schlichtes Gemüt, wenn ihr wisst was ich meine. Aber als Türsteher gut zu gebrauchen."
„Wie auch immer. Lars, ich will, dass du diese Britta Schneider checkst. Irgendwie kommt sie mir komisch vor. Und dass sie auch noch Ana kannte, ist mir ein zu großer Zufall. Da stimmt doch was nicht. Wir dürfen auf keinen Fall durch einen Fehler die Gesamtaktion gefährden. Habt ihr mich verstanden?" *Wotans Stimme wurde nun laut und dominant. Er schaute jeden einzelnen an. René versuchte vorne einen gelassenen Eindruck zu vermitteln und nicht nach hinten zu schauen. Welche Ana? Meinte er etwa Anna.* „Seine" *Anna aus dem Keller? Woher kannte Elsa sie? Und wo war sie?*

„Jürgen, lass sie bitte auch parallel von Christian checken. Vielleicht kann er ja etwas über seine offiziellen Kanäle in Erfahrung bringen. Ich schicke dir ein Bild von ihr auf dein Handy. Habe ich heute Abend gemacht, also ganz aktuell." Wotan holte sein Mobiltelefon raus und tippte ein paar Befehle ein und kurz darauf pingte es leise aus Kellers Jackettasche.
Seine Gedanken sprangen hin und her. Anna. Elsa. Britta. Was sollte er tun? Er musste Elsa-Britta warnen. Sie würden ihr auf die Schliche kommen, herausfinden, dass sie eine andere war als sie gesagt hatte. Und dann würden sie sie finden. Und dann wäre seine Chance, dieser ganzen Scheiße hier zu entkommen, dahin. Er musste etwas tun. Fieberhaft dachte er über eine Lösung nach. Und wieder riss ihn Wotans Stimme aus seinen Gedanken.
„Wie weit seid ihr mit der Pepe-Planung?" Wotans Frage richtete sich an Lars und Edmund.
Edmund beeilte sich, eine Antwort zu geben, wollte er doch Eindruck beim großen Wotan machen. „Lando ist bald soweit!" Beim Sprechen nickte er bestätigend zu René herüber. Er sah seine Chance gekommen.
„Ja, Edmund hat recht. Ich bin soweit, euch endlich zu beweisen, dass ich ein Mann bin und dazu gehöre. Ich werde ihm sein Hirn wegpusten." Zur Bestärkung seiner Worte formte er mit dem rechten Zeigefinger und Daumen eine Pistole und „schoss" in die Luft.
Keller ergriff das Wort. „Wir müssen endlich eine Aktion umsetzen. Die Wahlen rücken näher. Ich spüre es. Das Volk ist soweit. Wir stehen kurz davor, endlich unseren Worten Taten folgen zu lassen. Und wenn es soweit ist, werden die ganzen linken Bazillen, die sogenannten Liberalen und die Lügenpresse, von der Bildfläche verschwinden. Wir werden die Macht haben." Seine Stimme vibrierte vor Aufregung.
„Wo stehen wir mit unseren Zellen?" Wotan wandte sich mit seiner Frage an Lars. René spitzte die Ohren, um bei den Fahrgeräuschen möglichst viel zu hören. Zellen? Welche Zellen? Spinnen die jetzt

völlig, dachte er.

„*Der Aufbau ist fast abgeschlossen. In allen 16 Ländern haben wir zwischen sechs und zehn Zellen organisiert bzw. in den Stadtstaaten natürlich nur je zwei bis drei. Die Vernetzung mit den Bullen klappt überall gut. Wir sind optimal positioniert. Sowohl in den Führungsstrukturen als auch bei den ausführenden Einheiten haben wir gute Kameraden sitzen. Sie können uns jetzt schon mit wichtigen Informationen versorgen und warten nur darauf, endlich loslegen zu können.*" *Unverhohlener Stolz schwang in seiner Stimme mit.* „*Der nächste Schritt wird der Gang in die Justiz sein. Die Vorbereitungen und Anbahnungsgespräche laufen schon in Niedersachsen, Sachsen und – da bin ich besonders stolz drauf – in Baden-Württemberg.*"

„*Wieso bist du da jetzt besonders stolz drauf?*" *Edmund schaltete sich nun auch ins Gespräch ein.*

„*Weil Ba-Wü eins der größten Flächenländer ist und weil es mit dem BGH in Karlsruhe natürlich besonders attraktiv für uns ist. Sowohl als Infiltrationsziel als auch im Hinblick auf mögliche Opferzielpersonen.*" *Wotan schaltete sich erklärend ein.*

„*Wir müssen uns auf absolute Verschwiegenheit verlassen können. Kannst du das für die ganzen Leute garantieren Lars? Das sind ja zum Teil nicht die hellsten Köpfe in deinen Truppen. Ich meine, ja, sie sind gut für den Kampf, aber sie verstehen niemals das große Ganze dahinter!*" *Wotan klang eindringlich.*

Lars beschwichtigte. „*Need to know-Basis …*"

„*Sprich Deutsch mit mir, verdammt noch mal! Wie oft soll ich das noch sagen?*" *Wotans Stimme hallte laut und wütend durch den Wagen.*

„*Entschuldigung! Sie wissen gerade so viel, wie sie für die Aktionen wissen müssen. Nicht mehr. Sie denken, die direkten Nachfolger der beiden Uwes zu sein. Das allein macht sie Stolz. Und wenn ab und zu Nachschub von unserem Doc hier kommt, dann ist für sie die Welt in Ordnung.*" *Lars gab sich gelassen.*

René versuchte sich einen Reim auf das Gesagte zu machen. Offen-

bar ging es um deutschlandweite Verbündete, die irgendwelche Aktionen im Sinne der GT planten. Wotan und der Rest der Führungsriege waren die Strippenzieher. Es hing alles zusammen. Die GT, die TNIPD und auch der Verein in dessen Haus sie den heutigen Abend verbracht haben.
Lars setzte seine Ausführungen fort. „Die nächste Aktion ist Pepe. Wenn der Hosenscheißer da vorne nicht alles in den Sand setzt, wird das für einen richtig großen Aufruhr sorgen. Genau das, was wir wollen. Danach dann einer von den Etablierten. Und dann werden wir uns endlich zu erkennen geben."
René spürte sein Herz in den Schläfen pochen. „Ich werde gar nichts in den Sand setzen. Ich bin Teil der Gruppe und ich werde es euch beweisen." Er atmete tief durch. Nachdem am Abend der offizielle Teil des Symposiums beendet war, hatte er sich Gedanken dazu gemacht, wie er aus der Geschichte herauskommen konnte. „Morgen werde ich in die Feinplanung gehen. Dafür werde ich einen Internetzugang brauchen. Und ich möchte gerne mit der vorgesehenen Waffe trainieren. Das Schießtraining mit Edmund hat mir echt viel gebracht. Nun möchte ich aber unter realen Bedingungen in die Vorbereitung gehen. Es wird ernst!" Er zwang sich nicht laut auszuatmen. Wie ein Kampftaucher ließ er leise und unaufgeregt die Luft aus seinen Lungen weichen. Er hatte darüber mal eine Dokumentation im Internet gesehen. Die Kampftaucher der Marine trainierten, eine Ewigkeit unter Wasser zu bleiben. Ohne Flasche versteht sich. Und wenn sie dann das Gefühl haben, es geht nicht mehr eine Sekunde länger, bleiben sie weiter unten. Beim anschließenden Auftauchen dürfen sie sich keinesfalls aus dem Wasser nach oben katapultieren und laut Luft einsaugen. Sie müssen das absolut leise tun. Nicht ein Ton darf zu hören sein. Das ist maximale Körperbeherrschung und Selbstkontrolle. Der Feind darf sie keinesfalls hören. Auch nicht beim Training im Hallenbad. Das imponierte ihm unbeschreiblich.
Er spürte wie Edmund neben ihm anerkennend mit dem Kopf nickte. Dann holte er aus und schlug ihm mit der rechten Hand

auf den Hinterkopf, so dass sein ganzer Oberkörper nach vorne schnellte. „Das ist mein Junge!", rief er laut aus. Er freute sich tatsächlich und hatte seine ganz eigene Art das zu zeigen.
Wotan gab sich nicht ganz so enthusiastisch. „Wir werden dich im Blick haben Lando." Es klang wie eine Drohung.

„Ich will alles wissen. Jedes noch so kleine Detail", Mila fuhr schwungvoll auf die Bundesstraße Richtung Autobahn. Sam schlummerte selig angeschnallt auf dem Rücksitz. „Was war das denn da eben?" Skeptisch schaute sie kurz zu mir herüber. „Nur so eine Randfigur, die keine sein möchte. Marke Arschloch!" Ich atmete tief aus und schüttelte mich. Was für ein Widerling.

Dann erzählte ich Mila alles, was ich erfahren und erlebt hatte. Von Dr. Keller und seiner mysteriösen Medikamentensammlung und dem gesicherten Behandlungszimmer. Von Frank – Wotan – Möllenhoff und seinen Verbindungen zu Ana. Und natürlich von den unglaublichen Verbindungen des Vereins Tradition – Ehre – Identität Ostdeutschland zu Christian Peters und damit zum BfV und die damit einhergehenden Verquickungen zur TNIPD.

Mila zog eine Augenbraue hoch. Niemand, den ich kannte, konnte dies in solcher Vollendung wie Mila. Sie konnte diesem einen Gesichtszug durch Veränderungen von Nuancen ganz unterschiedliche Bedeutungen zumessen. Arroganz, Ungläubigkeit, Belustigung, Skepsis, Unverständnis, um nur eine kleine Auswahl zu nennen. Jetzt gerade sah ich letzteres.

„T-Nippes was? Ich verstehe nicht was du sagst, Schätzchen." Sie schüttelte dazu leicht ungehalten den Kopf.

„Traditionalistische Identitätspartei Deutschland. TNIPD", erklärte ich geduldig. Mila hatte offensichtlich noch nichts von ihnen gehört. Das wertete ich mal als gutes Zeichen. Angesichts der Vergangenheit ihrer Familie während des Terrorregimes der Nationalsozialisten war sie ein sehr politischer Mensch geworden. Sie informierte sich immer über das politische Tagesgeschehen, lokal und global. Vor allem die Innenpolitik war ihr ein Herzensthema.

„Ach so! Die! Ja, jetzt weiß ich, von wem du redest. Diese Neu-Nazis, die versuchen, bundesweit Anhänger zu finden. Wenn ich richtig informiert bin, dann haben sie bisher vor allem in

vielen Landtagen ein paar Sitze und im Osten sind sie gut vertreten. Sind aber gerade im Aufwind und treffen das einfache Gemüt des deutschen Wutbürgers." Ihre Worte machten meine Hoffnung auf eine nur marginale Repräsentanz im Bewusstsein eines politisch denkenden Menschen zunichte. Diese Leute mit ihren menschenverachtenden Ideen von der Ungleichheit der Menschheit, hatten nun doch mittlerweile die Schwelle der sorgenvollen Beachtung überschritten.
„Und was hat jetzt dieser Keller damit zu tun? Den Namen hatte ich bis heute Abend noch gar nicht von dir gehört?" Sie schaute zu mir herüber.
„Mila, bitte schau nach vorne. Dr. Jürgen Keller. Zurzeit angeblich nicht praktizierend, ansonsten Internist. Er sitzt für die TNIPD im thüringischen Landtag. Die haben hier bei der letzten Wahl richtig abgeräumt und Keller ist Fraktionsvorsitzender. Außerdem ist er Vorsitzender des Vereins Tradition – Identität – Ostdeutschland. Die Inhaber der bescheidenen Hütte von heute Abend." Immer noch fragte ich mich, was dieser merkwürdige Mann mit dem ganzen Crystal machte. Langsam zog ich das Tütchen aus meiner Hosentasche. Ich war mir sicher, dass es sich um Crystal handelte. War er selbst abhängig? Das konnte ich ausschließen. Seine Haare, seine Haut und auch alles andere sprachen entschieden gegen einen Meth-Junky.
„Was ist los? Was hast du da in der Hand und wieso sprichst du nicht weiter? Ich warte den ganzen Abend abgeschnitten von allen spannenden Entwicklungen und dann erzählst du mir nichts. Das ist doch hier kein fahrendes Schweigeretreat." Mila sah nun grimmig nach vorne. Eine ihrer Schwächen war die Neugierde.
Ich wedelte mit dem Tütchen. „Das hier habe ich in Kellers Praxisraum gefunden. Ich bin mir sicher es ist die gleiche Droge, die Anas Gehirnzellen erheblich reduziert hat. Außerdem entdeckte ich noch viele Medikamente bei ihm, die dem

Betäubungsmittelgesetzt unterliegen. Ich frage mich, was er damit macht als Landtagsabgeordneter. Selbst wenn er noch als Arzt praktizieren würde, bräuchte er nicht diese Massen an Pillen in diesem ausgelagerten Praxiszimmer." Ich sah aus dem Fenster. „Wen versorgt er damit und was tun die dann Versorgten dafür?"
Mila wusste auch keine Antwort. Wir spekulierten. Zwangsprostituierte, die mit dem Stoff gefügig und schweigsam gemacht werden. Reiche Abhängige. Drogenhandel zur Finanzierung rechter politischer Kampagnen. Versorgung von Verwundeten im Kampf für die rechte Gesinnung. Nichts davon machte uns zufrieden.
Schließlich erzählte ich Mila von René.
„Du hast was?!" Sie trat heftig auf die Bremse. Der Wagen hinter uns scherte schwungvoll aus und der Fahrer fuhr laut hupend und wild gestikulierend an uns vorbei. „Ja, du mich auch, du Arschloch. Ich kann bremsen wann und wo ich will, du Blödmann. Fahr doch einfach vorbei und spiel dich hier nicht so auf!"
Mila wechselte ihre Persönlichkeit, sobald sie am Steuer saß. Diese ansonsten so sanftmütige, herzensgute, schöne Frau wurde mit dem Gaspedal unterm rechten Fuß zur Furie.
„Mila! Ist ja gut. Er hört dich nicht. Dafür ist er schon zu weit weg", versuchte ich einen Scherz.
„Lenk nicht ab, meine Liebe. Wie kommst du dazu, irgendeinem Typen im Nazihaus deinen Namen und deine Handynummer zu geben? Was ist, wenn er das alles jetzt schon seinen Leuten weitererzählt hat?" Sie schüttelte immer noch ungläubig den Kopf angesichts der nicht zu fassenden Naivität ihrer Freundin.
Ich setzte zu einer Erklärung an, als das Handy in meiner Tasche anfing wild zu brummen wie ein Insekt.
„Da! Schon checken sie dich. Wenn du dran gehst, orten sie dich und wir sind verloren." Sie musste selbst über ihre

Dramatik schmunzeln. Ich schaute aufs Display. Steffen.
„Steffen! Was für ein Timing", lächelnd schaute ich zu Mila hinüber, die mir einen Vogel zeigte. „Ich bin wieder raus aus der Villa." Und dann erzählte ich ihm von meinen neuesten Erkenntnissen. Den Teil mit René ließ ich weg. Ich wollte mir einen weiteren Anschiss ersparen. Besonders interessierte Steffen sich für Christian Peters und seine offenkundigen Verbindungen zu Keller und zum Verein.
„Peters, Keller und Möllenhoff. Wie hängen die denn zusammen? Nie im Leben lässt sich doch ein Mitarbeiter vom Verfassungsschutz so mit diesen Leuten fotografieren, um dann an der Fotowand in diesem ominösen Vereinshaus zu hängen. Ich überprüfe den morgen. Da muss es doch was geben." Steffen atmete hörbar ein und machte eine kurze Pause. „Hast du mich gehört, Elsa? Ich überprüfe den noch einmal."
„Keller gleich mit, bitte", fügte ich hinzu. Den dezenten Hinweis, mich rauszuhalten, ignorierte ich geflissentlich.
Nachdem ich das Gespräch beendet hatte, starrte ich aus dem Fenster und dachte über Peters nach. Wie hing er in dieser ganzen Geschichte mit drin. Was war mit seinem Chef, Klaas Stein. Hatte er auch damit zu tun? Die beiden waren bei meiner Befragung damals so sehr interessiert an Ana. Ich war mir nun sicher. Sie wollten wissen, ob ich zufällig bei meiner Recherche auf einen Zusammenhang zwischen Ana und den Verfassungsschützern gestoßen war. Es ging nicht nur um ihre Tätigkeit als VP, sondern vor allem um die Verbindung zu rechtsextremen, verfassungsfeindlichen Organisationen. Ich musste einen Zusammenhang finden zwischen Keller und Peters. Oder zwischen Möllenhoff und Peters. Nur allein das Foto und der Zeitungsartikel, in dem die Verfassungskonformität Kellers und die seines Vereines bestätigt wurden, reichte nicht. Sollte Steffen die offiziellen Wege prüfen, ich kümmerte mich um andere.
Mila riss mich aus meinen Gedanken. „Was ist denn nun mit

diesem René? Du kannst ihn ja nicht einfach anrufen oder irgendwo abholen." Noch immer war sie sauer, das hörte ich an ihrer gepressten Stimme. Wahrscheinlich machte sie sich einfach nur Sorgen.
„Ich weiß es noch nicht Mila. Er wirkte wirklich verzweifelt und er hat mich vor Ort nicht verraten. Das hätte er ganz leicht tun können. Dicki hätte sich gefreut." Ich verdrehte die Augen. „Vielleicht meldet er sich ja. Es ist nicht schlecht einen Kontakt nach drinnen zu haben", versuchte ich das Positive an der Sache hervorzuheben.
Milas russische Mentalität führte zu einem Konkurrenzkampf zwischen ihrem Stolz und ihrer Neugierde. Eigentlich wollte sie noch mehr wissen über den Abend, vor allem über die österreichische Newcomerin. Aber der Stolz gewann. Wir fuhren schweigend nach Hause. Nur Sams Schmatzen klang ab und zu durch die Stille. Wahrscheinlich träumte er von einem leckeren Abendbrot.

Gegen Mitternacht waren wir zu Hause. Milas Ärger über mein leichtsinniges Handeln war mittlerweile verflogen. Unterwegs hatten wir noch einmal angehalten, um auf einem Rastplatz labberigen Salat mit lauwarmer Tomatensuppe zu essen. Über das Baguette mit Knäckebrotkonsistenz freute sich zumindest Sam. Das laute Krachen unterm Tisch zog einige Blicke der anderen Gäste auf sich. Beim Einbiegen in meine Straße sah ich den immer noch auf seinem Beobachtungsposten stehenden blauen Kombi. Ich fragte mich, ob der Agent da drinnen immer noch derselbe von heute Morgen war. Wahrscheinlich war er es schon wieder. Die Tagschicht war ja sicher lange weg. Ob sie immer noch davon ausgingen, ich sei im Haus und hätte es den ganzen Tag nicht einmal verlassen?
„Jetzt schauen wir mal Mila, was 007 so macht, wenn wir gleich aussteigen. Der denkt ja wahrscheinlich, ich liege drin im Bett und schlafe." Mein Blick ging Richtung Haus. Es war

komplett dunkel.

Mila fuhr schwungvoll in die Einfahrt und wir stiegen laut miteinander sprechend aus. Ich öffnete die hintere Tür, löste Sams Gurt und forderte ihn laut auf rauszuspringen. Er schaute mich etwas verdutzt an, kannte er doch ein solch dramatisch-lautes Verhalten nicht von mir. Er sprang aus dem Auto und schnüffelte sich die Einfahrt runter Richtung Straße. Die Nase am Boden trabte er direkt auf den Kombi zu. Ich sprintete hinterher und rief ihn zurück. Auf Höhe des Fahrers blieb Sam stehen und ich tätschelte ihm die Seite. Hatte er ja gut gemacht. Offenbar waren diese Leute um mein Haus herumgeschlichen und Sam hatte die Fährte aufgenommen. Was schließlich auch seine Aufgabe war. Ich schaute ins Auto und sah nur schemenhaft den Umriss eines Mannes. Ob er derselbe von heute Morgen war, konnte ich natürlich nicht erkennen. Das freundliche Grüßen in Form des Kopfnickens konnte ich mir nicht verkneifen.

„Komm Sam! Lass mal den Mann da schlafen. Der hatte bestimmt einen anstrengenden Tag." Wir drehten uns um und gingen zum Haus zurück. Mila erwartete uns schon leicht schmunzelnd. „Lass uns reingehen Mila. Wir trinken noch einen Schluck auf den Abend!" Ich grinste zurück.

Aus dem Schluck wurde dann doch ein wenig mehr und Mila nutzte ein weiteres Mal mein Gästezimmer. Nachdem sie schlafen gegangen war, dachte ich noch einmal über den Abend nach. Ich hatte eine Menge erfahren und musste das Ganze sortieren und die Fäden miteinander verknüpfen. Im Arbeitszimmer hatte ich eine Flipchart und ein Whiteboard an der Wand. Wenn ich Dinge aufschrieb, mit Pfeilen verbinden und Kästchen und Kreise um die Informationen malen konnte, war mein Gehirn viel eher bereit, Zusammenhänge zu sehen und komplexe Verbindungen zu erkennen. Mit einem weiteren Glas Primitivo machte ich mich ans Werk. Zunächst schrieb ich alle Namen auf, die eine Rolle spielten. Meine manische Seite nahm richtig Fahrt auf.

Savo Kostal alias Boris Melnik
Ana Kostal alias Ana Melnik
Lisa Kleine / Zoé
Klaas Stein
Christian Peters
Frank Mollenhoff alias Wotan alias Der Graue (?)
Dr. Jürgen Keller alias Doc Shiva (?)
Dicki
René
Das waren die Namen, die mir spontan einfielen. Dazu schrieb ich noch:
Germanische Triangel
TNIPD
Verein Tradition – Ehre – Identität – Ostdeutschland
Dann musste ich erst mal in die Unterlagen schauen. Noch einmal las ich Berichte, die Nachrichten von Ana und alles, was ich bisher zusammengesammelt hatte. Zu meiner Liste gesellten sich noch die Namen aus den FB Chats von Ana.
Lars Oldschool
Eddy
Katja Eb
Timm Thaler
Lina

Ein weiteres Mal ging ich die Mails zwischen Ana und Stein / Peters durch. Sie erwähnte noch eine „Janina" die verschwunden war und ihren Sohn „René", ebenfalls verschwunden. Ich schnellte hoch. René? Das konnte Zufall sein. Oder auch nicht. Ich war wie elektrisiert. War das etwas? Aber wenn ja, was?
Mit einem dicken Stift kreiste ich den Namen „René" ein und zog eine Verbindung zwischen dem Verein, der GT, Frank

Möllenhoff und René. René zweimal. Anas René war verschwunden, genauso wie seine Mutter Janina. Das mussten Leute aus Anas neuem Bekanntenkreis sein aus dem direkten Dunstkreis von Möllenhoff und Co. Sie hingen alle zusammen und die GT war das Zentrum. Die restliche Nacht verbrachte ich mit Lesen, Herumlaufen, Denken und Gedanken aufschreiben. Meine Synapsen machten Überstunden.

Gegen sieben Uhr dämmerte langsam der Tag durch die Fenster. Ich sah mich in meinem Arbeitszimmer um und rieb erstaunt meine Augen. Die Wände hingen voll mit beschriebenen Zetteln, der Boden war bedeckt mit Ausdrucken der Chats zwischen Ana und den Gestalten der GT und meinen eigenen als Magda. Im Zimmer war Chaos, in meinem Kopf Klarheit. Ich wusste, was ich als nächstes zu tun hatte. Wie eine frisch geschlüpfte Schildkröte, die es zielsicher und instinktiv ins Wasser zog, hatte ich meinen Plan vor Augen.
„Elsa-Schatz, wo bist du? In deinem Bett warst du offenbar nicht!" Leichte Empörung schwang in Milas Stimme. Sie kam die Treppe herunter und lugte vorsichtig ins Arbeitszimmer. Sie kannte meine manischen Phasen und wusste um die bisweilen schwierige Kommunikation mit mir während dieser Zeit. Mit großen Augen schaute sie sich um.
„Wow! Hier sieht es aus wie in dem Zimmer dieses Autisten, über den sie letztens eine Doku gebracht haben. Kaffee?" Ohne eine Antwort abzuwarten verschwand sie wieder und hantierte in der Küche. Sam lief zu mir und steckte seinen Kopf zwischen meine Knie. Vorwurfsvoll schaute er mich an.
„Na komm schon. Du hast doch sowieso bei deiner Lieblingsfrau geschlafen, oder?" Meine Hände kraulten seine Ohren und er grunzte wohlig. Mit Menschen zu reden bereitet mir ja so ab und zu Schwierigkeiten, aber mit meinem Hund redete ich bisweilen sehr ausdauernd. Er bewertete nichts, diskutierte nicht und meistens verstand er wohl auch nicht. Ich aber war

meine Gedanken erst einmal los, raus aus dem Kopf. Dann konnte ich sie wieder nach und nach geordnet reinlassen. Das schaffte nur mein Hund.

Obwohl ich keine Sekunde geschlafen hatte, lief ich voller Ungeduld und Leistungswillen die Treppe rauf. Ich wollte endlich weiter kommen mit meinen tausend Fragen, den Fall lösen. Die Gefühle von Erkenntnis und Auflösung waren wie Suchtmittel. Die Dusche brachte die notwendige Frische zurück. Ich zog mich an. Der Blick aus dem Fenster ließ mich zu einem etwas dickeren Langarmpulli greifen. Es sah sehr grau aus da draußen. Dicke Wolken flogen über die schöne Landschaft hinweg, die Krähen flogen mit doppelter Geschwindigkeit. Zum Haare föhnen fehlte mir die Geduld, sie mussten heute an der Luft trocknen. Auch wenn ich dann frisurtechnisch wahrscheinlich Sam große Konkurrenz machen würde.

Mila klapperte immer noch in der Küche und ich folgte dem Kaffeeduft. Sie hatte Frühstück gemacht und saß nun Zeitung lesend am Tisch. Als sie mich hörte, faltete sie die großen Seiten zusammen, legte sie zur Seite und stand auf. Sie sah mich eindringlich an. „Elsa-Schatz, es ist kalt draußen. Mit nassen Haaren geht das heute nicht. Komm, wir frühstücken und du erzählst mir, was du gemacht hast." Während sie sprach, ging sie in den Flur und holte meine dünne Laufmütze. „Hier, setz das bitte auf!" Widerrede war nicht möglich.

Ich nahm die Mütze, setzte sie mir auf den Kopf und nahm den Kaffee, den sie mir schon zubereitet hatte. „Danke Mila! Du bist ein Engel." Ich trank einen Schluck. „Ich muss leider los, habe keinen Hunger und keine Zeit! Und wir brauchen nicht darüber zu diskutieren! Später werde ich dir alles erzählen." Ich merkte förmlich, wie meine merkwürdige Stimmung die Oberhand gewann und mich veränderte. Jeder andere hätte es wahrscheinlich nicht gewagt, aber Mila akzeptierte meine Ansage einfach nicht. Ich war schon auf dem Weg in den Flur, um Halsband, Leine und Autoschlüssel zu holen. Doch Mila stellte sich in den Weg.

„Stopp!" Sie hob den Arm mit aufgeklappter Hand in meine Richtung.

„Hast du das beim Krav Maga gelernt, oder wie?", fragte ich leicht gereizt, während ich versuchte, mich an ihr vorbei zu drücken.

„Elsa! Ich habe geschworen auf dich aufzupassen. Damals, als du deinen Absturz hattest, habe ich vorher irgendwie den Zeitpunkt verpasst. Das passiert mir nicht noch einmal. Es ist soweit." Sie nahm mich bei den Schultern und sah mir direkt in die Augen. „Nova Scotia!" Mila sprach die Worte leise und deutlich aus.

Ich schloss für einen Moment die Augen. Wie ich es trainiert hatte, atmete ich lang und tief ein in den Bauch, behielt die Luft einen Moment in mir und atmete wieder langsam aus. Das wiederholte ich ein paarmal. Beim Ausatmen dachte ich jedes Mal „Nova Scotia". Was sich anhört wie eine merkwürdige Mantrasitzung eines kosmopolitisch abgehobenen Bildungsbürgers, ist tatsächlich mein Notfallprogramm. Vor einigen Jahren war ich gefangen zwischen den Phasen tiefster Depression und manischen Überschnappens. Ich hatte damals die Kurve nicht bekommen. Mein ausgeprägter Ehrgeiz und Leistungswille brachten mich dann auch noch dazu, ordentlich mit diversen Mittelchen nachzuhelfen. Ich hatte eine kurze, aber heftige Liaison mit Benzodiazepinen zum Runterkommen und Uppern, um meine Nervenaktivität wieder ins Laufen zu bringen. Der klassische Teufelskreis, und ich war drauf reingefallen. Die selbstzerstörerischen Tendenzen waren gefährlich. Mila und ich vereinbarten damals – als ich wieder klar denken konnte – einen Notfallplan. Wann immer sie das Gefühl hat, ich laufe Gefahr, wieder in so einen Sog hineinzurutschen, hält sie mich davon ab. Egal wie. Und wenn sie mich an den Haaren da wieder rauszieht. Auch wenn sie nass sind, so wie heute. Wir dachten uns ein „Abbruchwort" aus, das kennt man ja aus der SM-Szene. Wenn das Wort fällt, weiß jeder Bescheid. Der Spaß ist zu Ende, ohne Diskussion, ohne Wenn und Aber. So war es bei uns auch. Nur eben auf einer anderen Ebene. „Nova Scotia" war mein Sehnsuchtsort. Das Wort löst nach vielen Stunden Training eine Kaskade an schönen Gedanken, Bildern und Gefühlen in mir aus. Und ich weiß, wenn Mila es sagt und wir nicht gerade über Urlaubspläne reden, dann ist es Ernst.

Ich drehte mich also um, ging in die Küche zurück und setzte mich an den Tisch. Zwei Tassen Tee später – essen konnte ich nichts – hatte ich mich wieder einigermaßen gefangen. Durch das Erzählen kam ich wieder ein wenig runter. Mein Sympathikus machte zwar immer noch Überstunden, aber ich war in der Lage, meine Gedanken zu ordnen und Mila von meinen Plänen zu erzählen.

„Okay, Elsa! Heute ist Donnerstag! Hast du Klienten oder gar eine Gerichtsverhandlung?", fragte Mila nun wieder ganz im Organisationsmodus.

„Nein, ich hatte eigentlich vor, die beiden Tage, also heute und morgen, als Brückentage zu nutzen und ans Meer zu fahren. Habe ich dir doch erzählt", gab ich zurück. Die Planung lag schon mehrere Wochen zurück und es kam mir vor wie eine Ewigkeit.

„Also gut. Dann müssen wir da ja nichts verschieben." Ich liebte sie für das „wir". Ich stand auf und umarmte sie fest. Sie drückte mich zurück und gab mir Küsschen links und rechts auf die Wange. Ihre Augen schimmerten etwas und ich sah ihr die Erleichterung an, diese Situation mit mir ohne größere Eskalation überstanden zu haben. Sam stand auch auf und dachte wohl, es geht nun endlich los.

„Mila, lass uns ein Stück mit Sam gehen. Ich möchte dir von meinem Plan für heute erzählen." Mit diesen Worten war ich schon wieder im Flur und holte diesmal wirklich Halsband und Leine. Die Leine brauchten wir eigentlich gar nicht, wir würden direkt in die Weinberge gehen. Da konnte Sam rennen wie er wollte.

Zehn Minuten später liefen wir durch die abgelesenen Weinstöcke. Ich genoss die frische Luft. Es war windig und kühl. Genau das Richtige für meinen Kopf. Ich erzählte Mila von meinen Gedanken. Letzte Nacht hatte ich einige Zusammenhänge geflochten. Auch im Internet gab es Interessantes zu entdecken. Einmal mehr war ich als Magda_33 unterwegs gewesen. Nur gelesen, nichts geliked, geteilt oder sonst wie kommentiert. Ich wollte ausschließlich Infos abschöpfen und keine Kontakte mehr knüpfen. Davon hatte ich nun genug.
„Ich glaube, Christian Peters ist Timm Thaler, der Bruder von Katja Ep alias – und jetzt halt dich fest –" Mila schaute mich irritiert an, sie hatte die Angewohnheit Redewendungen wörtlich zu verstehen. „Katja Keller!" Bäm. Das saß. Leider nicht bei Mila. Sie verstand nur Bahnhof.
„Oh Mann, Mila! Hörst du nicht, was ich sage?", leicht genervt zog ich schon wieder das Tempo an.
„Doch, ich bin ja nicht taub. Aber ich verstehe es nicht so recht." Sie blieb in ihrer stoischen Ruhe. „Peters? Das ist doch diese Madonna, oder?"
Ich schüttete mich aus vor Lachen. „Maradona! Nur halb so schön und eher dunkel im Teint", schmunzelte ich. „Ja, der Typ vom Verfassungsschutz. Er ist im Netz als Timm Thaler unterwegs. Am Ende ist er kognitiv genauso überschaubar aufgestellt wie sein kickendes Ebenbild. Er hat Bilder gepostet!" Ich tippte mir an die Stirn.
„Das ist dumm!", gab Mila treffend ihren Kommentar dazu.
„Ja, allerdings. Seine Schwester ist also als Katja Ep in den rechten Netzwerken unterwegs und sie ist die Frau von Dr. Keller. Doc Shiva." Ich sah Mila an und suchte nach Zeichen der Erkenntnis.

Sie nickte langsam. „Ich verstehe. Das hast du alles im Internet herausgefunden?"

„Im Darknet. Ja. Auch da sollte man aufpassen, was man so postet." Ich hatte eigentlich Stein für den miesen Charakter gehalten, aber so langsam etablierte sich Peters als der Strippenzieher. Was mir nach wie vor nicht einleuchtete war, warum er Ana als VP angeheuert oder es zumindest zugelassen hatte. Ihm musste doch klar sein, dass er damit ein hohes Risiko einging aufzufliegen. Überhaupt fragte ich mich, was er eigentlich wollte. Das System von innen aushöhlen. Das war offensichtlich. Als Querverbindung vom staatlichen Geheimdienst direkt hinein ins Zentrum der neuen rechten Bewegung und alten rechtsextremen Gesinnungen. Und wieder zurück. Aber warum dann Ana? Milas Telefonklingeln holte mich aus meinen Gedanken. Sie nahm das Gespräch an und blieb stehen. Nach ein paar Minuten war sie fertig.

„Tut mir leid, Elsa-Schatz! Ich muss dann bald los. Leider habe ich nicht frei heute, sondern kann, wenn alles gut, eine sehr schöne kleine Stadtvilla drüben in Rüdesheim verkaufen. Die Interessenten suchen ein Feriendomizil im Rheingau." Sie schaute auf die Uhr. „Ich würde gerne mit dir absprechen, wie es jetzt weiter geht."

„Was meinst du damit? Du bringst jetzt ein schönes Häuschen an den Kunden und ich lege mich heute auf die Lauer. Ich werde an Peters kleben wie eine Klette." In meiner Stimme klang fast so etwas wie Vorfreude mit.

„Rufst du Steffen an und erzählst ihm von deinen neuesten Erkenntnissen?", fragend schaute sie mich an. Es hörte sich allerdings mehr nach einer Aufforderung an.

„Na klar. Mache ich von unterwegs", versprach ich.

Wir kehrten also um. Da mein Bewacher immer noch vor der Tür herumlungerte, beschlossen wir, ihn ein weiteres Mal zu überlisten. Wir tauschten die Autos und Mila verabschiedete sich im Haus, nicht ohne sich von mir versprechen zu lassen, auf mich zu achten und mich regelmäßig bei ihr zu melden. Sie wusste, dass meine psychische Krise zunächst überwunden war. Ich war ihr sehr dankbar. Sie setzte sich meine Mütze auf und Sam kam in den Kofferraum, aus dem er deutlich sichtbar herausschaute. Mila konnte ihn gut mitnehmen zu ihrem Termin und bei mir würde er sich heute ohnehin nur langweilen. Dann fuhr sie mit meinem Geländewagen davon. Unser Plan ging auf. Der blaue Kombi wurde angelassen und brauste Mila hinterher. Mal sehen wie lange es dauern würde bis bemerkt wurde, dass nicht ich am Steuer saß. Spätestens in Rüdesheim vor der schönen Villa würde ein Mensch sehr frustriert sein.

Ich packte meine Utensilien für den Tag zusammen. Handtasche, Fotoapparat, zwei Flaschen Wasser, das Safehandy und was zu Schreiben. Ein paar Minuten später setzte ich mich in den Sportwagen und fuhr los. Mein Plan war es, Peters zu finden und ihn zu beobachten. Ich wollte unbedingt wissen, was er als nächstes plante und vor allem mit wem. Hing Stein mit drin in der Geschichte? Wer vom Verfassungsschutz war sonst noch involviert, oder von der Polizei? Bei diesem Gedanken fiel mir wieder mein Versprechen ein, welches ich Mila gegeben hatte. Ich fuhr rechts in einen Feldweg und stieg aus. Auf dem Safehandy tippte ich die einzige Kurzwahltaste, die eine Nummer gespeichert hatte. Fest entschlossen, Steffen einzuweihen in meinen Plan, wartete ich, dass er den Anruf annahm. Nach einiger Zeit sprang eine Voicemail an. Ich vertraute ihr meinen Plan an, heraus finden zu wollen, was Peters so trieb. Mir war klar, dass Steffen wütend sein würde, hatte er mir doch eindringlich und unmissverständlich klar gemacht, mich ab nun rauszuhalten. Das konnte ich aber nicht. Vor allem nicht ohne Klarheit darüber zu haben, wer von der Polizei involviert war. Dann machte ich mich auf den Weg nach Frankfurt. Zunächst würde ich es im Gutleuthafen probieren.

Vor dem Gebäude suchte ich einen Parkplatz mit Blick auf den Eingang. Es standen etliche Fahrzeuge herum, Menschen waren keine zu sehen. Ich stieg aus und ging langsam auf den Eingang zu. Das Schild mit dem Logo der Fake-Spedition, hing noch an Ort und Stelle. Ob Sunny auch noch da war? Ich drehte um und setzte mich ins Auto. Nun hieß es warten. Den Fotoapparat einsatzbereit neben mir machte ich mir es so gut es ging auf dem Sportsitz bequem. Der fehlende Schlaf machte sich schnell bemerkbar und mir fielen die Augen zu. So ging das nicht. Sitzen und nichts tun, auch wenn es das interessante Label Observation bekommt, ist einfach nicht mein Ding. Also stieg ich wieder aus und änderte meinen Plan. Zielstrebig ging ich auf den Eingang zu und drückte die Klingel der Spedition, bevor ich es mir anders überlegen konnte. Der Kamera schenkte ich ein nettes Lächeln. Zu meiner Überraschung summte die Tür. Ich drückte sie auf und trat in die Empfangshalle. Heute kam ein Mann auf mich zu und nicht die süß duftende Sunny.

„Guten Tag! Bitte folgen Sie mir!" Der Typ verzog keine Miene, stellte sich nicht vor und ließ in keiner Weise durchblicken ob er wusste wer ich war. Ich war auch nicht in Plauderstimmung und stellte mich also schweigend beim Aufzug neben ihn. Von der Seite aus betrachtete ich ihn. Um die 30, nicht schön, muskulös, schwarze Hose, schwarzer Hoodie. Seine Kiefermuskeln arbeiteten kräftig, ihn schien also etwas sehr zu beschäftigen. Im Nacken sah ich Ausläufer einer Tätowierung. Als wir oben ankamen, stellte er sich vor mich und ich konnte deutlich das obere Ende eines Totenkopfs in seinem Nacken erkennen und Teile des Wortes Hass. Das Doppel-S in Runenschrift. Na klasse! Steins und Peters persönlicher Steward entstammte also der Hool-oder Fascho-Szene. Mir wurde bewusst, ohne den Hauch eines Plans in diese Situation gegangen zu sein. Wie wollte ich vorgehen? Ich entschied mich für den direkten Weg. Wenn Stein und Peters mich schon empfangen wollten, dann

würde ich auch offen heraus konfrontieren. Wie beim letzten Mal glitt die Tür des Fahrstuhls mit einem leisen „pling" auf und schon stand ich in dem Büro mit der grandiosen Aussicht. Im Gegensatz zu Sunny vom letzten Mal, verzog sich Scully nicht. Er blieb neben der Fahrstuhltür stehen. Aufrecht, ins Nichts starrend, die Hände hinter dem Rücken, wie bei der Beerdigung eines Kameraden.
Christian Peters kam in seinen Sneakers dynamisch auf mich zu. Mit ausgestreckter Hand lächelte er mich an, als würde er sich tatsächlich freuen mich zu sehen.
„Frau Dreißig! Was für eine Überraschung. Was führt Sie zu mir?" Seine angespannte Mundpartie und die fehlende Beteiligung seiner Augenmuskulatur an seinem Lächeln wiesen seine Höflichkeit eindeutig als Lüge aus.
„Herr Peters", ich nickte ihm zu. Das Lächeln sparte ich mir. „Ich hatte gehofft Herrn Stein zu treffen." Abwartend schaute ich ihn an.
„Oh, das tut mir sehr leid. Da sind Sie leider umsonst hergekommen." Sein Blick trübte sich etwas ein, er zog bewusst die Augenbrauen zusammen und schob die Mundwinkel nach unten. Ob es dafür extra Seminare in Köln beim BfV gab? Die sieben Grundemotionen und ihre korrespondierenden Gesichtszüge. Damit Sie in jeder Situation punkten können.
„Herr Stein ist leider tot. Er ist gestern plötzlich verstorben." Peters schaute an mir vorbei.
Jetzt überraschte er mich aber wirklich. Ich war sprachlos. Das konnte doch nicht wahr sein. „Was ist passiert?" Meiner Stimme war das Erstaunen deutlich anzuhören.
„Er ist einfach zusammengeklappt. Hier im Büro. Ich habe noch den Notarzt gerufen, aber der konnte auch nichts mehr machen." Empathie in der Stimme – Fehlanzeige. Er sagte es so, als würde er über ein Restaurant sprechen, dessen Küche schon geschlossen hatte. Sorry, schon zu. Kann man nichts machen.

„Woran ist er denn gestorben? War er krank?" Ich sah Peters direkt in die Augen. Er versuchte auszuweichen.
„Tja, er litt schon seit Jahren an Magengeschwüren. Vielleicht war es das. Er hatte eine Menge Ärger in letzter Zeit, aber das wissen Sie ja." Bei seinen letzten Worten fixierte er mich.
Mein Spitzname für Stein lag also gar nicht so sehr daneben.
„Die Obduktion wird es ja sicherlich ans Tageslicht bringen", merkte ich an.
„Es geht alles seinen geregelten Gang, da müssen Sie sich keine Sorgen machen. Aber nun zu Ihnen." Peters schien nicht wirklich beeindruckt oder gar traurig zu sein über den Tod seines Kollegen. „Jetzt bin ich hier Ihr Ansprechpartner. Mit Stein sind Sie ja sowieso nicht so gut klargekommen, nicht wahr? Was kann ich also für Sie tun?" Ein leichtes Zucken umspielte seine Mundwinkel.
„Ansprechpartner? Das trifft es wohl nicht ganz. Wenn Sie sich erinnern wollen, sind Sie damals auf mich zugekommen, um mich über Ana und Savo auszufragen." Mein Tonfall wurde etwas spitz.
„Und heute sind Sie auf mich zugekommen. Was wollen Sie also?" Er sprach nun deutlich gereizt und laut.
Ich kam in Fahrt. „Von Ihnen – nichts. Ich wollte mit Herrn Stein noch einmal über Ana und deren Verbindungen in die rechte Szene sprechen. Wissen Sie, ich bin da auf interessante Zusammenhänge gestoßen." Die Spur war gelegt.
Peters stand auf und ging zum Fenster. „Dann sprechen Sie eben jetzt mit mir. Wenn Sie etwas wissen und es für sich behalten, dann stufe ich das als Wissen über staatsgefährdendes Handeln ein. Ganz einfach. Falls ich das tue, werden Sie festgenommen. Wollen Sie das?" Noch offener konnte er nicht drohen.
Ich stand auch auf. „Herr Peters, wer hier Kenntnisse über staatsgefährdende Personen, Banden und Handlungen hat, wissen Sie ja am besten. Sie können zwar nichts für die Wahl

des Ehemanns ihrer Schwester. Sie können mir aber glauben, wenn ich Ihnen versichere, Ihre Rolle in dem ganzen Stück deutlich aufzuhellen. Sie spielen ein doppeltes Spiel. Da bin ich mir ganz sicher!" Soviel wollte ich eigentlich gar nicht sagen. Aber irgendwann musste das ganze ja ins Rollen kommen.
Aus den Augenwinkeln sah ich, dass Scully sich aus seiner Katatonie löste und unruhig von einem Fuß auf den anderen trat. In dem Moment klingelte mein Telefon und bevor mich jemand daran hindern konnte, nahm ich den Anruf auch schon an.
„Steffen! Danke für deinen Rückruf. Ich bin gerade bei Christian Peters vom BfV im Gutleuthafen, um mit ihm einige Dinge zu besprechen", beeilte ich mich zu sagen. Nur schnell den Standort mitteilen und ein paar Namen nennen. Meine Hoffnung war es, somit eine potenzielle Gefahr abzuwenden. Während ich sprach, bewegte ich mich Richtung Aufzug.
„Elsa! Raus da! Bist du denn verrückt geworden?" Steffens Worte brummten an mein Ohr.
„Ja genau, ich wollte gerade gehen. Da bist du ja ganz in der Nähe. Fein. Na, dann sehen wir uns gleich." Immer noch das Handy am Ohr stand ich nun vor Scully. „Ich würde gerne gehen", sprach ich ihn an. Peters nickte leicht mit dem Kopf und sein Steward drückte auf den Aufzugknopf. Ich stieg ein und fuhr ohne Begleitung nach unten. Mein Herzschlag war deutlich beschleunigt. Auf der Fahrt nach unten verlor ich die Verbindung zu Steffen.

Zügig ging ich zum Auto und setzte es an einen strategisch günstigeren Standort um. Ich wollte sehen, aber nicht gesehen werden. Schon gar nicht wollte ich, dass Mila sich ein neues Auto kaufen musste, wenn ihres auf einer gewissen Liste stand. Also stellte ich mich auf einen kleinen Parkplatz zwischen zwei LKW seitwärts vom Gebäude unter einem kleinen Vordach.

So war es zwar etwas unbequemer für mich zu beobachten, aber ich war sicher, nicht vom Haus aus gesehen werden zu können.

Ich drückte den grünen Hörer und versuchte zu Steffen zurück zu gelangen. Auch wenn mich sicherlich nichts Gutes erwartete. Es klingelte ein halbes Mal und schon war er dran.

„Bist du da raus?" Direkt und ohne Umwege.

„Ja, ich sitze im Auto. Es ist alles gut", beschwichtigte ich schon einmal vorsorglich.

„Du sitzt also im Auto. Fährt das Auto auch irgendwo hin?" Er kannte mich nur zu gut. Mein Plan, ihn von weiteren Fragen hinsichtlich meines Aufenthaltsortes abzubringen, ging also nicht auf. „Nein, ich bin auf einem sicheren Beobachtungsposten". Bevor er sein Veto einlegen konnte, redete ich ohne Pause weiter. „Klaas Stein ist tot."

Es folgte ein kurzer Moment der Stille.

„Wie tot? Könntest du bitte nicht ganz so sparsam sein mit deinen Infos", setzte er ungeduldig nach.

„Ja, also tot im ganz ursprünglichen Sinn. Sein Kumpel Maradona meinte, er sei gestern einfach zusammengeklappt. Und dann, zack, aus! Nie im Leben. Ich glaube einfach nicht daran." Zur Unterstützung meiner Worte schüttelte ich auch noch den Kopf.

„Das wäre schon ein sehr großer Zufall. Jetzt wo Dynamik in die Sache kommt und langsam klar wird, dass der Verfassungsschutz eine tragende Rolle in der ganzen Geschichte um Anas Tod und ihre Verquickung mit der rechten Gruppierung hat, stirbt einer der Hauptdarsteller einfach?" Auch in Steffens Stimme schwang eine große Portion Zweifel.

„Hast du denn etwas herausfinden können über deine Kanäle?", fragte ich hoffnungsvoll. Wenn wir nicht bald offiziell etwas in der Hand hätten, würde das unsere Handlungsoptionen erheblich einschränken.

„Leider nichts Eindeutiges. Aber ich habe eine vielver-

sprechende Spur," gab Steffen salomonisch zurück.
Ich wartete, aber es kam nichts weiter von ihm. Nun war es an mir, etwas unwirsch meine Ungeduld zum Ausdruck zu bringen. „Weihst du mich noch weiter ein in deine TKKG Erkenntniswelt?", fragte ich etwas bissig.
„Aber klar, gerne doch!" Ich sah förmlich sein grinsendes Gesicht vor mir. „Ich hatte ein Treffen mit meinem Polizeipräsidenten. In der Sauna."
„Äh, Moment mal. So genau wollte ich es nicht wissen."
„Nicht was du wieder denkst, Elsa! Also bitte. Mit dem Chef. Außerdem ist er dick und hat eine Halbglatze. Nicht mein Typ. Warte mal kurz." Ich hörte dumpfe Geräusche im Hintergrund, es klang nach Stühlerücken oder ähnlichem. Vor mir im Gutleuthafen war mittlerweile ordentlich Betrieb. LKW und Kleintransporter fuhren emsig vorbei. Da es sich um einen Flusshafen handelte, waren einige Binnenschiffe zu sehen. Dieser westliche Teil des Frankfurter Hafens war ein wichtiger Versorgungspunkt in der Rhein-Main-Region.
„Okay, bin wieder bei dir." Steffens Stimme war nun wieder laut und deutlich an meinem Ohr. „Wir waren in der Sauna, weil wir sicher waren, dort nicht abgehört zu werden. Der PP ist einer von den Guten und auf unserer Seite. Auf einem seiner unergründlichen Informationswege ist ihm zu Ohren gekommen, dass ich unbequeme Fragen stelle und auch dass bestimmte Personen versuchen, mich mundtot zu machen. Diese Personen sind identisch mit denen, die er selbst nun auch schon seit einiger Zeit auf dem Radar hat." Steffen sprach konzentriert und auf den Punkt. Jetzt wurde es interessant. Ich sagte nichts und hörte einfach nur zu.
„Seit einigen Wochen steht der Verdacht im Raum, dass sich hier innerhalb der Polizeistruktur ein Netz brauner Gesinnungsgenossen spinnt. Vom Polizeianwärter, über mittlere Führungsebenen bis in die Spitze hinein. Zwei Kommandoführer spezieller Einheiten sollen maßgeblich Regie führen bei

durchgeführten Aktionen." Steffen atmete tief ein. Er war sich der Tragweite seiner Aussagen durchaus bewusst.

„Was denn für Aktionen? Weißt du da Näheres?" Ich dachte natürlich sofort an Dr. Kellers Drogenvorrat und Anas Tod.

„Die letzten Beweise fehlen noch, aber klar ist die Verbindung dieser Personen zu diversen illegalen Abfragen des Polizeisystems zu eingetragenen Erkenntnissen führender Rechtsextremisten und rechter Gewalttäter. Mehrere Male wurden diverse Größen der rechten Szene ohne Auftrag über unterschiedliche Polizeirechner gecheckt."

Diese Praxis kannte ich schon von diversen Motorradclubgrößen. Ich begleitete mal als Polizeipsychologin eine groß angelegte Durchsuchungsaktion in der MC-Szene. Viele dieser furchteinflößend aussehenden Typen führten – neben ihrer kriminellen Karriere als Zuhälter, Dealer und Schutzgelderpresser – auch noch ein Parallelleben als Familienvater. Ich war bei der Maßnahme dabei, da in dem zu durchsuchenden Objekt mehrere Kinder der Familie erwartet wurden. Da die Kollegen nicht nett klingelten, sondern sich um sechs Uhr morgens mit der Ramme Zutritt verschafften, war zu erwarten, dass der eine oder andere in der Wohnung psychologische Betreuung brauchte. Bei der Durchsuchung der Wohnung wurden dann in einem Wohnzimmerschrank seitenweise Ausdrucke gefunden, die aus Polizeidruckern stammten. Es handelte sich dabei um die Ergebnisse der polizeilichen Abfrage zu Einträgen und Ermittlungsverfahren hinsichtlich des Wohnungsinhabers. Er hatte also einen Kumpel bei der Polizei, der ihn immer schön à jour hielt über die Erkenntnisse, die die Polizei gegen ihn hatte.

Steffen fuhr mit seinen erschreckenden Ausführungen fort. „Außerdem gab es wiederholt einen erheblichen Infoabfluss vor großen Durchsuchungsmaßnahmen und gesamtdeutschen polizeilichen Aktionen. Es gibt zum Teil mittlerweile nur noch pro forma und halbherzig verdeckte Sympathiebekundungen für rechte Ideen, die Wiedereinführung der Todesstrafe und den unverhohlenen Wunsch nach einem gesellschaftlichen Systemwechsel. Der PP muss vorsichtig vorgehen, da er mittlerweile nicht mehr weiß, wem er noch trauen kann. Das Netz ist mittlerweile sehr groß und leider auch dicht gewebt. Du hast also mal wieder voll ins Schwarze getroffen, Elsa." Ich hörte Steffen an, wie besorgt er war über diese unglaubliche Entwicklung.

„Wohl eher ins Braune! Das ist ja entsetzlich. Wenn du jetzt einen Verbündeten hast ganz oben in der Spitze, dann wirst du ja sicherlich herausfinden können, was die Sektion von Stein ergeben hat. Ich denke, sie hatten ihn bestimmt heute Vormittag auf dem Tisch in der Rechtsmedizin. Wenn nicht sogar schon gestern." Unnatürliche Todesursachen bei eigentlich gesunden Menschen führten normalerweise zu einer zügigen Obduktion. Erst recht, wenn der Tote eine Führungsperson beim Verfassungsschutz war.

„Ich kümmere mich gleich darum. Wie geht es jetzt bei dir weiter? Du willst doch wohl nicht auf deinem Beobachtungsposten bleiben?" Seine Frage klang mehr wie eine Aufforderung nun zu fahren.

„Ich bin mir sicher, dass Peters da ganz tief mit drin steckt. Da ist es doch von großem Interesse zu wissen, was seine nächsten Schritte sind. Es wird langsam eng für ihn und das weiß er auch. Vielleicht wird er unvorsichtig. Seine Schwester ist mit Keller verheiratet, der wiederum eine entscheidende Größe in diesem ganzen braunen Sumpf ist. Ich brauche Klarheit, Steffen. Und ich will immer noch herausfinden, wie die arme Ana da hineingeraten konnte und am Ende ihr Leben gelassen hat." Ich holte tief Luft. „Du hast gerade selbst erzählt, dass es schwierig wird, deinen eigenen Leuten zu trauen. Wen willst du denn hier auf den Beobachtungsposten setzen? Du selbst hast jetzt was anderes zu tun. Bleibe also eigentlich nur ich." Pause. Lass deine Worte durch eine geschickt gesetzte Pause wirken. Verhandlungsgruppenregel 124.

Ich hörte Steffen atmen. Und denken. Natürlich konnte er mir nicht vorschreiben, was ich tun oder nicht tun soll. Mir war es allerdings wichtig, hier als Team zu agieren und ich wollte nun sein Go für meinen Spähposten.

„Okay Elsa. Du meldest dich alle 20 Minuten bei mir per SMS oder Anruf. Wenn es mobil wird, bist du raus." Steffen war ganz in seinem Element.

Ich verdrehte die Augen. „Steffen, wenn es mobil wird, geht es doch erst richtig los. Ansonsten beobachte ich hier die Landschaft. Dann kann ich ja gleich fahren. Was glaubst du, was ansonsten hier unten vor der Tür passiert? Peters wird wohl kaum seine Besprechungen an die frische Luft verlegen." Meine Sprechgeschwindigkeit legte etwas zu.

„Das stimmt natürlich. Sorry." Wenn ich mich nicht täuschte, hörte ich schon wieder ein leichtes Grinsen. „War einen Versuch wert. Hätte ich mir gleich schenken können."

Da stimmte ich ihm zu.

„Also, wir machen es so", fuhr er fort. „Du bleibst in deinem Auto, egal was passiert. Wenn es in den nächsten 30 Minuten mobil wird, hängst du dich dran. Ansonsten wundere dich nicht. Wenn sich gleich ein paar Typen an Peters Auto zu schaffen machen, dann gehören die zu mir, okay? Du brauchst dich also nicht auf sie zu stürzen, um sie zu verjagen."

Ich setzte an, um zu protestieren, aber er hatte ja recht. Steffen kannte mich einfach zu gut. „Alles klar, das klingt nach einem Plan. Ihr hängt ihm einen Sender dran und wisst immer, wo er sich befindet. Beziehungsweise sein Auto." Mich begeisterte diese Idee.

Steffen und ich verabschiedeten uns und ich machte es mir ein weiteres Mal auf dem Sportsitz bequem. Mir fiel noch ein, dass Steffen wahrscheinlich davon ausging ich sei mit meinem Wagen unterwegs und schrieb ihm eine entsprechende SMS. Dann hieß es warten. Gut 20 Minuten später näherte sich

ein dunkler Van, der in 200 Meter Entfernung auf einem Seitenparkplatz hielt. Es stiegen vier Männer aus. Allesamt sportlich, alle mit Basecap, Jeans und Hoodie ausgestattet. Die Uniform der zivilen Kräfte. Ich würde sie auch noch im größten Baseballstadion erkennen. Diese Kollegen hatten eine besondere Art des Auftretens. Eine Mischung aus Vorsicht, Konzentration und maximaler Lässigkeit. Sie gingen zielsicher auf zwei PKW zu, die auf dem Parkplatz des Gebäudes unter dem Schild der Spedition standen. Ein dunkelgrüner Volvo-Kombi älteren Baujahres und ein neu aussehender Mercedes C-Klasse, schwarz mit verdunkelten Fenstern. Beim Volvo tippte ich auf Scully. Das Heckfenster zierten diverse Aufkleber, die allesamt die rechte Gesinnung des Fahrers deutlich ausdrückten. Das Kennzeichen lautete F-HH 88. Alles klar. Der Mercedes dagegen war komplett unauffällig.
Die vier Polizisten teilten sich auf. Zwei machten sich am Volvo zu schaffen und die anderen zwei am Mercedes. Einer schob sich unter das Auto und blieb dort eine Weile. In der Zeit hielt der andere ein Gerät an die Fahrertür und öffnete diese einen kleinen Augenblick später. Ich traute meinen Augen nicht. Wie hatte er das gemacht? Das wollte ich auch können. Keine acht Minuten später waren die vier fertig. Einer löste sich aus der Gruppe und kam auf mich zu. In der Hoffnung, mich nicht vertan zu haben bei meiner Einordnung der vier als Vertreter der Staatsmacht, öffnete ich das Fenster.

René

Nachdem sie einen Riesenumweg gefahren waren und Keller am Frankfurter Fernbahnhof abgesetzt hatten, kamen sie erst sehr spät auf dem Hofgut an. Von Frankfurt nach Bad Hersfeld und dann raus in die Pampa waren es gute zwei Stunden. René war todmüde und wollte nur noch schlafen. Als er aus dem Wagen stieg, hielt ihn der Graue an der Schulter fest.
„Lando, warte noch kurz. Morgen früh bekommst du deine Waffe für Pepe. Die Aktion muss bis zum neunten abgeschlossen sein. Das ist wichtig. Du hast also noch genau sechs Tage. Am zehnten muss darüber in der Presse berichtet werden. Wenn du das nicht schaffen solltest, wird stattdessen dein Tod öffentlich betrauert. Da kannst du sicher sein." Seine Stimme war leise und ohne jegliche Gefühlsregung. Es gab keinen Grund nicht daran zu glauben.
„Darf ich eine Frage stellen?" René versuchte, nun alles richtig zu machen. Der Graue nickte und ließ ihn nicht aus den Augen. „Warum unbedingt bis zum neunten Oktober?" Er versuchte einfach nur neugierig zu klingen.
Nach einem kurzen Moment des Schweigens, ließ sich der Graue tatsächlich zu einer Antwort bewegen. „Am zehnten haben wir eine sehr große Zusammenkunft. Ich möchte vor diesem Abend

abschließend besiegeln, dass wir unseren Worten Taten folgen lassen. Es dauert nicht mehr lange und wir werden die Macht übernehmen. Niemand wird uns aufhalten können. Und wer es versucht, wird dafür mit dem Leben bezahlen." Das Telefon des Grauen brummte einmal in der Innentasche seines Jacketts. Er nahm es in die Hand und las die Nachricht.
„Ach ja, das ist interessant. Auch für dich Lando. Deine neue Freundin von heute Abend, die deinen Beschützerinstinkt geweckt hat, ist in Wahrheit eine ganz andere als sie uns Glauben machen wollte." Wie eine Schlange kurz vorm entscheidenden Biss beobachtete der Graue nun Renés Reaktion.
Er schluckte hart und gab sich überrascht. „Ach? Inwiefern?" Was Originelleres fiel ihm nicht ein.
„Ich habe sie überprüfen lassen. Sie ist eine ehemalige Bullentussi, die sich nun als Zecke bei uns einzunisten versucht. Mein Kontakt hat sie eindeutig als eine Elsa Dreißig identifiziert. Sie ist im Netz unterwegs, um Informationen abzuschöpfen und sie hat keine Hemmungen, mir ins Gesicht zu lügen." Der Graue schob die Augenbrauen zusammen und zog mürrisch die Mundwinkel nach unten, gleichzeitig biss er die Zähne aufeinander, so dass seine Kiefermuskulatur sich anspannte. *„Da kümmern wir uns drum. Du konzentrierst dich auf Pepe. An deiner Seite wird Lars sein. Er ist dein Schatten bei der Aktion!"* Mit diesen Worten drehte er sich um und schritt strammen Schrittes Richtung Haupthaus.

René machte in dieser Nacht kein Auge zu. Er lag im Bett und sein Herz schlug ihm bis zum Hals. So eine verdammte Scheiße, dachte er. Wieso konnte nicht einmal was gut gehen. Er überlegte hin und her, was er nun tun sollte. Er musste Elsa warnen. Sie war enttarnt und der Graue sah nicht so aus, als würde dies keine Konsequenzen haben. Wenn er hier irgendwie raus wollte, musste er handeln. Auf keinen Fall durfte der Graue erfahren, dass er schon längst wusste, dass Britta Schneider eine andere war.
Zum dritten Mal innerhalb kurzer Zeit schlich er durch die

Wohnung, nicht bevor er sich vergewissert hatte, deutlich Lars Schnarchen zu vernehmen. Dieses Mal wusste er genau, wo er fand, was er suchte und was er tun musste. Er klappte die Holzdiele in der Küche nach oben und kramte nach Annas Telefon. Es lag noch genauso da, wie er es hinterlassen hatte. Er griff sich die Ladekabel und probierte aus, welches passte. Nachdem er alles beisammen hatte, legte er die Holzdiele wieder an ihren Platz und schlich auf leisen Sohlen in sein Zimmer. Dann hieß es warten bis das Telefon genug Strom hatte, um es wieder zum Laufen zu bringen. Ihm kam es vor wie Stunden. Immer wieder horchte er im Flur und war erleichtert, das röchelnde Atmen zu hören. Irgendwann in den Morgenstunden muss er doch eingeschlafen sein. Er wurde durch das Aufreißen seiner Zimmertür unsanft geweckt. Lars schrie ihn an aufzustehen und sich zu beeilen. Zum Glück schaute er nicht ins Zimmer hinein, lag doch noch das Telefon am Ladekabel auf seinem Regal. Er sprang erschrocken auf und stopfte das Ganze unter sein Bett. Jetzt hatte er den Zeitpunkt verpasst und musste wieder warten bis sich eine günstige Gelegenheit ergab. Inständig hoffte er, dass Lars nicht ausgerechnet heute nach dem Zeug unter der Diele schauen würde.

Nach dem Frühsport und Kaffee ging Lars mit René zu Edmund. Dieser überreichte ihm fast schon feierlich eine Sig Sauer Pistole. Die mattschwarze Waffe lag schwer in seiner Hand. Etwas über ein Kilo wog sie. Edmund händigte Lars die Patronen aus, nicht ohne noch einmal darauf hinzuweisen, dass es sich bei dem Kaliber um 9 mm Luger handelte. Das Magazin umfasste eine Kapazität von 19 Patronen, diese würde er aber sehr wahrscheinlich nicht brauchen. René hoffte inständig, gar keine dieser Patronen tatsächlich auf einen Menschen abfeuern zu müssen. Lars knipste dieser Hoffnung allerdings schnell das Licht aus.
„Bevor du dich einschießt mit dem Schätzchen da, setzen wir uns gemeinsam an den Rechner und schauen, ob wir herausfinden, wo diese linksversiffte Bazille so abhängt. Spätestens übermorgen

wirst du ihm das Hirn wegpusten." Mit diesen Worten stapfte er voran ins Druckerhaus. Den gesamten Vormittag studierten sie das Leben von Pan Yilmaz. Dieser war sehr mitteilsam was seine Aktivitäten anging. Auf diversen Kanälen postete er als Pepe Bilder und Texte. Mal rein privater Natur, beim Sport, mit seiner Freundin, in der Shisha-Lounge, und natürlich als Blogger mit journalistischem Anspruch. Lars bewies leider Aufklärerfähigkeiten. Ihm fiel eine Regelmäßigkeit an Freitagen auf. Offenbar als Wochenendeinleitung, ging Pepe fast immer freitagnachmittags erst in die Box – so nannte man das Studio – um dort gute 60 Minuten Crossfit zu trainieren. Also Liegestütze, Hanteltraining, Laufen, Rudern, Klimmzüge und anderes mehr. Danach am frühen Abend zu immer demselben Italiener essen mit seiner Freundin Marla und anschließend in einen Club. Dort blieb er meistens bis weit nach Mitternacht und ging dann zu Fuß nach Hause. Meistens mit Marla an seiner Seite. Lars formte seinen Zeigefinger und Daumen zu einer angedeuteten Waffe und zielte damit auf René.

„Da bekommst du ihn. Perfekt. Morgen ist Freitag, eine bessere Gelegenheit wird es nicht mehr geben vor nächsten Mittwoch." Lars schien sich richtig zu freuen. „Plan für heute: Die nächsten zwei Stunden trainierst du mit der Sig. Edmund hat da schon was vorbereitet. Dann Tasche packen und um 17 Uhr ist Abfahrt."
Er war zu perplex, um etwas zu erwidern. So hatte er sich das nicht vorgestellt.

Zwischen dem Schießtraining und der Abfahrt musste er unbedingt einen Weg finden, über Annas Telefon eine Nachricht an Elsa zu senden. Sie musste wissen, dass sie aufgeflogen war als Britta Schneider. Er war sich unsicher, ob er ihr auch eine Info über Pepe und seinen eigenen Auftrag geben sollte. Was sollte er denn da schreiben – ach übrigens, ich fahre heute noch nach Berlin, um morgen einen Journalisten zu erschießen? Nein, das ging gar nicht. Er wollte auch ein Held sein, ein bisschen so wie

Pepe es in seinen Augen war. Da konnte er nicht um Hilfe rufen wie ein Baby.

Das Schießtraining war schweißtreibend, Edmund hatte ihn aus allen Positionen schießen lassen. Aus dem Lauf, im Liegen, Hocken und auch in der Drehung. Die Ziele waren mal stationär und mal mobil. Im Laufe der Zeit bekam er tatsächlich ein Gefühl für die Pistole. Er wusste, wann das Vorzugsgewicht überwunden war und wie viel Kraft er dann noch im Finger benötigte für das Druckpunktgewicht. Seine Trefferquote war beachtlich. Edmund war zufrieden und schickte ihn gegen 15 Uhr duschen. Das war seine Gelegenheit. Lars war zu einer Besprechung beim Grauen und er war allein in der Wohnung. Er kramte das Telefon unter dem Bett hervor und drückte den Einschaltknopf. Es dauerte eine Weile, dann leuchtete das Display auf und er wurde aufgefordert einen Code einzugeben. Er tippe 1980. Eine Zeit lang passierte nichts. Das Display flackerte mal auf und wurde dann wieder dunkel. Ein Schweißtropfen lief ihm die Schläfe herunter und er bemerkte das Herannahen einer Panikattacke. Aus dem Flur war deutlich das Aufklappen der Wohnungstür zu hören.
„Lando! Bist du soweit?" Lars Stimme dröhnte in seinen Ohren wie ein voll aufgedrehter Lautsprecher. Dazu hörte er sein eigenes Blut rauschen. Bevor er etwas sagen konnte, fluchte Lars laut und schimpfte, dass er irgendwann seinen eigenen Arsch irgendwo vergessen würde. Damit stampfte er wieder raus und schlug die Tür laut ins Schloss. Ihm traten vor Erleichterung Tränen in die Augen. Mittlerweile war das Telefon hochgefahren und er musste den zweiten Code zum Entsperren der SIM-Karte eingeben. 1974 – Savo war schon vor ihr hier. Dann war es endlich soweit. Mit zittrigen Fingern zog er den mittlerweile zerknitterten Zettel aus seiner Hosentasche. Er trug ihn seit dem Vortag bei sich. Er tippte eine Nachricht: „Hallo Elsa, hier ist René. Du bist enttarnt, Wotan weiß wer du wirklich bist. Pass auf dich auf!", gab die Nummer ein und drückte den Sendeknopf. Dann schaltete er das

Telefon wieder aus und legte es ganz unten in seine Reisetasche, die er mitnehmen würde nach Berlin. Er wollte für alle Fälle vorbereitet sein. Unter der anschließenden heißen Dusche ließ er seinen Tränen freien Lauf. Sie vermischten sich mit dem Wasser und fühlten sich auf eine eigentümliche Art befreiend an. Er hatte große Angst und seine Gefühle mussten irgendwo hin.

„Hallo Elsa, hier ist René. Du bist enttarnt, Wotan weiß wer du wirklich bist. Pass auf dich auf!"

Ich hielt mein Handy in der Hand und las die Zeilen. René hatte mir tatsächlich geschrieben. Der Inhalt überraschte mich nicht sehr, ging ich doch davon aus, dass Peters und Möllenhoff miteinander in Kontakt standen. Auf einer Veranstaltung der GT konnte ich mich also ab jetzt nicht mehr blicken lassen. Dem Date am 10.10. auf dem Bückeberg würde ich dann nur aus sicherer Entfernung beiwohnen können. Ich dankte René für die Information und fragte ihn, wo er war und ob wir uns treffen konnten. Mit Sicherheit konnte er helfen, Licht auf die immer noch dunklen Flecken zu werfen. Kannte er Ana? Was hatte die GT vor? Wer hing alles mit drin in diesem braunen Netz?

Es war mittlerweile Nachmittag und ich saß immer noch in Milas Sportwagen im Gutleuthafen. Allerdings hatte ich nun ein Tablet neben mir auf dem Beifahrersitz liegen und ein Set kabelloser Kopfhörer. Die Vierlinge mit der Baseballkappe waren zum Glück tatsächlich Steffens Leute. Sie hatten an den Autos von Peters und Scully Peilsender angebracht und zudem den Innenraum verwanzt, damit auch etwas zu hören war. Auf dem Tablet war eine Karte vom Gutleuthafen mit zwei kleinen leuchtenden Punkten zu sehen – einer rot und einer grün. Jetzt musste es nur noch mobil werden.

Alle 20 Minuten meldete ich mich brav bei Steffen, indem ich immer neue Emojis kombinierte, die Langeweile und Müdigkeit ausdrückten. Damit war klar – es passierte nichts. Auch Mila hielt ich auf dem Laufenden und Alfons bekam eine besonders lange Sprachnachricht von mir. Bei meiner Familie musste ich mich nicht melden, wähnten sie mich doch ein paar Tage am Meer. Wenn ich eine solche Auszeit am Wasser nahm, kommunizierte ich nie – keine Telefonate, Nachrichten oder E-Mails. Da war ich ganz bei mir und Sam. Demnach

würde sich also niemand wundern, nichts von mir zu hören.
Vor zwei Stunden unterbrachen The Who meine Langeweile.
Ich kramte mein Handy aus den Tiefen der Handtasche und
war erfreut Veronika Schusters Namen zu lesen. Wir plauderten eine Weile über unser Befinden. Natürlich konnte ich
ihr nicht sagen, was bei mir gerade los war und was ich alles
herausgefunden hatte. Sie rief nicht auf dem Safehandy an
und ich wusste nicht, wer so alles mithörte. Deswegen blieb
ich eher allgemein und formulierte, gerade nicht ganz offen
reden zu können. Konnten die Mithörer ruhig wissen, dass ich
von ihnen wusste. Nachdem ich den Bewacher vor der Haustür schon zweimal ausgetrickst hatte, war ihnen das wahrscheinlich sowieso schon klar. Veronika verstand und fragte
nicht weiter nach. Ohnehin war ihr Anliegen die Bitte um
einen fachlichen Rat.
Sie hatte eine Polizeiobermeisterin zur Begutachtung beim
medizinischen Dienst. Es ging um die Einschätzung, ob dieser
Frau die Tauglichkeit eine Waffe zu tragen endgültig entzogen
werden muss. Als Waffenträger hat man besonderen Ansprüchen zu genügen. Bestimmte Erkrankungen physischer
und psychischer Art und auch krisenhafte Lebenssituationen
machen es notwendig, die Tauglichkeit abzusprechen oder
zeitweise einzuschränken. Diese junge Beamtin hatte versucht,
sich mit der eigenen Dienstwaffe umzubringen. Teamkollegen
konnten sie davon abhalten und haben sie anschließend in
die Psychiatrie gebracht. Dagegen wehrte sie sich mit Händen
und Füßen, was eine Zwangseinweisung zur Folge hatte. Ab
dem Punkt kommt dann zwangsläufig der Polizeiarzt ins Spiel,
der die Tauglichkeit und Befähigung eine Waffe zu tragen
überprüfen musste. Bei der körperlichen Untersuchung der
Polizistin stellte Veronika zahlreiche alte Verletzungen fest, die
allesamt auf eine körperliche Misshandlung schließen ließen.
Sie hatte Hämatome im Nierenbereich, an den Unterarmen
und an den Innenseiten der Oberschenkel. Alle unterschied-

lich alt. Im Gespräch schließlich erzählte die Polizistin, mit ihrem Vater in einem Haus zu wohnen. Er war Alkoholiker und sie kümmerte sich um ihn. Sie war Opfer jahrelanger häuslicher Gewalt und auch sexuellen Missbrauchs durch den Vater. Dieses Muster hatte durch die lange Dauer eine Eigendynamik angenommen, aus der die junge Frau nicht mehr herauskam. Der eigene Tod schien für sie der einzige Ausweg zu sein, so groß war ihre Verzweiflung. Diese Aktion hatte zumindest zu einer Beendigung dieser furchtbaren Tortur geführt. Allerdings, so schilderte es Veronika, war die Gesamtverfassung mehr als schlecht und sie machte sich Sorgen, dass das sehr fragile System über kurz oder lang zusammenbrechen würde. Wir tauschten uns eine ganze Weile am Telefon aus. Schließlich vereinbarten wir, dass die junge Frau zu mir in die Praxis kommen würde, nachdem sie in gut zwei Wochen aus der Psychiatrie entlassen werden würde. Sie hatte noch einen langen Weg vor sich und ich wollte sie dabei begleiten.

Ich suchte gerade nach einer Sitzposition, die ich noch nicht ausprobiert hatte, da gab es draußen endlich Bewegung. Peters und Scully kamen gemeinsam aus dem Gebäude und gingen zu ihren Autos, sprachen noch kurz miteinander und stiegen dann ein. Für mich war klar, Peters zu folgen und nicht Scully. Den hatte man ja ohnehin durch den Sender auf dem Schirm. Wahrscheinlich fuhr er ins nächste Tattoostudio, um mit einer weiteren Nazi-Devotionalie seine Ehrfurcht vor einer menschenverachtenden Gesinnung zum Ausdruck zu bringen. Die beiden fuhren hintereinander vom Parkplatz und bewegten sich in dieselbe Richtung. Durch das Tablet konnte ich mir leisten, einen großen Abstand zu lassen. Rot – Peters und Grün – Scully.
Kurze Zeit später ließ ich den Wagen an und hängte mich dran. Mit den Kopfhörern in den Ohren fuhr ich konzentriert durch den Frankfurter Hafen. Ich hatte mich für die Frequenz

von Peters entschieden. Er hörte Nachrichten im Radio und ich freute mich sehr, ihn belauschen zu können. Gedanken an den Eingriff in die Privatsphäre schob ich nach hinten. Es ging über die Mainzer Landstraße in Richtung City, was ein ziemlich mühsames Unterfangen war. Die Straße klingt nur nach wenig Verkehr. Frankfurt in der Rushhour ist ein Albtraum. Peters telefonierte mit einer Frau und die beiden verabredeten sich vor der Alten Oper. Offenbar war die Frau in der Stadt unterwegs und er wollte sie abholen, um gemeinsam zu einem Abendtermin zu fahren. Leider sagte Peters nicht, wo sie hinwollten, offenbar wussten es beide schon. Für die rund zweieinhalb Kilometer benötigten wir heute gute 20 Minuten. Ich hörte, wie jemand ins Auto stieg und die beiden sich begrüßten. Unverkennbar war die Frau Katja Keller, Christian Peters Schwester. Ich hatte ihre Stimme letzte Nacht unzählige Male im Netz gehört, war sie doch eine glühende Anhängerin der TNIPD und ihres Mannes. Sie unterhielten sich über den Tag, wer wann was gegessen hatte – er Gyros vom Griechen, sie Chop Suey vom Chinesen, wie es beim Friseur war und über die abholbereiten Hemden bei Mehmets-City-Reinigung. Ein ganz normales Nazi-Geschwisterpaar eben. Ich verdrehte die Augen und fragte mich, was ich da tat. Dann wurde es aber doch noch interessant.

Peters erzählte seiner Schwester tatsächlich von meinem Besuch und von meiner direkten Anschuldigung, er spiele ein doppeltes Spiel. Katja Keller schien erschrocken zu sein, denn sie machte ein entsprechendes Geräusch. Sie fragte ihren Bruder, woher ich das wisse und ob ich denn wenigstens die Geschichte um Steins Tod geschluckt hätte. Jetzt wurde es wirklich spannend. Ich hoffte inständig, Steffen würde auch mithören. Wir kämpften uns durch die Innenstadt, im Stop and Go über die Miquelallee Richtung A66. Durch den starken Verkehr war der Abstand jetzt doch sehr groß. Ein Blick auf das Tablet sagte mir, dass Peters nun auf der A66 in Richtung

Taunus unterwegs war. Grün folgte ihm immer noch. Hatten die einen gemeinsamen Termin? Ich lauschte weiter.
„Die blöde Kuh geht mir auf die Nerven!", hörte ich Peters sagen. Es ging wohl um mich, wie charmant. „Nie im Leben hat die mir die Geschichte mit Klaas abgenommen."
„Aber wir haben doch Leute in der RM, oder?" Katja klang etwas angespannt. Ich fragte mich, ob sie zu Besuch bei ihrem Bruder war, denn eigentlich wohnte sie als Frau eines thüringischen Landtagsabgeordneten im dazugehörigen Bundesland.
„Nicht direkt in der Rechtsmedizin, aber bei der Ermittlungsbehörde, die den Auftrag zur Sektion gegeben hat. Es ist nur eine Frage der Zeit, bis sie das Akonit nachweisen. Jürgen hat sich große Mühe gegeben bei der Zubereitung des Tees. Gerade so viel vom blauen Eisenhut wie notwendig, um letal zu wirken. Da braucht es ja nicht viel. Dann mit Ingwer, Chili und Wermut aufgegossen. Aus unserem Doktor wird noch ein richtiger Kräuterheilkundler", versuchte er sich an einem Scherz.
„Wie hast du ihn dazu gebracht, den Tee zu trinken?" Katja war sehr interessiert.
„Nun ja, der arme Klaas hatte es ja immer wieder am Magen. Ich erzählte ihm von einem alten Hausrezept meiner Mutter, die bei Magenkrämpfen auf diesen Tee schwor. Ich brachte ihm also eine Kanne voll mit. Wermut, Chili und Ingwer sorgten für die Erklärung der unangenehmen Schärfe des Tees. Er hat ihn tapfer getrunken und kurze Zeit später, Zack, Atemnot, Herzstillstand. Zum Glück sind wir den los! Er war ganz nah dran uns auffliegen zu lassen. Eigentlich hatte ihm nur noch ein Mosaikteilchen gefehlt." Ich hörte, wie er mit der Hand auf das Lenkrad oder die Armatur schlug. „Er war so korrekt, dass es seinen Horizont überschritt zu glauben, dass ich der Feind bin. Dass ich es bin, den er eigentlich bekämpfte. Er hat nicht verstehen können, warum ich eine VP in die GT eingeschleust haben sollte, um zu wissen, was da passiert,

wenn ich doch selbst Teil vom Ganzen bin. Wir haben alles richtig gemacht. So wussten wir immer, was gespielt wurde. Möllenhoff ist ein Arschloch, das ausschließlich an sich denkt. An seinen Ruhm, an seine Ehre, an seine Macht. Wir aber stehen für die größere Sache dahinter! Es überstieg einfach Klaas Horizont seinem ach so loyalen Mitarbeiter eine gewisse Genialität zuzutrauen." Ein gewisser Stolz schwang in seiner Stimme mit.

„Wie sollte er auch, Christian? Das war ja auch mehr als riskant. Aber so wussten wir immer, was da gespielt wird und konnten die Übernahme perfekt vorbereiten!" Es war ein Schmatzen zu hören, offenbar hatte sie ihrem Bruder einen Kuss gegeben.

„Wir werden die Macht haben, Katja. Jürgen, du und ich werden in die Geschichte eingehen. Wir führen fort, was 1945 so unrühmlich zu Ende ging!" Und dann traute ich meinen Ohren nicht. „Die Fahne hoch! Die Reihen fest geschlossen …" Angewidert lauschte ich den beiden beim Singen des Horst-Wessel-Liedes. Die Parallelen waren unheimlich. Auch die heutigen Bewegungen wie die GT oder die TNIPD versuchten Menschen für sich zu gewinnen, indem sie ihren abartigen Antisemitismus und Führungsanspruch verpackten als Kampf für Gerechtigkeit und Freiheit. Wie damals soll versucht werden, die Massen des Volkes mitzunehmen beim Aufbau der Diktatur.

Endlich verstand ich Peters Rolle. Er hatte das Gefühl, nicht genügend informiert zu sein über den inneren Kreis der GT. Möglicherweise fühlte er sich sogar etwas außen vor. Aus diesem Grund hatte er Ana angeheuert, als VP für den Verfassungsschutz zu arbeiten. Sie war sicherlich leicht zu ködern gewesen. Wahrscheinlich hatte er sie bei der GT kennen gelernt und ihr eine Geschichte über Vertrauen, Zusammenhalt oder sonstige Märchen aufgetischt. Vielleicht hatte er sie auch unter Druck gesetzt mit seinem Wissen über Savo, was er unzweifelhaft hatte. Seine Informationskanäle waren vielfältig und weitreichend. Wie auch immer, mit Ana als VP bei der GT konnte er sein doppeltes Spiel spielen. Über den offiziellen Weg als Beamter des Bundesamtes für Verfassungsschutz hatte er erfahren, was bei der GT passiert, von dem er noch nichts wusste. Gleichzeitig konnte er mit diesem Wissen seinen Plan verfolgen, mit Keller und seiner Schwester das Zepter von Möllenhoff zu übernehmen. Unklar war noch wann und mit welchen Mitteln.

Ich fuhr immer noch in einem großen Abstand hinterher. Es war wieder an der Zeit mich bei Steffen zu melden. Es gab ja viel zu besprechen. Peters hat Stein getötet mit einem Gebräu, welches er wiederum von Keller bekommen hatte. Peters hatte vor mit seiner Schwester und Keller die GT zu übernehmen und Möllenhoff abzusägen. Ich entschied mich also für einen Anruf bei Steffen, da ich nicht wusste, ob er auch mithörte oder jemand anderes, der ihm die Infos schon übermittelt hatte. Der Ruf ging raus, aber Steffen nicht ans Telefon. Die SMS sparte ich mir. Erstens saß ich am Steuer und zweitens sah er ja meinen Anruf. Mittlerweile fuhren wir auf der A5. Es ging am Taunus vorbei in nördliche Richtung. Katja Keller telefonierte mit ihrem Mann und sie sprachen über den Abend. Wenn ich es richtig verstanden hatte, wollten die drei sich bei einem Sektionstreffen der TNIPD in Braunfels treffen. Jürgen Keller würde eine Rede halten und außerdem sollten Parteimitglieder noch Instruktionen für den 10.10. bekommen. Scully fuhr immer noch hinterher, wahrscheinlich als Bodyguard.

Katja Keller hörte dann offenbar ihrem Mann eine längere Zeit zu. Ab und zu war ein „mmh", „was?" oder „okay" zu hören. Dann versprach sie ihm, alles Peters zu erzählen. Gut für mich.

„Die Aktion Pepe läuft an", begann sie mit einem aufgeregten Zittern in der Stimme. „Lars und Lando sind auf dem Weg in die Hauptstadt. Morgen Abend soll die Säuberungsaktion vollzogen werden." Ich schüttelte mich vor Ekel, ohne genau zu wissen, was gemeint war. Allein der Sprachgebrauch war furchtbar genug.

Ein scharfes Einatmen seitens Peters war zu hören. Auch seine Stimme vibrierte. „Dann ist es jetzt soweit. Nicht mehr lange und der Wotansknoten wird zerschlagen. Erst die Zerstörung, dann die Schöpfung und dann die Erhaltung", hallten seine Worte durch den Innenraum seines Wagens. Sofort fiel mir die Schlange ein, die sich auf Kellers Visitenkarte um Shivas Körper schlängelte.

Hinter Bad Homburg verließen wir die A5 und dann ging es quer durch den Taunus hoch Richtung Braunfels. Gute 40 Minuten später waren Peters und Katja Keller angekommen. Die Punkte auf dem Tablet bewegten sich nicht mehr. Ich näherte mich langsam ihrem Standort und beschloss, den Rest zu Fuß zu gehen. Mit dem Tablet in der Hand und den Kopfhörern im Ohr machte ich mich auf den Weg. Vom langen Sitzen waren meine Gelenke und die Muskulatur ganz steif und ich stelzte die ersten Meter wie ein Storch. Seit einigen Minuten wurde aus dem Auto nichts mehr übertragen. Ich ging also davon aus, dass niemand mehr im Fahrzeug war. So war es dann auch. Die Autos standen geparkt neben zahlreichen anderen auf einem großen Schotterplatz, der wohl zu einem zünftig aussehenden Gasthof gehörte. Mittlerweile war es nach 18 Uhr und es wurde langsam dunkel. Vor dem Lokal hatten sich zwei Typen postiert. Ich erkannte Scully und meinen Freund Dicki. Da ich mich keinesfalls mit einem von beiden auseinandersetzen wollte, schlich ich in einem großen Bogen um den Gasthof herum. Wenn ich schon nicht dabei sein konnte, wollte ich wenigstens einen Blick auf die Gäste erhaschen. Aber leider war durch die gelblichen Butzenscheiben nicht viel zu erkennen. Es handelte sich um eine große Menschenmenge, die aber nur schemenhaft zu erahnen war. Resigniert machte ich wieder auf den Rückweg zum Auto. Was zum Teufel war die Aktion Pepe? Ich versuchte einmal mehr es mir bequem zu machen und grübelte vor mich hin. Der Schlafmangel der letzten Nacht machte sich bemerkbar. Nach weniger als zehn Minuten war ich eingeschlafen.

Lautes Stimmengewirr holte mich unsanft aus dem Schlaf. Ich erschrak und fuhr hoch. Es dauerte ein paar Augenblicke bis ich wusste, wo ich war. Immer noch in Milas Auto. Es war stockduster und kalt. In meinem rechten Ohr steckte noch der Kopfhörer und offenbar war die Veranstaltung zu Ende. Ich war total erledigt und hatte wahnsinnige Kopfschmerzen. Außerdem musste ich mal dringend zur Toilette. Der Liter Wasser, den ich im Laufe des Abends getrunken hatte, musste auch irgendwann mal wieder raus. Ich wollte gerade aussteigen und mir eine günstige Stelle suchen, als in meinem Ohr die Namen René und Janina fielen. Ich war auf der Stelle hellwach. Peters telefonierte mit jemanden. Dazwischen verabschiedete er sich lauthals von Personen, die an seinem Auto vorbeigingen. Leider konnte ich nur ihn hören und nicht auch seinen Gesprächspartner. Er schien ihm etwas zu beschreiben. „… hinter dem großen Haupthaus über die Wiese. Dann siehst du eine Art Bunker. Im Fass im Keller werdet ihr eine Überraschung finden. Die Frau heißt Janina Blum. Vielleicht stolpert ihr auch über ihren Sohn, René. Der dürfte spätestens am Samstag das Zeitliche segnen, wenn er seinen Auftrag für Möllenhoff erledigt hat." Stille. Offenbar hörte Peters nun zu. „Ganz sicher nicht", er klang nun ein wenig verärgert. „Ich war nur selten auf dem Hof und in dem Keller werdet ihr definitiv nicht das kleinste Hautschüppchen von mir finden. Sollte Möllenhoff irgendwie aus der Geschichte mit Pepe rauskommen, dann habt ihr ihn auf jeden Fall mit der Toten im Fass am Arsch." Dann wieder zuhören.
„So ist es! Wichtig ist erst morgen abzuwarten. Hast du mich

verstanden? Sonst war alles umsonst. Also hast du jetzt was zu schreiben?" Peters Stimme klang nun ungeduldig. Dann nannte er seinem Gesprächspartner eine Adresse in Bad Hersfeld. Er fügte noch erklärend hinzu, dass man denke, man sei falsch auf dem Weg dorthin. Es befinde sich im absoluten Nirgendwo. Aus diesem Grund habe Möllenhoff das Objekt ja auch damals ausgesucht für seine Identitätskommune. Der perfekte Ort und Rückzugspunkt für sein Projekt. Mit diesen Worten beendete er das Telefonat. Danach waren nur noch Fahrgeräusche zu hören.
Ana hatte damals in ihrem Bericht an den Verfassungsschutz eine Janina erwähnt, die verschwunden war und auch den Namen ihres Sohnes – René – genannt. Das musste also „mein" René sein. Ich war alarmiert. Es hörte sich so an, als sei René in Gefahr und seine Mutter tot und in einem Fass versteckt. In Bad Hersfeld auf einem großen Hofgut. Ohne lang nachzudenken fasste ich einen Entschluss. Ich tippte die Adresse des Hofes in das Handynavi. Es teilte mir mit, dass das Ziel 135 km entfernt war und ich gute eineinhalb Stunden brauchen würde. Schon startete ich Milas Auto und fuhr durch die Dunkelheit. Ich versuchte vergeblich Steffen anzurufen. Kein Empfang. Ich würde warten müssen bis ich aus dem Wald raus war. Nach einer gefühlten Ewigkeit erreichte ich endlich die Autobahn. Mittlerweile war es weit nach Mitternacht. Der Powernap im Auto hatte zwar gutgetan, trotzdem brauchte ich dringend einen Kaffee und immer noch eine Toilette. Erst nach rund 50 km in Höhe Grünberg und schon auf der A5 sah ich erleichtert das blaue Schild, auf dem eine Tankstelle angekündigt wurde. An dem Rastplatz versorgte ich mich und das Auto und gute 15 Minuten später fuhr ich erfrischt, erleichtert und vollgetankt weiter. Nur die Kopfschmerzen waren geblieben. Auch mit Empfang konnte ich Steffen nicht erreichen. Ich fragte mich, warum er sich nicht meldete und machte mir so langsam Sorgen.

Gegen zwei Uhr erreichte ich das Hofgut. Gut einen Kilometer vor dem Ziel stellte ich das Auto ab und näherte mich zu Fuß. Peters hatte Recht. Es war das Ende der Welt. Lands End. Ich dachte tatsächlich mich verfahren zu haben. Wenn ich nicht die Info gehabt hätte trotzdem richtig zu sein, wäre ich umgedreht. Plötzlich stand ich vor einem gut zwei Meter hohen Bretterzaun, der keinen Blick dahinter zuließ. Vorsichtshalber hinterließ ich sowohl Steffen als auch Mila eine Nachricht, wo ich mich befand. Dann machte ich mich auf den Weg immer am Zaun entlang. Möglicherweise gab es irgendwo einen Eingang oder ein Loch.

Es war stockfinster, so dass ich nicht sehr schnell vorankam. Die Minitaschenlampe meines Handys spendete gerade genug Licht für einen schmalen Kreis vor meinen Füßen. Zum Glück hatte irgendjemand neben dem Zaun einen Pfad angelegt. Es gab nirgendwo eine Lücke oder ein Tor. Das war mit Sicherheit kein normaler Hof hier, mit Tieren, Streichelzoo, frischen Eiern und großen Kuchenstücken. Hier stimmte etwas nicht. Bilder von ähnlich gesicherten Arealen diverser Sekten schossen mir durch den Kopf. Branch Davidians in Waco, Texas. Colonia Dignidad in Chile. Noch schlimmer, die Manson Family. Bevor mich die Bilder zum Umkehren bringen konnten, verscheuchte ich die Katastrophengedanken und konzentrierte mich wieder darauf, nicht über Wurzeln oder Steine zu stolpern. Um mich herum waren Wiesen, Wald und Sträucher. Soweit ich das sehen konnte.

Nach mehr als einer Stunde hatte ich das Areal umrundet, ohne eine Möglichkeit entdeckt zu haben hinein zu gelangen. Wieder am Ausgangspunkt angekommen überlegte ich, was ich als nächstes tun sollte. Mittlerweile war es halb vier. Wenn ich nicht einfach klingeln wollte, würde ich warten müssen bis sich am Eingangstor etwas tat. Also suchte ich mir eine dicke Buche und platzierte mich dahinter auf dem Boden. Bei kuscheligen sechs Grad machte ich es mir bequem, die

Kopfschmerzen bedankten sich und hämmerten protestierend den Radetzky-Marsch an die Innenseite meines Schädels. Mit vor Kälte steifen Fingern fischte ich das Telefon aus der Jackentasche und probierte es zum hundertsten Mal bei Steffen. Nichts. Der Ruf ging gar nicht erst zu seinem Telefon. Es war offenbar aus. Nun ärgerte ich mich, dass ich mein eigentliches Handy im Auto gelassen hatte. Ich hatte nur das Safehandy in die Jacke gesteckt. Steffens Privatnummer und auch seine übliche Handynummer hatte ich natürlich nicht im Kopf. Ich musste ihn erreichen und vor allem musste ich wissen, ob es ihm gut ging. Da stimmte etwas nicht, sonst hätte er längst ein Zeichen an mich abgesetzt. Ich würde ihn anrufen, egal wo und auf welcher Nummer. Jetzt war es sowieso egal. Sollten sie mich doch aufspüren. Ich wusste genug, um mindestens eine Durchsuchung dieses Hofes anzuleiern. Auch wenn die Polizei zum Teil mit drinsteckte, so gab es ja immer noch die Justiz.

Milas Auto stand noch genau dort, wo ich es vor rund zwei Stunden abgestellt hatte. Ich leuchtete es mit der Handytaschenlampe an. Irgendwie hatte es eine Schieflage. Nachdem ich es halb umrundet hatte, sah ich auch warum. Die Reifen auf der Beifahrerseite waren platt. Vorne und hinten. Na prima. Da war mein Besuch also doch jemandem aufgefallen. Ich versuchte in der Dunkelheit meine Umgebung zu scannen und suchte nach Bewegungen oder Silhouetten. Mein Nacken kribbelte vor Unbehagen. Wäre ich ein Hund, hätte ich sicherlich abstehende Nackenhaare gehabt.
Ich erinnerte mich, dass ich, nachdem ich Steffen versprechen musste, meine Glock zum Symposium der GT mitzunehmen, sie in Milas Handschuhfach deponiert hatte. Dort lag sie noch. Ich hatte schlichtweg vergessen, sie wieder herauszunehmen. Nachdem ich die Pistole und mein Handy aus dem Auto geholte hatte, überlegte ich, wie ich weiter machen sollte. Zurück zum Hofgut schied zunächst aus. Da wurde ich wahrscheinlich

schon erwartet. Wer sonst sollte die zwei Räder zerstochen haben? Ich brauchte Unterstützung. Soviel war klar. Mir fielen ein paar Namen aus meiner aktiven Polizeizeit ein, aber wie konnte ich sicher sein, dass sie nicht auch zum braunen Netz gehörten? Nach einer gut zehn Minuten dauernden Diskussion mit mir selbst entschied ich mich dann doch für den Rückweg zum Hof. Ich würde es so lange bei Steffen versuchen, bis ich irgendetwas erreicht hatte und mich hinter meiner Buche versteckt halten. Alles andere schied aus. Alfons, Veronika, Mila. Keinen von ihnen wollte ich unnötig in Gefahr bringen. Wer auch immer meine Reifen zerstochen hatte, war nicht geblieben, um auf mich zu warten. Also nahm ich die Pistole in die rechte Hand und das Handy mit dem Licht in die Linke. Bis aufs äußerste gespannt ging ich langsam zurück zum Hof. Hier und da raschelte es in den Sträuchern, ansonsten stand schließlich die Buche noch so da wie vorhin. Ein weiteres Mal machte ich es mir auf dem Boden bequem. Zum Einschlafen war es zu kalt. Außerdem war in meinem Körper viel zu viel Adrenalin freigesetzt, mein Herzschlag gab alles. Auch über die anderen Rufnummern war Steffen nicht zu erreichen.

Gegen sechs Uhr hörte ich Aktivitäten hinter dem Zaun. Es wurde gepfiffen, kommandiert und gesungen – oder vielmehr hörte es sich nach Sprechchören an. So wie in Full Metal Jacket – ... you have to shoot your enemy before he shoots you ... Oder so ähnlich. Nur eben auf deutsch. Eine gute Stunde später öffnete sich endlich das Tor. Ich konnte kaum glauben was ich sah. Eine Gruppe junger Menschen – Kinder und Jugendliche – trabte in Sportklamotten im Morgengrauen durch das Hoftor. Sie joggten an meiner Buche vorbei einen Waldweg hinein. Das Tor ließen sie geöffnet. Eine bessere Chance würde sich nicht ergeben.
Genauso leichtfüßig wie die jungen Leute, die da eben an mir vorbeiliefen, wollte ich aufstehen und in den Innenhof

sprinten. Meine Beine sahen das anders. Sie mussten erst sanft geweckt und durch langsames Drehen wieder mit Blut versorgt werden. Mein Kopfschmerz war jetzt ein Dauerstechen und ich hatte Schwierigkeiten scharf zu sehen. Ganz kurz versuchte ich zu überschlagen, wie lange ich nun schon ohne Schlaf auf den Beinen war. Das Powernapping mal nicht mitgezählt kam ich auf rund 48 Stunden. Das würde nicht mehr lange gut gehen.
Die Luft war etwas diesig, es war eine klare Nacht gewesen. Das Licht des Tages beanspruchte nun nach und nach seinen Raum und erhellte die Konturen. Ich machte mich auf den Weg, wieder die Pistole in der Hand. Es war niemand zu sehen, also schlich ich durch die breite Toreinfahrt. Auf den beiden Pfosten waren Kameras zu sehen, die, wie ich jetzt erst sah, auch alle 20 Meter auf dem Zaun ihren weiteren Verlauf nahmen. Entweder der Wachposten war letzte Nacht eingeschlafen, oder man hatte mich die ganze Zeit auf dem Schirm. Die zerstochenen Reifen sprachen für letzteres. Mit der Gewissheit, hier in eine Falle zu laufen, ging ich trotzdem weiter. So kurz vorm Ziel konnte ich einfach nicht aufgeben.

Das Areal war riesig und sah auf den ersten Blick im Morgendunst gepflegt aus. Ich sah ein zentrales Gebäude, drei Stockwerke hoch – ein klassisches altes Gutshaus. Wege, Wiesen und alter Baumbestand setzten ein fast schon aristokratisches Statement. Es gab zahlreiche Nebengebäude, einen zentralen Platz mit einer Feuerstelle, daneben eine Art Schießstand mit einem Fahnenmast. Auf der gehissten Flagge waren die mir nun schon bekannten drei miteinander verbundenen Dreiecke der Valknut-Rune zu sehen. Der Wotansknoten, der Tod, Kampf und Opferbereitschaft symbolisiert. Ich fragte mich, was das hier war. Sah aus wie eine Herberge oder ein Internat. Eine Art nationalistisch-radikale Kaderschmiede? Schon in den 70er Jahren wollte der Rechtsterrorist Manfred Roeder sein Haus im hessischen Schwarzenborn als neofaschistische Bildungsstätte etablieren. Er gab der zweifelhaften bildungspädagogischen Einrichtung den bezeichnenden Namen „Reichshof". Ein paar Jahre später soll dort auch der erste Entwurf für ein Reichsbürgergesetz entstanden sein. Hierin wird vor allem die Diversität verschiedener Rassen propagiert, die es angesichts der eigenen Rasse zu benachteiligen gilt. Roeder selbst war der Rechtsbeistand von Rudolf Heß, verlor dann aber später als bekennender Holocaustgegner seine Zulassung als Rechtsanwalt. Auch nach seinem Tod 2014 wird sein Haus immer noch als rechte Bildungsstätte genutzt. Die Rassendiversität, die geschürte Angst vor einer angeblich geplanten Umvolkung und andere absurde Ideen werden heute noch intellektuell verpackt von der Identitären Bewegung weitergetragen und gefährlich verbreitet. War das hier, was ich vor meinen Augen sah, ein Ableger dieser kruden verschwörungstheoretisch geleiteten Bewegung?

Aufmerksam meine Umgebung beobachtend bewegte ich mich im Schutz der Bäume und Sträucher über den Hof. Sowohl im großen Haupthaus als auch in einigen Nebengebäuden waren Lichter in einzelnen Zimmern zu sehen. Ich ging um das Haupthaus herum und sah mich um. Auf der Rückseite schloss sich eine großes Wiesenstück an, an dessen Ende ein verfallenes Gebäude stand. Es passte überhaupt nicht zum Rest des Hofensembles. Fast schon verborgen zwischen den Sträuchern und einer großen Eiche schien es irgendwie nicht dazu zu gehören. Mir fiel wieder ein, was Peters seinem Gesprächspartner am Telefon gesagt hatte: „... hinter dem großen Haupthaus über die Wiese. Dann siehst du eine Art Bunker. Im Fass im Keller werdet ihr eine Überraschung finden". Ich machte mich also auf den Weg.

Über die Wiese versuchte ich mich an einem Sprint, der allerdings gerade noch so für die Ü80 Läuferolympiade gereicht hätte. Meine Muskeln und auch meine Kondition hissten angesichts des Schlaf-, Trink- und Ernährungsmangels die weiße Flagge. An der Eingangstür machte ich eine kleine Verschnaufpause. Mit auf den Knien abgestützten Händen atmete ich ein paarmal tief durch. Die Tür war genauso verwittert wie der Rest des Gebäudes. Sie hing schief in ihren Angeln. Die linke Seite war komplett verrottet und bog sich einen halben Meter nach außen. Ich schob mich durch die Öffnung und stand in einem etwa 30 qm großen Raum, den ich mit der kleinen Taschenlampe vom Handy versuchte auszuleuchten. Modriger Geruch zog mir in die Nase, in der hinteren Ecke raschelte etwas, von dem ich inständig hoffte, es hätte mehr als zwei Beine. Langsam näherte ich mich der Geräuschkulisse. Der kleine Lichtkegel fiel auf einen Berg aus zusammengeschobenem Laub und Ästen. Dieser Berg bewegte sich immer wieder leicht und dann sah ich erleichtert eine kleine spitze Nase und zwei Knopfaugen die fast schon empört ins Licht schauten. Ein Igel sorgte vor und baute offenbar schon an seinem Winterquartier. Oder er wohnte einfach nur hier an diesem verlassenen Ort. „Hey, sorry! Bin gleich wieder weg", flüsterte ich ihm zu.

An der Wand gegenüber des Einganges tat sich eine Öffnung ohne Tür auf. Der feuchte modrige Geruch kam eindeutig aus dieser Richtung. Ich zog meine Pistole aus dem Hosenbund und versuchte einmal mehr mit der Lampe den Raum dahinter auszuleuchten. Es war stockduster. Es schien sich um einen Gang zu handeln, der abwärts in eine Art Keller mündete. Unter dem eher kleinen verfallenen Gebäude lag also offenbar ein Keller, der ganz intakt schien. Der Gang war eng und kalt und mündete nach etwa 20 Metern in einen weiteren Raum. Es war genauso finster wie im restlichen Gebäude. Langsam ließ ich den Lichtkegel an den Wänden und über den Boden entlangwandern. Der Schimmel hatte über die Jahre deutlich die Oberhand gewonnen. Ich legte die Hand mit der Pistole vor den Mund, um nicht ungefiltert die Sporen einatmen zu

müssen. Seit Jahren hatte ich eine ausgeprägte Schimmelsporenallergie. Meine Bronchien machen bei Kontakt nach kurzer Zeit die Grätsche und ohne das entsprechende Asthmaspray klingt meine Atmung dann wie die von Darth Vader.
An der Seitenwand stand allerlei Gerümpel – Kisten, ein alter Stuhl, Paletten, und ein Fass. Es war aus dunkelblauem Metall, etwa 1,20 Meter hoch und mit einem Deckel verschlossen. Handelte es sich um das Fass mit der Überraschung, von der Peters sprach? Mir lief ein Schauer über den Rücken. Was konnte da schon drin sein? Sicherlich nichts Gutes. Mein Sympathikus machte Überstunden. Fest entschlossen hineinzuschauen, setzte ich mich in Bewegung.
„Stehen bleiben! Waffe fallenlassen! Langsam umdrehen! Hände nach oben!", bellte eine tiefe Stimme in die Stille hinein. Ich schnellte herum und starrte in einen hellen Lichtkegel. Vor lauter Schreck tat ich gar nichts, außer reflexartig die Augen zusammenzukneifen.
„Waffe fallen lassen und Hände hoch!" Noch eindringlicher als beim ersten Mal. „Noch einmal sage ich es nicht. Ansonsten wird deine neue Bleibe auch so ein schönes Fass!" Keine Spur von Spaß.
Fieberhaft überlegte ich meine Handlungsoptionen. Ich könnte einfach in Richtung des Lichtes feuern. Allerdings wäre die Gefahr, dann von einem Abpraller selbst getroffen zu werden, in diesem kleinen Raum ungeheuer groß. Außerdem stand ich hell erleuchtet und gab selbst ein ideales Ziel für den anderen ab. So wie er sprach, würde er sich nicht so einfach erschießen lassen. Dann eben Reden. Dafür musste ich allerdings tun, was er verlangte.
„Okay. Ich lege jetzt die Waffe hin." Nur keine schnellen Bewegungen. Ich ging in die Knie und legte die Glock auf den feuchten Steinboden.
„Das Telefon dazu! Und beides hierher kicken!", schnauzte der Typ.

Ich tat, was er wünschte und stand dann mit leeren Händen da. Meine Atmung fing an zu pfeifen. Ich hörte, wie er die Pistole und das Handy vom Boden aufhob, dann kam er auf mich zu gelaufen. Er leuchtete nun nicht mehr direkt in meine Augen, sondern die Wand neben mir an. Dadurch reflektierte das Licht etwas in den Raum, so dass ich sehen konnte, wer mich da erwischt hatte. Das Gesicht kam mir bekannt vor. Ich meinte ihn auf dem Symposium gesehen zu haben. Wie René und Dicki war auch er einer der Türsteher. Der vierschrötige Muskelprotz.
Er sprach nun in ein Funkgerät. „Treffer!"
Es knarzte. „Bring sie her! Gute Arbeit, Edmund!"
Popey wandte sich mir zu. „Du hast es gehört. Mitkommen!"
Er wedelte mit dem Arm.
„Was ist denn das alles hier? Arbeiten Sie hier? Wohnen Sie hier?", versuchte ich mein Glück.
„Schnauze!", bellte er zurück.
Alles klar, dachte ich. Dann wohl eher keine Konversation. Er kam zu mir und nahm meinen Oberarm in seine Pranke. Dann schob er mich vor sich her, wieder heraus aus der Baracke. Wir gingen über die Wiese zurück zum Haupthaus. Nach wie vor steckte in der Innentasche meiner Wachsjacke das Safehandy. Ich hatte ja die ganze Zeit versucht, Steffen mit dem anderen Telefon zu erreichen. Vor dem Haupthaus waren ein paar Männer zu sehen. Sie beluden einen großen schwarzen Van mit diversen Packtaschen. Popeye schob mich zum Eingang und bugsierte mich ins Haus. Wieder packte er hart meinen Oberarm und zerrte an mir herum. Mein Puls beschleunigte sich einmal mehr und ich musste mich sehr beherrschen, nichts zu sagen und nichts zu machen. Am liebsten hätte ich mich los gewunden und ihm gesagt er solle das sein lassen. Wahrscheinlich mit einer etwas anderen Wortwahl. Aber ich sah ein, dass ich nicht in der Position war, dies zu tun. Manchmal siegte eben die Vernunft.

Wir gingen durch eine Art Eingangshalle und dann in einen großen Raum, der aussah wie eine Bibliothek. In der Mitte des Raums stand ein Mann, der sich nun umdrehte. Frank Möllenhoff. Wie immer ganz in schwarz gekleidet und mit schnittiger Frisur in den grauen Haaren, lächelte er mich an. „Frau Dreißig! Ich begrüße Sie bei der GT." Seine tiefe Stimme hallte durch den Raum.
„Herr Möllenhoff! Ich dachte mir schon, Sie hier zu treffen. Fehlen ja nur noch Peters und Keller. Dann wäre das Trio Nationale beisammen." Ich provozierte absichtlich, sie hatten mich ja sowieso schon erwischt. Sollte es irgendeine Chance geben hier wieder herauszukommen, dann würde sie sich sicherlich nicht durch Schweigen ergeben. Ich atmete tief ein, was ein lautes Gerassel zur Folge hatte. Mein Asthmaspray wäre fantastisch gewesen.
„Na, das hört sich aber gar nicht gut an." Möllenhoff schüttelte übertrieben den Kopf und machte ein betrübtes Gesicht.
„Ich habe ein paar Fragen und auch interessante Informationen über ihre beiden Kameraden", versuchte ich mein Glück. Wenn er neugierig werden würde, hätte ich eine Chance.
Möllenhoff, der die ganze Zeit in der Mitte des Raumes stehen geblieben war, kam nun mit langsamen Schritten zu mir. Er sah mir in die Augen und ich schaute nicht weg. Wie ein Stein blieb ich stehen und rührte nicht einen Muskel. Kurz bevor er mich umgelaufen hätte, blieb er stehen. Sein Gesicht war nur noch wenige Zentimeter von meinem entfernt. Eine gefühlte Ewigkeit starrte er mich an. Ich hielt stand. „Man bricht nicht einfach in fremde Häuser ein, Frau Dreißig. Aber das wissen Sie ja. Wo sie doch so lange bei der Staatsgewalt gearbeitet haben." Das Wort Staatsgewalt sprach er verächtlich aus.
„Die Tür stand offen. Eine Gruppe Nachwuchsathleten hatte wohl vergessen, sie ordnungsgemäß zu schließen." Ich wollte ihn endlich aus seiner stoischen Ruhe bringen.
Möllenhoff zog die Augenbrauen zusammen. Er tippte mit

seinem Zeigefinger auf mein Brustbein. „Auch wenn ich Courage mag, ist sie hier doch unangebracht. Ich habe jetzt keine Zeit. Wir sehen uns später. Sie sind mein Gast." Mit diesen Worten nickte er Popeye zu und drehte sich weg.
„Ach Eddy, gib ihr was gegen das Röcheln." Mit einem leicht amüsierten Unterton schob er noch hinterher „Du weißt schon, was ich meine!"
Der Grobian packte einmal mehr meinen Arm und schob mich wieder raus aus dem Zimmer. Er steuerte mich zu einer Tür in der hinteren Ecke der Eingangshalle. Dahinter führte eine Treppe steil bergab in ein Kellergewölbe. Hier gab es mehrere kleine Gänge, die von einem Hauptraum abgingen. Das Licht war schummrig und es war unfassbar kalt hier unten. Der Typ schob mich in einen der kurzen Gänge hinein und dann in eine Art Zelle.
„Dein neues Zuhause." Mit diesen Worten schlug er die Tür zu und ich hörte Schließgeräusche.
Leichte Panik breitete sich in mir aus. Hektisch wanderten meine Augen durch den Raum. Kahle Wände, kein Fenster, Neonlampe an der Decke, an der Wand zwei Ringe in etwa 30 cm Höhe in den Beton eingelassen. Sonst nichts. Kein Stuhl, kein Tisch – nichts. Erleichtert stellte ich fest, dass es auch keine Kameras gab. Mit fahrigen Händen und vor Kälte zitternd, fischte ich das Telefon aus der Innentasche. Popeye mochte viel Masse in den Muskeln haben, die fehlte dann allerdings in der oberen Etage. Er hatte gar nicht daran gedacht mich zu durchsuchen. Ich schaute auf das Display. Kein Empfang. Nichts. Nada. Kein Netz und keine Balken. Das WLAN Passwort würde mir sicherlich niemand verraten. Frustriert schob ich das Handy wieder in die Innentasche und zog den Reißverschluss meiner Jacke bis ganz nach oben. Eine Heizung war auch nicht zu sehen und die feuchtkalte Luft gab meinen gereizten Bronchien den Rest. Sie pulsierten zusammen mit meinem Kopf um die Wette. Kurze Zeit

später hörte ich wieder den Schlüssel im Schloss. Popeye kam zurück. Er trug eine Plastikflasche mit Wasser unterm Arm und in der Hand hielt er ein kleines Glas mit einer Flüssigkeit darin. „Trink das!" Er hielt mir das Glas unter die Nase. Sein Tonfall und seine Haltung ließen wenig Zweifel daran, dass er es ernst meinte.

„Was ist das?" Wenn ich schon etwas zu mir nahm, wollte ich wenigstens wissen, um was es sich handelte.

„TRINK DAS! Wenn nicht, helf ich dir dabei!" Gebrüllt. Das mit der Hilfe wollte ich unbedingt vermeiden. Also nahm ich das Glas und würgte die Flüssigkeit mit einem großen Schluck runter.

Er nahm mir das Glas wieder ab, stellte die Flasche auf den Boden und ohne ein weiteres Wort verschwand er. Da stand ich nun. Müde, mit Kopfschmerzen und Atemnot, in einem abgeschlossenen Keller, der zu einer Gruppe radikaler Nationalisten gehörte. Ich fragte mich, wie ich das geschafft hatte. Während ich über meine Situation nachgrübelte, hatte ich das Gefühl, mich setzen zu müssen. Mir wurde etwas schwindelig und der Raum tanzte vor meinen Augen. Ich setzte mich auf den kalten Boden und lehnte meinen Rücken gegen die Wand. Es wurde schwarz um mich herum und mein letztes Empfinden war das Wegkippen zur Seite.

René

Er erwachte und einen Moment wusste er nicht, wo er war. Dann fiel es ihm wieder schlagartig ein und er setzte sich mit einem Ruck auf. Er war in Berlin, vielmehr wusste er nicht. Lars hatte alles organisiert. Sie waren am Vortag am späten Nachmittag losgefahren und erst mitten in der Nacht in Berlin angekommen. Lars hatte ein Doppelzimmer in einem abgewrackten Hotel gebucht. Er war beeindruckt von der Größe der Stadt. Den Großteil seines Lebens hatte er auf dem Hof zugebracht. Vielmehr kannte er nicht. Und nun Berlin. Autos, viele Menschen, auch nachts hell erleuchtet. Sie hatten nicht viel miteinander gesprochen und waren direkt ins Hotel gefahren. Lars meinte, je weniger Menschen sie sahen desto besser. Im Zimmer aßen sie beide einen mitgebrachten Eiweißriegel und legten sich dann schlafen. Lars verfiel ohne Umwege in seinen Schnarchmodus. Er wiederum lag die ganze Nacht wach. Fieberhaft überlegte er, wie er es schaffen sollte, am Abend nicht zum Mörder zu werden. Vielleicht ergab sich vorher die Gelegenheit zur Flucht. Aber wo sollte er dann hin? Vorsichtig hatte er das Handy aus seiner Tasche gezogen. Sie hatte ihm tatsächlich geantwortet und wollte wissen, wo er war. Ob sie ihm helfen konnte? Er tippte ein, dass er in Berlin sei und

in Schwierigkeiten steckte. In den Morgenstunden war er dann doch eingeschlafen.
Lars weckte ihn am nächsten Morgen und besorgte ein Frühstück. Kaffee und Brötchen vom Bäcker. Danach besprachen sie den Plan für den Tag und vor allem für den Abend. Also, Lars sprach und er hörte zu. Den restlichen Tag verbrachten sie im Zimmer und guckten Fernsehen. Dabei muss er eingeschlafen sein. Nun ruckte er hoch. Draußen war es schon dunkel, was bedeutete, dass es gleich losgehen würde. Lars war im Badezimmer und duschte. Ein weiterer Blick auf Annas Telefon verriet ihm, dass Elsa ihm nicht geantwortet hatte. Er dachte darüber nach, sich auf die Suche nach der Sig zu begeben und Lars einfach unter der Dusche abzuknallen. Der Typ hatte seine Mutter auf dem Gewissen, wahrscheinlich auch Anna und wer weiß wen noch. Trotzdem war es nicht einfach für ihn. Irgendwie waren Lars und die GT auch seine einzige Familie. Er fühlte sich im freien Fall und sah nirgendwo eine rettende Hand. Bleischwer erhob er sich aus dem Bett und schlurfte zum Fenster. Mittlerweile war Lars fertig mit der Dusche.
„Auf jetzt. Ab unter die Dusche und dann gehts los. Heute beginnt der erste Tag deines neuen Lebens. Du wirst Teil des „Großen Reiches 2.0" und du wirst mit uns Geschichte schreiben. Ich beobachte jeden Schritt von dir und wir werden über dich richten, falls du scheiterst!" Lars Stimme war voller Pathos.
Er schleppte sich zum Bad und es fühlte sich irgendwie unecht an. Wie in einem Film.
Gegen 23 Uhr machten sie sich auf den Weg. Lars steuerte das Auto durch die Stadt. Er wollte sich eigentlich merken, wie sie fahren, aber schon nach ein paar Minuten hatte er komplett die Orientierung verloren. So fuhren sie durch die dunkle Nacht. Es nieselte leicht. Nach einer guten halben Stunde parkte Lars den Wagen rückwärts in eine Parklücke und reihte sich damit in eine lange Parkreihe ein. Er schaute sich um und sah Wohnhaus an Wohnhaus. Sie waren alle mehr oder weniger miteinander ver-

bunden, nicht sehr hoch, maximal drei bis vier Geschosse. Es sah nach Altbauwohngegend aus. In vielen Häusern waren einzelne Zimmer beleuchtet und verbreiteten eine wohlige Stimmung. Er schaute auf die Straße. Sie war nicht sehr breit. In einiger Entfernung sah er eine beleuchtete Bushaltestelle. Daneben eine Art Park mit ein wenig Grün und ein paar Bäumen.

Lars folgte seinem Blick. „Dort drüben wird dein Ziel durchgehen. Den Weg nimmt er immer. Heute wartet eine Überraschung auf ihn!" Mit diesen Worten stieg Lars aus.

Er tat es ihm gleich. Sie holten sich aus dem Kofferraum noch die schwarzen Jacken mit den Kapuzen. Dann machten sie sich auf den Weg. Der Boden in dem kleinen Stück Grün war aufgeweicht vom Regen. Nicht weit von der Haltestelle entfernt stand eine Parkbank unter einer großen Pappel. Die Bank selbst lag im Dunklen, bot aber einen guten Blick auf den von der Haltestelle leicht beleuchteten Weg.

„Deine Position ist die Bank. Ich gehe ein Stück weiter. Sobald ich das Ziel sehe, schicke ich dir eine Nachricht." Mit diesen Worten gab Lars ihm ein Telefon in die Hand. „Es ist lautlos gestellt und du kannst nichts anderes damit machen als meine Nachricht empfangen", setzte er noch hinterher.

Er wusste zwar nicht, wie das gehen sollte, nur empfangen und nichts anderen tun können, aber er stellte es nicht in Frage. Mit klammen Händen nahm er das Telefon und steckte es in seine Jacke.

„Und hier noch das Wichtigste!" Lars zog die Sig aus seiner Tasche und legte sie ihm in die Hand. Dabei sah er ihm fest die Augen. „Ab jetzt heißt es warten!" Mit diesen Worten drehte er sich um und verschwand mit lautlosen Schritten im Dunklen.

Jetzt wäre die Gelegenheit abzuhauen, dachte er. Stattdessen ging er zur Bank und setzte sich auf das feuchte Holz. Er wusste immer noch nicht, was er tun sollte. Also wartete er, wie ihm aufgetragen wurde. Seine Erziehung, und vor allem die Jahre auf dem Hof, hatten ihn zu einem Befehlsempfänger gemacht, unfähig selbst

Entscheidungen zu treffen oder eine eigene Haltung zu haben, für die es sich einzustehen lohnt. Es machte ihn wütend so zu sein. Ändern konnte er nichts daran. Nach endlosen Minuten, wahrscheinlich waren es Stunden, leuchtete das Telefon in seiner Hand auf.
„Operation läuft an!"
Er sah auf die Uhr. Tatsächlich war es inzwischen 1:30 Uhr. Langsam stand er auf und horchte in die Nacht hinein. Und dann hörte er Schritte. Ein Lachen und Gerede. Eine Frauenstimme und eine Männerstimme. Sein Puls stolperte und ihm wurde heiß. Dann sah er ein Paar auf sich zukommen. Pepe und seine Freundin Marla. Er erkannte beide. Wie in Zeitlupe stellte er sich mitten auf den Weg, die Pistole in der Hand. Er sah in die schockgeweiteten Augen. Seine ganz dunkel, ihre groß und hell. Pepe griff die Hand seiner Freundin und schob sich vor sie.
„Was willst du? Willst du Geld? Mein Telefon? Du kannst alles haben, was du willst. Mach nur keinen Stress!" Pepe sprach schnell und ihm war die Angst anzumerken. Sicherlich war ihm klar in großer Gefahr zu schweben.
Er hob den Arm und versuchte zu zielen. Erst ihn, dann sie. So sollte er vorgehen. Die Distanz war perfekt. Zwei Schüsse und beide wären ziemlich sicher tot. Sein Finger krümmte sich leicht. Die beiden waren erstarrt und konnten nicht glauben, was da geschah. Er konnte nicht. Er konnte einfach nicht abdrücken. Sekunden vergingen und kamen ihm vor wie Stunden. Er atmete nicht und dachte nicht. Aus den Augenwinkeln sah er eine Bewegung. Lars schlich durch die Büsche und trat auf ihn zu. Er hatte auch eine Pistole in der Hand und zielte auf Pepe und Marla. „Wenn du es nicht tust, mache ich es. Dann war`s das für dich, du Verräter!" Lars ließ bei seinen Worten die beiden nicht aus den Augen.
In diesem Augenblick entschloss er sich zu schießen. Mit einem lauten Knall löste sich der Schuss. Mit einem Gefühl der Erleichterung drückte er sofort ein zweites Mal ab. In seinen Ohren

rauschte es. Er bemerkte gar nicht die Kugel, die in seinen Bauch eindrang. Voller Genugtuung sah er Lars ungläubigen Blick. Das hätte er ihm nicht zugetraut. Lars fasste sich an die Brust und ging gleichzeitig in die Knie. Ein kleines rotes Rinnsal sickerte aus seinem Mund bevor er zur Seite kippte.

Das letzte was René sah, waren Pepe und Marla, die auf ihn zukamen. Pepe kickte die Waffe weg und kniete sich neben ihn auf den Boden. Dann nichts mehr.

Ich hörte Geräusche, wollte aber bei meiner wohligen inneren Wärme bleiben. Auf keinen Fall wollte ich in die Kälte der Zelle zurückkehren, mit all den Problemen und Fragen. Jemand rüttelte an meinem Arm. Ich öffnete die Augen und war von dem Neonlicht geblendet. Reflexhaft rollte ich mich ein und drehte den Kopf weg.

„Hey, los jetzt. Aufstehen! Du hast den ganzen Tag geschlafen. Jetzt reicht es. Wotan will dich sehen!" Popeye und eine weitere Gestalt zogen mich hoch.

„Ich muss zur Toilette", krächzte ich. Mein Mund war ausgetrocknet und ich griff zur Wasserflasche. Leer. Wann hatte ich die getrunken? Mir fehlte jede Erinnerung seit dem Morgen. Auf wackeligen Beinen folgte ich den Beiden den kleinen Gang wieder in den Mittelraum. Wir stiegen die Treppe nach oben, dort schob mich Popeye in einen Raum und schloss die Tür. Die beiden blieben draußen. Ich stand in einem Badezimmer. Vorsichtig schaute ich in den Spiegel und fragte mich ernsthaft, wer da zurückschaute. Mein Gesicht hatte die Farbe von Milch und unter den Augen zeichneten sich zwei dunkle Ränder ab, die an aufgemalte Schminke erinnerten. Ich drehte den Wasserhahn auf, ließ Wasser in meine Hände laufen und tauchte mein Gesicht ein. Es tat unendlich gut. So langsam kehrten meine Lebensgeister zurück. Mit ihnen auch der Kopfschmerz, nun begleitet von einer latenten Übelkeit. Wie an einem Morgen nach einer durchzechten Nacht. Ich kannte dieses Gefühl noch sehr genau aus meiner Benzo-Zeit. Sofort fiel mir wieder Kellers Medikamenten- und Meth-Arsenal ein. Bei dem Zeug, das mich ausgeknockt hatte, tippte ich auf Rohypnol. Von draußen wurde ungeduldig an die Tür gehämmert. Schnell zog ich das Handy aus der Innentasche. René hatte geschrieben. Die Nachricht war schon von letzter Nacht, wurde aber offenbar wegen des schlechten Empfanges im Wald nicht durchgestellt. Er schrieb von Schwierigkeiten. Nun ja, da konnte ich mithalten. Ich tippte zum hundertsten

Mal Steffens Nummer an, und schob, ohne den Anruf abzubrechen, das Telefon zurück in die Innentasche. Es musste nun schnell gehen, ich hatte keine Zeit zu warten, ob er da war oder nicht. Ich wollte nur eine minimale Chance wahren, ihn zu beteiligen, um mich zu retten. Ganz einfach. Nachdem ich alles erledigt hatte, führte mich mein Begleitkomitee in ein Zimmer im Erdgeschoss, neben der Bibliothek, die ich schon vom Morgen kannte.

Es waren alle versammelt. Möllenhoff, Keller nebst Gattin und Peters. Sie saßen um einen großen ovalen Tisch herum, an dem gut und gerne 20 Menschen Platz finden konnten. Vor ihnen Weingläser, Chips, Salzstangen und ein aufgeklappter Laptop. Als ich das Zimmer betrat, stand Möllenhoff auf.
„Da sind Sie ja! Ich hoffe, Sie hatten bisher eine angenehme Zeit bei uns. Die Anwesenden brauche ich Ihnen ja nicht vorstellen, Sie kennen alle vom Symposium, auf das Sie sich mit Tricks und Lügen Zugang verschafft haben." Immer noch betrübt darüber zog er die Augenbrauen zusammen.
„Wir hatten noch nicht das Vergnügen", sagte ich mit einem Nicken zu Katja Keller. Sie funkelte mich böse an und griff nach der Hand ihres Mannes.
„Ja, richtig. Katja war gar nicht dabei an dem Abend. Sie ist die Gattin unseres ehrenwerten Arztes." Mit diesen Worten gab er Popeye ein Zeichen. Dieser setzte sich sofort in Bewegung und bugsierte mich zu einem Stuhl in einiger Entfernung der anderen. Dann baute er sich hinter meinem Rücken auf.
Möllenhoff goss allen Wein nach und schob auch mir ein Glas herüber. Wenn ich das hätte trinken müssen, hätte ich mich auf der Stelle übergeben. Ich schaute mich um und wunderte mich, dass es draußen schon wieder dunkel war. Wie lange war ich denn weg? Meine Augen fielen auf eine altmodische Wanduhr, deren Zeiger auf 3 Uhr 20 standen. Konnte das denn wahr sein?

Möllenhoff schien nichts zu ahnen von dem geplanten Putsch seiner Gäste. Fest entschlossen abzuwarten und nicht zu provozieren, saß ich einfach nur auf meinem Stuhl. Ich machte mir nichts vor, sie mussten mich loswerden.
Peters holte sich ein kurzes Nicken von Möllenhoff ab und ergriff dann das Wort. „Heute Nacht werden Sie Zeugin eines Aufbruchs in eine neue Zeit. Bedauerlicherweise werden Sie niemandem mehr davon berichten können. Von nun an holen wir uns verlorenes Terrain zurück. Wir werden die Informationspolitik neu erfinden. Es ist an uns zu entscheiden, welche Informationen für das Volk richtig und gut sind und welche nicht. Schluss damit, dass jeder sagen und tun kann, was er möchte. Jede Rasse bekommt das, was sie verdient. Die einen herrschen und die anderen wollen beherrscht werden. Wir reden nicht nur, nein, wir setzen Zeichen und lassen Taten folgen. Sie werden gleich erleben, Frau Dreißig, was mit Menschen passiert, die offen gegen uns polemisieren und Lügen über uns verbreiten." Endlich holte Peters mal Luft.
Nur mit allergrößter Willenskraft gelang es mir, nichts auf all diese kruden, menschenverachtenden Ideen zu erwidern. Ich hielt einfach meinen Mund. Eher untypisch für mich, aber definitiv in dieser Situation gesünder. Bei Peters Gerede konnte es sich nur um diese Aktion Pepe handeln, die „Säuberungsaktion", wie Katja Keller es genannt hatte. Immer wieder starrten alle auf das Laptop, als würden sie auf etwas warten. Dann klingelte Möllenhoffs Telefon. Er nahm das Gespräch an und lief beim Zuhören durch den Raum. Dann blieb er abrupt stehen und schaute ungläubig in die Runde. Mit einem leisen „Danke" verabschiedete er sich. Er ging zum Fenster und blieb mit dem Rücken zum Raum stehen. Peters und Keller tauschten unruhige Blicke aus.
„Die Operation ist gescheitert. Pepe lebt, Lars ist tot und Lando schwer verletzt auf der Intensivstation." Seine Worte hallten wie ein Inferno durch den Raum.

Jetzt wurde es spannend. Ich verstand bisher soviel – die eigentliche Person, die sterben sollte, lebte, ein weiterer nicht mehr, wobei der Tonfall verriet, dass dies alles andere als geplant war. Noch eine Person war in der Klinik.
„Wie kann das sein? Ich meine, wie konnte das passieren?" Peters. Nun wütend. Seine Schwester legte ihm beruhigend die Hand auf den Arm.
„Ich habe immer gesagt, dass dieser kleine Penner ein Mamisöhnchen ist und es nicht bringt. Aber ihr musstet ihm ja unbedingt noch eine Chance geben. Wir hätten ihn und Ana einfach da unten verrecken lassen sollen. Dann wäre uns auch diese blöde Kuh da erspart geblieben." Bei seinen letzten Worten nickte Peters in meine Richtung. Ich tat unbeteiligt und zählte eins und eins zusammen. Das Mamisöhnchen war dann wohl René alias Lando. Und Ana war also tatsächlich hier gewesen und wohl auch nicht gänzlich freiwillig.
Nun meldete sich auch Keller zu Wort. „Woher hast du deine Informationen, Frank?"
„Das Telefonat eben. Mein Kontakt bei der Berliner Polizei. Um 01:50 Uhr rief ein gewisser Pan Yilmaz, genannt Pepe, den Notruf. Er sei überfallen worden, ein Mann hätte mit einer Pistole auf ihn und seine Freundin gezielt, aber nicht geschossen. Dann sei ein weiterer Mann aufgetaucht, der zum ersten gehörte. Auch dieser zielte auf die beiden und er stachelte den ersten Mann an abzudrücken. Was dieser dann auch tat. Aber nicht auf Pepe und seine Freundin, sondern auf den zweiten Mann. Er feuerte zweimal und ist dabei selbst getroffen worden. Lars hat also offensichtlich noch versucht, René zu eliminieren und die Aktion zu Ende zu führen. Dabei hat er sein Leben gelassen." Er machte eine kurze Pause. „Er ist gefallen im Kampf um unser Land!" Soviel Pathos auf einmal passte ganz und gar nicht zu einem Psychopathen. Er spielte nicht, er war tatsächlich angefasst. Ich revidierte meine Meinung hinsichtlich seiner Persönlichkeit, ohne zu wissen, was

für ein Typ Möllenhoff tatsächlich war.
Es war an der Zeit. Einen besseren Moment würde es nicht mehr geben. Wenn ich Zweifel sähen wollte, dann jetzt. Ich wandte mich an Möllenhoff. „Wissen Sie eigentlich von Anas Tätigkeit als Informantin für den Verfassungsschutz? Sie hat für Herrn Peters und Herrn Stein gearbeitet." Gespannt ließ ich die Bombe platzen.
Aus den Augenwinkeln sah ich Katja Keller aus ihrem Stuhl aufspringen. Sie kam zu mir gelaufen und baute sich vor mir auf. „Du Lügnerin! Was erzählst du denn da für einen Mist?!", schrie sie mich an.
Angriff ist die beste Verteidigung, dachte ich. Ich ignorierte sie und sah Möllenhoff an. Der zog wie immer seine Augenbrauen zusammen. Unvermittelt schlug er mit der Hand auf den Tisch.
„Hör auf mit dem Gekeife, Katja. Sofort." Leise, fast knurrend. Dann wandte er sich mir zu. „Netter Versuch Frau Dreißig, hier Zwietracht zu verbreiten. Aber warum hätte Christian das tun sollen? Er gehört hier mit zum engsten Führungskreis. Mit einer solchen Aktion hätte er unsere ganze Arbeit zerstören können."
Peters rutschte etwas unruhig auf seinem Stuhl hin und her.
„Oder, Christian? Was sagst du zu diesem ungeheuerlichen Vorwurf?", wandte er sich nun direkt an Peters.
Der stand auf und lief durch den Raum. „Ihr kennt doch alle die Geschichte der bedauernswerten Ana," setzte er an. „Sie kam zu uns, also zur GT, um Orientierung zu finden. Ihr gefiel die Gemeinschaft und der Halt, den sie bei uns finden konnte. Als ehemalige Zeugin im Schutzprogramm der Polizei gefiel uns wiederum ihr Wissen über die Arbeitsweise der Spezialabteilung. Win Win sozusagen." Sein Blick huschte zu Möllenhoff. „Entschuldige den englischen Ausdruck. „Ihr gefiel die Esoterik und das anfänglich Konspirative." Immer noch lief er auf und ab, um schließlich neben meinem Stuhl

stehen zu bleiben. „Sie war völlig eingetaucht in Shivas Welt. Anfangs dachte sie, wir sind hier so eine Art Meditationskreis, der ihr den Sinn des Lebens offenbarte. Von ihrem Wissen wollte sie nichts freiwillig preisgeben. Nichts über ihren verkorksten Bruder und schon gar nicht über das Zeugenschutzprogramm. Wir haben sie dann etwas gefügig gemacht." Beim Gedanken daran musste er tatsächlich schmunzeln.
„Sie wussten, dass Ana früher abhängig war und haben ihr Drogen gegeben," schlussfolgerte ich. Wahrscheinlich das gleiche Zeug, in dessen Genuss ich auch schon unfreiwillig kam. Peters nickte. „Exakt. Unser Doc hier hat einen großen Fundus für unsere zahlreichen Schäfchen. Sie glauben ja gar nicht, wie gut Sucht für das Bindungsverhalten sein kann."
Er widerte mich an mit seinem verächtlichen Zynismus.
„Ana hatte sich dann doch leider anders entwickelt als erwartet. Es war nicht viel zu holen bei ihr. Als sie anfing uns zu drohen, sie würde uns wegen Freiheitsberaubung und Nötigung anzeigen, musste sie leider verschwinden. Mehr gibt es zu Ana nicht zu sagen. Geschichte!" Mit diesen Worten sah er zu Möllenhoff herüber.
„Genau, schöne Geschichte, Herr Peters. Ich kenne eine ganz andere Version. Nachdem Ana durch die Drogen gefügig gemacht wurde, heuerten Sie sie als Informantin an. Sie sind zwar im Führungskreis der GT, aber eben nicht der Boss," ich schielte zu Möllenhoff und nickte in seine Richtung. „Sie wollen aber die ganze Macht haben und die Bewegung zusammen mit Keller führen. Da haben Sie einfach den Pragmatismus siegen lassen und die Loyalität über Bord geworfen. Sie haben Ana zur Informantin aus den rechten Kreisen gemacht, die Ihnen auf ganz offiziellen Geheimdienstwegen Informationen geliefert hat. Informationen, die sie möglicherweise hier in der Führungsgruppe gar nicht bekommen haben. Somit wussten sie immer, was Herr Möllenhoff wirklich plante. Sie fühlten sich, was Führungsentscheidungen betrifft, außen vor, nicht

eingebunden und zu wenig gefragt. Durch Anas Schnüffelei waren sie immer voll auf dem Laufenden und konnten so die Übernahme der GT planen." Zufrieden schaute ich in die Runde und war gespannt, was als nächstes passieren würde. Wenn ich mit meiner Einschätzung richtig lag, würde Möllenhoff als ausgewiesener Perfektionist auch nur den leisesten Hauch eines Zweifels ausräumen wollen.
„Wie kommen Sie zu Ihren Schlussfolgerungen, Frau Dreißig?" Er hatte angebissen. „Können Sie diese ungeheuerlichen Behauptungen irgendwie beweisen? Ich meine, es handelt sich hier immerhin um den Vorwurf eines Putschversuches und damit des Hochverrats!" Bei diesen Worten schaute er jeden einzelnen in der Runde an.
„Ja, selbstverständlich kann ich das!" Ich bemerkte ein Zusammenzucken bei Katja Keller. „Ich besitze den E-Mailverkehr zwischen Peters beziehungsweise Stein und Ana. Der bedauernswerte Tod von Klaas Stein war übrigens auch kein Unfall oder die Folge einer plötzlichen Krankheit, sondern das Ergebnis eines Kräutertees, versetzt mit Eisenhutextrakt. Hergestellt und abgefüllt von Ihrem Doc." Hier war ich mir nicht sicher, ob Steins Ermordung ein Alleingang des Trios war oder ob Möllenhoff involviert war. Seinem Gesichtsausdruck nach zu urteilen wohl eher ersteres.
Ich nahm den Faden wieder auf. „Morgen wird es eine Durchsuchung hier auf dem Hof geben. Herr Peters hat genaue Instruktionen gegeben, wo gesucht werden soll. Es war von einem Fass die Rede, in der eine Überraschung namens Janina Blum wartet. Außerdem war geplant, Ihnen die nun fehl geschlagene Aktion von heute anzuhängen. Das hätte den Weg frei gemacht für eine neue Führung. Ihre ehrenwerten Kameraden versuchen Sie abzusägen und auffliegen zu lassen, um selbst das Zepter zu übernehmen!" Meine Strategie der vollen Konfrontation war zugegebenermaßen nicht ungefährlich, allerdings hatte ich nichts zu verlieren.

Nun mischte sich auch Keller ein. Der hatte den ganzen Abend noch gar nichts gesagt. „Es ist ganz ungeheuerlich, Frau Dreißig. Sie versuchen hier mit infamen Lügengeschichten Ihren eigenen Kopf aus der Schlinge zu ziehen, in der er tatsächlich schon fest drinsteckt. Das wird Ihnen nicht gelingen. Wir hier bei der GT haben einen Plan. Auch Sie werden die Aktion ‚Großes Reich 2.0' nicht aufhalten können. Es ist alles vorbereitet. Wir haben unsere Armeen verteilt. Überall sitzen unsere Leute, bereit auf unser Kommando hin loszuschlagen und die Macht zu übernehmen. Es wird Schluss sein mit der immer weiter ausartenden Spaßgesellschaft. Schluss mit der Durchmischung der Völker, die vom deutschen Gen nichts mehr übrig lässt. Wir haben schon lange angefangen, unsere Aktion umzusetzen. Aus Worten machen wir Taten!" Mit diesen Worten stand er auf. „Konrad Lorenzi, grüner Kommunalpolitiker aus dem Saarland. Jakob Adelberg, Rabbiner aus Berlin. Arzu Güngül, türkische Frauenrechtlerin aus Leipzig. Peter von Bodelmank, schwuler Bundestagsabgeordneter aus Dortmund. Alle tot, Frau Dreißig. Sie erinnern sich vielleicht an die eine oder andere Schlagzeile. Die Eliminierung dieser Volksverräter, Lügner und fehlgeleiteten Kreaturen war unsere Ouvertüre. Und nun nähern wir uns dem Hauptakt!" Er wandte sich an Möllenhoff. „Ich schlage vor, diese Lügnerin zu exekutieren. Jetzt! Ich übernehme das sehr gerne."

Ich traute meinen Ohren nicht. Das konnte doch nicht wahr sein. Sie hatten all diese Menschen auf dem Gewissen? In meinem Kopf rauschte es, als ich nach und nach die Dimensionen erfasste.

„Ich möchte diese E-Mails sehen. Von Ana und Christian." Zu meiner Erleichterung ignorierte Möllenhoff zunächst Kellers Vorschlag.

„Ich habe die Ausdrucke zu Hause. Wir können fahren und ich zeige sie Ihnen. Dann haben Sie den Beweis," beeilte ich

mich zu sagen. Um auch meinen Worten Taten folgen zu lassen, stand ich schon mal vorsorglich auf. Popeye, der immer noch hinter meinem Stuhl stand, hielt mich am Arm fest.
„Stop!", knurrte er mich an.
„Wir fahren alle! Edmund, bereite den Van vor. Ich muss hier Klarheit haben. Wenn Sie mir nichts vorweisen können, Frau Dreißig, dann werden Sie sich wünschen, hier einfach im Keller verreckt zu sein." Mit dieser netten Ankündigung setzte Möllenhoff sich in Bewegung.
Dann ging alles sehr schnell. Peters bewegte sich überraschend schnell mit einem Satz zur Tür. Gleichzeitig zog er eine Waffe aus dem Hosenbund, zielte in meine Richtung und schoss. Der Knall war ohrenbetäubend und ich ließ mich auf den Boden fallen. Neben mir sackte Popeye in sich zusammen und fiel auf die Seite. In seiner Stirn klaffte ein Loch. Keller war sofort bei ihm und nahm ihm die Pistole ab, bevor ich sie mir greifen konnte. Dann wedelte er mit dem Lauf in meine Richtung, um mir zu verstehen zu geben aufzustehen. Peters stand mit seiner Schwester an der Tür und zielte nun auf Möllenhoff. Dieser stand kalkweiß im Gesicht in der Mitte des Raumes und sah sein Ordnungssystem und seine Glaubenssätze zusammenbrechen. Loyalität, Kameradschaft und blindes Vertrauen in den Führer waren plötzlich nicht mehr als leere Worthülsen.
„Was ist? Knall ihn ab und die Lügenschlampe gleich mit!" Katja Keller meldete sich konstruktiv zu Wort.
Ihr Ehemann schob mich zu Möllenhoff. „Wartet mal. Nicht so schnell. Wir müssen überlegen, wie wir mit der neuen Situation umgehen. Vielleicht können wir sie ja für uns nutzen." Er lief ein wenig umher. „Die Aktion Pepe ist fehlgeschlagen. Mit Lars Tod haben wir ein Problem weniger. Allerdings müssen wir unbedingt wissen, wie es um René steht. Wenn er das Ganze überleben sollte, wird er singen wie ein Vogel. Da bin ich mir sicher. Wir müssen ab sofort offiziell

die Führung übernehmen. Glücklicherweise haben wir die Kommunikationswege vorbereitet. Wir müssen nur noch auf den Startknopf drücken. Danach wird das Problem René von unseren Berliner Kameraden erledigt."
„Ja, du hast Recht, Jürgen. Nur für Frank brauchen wir einen neuen Plan. Eigentlich sollte er ja ganz offiziell" – bei diesen Worten malte er Anführungszeichen in die Luft, was mit der Waffe in der Hand ein wenig merkwürdig aussah – „festgenommen werden. Unsere neue Reichsjustiz hätte ihn dann legitim der Todesstrafe zugeführt." Er verzog das Gesicht zu einem bedauernswerten Ausdruck. „Aber nun müssen wir das wohl selbst erledigen."
Möllenhoffs Katatonie löste sich langsam und das Leben kehrte zurück in seinen Körper. „Warum? Ich will es wissen. Warum dieser Putsch geben mich? Ihr glaubt doch nicht im Ernst, dass ihr damit durchkommt. Meine Leute im Land halten zu mir. Das wird euch noch sehr leidtun."
„Das kann ich dir sagen. Weil du ein Egomane und Sadist bist. Du duldest keine Meinung neben deiner. Du denkst dir einen Plan aus und alle müssen dir folgen. Egal ob sie eigene Ideen haben oder sogar bessere Pläne. Jede Form von Kritik führt zu einem Aggressionsausbruch, von dem man sich nicht so schnell erholt. Du bist so eitel, dass neben dir die Luft dünn wird." Peters Stimme klang angefasst. Er war aufgebracht, was auf einschlägige Erfahrungen mit eben jenen Ausbrüchen schließen ließ.
Nun schaltete sich auch wieder Jürgen Keller ein. „Du machst Fehler, die die ganze Aktion gefährden. Warnungen unserseits schlägst du in den Wind. Du glaubst, du bist allwissend und mit der Fähigkeit gesegnet, Menschen nach deinem Willen zu formen. Zweifel lässt du nicht zu. Wir haben dich gewarnt, René die Aktion Pepe machen zu lassen. Seine Loyalität war wackelig, seit du ihm unbedingt seine tote Mutter im Fass zeigen musstest. Aber nein! Du warst davon überzeugt,

auch René wie eine Marionettenpuppe zu lenken."
Wie furchtbar. Janina war also Renés Mutter und er musste diesen Anblick ertragen. Nicht auszudenken, was so etwas in einem Menschen auslöst. Mittlerweile war ich von Möllenhoffs krankhaftem Narzissmus überzeugt. Sicherlich hatte er auch psychopathische Anteile, aber sein Hauptantreiber war eindeutig sein Anspruch und die Überzeugung grandios zu sein. Alles, was er tat, zielte darauf ab, in dieser Grandiosität bestätig zu werden. Zweifel und Kritik dagegen konnte er nicht ertragen. Seine bisweilen sadistischen Züge gaben dem Ganzen eine sehr gefährliche Mischung. Das „Trio nationale" hatte nun also die Führung übernommen. Ohne Frage würde ich bei dieser Sache hier nicht gut wegkommen. Ich musste mir schnell etwas einfallen lassen, allerdings waren meine Handlungsoptionen nicht sehr breit aufgestellt. Vielleicht konnte ich die Situation noch weiter eskalieren und dann im Chaos meine Chance zum Überleben wahren. Mitten in meine Strategieüberlegungen platzte Kellers Stimme.
Er hielt das Telefon am Ohr und sprach leise hinein. „Es geht los. Haupthaus, großes Besprechungszimmer." Offenbar orderte er jemanden hierher. Dann an mich gewandt: „Einer meiner Mitarbeiter hat noch eine Rechnung mit Ihnen offen. Er frisst mir aus der Hand. Ich habe, was er dringend benötigt." Mit diesen Worten zog er ein Tütchen aus der Tasche. Es war gefüllt mit einem kristallinen Pulver. Ich hatte keinen blassen Schimmer von wem er sprach, bis sich wenige Augenblicke später die Tür öffnete. Scully und mein Albtraum Dicki! Die beiden sahen sich um. Der tote Popeye auf dem Boden, Möllenhoff in der Mitte des Raumes und die anderen bewaffnet. Es hatte den Anschein, dass Scully recht schnell die Situation erfasste und froh zu sein schien, auf der richtigen Seite zu stehen. Bei Dicki war ich mir nicht so sicher, ob er wusste, was hier passiert war. Seine eher überschaubaren kognitiven Fähigkeiten gaben ihm zum Schlussfolgern nicht

allzu viel Spielraum. Dafür allerdings war er mit einem hohen Maß an Bedürfnisbefriedigung ausgestattet. Er fixierte mich und grinste dabei dümmlich.
Keller wandte sich an Scully. „Du kümmerst dich mit uns um Möllenhoff!" Er ging zu Dicki und steckte ihm das Tütchen in die Tasche. „Und du sorgst für unseren Gast, Frau Dreißig."
Auf meiner Stirn breitete sich ein Schweißfilm aus und ich bemerkte eine sich ausbreitende Panikattacke. Auf keinen Fall würde ich das zulassen. Lieber sterben als mit Dicki allein. Schon setzte er sich in Bewegung. Ich ging rückwärts, bis ich die Wand in meinem Rücken spürte. Mein Plan war, mit einem gezielten Tritt Dickis Familienplanung für immer zu verhindern, womit ich auch der Welt sicherlich einen Gefallen getan hätte. Mit angespannten Muskeln erwartete ich ihn. Mein limbisches System registrierte noch Scully und Peters, die Möllenhoff in ihre Mitte nahmen. Dicki war nun bei mir und holte mit einer Armbewegung aus. Aus den Augenwinkeln sah ich vor dem Fenster noch eine Bewegung. Dann zersplitterte Glas, eine Rauchgranate flog in den Raum. Gleichzeitig sprangen Polizisten in voller Kampfmontur durch die Fenster in den Raum und die Tür kippte mit einem lauten Krachen nach innen um. Auch dahinter zahlreiche Polizeikräfte. Ich wusste nicht, was mich traf, Dickis Schlag oder ein Teil vom Fenster. Mir wurde schwarz vor Augen und mein letzter Gedanke galt der Frage, wie Steffen das geschafft hatte.

Es war unfassbar hell. Das bemerkte ich sogar mit geschlossenen Augen. Ich lag irgendwo, jemand drückte mir den Arm zusammen und wischte auf meiner Stirn herum. Große innere Widerstände überwindend zwang ich mich ins Hier und Jetzt zurück. Das erste, was ich sah, waren Doc Schusters unfassbar beruhigende braune Augen. Sie beugte sich über mich und lächelte erleichtert.
„Da bist du ja wieder", ihre sanfte Stimme klang beruhigend an meinem Ohr.
„Habe ich ein Déjà-vu oder bin ich in einer Zeitschleife gefangen?", krächzte ich. Mein Kopf schmerzte so sehr, dass ich doppelt sah. Veronika legte ihren Zeigefinger auf meinen Mund. „Nicht sprechen. Du hast eine Platzwunde am Kopf und eine Gehirnerschütterung. Ich gebe dir Flüssigkeit über den Tropf und dann fahren wir ins Krankenhaus. Da wirst du genäht und die nächsten Tage versorgt."
Ich hatte keine Einwände. Sie hatte bestimmt noch etwas in die Flüssigkeit gemischt, denn keine Minute später fiel ich in einen erholsamen Schlaf.

Erst gute 36 Stunden später wachte ich wieder auf. Da hatte ich wohl einiges an Schlaf nachzuholen gehabt. Steffen saß an meinem Bett als ich aufwachte. Sein Gesicht war grau und er sah wirklich mitgenommen aus. Die letzten Tage hatten ihm zugesetzt. Wir redeten einige Stunden miteinander. Zusammen mit dem Polizeipräsidenten – der mit der Sauna – hatte er akribisch daran gearbeitet herauszufinden, wer alles aus den eigenen Reihen Teil des braunen Netzes war. Sie mussten sehr vorsichtig vorgehen, um sich nicht selber in Gefahr zu bringen. Einige zentrale Führungspersonen, drei geschlossene Einheiten der Landespolizei und diverse Einzelpersonen hatten tatsächlich die Seite gewechselt. Sie standen im regen Kontakt zur GT und zu Gesinnungsgenossen bundesweit und bereiteten die große Übernahme vor. Die

Polizei sollte wieder eine Vormachtstellung und zahlreiche Sonderbefugnisse bekommen. Bei der Recherche war Steffen einem Kommandoführer zu Nahe gekommen. Dieser passte ihn dann am Donnerstagnachmittag ab und nahm ihn in Gewahrsam. Natürlich ohne irgendeine rechtliche Grundlage. Dem bevorstehenden Polizeistaat schon einmal vorgreifend, sperrte der Mann Steffen in eine Zelle. Er blieb dort, ohne ein weiteres Wort mit irgendjemanden wechseln zu können.
Am Freitagabend kam dann endlich die Erlösung. Der Polizeipräsident brachte seine eigenen Leute, bei denen er sich sicher war, in Stellung. Es gab Durchsuchungen und Festnahmen. Der Innenminister verhängte eine Nachrichtensperre. Es war nicht genug Zeit, um alles zu koordinieren, sonst wäre womöglich der geplante Anschlag auf den Journalisten von vorneherein vereitelt worden. Steffen wurde schließlich am Freitagabend befreit. Sein Telefon und alles andere hatte man ihm abgenommen, aber das Pendant zu meinem Safehandy lag noch in seinem Auto. Mein Plan war also aufgegangen. Er hörte weite Teile des Showdowns mit. Da er sich mit dem Polizeipräsidenten und einer Armada Spezialkräften ohnehin auf dem Weg zum Hofgut befand, konnten sie sich optimal in Stellung bringen und zum richtigen Zeitpunkt zugreifen. Eine bundesländübergreifende Aktion, denn eigentlich war ja Hessen zuständig.
Die Ermittlungen innerhalb und außerhalb der Polizei standen erst am Anfang. Die Zeit würde zeigen, ob wirklich alle Überläufer und Mitläufer identifiziert werden würden. Es gab zahlreiche noch unaufgeklärte Tötungsdelikte an Politikern, Journalisten, Aufklärern und Menschen, die für Diversität und Freiheit eintraten. Der furchtbare Verdacht erhärtete sich, dass diese Taten zentral gesteuert wurden von der GT, die mit der AGT so etwas wie den kämpfenden Arm der TNIPD stellte. Keller als Reichskanzler und Möllenhoff bzw. Peters als Reichsminister für Volksaufklärung und Propaganda, ganz in

Göbbels Sinne. Nun würden sie die nächsten Jahre im Gefängnis verbringen und dort weiter an ihren Verschwörungstheorien arbeiten können.

Bei der Durchsuchung des Hofguts wurden in einem Fass tatsächlich die Überreste von Janina Blum, Renés Mutter, gefunden. Sie hatte die wahren Ziele des GT durchschaut und wollte fliehen. Das hatte sie das Leben gekostet. René wurde danach für eine Weile eingesperrt, da man sich nicht sicher war, wo er stand. In der Gefangenschaft hatte er dann Ana kennen gelernt. Sie war irgendwie zwischen die Fronten der GT geraten. Anfänglich hatte sie sich durch das Esoterische und die Gemeinschaft verleiten lassen. Nachdem sie wieder abhängig geworden war, konnte sie nicht mehr so ohne weiteres wieder aussteigen. Auch nicht, nachdem sie erkannt hatte, wo sie da wirklich hineingeraten war. Als sie nach und nach Informationen über geplante Taten und Zusammenhänge gesammelt hatte, wollte sie aussteigen. Sie hielt es nicht mehr aus. Bei der GT war man sich erst einmal unschlüssig, wie man mit ihr verfahren sollte. Möllenhoff hielt sie noch für wertvoll. Er wusste von ihrem Bruder im Zeugenschutzprogramm und den Kontakten zur Polizei. Sie wurde also zunächst eingesperrt, um auf den richtigen Augenblick zu warten, der sich möglicherweise ergeben würde. Als dies nicht passierte, entschlossen sich Möllenhoff und Co dazu, sie zu töten. Sie verpassten ihr dank Jürgen Keller eine Überdosis und brachten sie in ihre Wohnung zurück. Natürlich hätte man sie auch einfach, genauso wie die arme Janina, in ein Fass stecken können. Christian Peters allerdings drängte darauf, sie offiziell sterben zu lassen. Da er Ana ja selbst für den Verfassungsschutz angeworben hatte, wusste er, dass man sie bei einem plötzlichen Verschwinden möglicherweise suchen würde. Das wollte er zum damaligen Zeitpunkt nicht riskieren.

Die Masche der GT war es, über Social Media neue Anhänger für sich zu gewinnen. Sie gaben sich geheimnisvolle Namen, interessierten sich für den Menschen und gaben vor, nach dem wahren Ich zu suchen. Erschreckenderweise waren sie unfassbar erfolgreich damit. Es wurden geheimnisvolle Zusammenkünfte organisiert und in der online Kommunikation die Teilnehmer kryptisch und exklusiv dazu eingeladen. Das gefiel den Menschen. Sie fühlten sich dadurch besonders. Nach und nach kamen die politischen Themen dazu, das Abwerten Andersdenkender, das Hervorheben der eigenen Besonderheit und schließlich auch die Notwendigkeit des Einsatzes von Gewalt. Sehr geschickt und mit den Mechanismen einer Sektendynamik banden Möllenhoff und die anderen die Menschen an sich.

Savo und seine Vergangenheit hatten tatsächlich gar nichts mit Anas Tod zu tun.

Prolog

Ich hatte mich von der Gehirnerschütterung wieder gut erholt. Nur noch eine Narbe kurz vorm Haaransatz war übrig geblieben und auch diese würde in den nächsten Monaten verblassen. Nach dem Krankenhausaufenthalt blieb ich noch ein paar Tage zu Hause und genoss die Zeit mit Sam. Die Abende verbrachte ich oft mit Mila und Alfons und wir werteten, immer noch fassungslos über die Entwicklung, die letzten Wochen aus. Auch den Besuch meiner Mutter hatte ich gut überstanden. Mein Bruder rief mich aus Mallorca an. Er verbrachte dort mit seiner Freundin seinen Urlaub. Ich sparte mir die Frage nach der Qualität der Kinderbetreuung in dem Club.

René Blum befand sich immer noch im Krankenhaus, aber er würde überleben. Er hatte bereits seine Bereitschaft signalisiert umfassend auszusagen, was ihm sicherlich für seinen eigenen Prozess ein paar Vorteile bringen würde.

Ulrike Lehmann hatte sich auch zurückgemeldet. Entgegen meiner Erwartung blieb sie bei ihrem Entschluss, gegen ihren Mann auszusagen und den Gerichtsprozess durchzuziehen. Ich freute mich aufrichtig und sagte ihr dies auch.

Bei einem ausgedehnten ersten Trainingslauf wollte ich die nächsten Schritte andenken und planen. Also zog ich nach langer Zeit mal wieder meine Trainingsklamotten an. Sam war außer Rand und Band vor lauter Freude und tänzelte um mich herum. The Who rockten aus meiner Tasche und ich sah aufs Display. Alfons.

„Hey, Alfons!", begrüßte ich ihn. Ich registrierte einen beschleunigten Herzschlag. „Elsa, meine Liebe. Kann ich dich zu einem gemeinsamen Training überreden? Leichtes Lauftempo, damit du mithalten kannst und danach Salat bei mir? Könntest du dir das vorstellen?"

Oh ja, das konnte ich …

Ein paar persönliche Worte

Dies ist mein erster Roman. Nach einigen Fachartikeln, Beiträgen in Fachbüchern und einem Sachbuch war es ein großer Wunsch von mir einen fiktionalen Roman zu schreiben. Bei meinem Beruf liegt es wohl nahe, dass es ein Kriminalroman geworden ist. Ich wollte einfach mal kreativ sein, Figuren erfinden, Handlungen eskalieren lassen und Persönlichkeiten entwickeln. Ohne wissenschaftlich korrekt zu zitieren und eine Literaturliste zu erstellen.

Diesen Wunsch verwirklicht habe ich mit Hilfe vieler mir sehr wichtiger Menschen.

Meiner Frau Elke danke ich für ihren Glauben an mich, für ihre Kreativität bei der Gestaltung des Buches und die Realisierung des Kontaktes zu meinem Verlag.

Frauke und Axel danke ich für die Möglichkeit, das Buch beim Mainspitz Verlag zu verlegen und dass ihr mit mir auf diese Abenteuerreise gegangen seid. Frauke – es hat viel Spaß gemacht, mit Dir diese Pionierarbeit gemeinsam zu gestalten. Merci!

Torsten und Johanna danke ich für das Fotoshooting im Weinberg.

Für das Feedback zur ersten Fassung bin ich Sigrid, Stefan, Stefanie und Cecilia sehr dankbar. Ohne Euch hätte es keine Weiterentwicklung gegeben. Stefanies Hinweise aus der Apotheke waren sehr hilfreich.

Auch die emotionale Unterstützung und motivierende Worte meiner Freunde und meiner Familie haben gutgetan. Vielen Dank!

Nicht zuletzt danke ich meinen Eltern, dass sie mir eine gute Portion Kreativität, Kommunikationsvermögen und den Glauben an die eigenen Träume mitgegeben haben.